史上最強 韓語文法

　　近年來韓語的學習環境出現了巨大的變化，韓語的學習人口大幅增加，學習書的種類變得更加多樣化，網路上到處充斥韓語課程和語言補習班的廣告，甚至在松山機場和部分私人店家的告示牌上也越來越容易發現韓語的蹤跡。

　　隨著學習人口的增加，對於針對各學習階段所推出之學習書的需求也相對增加，然而目前市面上多樣並沒有足夠的型態來滿足這個需求。

　　面臨這樣的現狀，本書以學習者的需求為導向，希望幫助學習者整理各種從基礎學習書上得到的零碎文法知識，並協助學習者了解韓語文法的整體結構，使學習者能夠有系統地學習韓語。以下是本書在編著之時特別著重的幾個重點：

　　收錄所有學習者需要知道的韓語文法項目，範圍涵蓋基礎到高級，並以淺寫易懂的方式對每個文法項目進行解說。

　　本書所收錄的文法是以目前韓國當地用以教育韓國人或外國人的文法用語及文法體系為基準，對於有爭議的部分，本書是以相當於規範文法的學校文法以及國立國語學院的見解為優先。

　　冠形詞、冠形詞形、先語末前語尾等文法用語在國內的韓語教育中並不常被使用，但國人應可從字面上輕易理解這類用語的意思。基於讓學習者了解韓語文法之現狀的目的，本書將直接採用這些文法用語。

　　針對國人容易感到困難或必須特別注意的部分，以及在文法上有爭議的部分加以詳細解說，並有參考範例詳列在書中。

　　文法用語及體系具有普遍性，但並非統一或恆久不變，而是會隨時代與學習環境的變遷而有差異及變化。未來韓語教育勢必將發展出更有系統的教育方法，在此情況之下，文法體系與用語也將朝學習者更容易理解的方向做出演變，未來本書將會在每次再版時反映這些變化。

　　衷心希望本書能夠對韓語學習者在韓語文法的學習上有所幫助。

著者

就像種樹的的過程一樣學文法更容易！
史上最強、超級詳細 把韓語文法根基紮得最深

　　韓語的會話可以照著念、單字可以依樣畫葫蘆，但韓語文法表現的方式卻千萬變化，怎麼樣才能適時的表達出正確的韓語呢？其實是有方法的！用這本書讓你在最短的時間精通韓語文法！超詳細的詞性分類及圖表、例句說明，表格清晰讓你一看就懂，奠定學習韓語最穩固的根基！

　　本書的概念就像封面的秧苗一樣，是從零開始循序並進的累積成長，透過平實又豐富的文字，打造強韌的基礎文法能力。在韓語文法中，名詞、代名詞、數詞...副詞、感嘆詞等等，這些詞性是比較單純不變化，相當容易了解掌握。而動詞及形容詞則會有許多不同的語尾變化，就好像一株秧苗愈發茁壯的秧苗，在成長中會分支出許多不同的葉脈，長成的過程中，就需要許多養分的累積。而書中將投予的「養分」，將會多到讓你不敢置信。

韓語文法能力
就是能這樣發芽茁壯

慣用表現

語尾

引用表現

被動使役

敬語表現

不規則變化

時間的表現

否定表現

助詞

代名詞

名詞

動詞　形容詞

現在，你只要跟著本書每個單元走，從當章節中了解文法重點、從表格熟稔文法重點、從例句子確認文法重點。只要用心看完本書，你心中的「秧苗」定能如此成長、茁壯。

從當章節的說明文法中，快速了解這一課的文法重點。

配合表格視覺學習，一眼看懂文法意思，學習效益百倍。

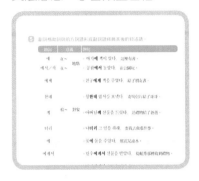

從例句來熟悉文法，並學會如何應用在日常生活中。

備有超便利國語索引及韓國語索引。

※中文注音僅供參考。

	ㄱ ㄎ/ㄍ	ㄴ ㄋ	ㄷ ㄊ/ㄉ	ㄹ ㄌ	ㅁ ㄇ	ㅂ ㄆ/ㄅ	ㅅ ㄙ/ㄒ
ㅏ ㄚ	가 ㄎㄚ/ㄍㄚ	나 ㄋㄚ	다 ㄊㄚ/ㄉㄚ	라 ㄌㄚ	마 ㄇㄚ	바 ㄆㄚ/ㄅㄚ	사 ㄙㄚ
ㅑ ㄧㄚ	갸 ㄎㄧㄚ/ㄍㄧㄚ	냐 ㄋㄧㄚ	댜 ㄊㄧㄚ/ㄉㄧㄚ	랴 ㄌㄧㄚ	먀 ㄇㄧㄚ	뱌 ㄆㄧㄚ/ㄅㄧㄚ	샤 ㄒㄧㄚ
ㅓ ㄛ	거 ㄎㄛ/ㄍㄛ	너 ㄋㄛ	더 ㄊㄛ/ㄉㄛ	러 ㄌㄛ	머 ㄇㄛ	버 ㄆㄛ/ㄅㄛ	서 ㄙㄛ
ㅕ ㄧㄛ	겨 ㄎㄧㄛ/ㄍㄧㄛ	녀 ㄋㄧㄛ	뎌 ㄊㄧㄛ/ㄉㄧㄛ	려 ㄌㄧㄛ	며 ㄇㄧㄛ	벼 ㄆㄧㄛ/ㄅㄧㄛ	셔 ㄒㄧㄛ
ㅗ ㄛ	고 ㄎㄛ/ㄍㄛ	노 ㄋㄛ	도 ㄊㄛ/ㄉㄛ	로 ㄌㄛ	모 ㄇㄛ	보 ㄆㄛ/ㄅㄛ	소 ㄙㄛ
ㅛ ㄧㄛ	교 ㄎㄧㄛ/ㄍㄧㄛ	뇨 ㄋㄧㄛ	됴 ㄊㄧㄛ/ㄉㄧㄛ	료 ㄌㄧㄛ	묘 ㄇㄧㄛ	뵤 ㄆㄧㄛ/ㄅㄧㄛ	쇼 ㄒㄧㄛ
ㅜ ㄨ	구 ㄎㄨ/ㄍㄨ	누 ㄋㄨ	두 ㄊㄨ/ㄉㄨ	루 ㄌㄨ	무 ㄇㄨ	부 ㄆㄨ/ㄅㄨ	수 ㄙㄨ
ㅠ ㄧㄨ	규 ㄎㄧㄨ/ㄍㄧㄨ	뉴 ㄋㄧㄨ	듀 ㄊㄧㄨ/ㄉㄧㄨ	류 ㄌㄧㄨ	뮤 ㄇㄧㄨ	뷰 ㄆㄧㄨ/ㄅㄧㄨ	슈 ㄒㄧㄨ
ㅡ ㄜ	그 ㄎㄜ/ㄍㄜ	느 ㄋㄜ	드 ㄊㄜ/ㄉㄜ	르 ㄌㄜ/ㄖㄜ	므 ㄇㄜ	브 ㄆㄜ/ㄅㄜ	스 ㄙㄜ
ㅣ ㄧ	기 ㄎㄧ/ㄍㄧ	니 ㄋㄧ	디 ㄊㄧ/ㄉㄧ	리 ㄌㄧ	미 ㄇㄧ	비 ㄆㄧ/ㄅㄧ	시 ㄒㄧ

ㅇ ㄥ	ㅈ ㄗ/ㄐ	ㅊ ㄘ/ㄑ	ㅋ ㄎ	ㅌ ㄊ	ㅍ ㄆ	ㅎ ㄏ
아 ㄚ	자 ㄗㄚ/ㄐㄚ	차 ㄘㄚ/ㄑㄚ	카 ㄎㄚ	타 ㄊㄚ	파 ㄆㄚ	하 ㄏㄚ
야 ㄧㄚ	쟈 ㄗㄧㄚ/ㄐㄧㄚ	챠 ㄑㄧㄚ	캬 ㄎㄧㄚ	탸 ㄊㄧㄚ	퍄 ㄆㄧㄚ	햐 ㄏㄧㄚ
어 ㄜ	저 ㄗㄜ/ㄐㄜ	처 ㄘㄜ	커 ㄎㄜ	터 ㄊㄜ	퍼 ㄆㄜ	허 ㄏㄜ
여 ㄧㄜ	져 ㄗㄧㄜ/ㄐㄧㄜ	쳐 ㄑㄧㄜ	켜 ㄎㄧㄜ	텨 ㄊㄧㄜ	펴 ㄆㄧㄜ	혀 ㄏㄧㄜ
오 ㄛ	조 ㄗㄛ/ㄐㄛ	초 ㄘㄛ	코 ㄎㄛ	토 ㄊㄛ	포 ㄆㄛ	호 ㄏㄛ
요 ㄧㄛ	죠 ㄗㄧㄛ/ㄐㄧㄛ	쵸 ㄑㄧㄛ	쿄 ㄎㄧㄛ	툐 ㄊㄧㄛ	표 ㄆㄧㄛ	효 ㄏㄧㄛ
우 ㄨ	주 ㄗㄨ/ㄐㄨ	추 ㄘㄨ	쿠 ㄎㄨ	투 ㄊㄨ	푸 ㄆㄨ	후 ㄏㄨ
유 ㄧㄨ	쥬 ㄗㄧㄨ/ㄐㄧㄨ	츄 ㄑㄧㄨ	큐 ㄎㄧㄨ	튜 ㄊㄧㄨ	퓨 ㄆㄧㄨ	휴 ㄏㄧㄨ
으 ㄙ	즈 ㄗㄙ	츠 ㄘㄙ	크 ㄎㄙ	트 ㄊㄙ	프 ㄆㄙ	흐 ㄏㄙ
이 ㄧ	지 ㄐㄧ	치 ㄑㄧ	키 ㄎㄧ	티 ㄊㄧ	피 ㄆㄧ	히 ㄏㄧ

第2章　助詞的規則

第3章 文法要素的規則

15　敬語表現　196

16　被動‧使役　206

<table>
<tr><td>**20**</td><td>連結語尾</td><td>**274**</td></tr>
</table>

21　慣用表現　　314

第**5**章　發音的規則

圖表&資料

詞類規則

本章之中關於「助詞」的項目僅列出運用方式與用言幾乎相同的「敘述格助詞」，將之列於「動詞」與「形容詞」之後，一般助詞的規則另設專章，於第2章中加以說明；與「動詞」及「形容詞」語尾變化有關的不規則變化及語尾則一併於第3章及第4章之中解釋。

01 韓語的詞類 한국어 품사

以下所列是韓語的詞類表，關於詞類的分類方式有多種說法，較普遍的分類方法是將韓語分成九種詞類。

型態	功能	詞類	範例
固定型態	體言		固定型態中可當成句子主體做用者，體言可細分成名詞、代名詞、數詞三種詞類
		①名詞	책、친구、밥、바다、민수가 書、朋友、飯、海、岷秀
		②代名詞	이것、여기、무엇、언제、그녀 這個、這裡、什麼、何時、她
		③數詞	하나、둘、일、이、삼、첫째、둘째、제일、제이 一個、兩個、一、二、三、第一個、第二個、第一、第二
	修飾言		固定型態之中僅具有修飾後續語句之功能者稱為修飾言，屬於修飾言的詞類有冠形詞與副詞兩種。
		④冠形詞	저 사람、새 옷、맨 뒤、갖은 고생 那個人、新衣服、最後面、各種辛苦
		⑤副詞	아주 덥다、빨리 먹자、가끔 봐요 很熱、快吃吧、偶爾看
	獨立言		獨立言是指固定型態之中無法做為主語或修飾言，與句子中其他成分沒有直接關係，獨立於句子之外的詞語，具有表現情緒、呼喊、回應等功能的感嘆詞即屬於此類。
		⑥感嘆詞	예、아니요、글쎄、하하、어머나 是、不是、很難說、哈哈、天啊

型態	功能	詞類	範例
可變型態	關係言	⑦助詞	關係言主要接在體言之後，用以表現體言與敘述語及其他成分的關係，或為句子添加語意，助詞即屬於此類。 나는、내가、나를、나도、나만、나보다、나에게 我是、我、把我、我也、只有我、比我、給我
	用言	⑧動詞	用言是句子中具有敘述語功能的成分，動詞與形容詞皆屬於此類。用言屬於可變型態，由語幹與可變化的語尾結合而成。 가다、보다、마시다、부르다、먹다、앉다、듣다 去、看、喝、叫、吃、坐、聽
		⑨形容詞	쓰다、달다、크다、작다、길다、짧다 苦的、甜的、大的、小的、長的、短的
		「이다」 （敘述格助詞）	책이다、책이고、책이면、책이라서 是書、是書、是書的話、因為是書

1 固定型態與可變型態

沒有語尾變化的詞語稱為固定型態，有語尾變化的詞語稱為可變型態。

2 文法成分

韓語的構詞成分可分為體言、關係言、用言、修飾言以及獨立言，體言又可細分為名詞、代名詞及數詞；關係言即是助詞；用言可分為動詞及形容詞；修飾言可分為冠形詞與副詞；獨立言則只有感嘆詞一種。

3 詞類

韓語的詞語依照詞語本身的功能、型態及語意來區分，可分為名詞、代名詞、數詞、助詞、動詞、形容詞、冠形詞、副詞以及感嘆詞等9種詞類。

4 敘述格助詞「이다」

「이다」主要是接在體言（名詞、代名詞、數詞）之後，具有將體言轉變為敘述語的功能。「學校文法統一案」將之歸類為助詞（敘述格助詞），與其他助詞的不同之處在於「이다」像用言一樣有語尾變化。具有此種功能的詞語就只有「이다」一種，亦有學者以「指定詞」、「이다動詞」、「形容詞」、「敘述格語尾」、「用言化接尾辭」等名稱來加以命名。

>> 詳細請參考p.52～p.55的「敘述格助詞（이다）」。

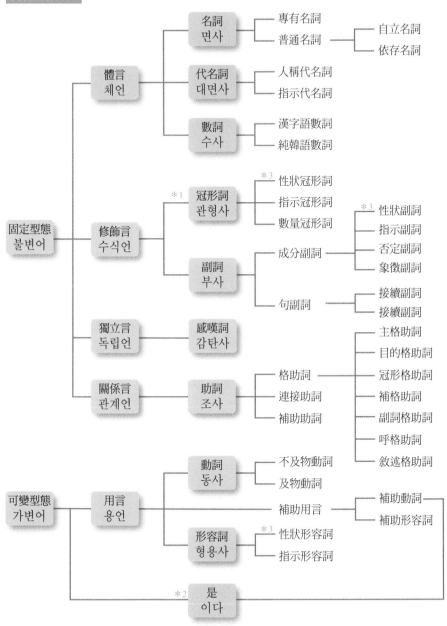

*1「冠形詞」放置在體言之前修飾，屬修飾言

*2「이다」雖是有語尾變化的可變言，但「學校文法統一案」仍將之歸類為敘述格助詞。

*3「性狀」是指人與事物的性質與狀態。

02 名詞　　명사

　　韓語的名詞依照意思與機能來分類，可分為專有名詞與普通名詞、有情名詞與無情名詞、自立名詞與依存名詞。名詞與代名詞、數詞合稱為體言（체언）。

2.1 專有名詞與普通名詞

1 專有名詞 | 고유명사

人名、國名、地名、建築物名、書名等專指特定人事物名稱的名詞稱為專有名詞。

조용필（趙容弼；人名）、한국（韓國；國名）、서울（首爾；地名）、부산（釜山；地名）、한강（漢江；江名）、백두산（白頭山；山名）、동대문（東大門；城門名）、춘향전（春香傳；書名）…等。

2 普通名詞 | 보통명사

用來泛指同種類事物所共用的名詞稱為普通名詞。

대나무（竹）、사과（蘋果）、하늘（天空）、바다（海）、아버지（爸爸）、선생님（老師）、연애（戀愛）、결혼（結婚）、가정（家庭）、생활（生活）、행복（幸福）…等。

2.2 有情名詞與無情名詞

1 有情名詞 | 유정명사

指人或動物等本身擁有情緒及意志的對象。

남자（男人）、언니（姊姊）、의사（醫師）、개（狗）、돼지（豬）、
소（牛）…等。

2 **無情名詞** | 무정명사

　　指樹木、花、石頭等沒有情緒及意志的對象。

소나무（松樹）、진달래（杜鵑花）、돌（石頭）、바람（風）、물（水）
、담배（香菸）…等。

 需要區分有情名詞與無情名詞的狀況

① 以「B給A東西」這個句子為例，在這「給A」中的「給」相當於助詞中的「
에、에게、한테」與名詞「A」結合時有做區分的需要。簡言之：**1** 當名詞「A」
是有情名詞時，可與「에게、한테」結合；**2** 若是無情名詞則只能與「에」結合。

▶ 민수는 누나**에게** 메일을 보냈다.　　岷秀給姊姊寄了郵件。
▶ 친구**에게** 책을 빌려 주었다.　　　 把書借給了朋友。
▶ 엄마가 개**한테** 밥을 주었다.　　　 媽媽餵了狗。
▶ 누나가 꽃**에** 물을 주었다.　　　　 姊姊給花澆了水。

② 在「從A那裡拿到」、「從A那裡過來」等句子中的「從」相當於助詞中的「
에서、에게서、한테서」與名詞「A」結合時，有做區分的需求。簡言之：**1** 當
名詞「A」是有情名詞時，可與「에게서、한테서」結合；**2** 若是無情名詞則只
能與「에서」結合。

▶ 누나**에게서** 메일이 왔다.　　　　 從姊姊那裡來了信。
▶ 친구**한테서** 선물을 받았다.　　　 從朋友那裡得到了禮物。
▶ 후쿠오카**에서** 배로 왔다.　　　　 從福岡搭船來。

2.3 自立名詞與依存名詞

1 **自立名詞** | 자립명사

　　具有實質上的意思，不必接受冠形詞的修飾也能在句子中單獨使用的
名詞。

대학（大學）、학교（學校）、시간（時間）、사람（人）、돈（錢）、
책상（書桌）、연필（鉛筆）、비（雨）、집（家）、사랑（愛）、평화
（和平）、인생（人生）…等。

▷ **학교**는 여기서 멀어요 ?　　　學校離這裡遠嗎 ?
▷ **돈**이 없어서 못 사요.　　　　沒有錢不能買。
▷ **인생**은 짧고 **예술**은 길다.　　人生短暫，藝術長久。

2 依存名詞｜의존명사

　　實質上的意思較為薄弱，無法獨立發揮名詞的功能，而必須接受冠形
詞（連體修飾語）修飾的名詞稱為依存名詞。依存名詞分為形式依存名詞
與數量依存名詞；形式名詞依其在句子中的功用，還可進一步細分成普遍
依存名詞、主語依存名詞、敘述依存名詞以及副詞依存名詞。

|_ 形式依存名詞｜형식성 의존명사

　❶　**句法功能的依存名詞** 做為主語、受語、敘述語、副詞語的成分被廣泛
　使用，除了詞語本身的依存性之外，其他特性與自立名詞沒有太大的不同。

　　것（事、物）、바（事）、분（位）、이（人）、데（地方）…

▷ 사랑한다는 **것**은.　　　　　所謂愛這回事。
▷ 저기 있는 **분**이 사장님이다.　那邊那位是老闆。
▷ 안경을 쓴 **이**가 김 선생님이다.　戴眼鏡的人是金老師。
▷ 갈 **데**가 없다.　　　　　　　沒有地方可去。
▷ 내가 아는 **바**로는.　　　　　我所知的部分是。

　❷　**主語依存名詞** 主要是與主格助詞結合來當成主語，口語中主格助詞
　經常被省略

　　지（時間長度）、수（方法）、리（道理）、나위（餘地）…

▷ 서울에 온 **지** 3년이 되었다.　來到首爾已經第三年了。

▹ 그런 말을 할 **리**가 없다.	沒說那種話的道理。
▹ 좋은 **수**가 있다.	有個好辦法。
▹ 말할 **나위** 없다.	不用說。

❸ **語用意思依存名詞** 主要做為敍述語使用。

따름（只是）、뿐（只）、터（處境）、때문（緣故）、마련（理當）
、셈（算是）…

▹ 주어진 일을 할 **뿐**이다.	只是做被要求的事而已。
▹ 그냥 물어 보았을 **따름**이다.	只是問問看而已。
▹ 다음 주에 갈 터이다（테다）.	打算下星期去。
▹ 모두가 너 **때문**이다.	全都是你的緣故。
▹ 돈이 있으면 쓰기 **마련**이다.	有錢自然會花掉。
▹ 결국 내가 이긴 **셈**이다.	最終算是我贏了。

❹ **副詞依存名詞**主要做為副詞語來使用。

대로（照著）、만큼（程度）、척（裝作）、만（相隔）、듯이（如同）

▹ 말씀하신 **대로** 하겠어요.	會照著所說的去做。
▹ 물릴 **만큼** 먹었다.	吃到膩了的程度。
▹ 죽은 **척** 움직이지 않았다.	裝死般一動也不動。
▹ 삼 년 **만**에 돌아왔다.	相隔3年之後回來了。
▹ 지나가는 **김**에 들러 보았다.	經過時順便去看了一下。
▹ 졸리는 **듯이** 크게 하품을 했다.	很睏般地打了個大哈欠。

2_ **數量依存名詞** | 단위성 의존명사

개（個）、장（張）、권（本）、병（瓶）、잔（杯）、벌（套）、대（
台）、송이（朵）、원（元）、번（次、號）、마리（隻）、명（名）、년
（年）、월（月）、일（日）、시（時）、분（分）、초（秒）…

▹ 사과 한 **개**에 얼마예요？	蘋果一個多少錢？

▶ 커피 한 **잔** 주세요.　　　　　　請給我一杯咖啡。

▶ 칠 **월** 십삼 **일** 오후 여섯 **시** 이십 **분**　7月13日下午6點20分。

≫ 形式依存名詞可透過與動詞及形容詞結合來表現各式各樣的意思，含有形式依存名詞的表現方式請參考「慣用表現」單元（p.314），數量依存名詞在「數詞」單元中（P.26）有詳細解説。

2.4 複合名詞與衍生名詞

1 複合名詞 | 합성명사

由兩個以上的名詞互相結合，形成另有意思的新單字，此類語詞稱為複合名詞。

손（手）＋목（頸）→ 손목（手腕）
발（腳）＋목（頸）→ 발목（腳踝）
돌（石）＋다리（橋）→ 돌다리（石橋）
논（水田）＋밭（旱地）→ 논밭（田地）
돼지（豬）＋고기（肉）→ 돼지고기（豬肉）

2 衍生名詞 | 파생명사

一個名詞加上接辭（接頭辭、接尾辭）後形成的詞語稱為衍生名詞。

군（多餘的）＋소리（話）→ 군소리（廢話）
군（多餘的）＋살（肉）→ 군살（贅肉）
날（生的）＋고기（肉）→ 날고기（生肉）
맨（空）＋손（手）→ 맨손（空手）
아버지（爸爸）＋님（大人）→ 아버님（父親）

> **參考** 複合名詞與衍生名詞雖然是由兩個以上的名詞或元素結合而成，但依然可以視為一個名詞，在記憶時不需要特別與其他名詞做區別。

1_名詞化的接尾辭「-ㅁ/음」「-기」

　　動詞及形容詞的語幹加上接尾辭「-ㅁ/음」與「-기」之後便能當成名詞使用。其中經常被人使用，已完全被視為名詞的詞語通常會以衍生名詞的身分被記載在辭典中。

① 「-ㅁ/음」類的名詞化

用言		語幹+ㅁ/음	
자다	（睡）	→ 자+ㅁ	→ 잠（睡眠）
기쁘다	（高興）	→ 기쁘+ㅁ	→ 기쁨（喜悅）
웃다	（笑）	→ 웃+음	→ 웃음（笑）
믿다	（相信）	→ 믿+음	→ 믿음（信賴、信仰）

② 「-기」類的名詞化

動詞		語幹+기	
쓰다	（寫）	→ 쓰+기	→ 쓰기（書寫）
달리다	（跑）	→ 달리+기	→ 달리기（跑步）
읽다	（讀）	→ 읽+기	→ 읽기（閱讀）
듣다	（聽）	→ 듣+기	→ 듣기（聽）

>> 詳細請參考 p.234 以後介紹的名詞形語尾。

▷ **잠**이 모자라서 졸립니다.　　　　因為睡眠不足而覺得睏。
▷ 제 취미는 **달리기**예요.　　　　　　我的興趣是跑步。
▷ **읽기, 쓰기**는 잘하는데….　　　　雖然讀、寫都不錯…

 2_名詞的數量（單數、複數）

　　韓語的複數名詞是透過在名詞後方加上代表複數的接詞「-들（-們）」來表示，然而除非說話者想特別強調數量，否則通常不會加上「-들」這個接詞。

사람（人）→ 사람+들　　　　　새（鳥）→ 새+들
꽃（花）→ 꽃+들　　　　　　　집（家）→ 집+들
차（車）→ 차+들　　　　　　　책（書）→ 책+들

▷ **새들**처럼 하늘을 날고 싶다.　　　想跟鳥一樣在天空飛。
▷ **차들**이 밀려서 시간이 걸렸다.　　因為塞車所以花了很多時間。

03 代名詞

대명사

代名詞是當直接指定某個人、事物、地點或方向時，用來取代其本身名稱的名詞。可分為人稱代名詞、指示代名詞以及疑問代名詞。

3.1 人稱代名詞 | 인칭대명사

韓語會根據說話者是對方的同輩、長輩或是晚輩，以及彼此間關係的親密程度，而有不同的稱呼。韓語的人稱代名詞包括了以下幾種。

人稱	單數	複數
第一人稱 일인칭	나、저 我、敝人	우리（들）、저희 我們、我們
第二人稱 이인칭	너、자기、당신、선생님、자네 你、親愛的、您、老師、你	너희（들）、여러분 你們、大家
第三人稱 삼인칭	그、그녀、이분、그분、저분 他、她、這位、那位（離聽者近） 、那位（離聽說者皆遠） 이이、그이、저이 這個人、那個人（離聽者近）、那 個人（離聽說者皆遠）	그들、그녀들、이분들 他們、她們、這幾位
（未知稱） 미지칭	누구 誰	
（不定稱） 부정칭	아무（나）、아무（도） 誰（都）、誰（也）	

3.1.1 第一人稱代名詞 | 일인칭대명사

1 **韓語的第一人稱代名詞有「나」、「저」兩種，沒有男女的區別。**

나	我 在與同輩、晚輩或關係較親近的人說話時使用。
저	敝人 「나」的謙稱，在與長輩或地位較高的人說話時使用。

▸ **나**는 학생입니다.   我是學生。
▸ **저**는 학생입니다.   我（敝人）是學生。

 第一人稱代名詞「나」及「저」在助詞「가」前方分別會變形成「내」、「제」；若與助詞「의」一起使用則會省略成「내」及「제」。

▸ 나＋가 → 내가   **내**가 갈게요.   我會去。
▸ 저＋가 → 제가   **제**가 할게요.   我會做。
▸ 나＋의 → 내   이 애가 **내** 동생이다.   這孩子是我弟弟。

2 **第一人稱「나」與「저」的複數是「우리」與「저희」。**

우리	我們 「나」的複數
저희	我們 「저」的複數。

▸ **우리**는 학생입니다   我們是學生。
▸ **저희**는 학생입니다   我們是學生。

 「우리」除了當成「我們」這類的複數來使用，也可以代替「나」來表示自己所屬的家族或是團體，意思相當於「我（的）…、我們（的）…」

① **우리** 학교（我的學校）   **우리** 회사（我們的公司）
   우리 집（我的家）   **우리** 엄마（我的媽媽）
   우리 언니（我的姊姊）   **우리** 사장（我們的社長）

② 在①的狀況中用「나의／내」來代替「우리」並非不可，不過會讓句子變得很不自然。

③ 「우리」有時會進一步以「우리 남편（我丈夫）、우리 집사람（我太太）」的方式被使用。

3.1.2 第二人稱代名詞 | 이인칭대명사

① 在韓語中，一般第二人稱代名詞皆受說者與聽者之間的關係影響而有所不同。根據說者與聽者之間的關係是同輩、長輩或是晚輩，或者關係是否親密，皆有各種不同的表現方式。

너	你
	對親近的朋友、晚輩及小孩使用，複數是「너희」。
자네	你
	中年以上的長輩要對晚輩表示敬意或親近之意時使用，不可用在初次見面的人及關係不親密的人身上，年輕人之間也不使用。
당신 （當身）	你。韓文所對應的漢字為「當身」
	只在夫妻之間、廣告文、吵架對象等極其有限的情況下使用；此外也有「自己」的意思，用在對地位較高的人表示尊敬的時候。
자기 （自己）	你、親愛的。韓文所對應的漢字為「自己」
	只在男女朋友之間這類限定的情況下使用，屬於親密的語氣。

② 在職場上稱呼別人時，通常會直接稱呼對方的職位，或是在對方的姓或名之後加上頭銜來稱呼。

선생님（老師）、선배님（學長）、부장님（部長）、과장님（課長）、박 선배님（朴學長）、이 부장님（李部長）、최 과장님（崔課長）、김민수 씨（金岷秀先生）、지영씨（智英小姐）…

第二人稱代名詞常被省略不使用。

▹ 언제 오셨어요? 　　　　什麼時候來的？

▹ 언제 차 샀어? 　　　　什麼時候買車的？

▹ 빨리 가 보세요. 　　　　請儘快去看看。

> **參考** 第二人稱代名詞「너」加助詞「가」會變形成「네」；與助詞「의」並列時則可省略成「네」來使用。

> ▹ 너+가 → 네가 　　**네가** 이것을 그렸니？ 這是你畫的嗎？
>
> ▹ 너+의 → 네 　　이쪽이 **네** 동생이니？ 這位是你的弟弟嗎？

3.1.3 第三人稱代名詞 | 삼인칭대명사

　　第三人稱代名詞包括「그、그녀」、「이분、그분、저분」等等。

그, 그녀	他、她 主要使用在小說、報章雜誌等書面語之中，在口語對話中並不使用。
이분 그분 저분	這位、那位、那位 「這個人」的禮貌說法，常用於口語。
이이 그이 저이	這個人、那個人、那個人 「這個人」屬於稍微禮貌的說法，通常使用在口語中，以及妻子提及自己丈夫的情況。

▹ **그**는 기숙사에 살고 있다. 　　他住在宿舍。

▹ 도서관에서 **그녀**를 만났다. 　　在圖書館遇見她。

▹ **저분이** 민수씨 어머니입니다. 　　那位是岷秀先生的母親。

▹ **이이가** 제 남편입니다. 　　這個人是我丈夫。

> **參考** 韓語中經常出現將「사람（人）、여자（女人）、남자（男人）」等名詞加上冠形詞（連體詞）「이、그、저（這個、那個、那個）」後當成第三人稱代名詞來使用的情形。

	이 사람이 누구예요？	這個人是誰？
	저 남자가 지혜씨 남편이에요.	那個男人是智惠小姐的丈夫。
	그 여자가 민수씨 애인이에요.	那個女人是岷秀先生的情人。

3.2 指示代名詞 | 지시대명사

韓語的指示代名詞包括以下幾種。

指示對象	이-系列（近稱）	그-系列（中稱）	저-系列（遠稱）
事物	이것（這個）	그것（那個）	저것（那個）
處所	여기（這裡）	거기（那裡） （離聽者較近）	저기（那裡） （離聽說者皆遠）

3.2.1 指事物的指示代名詞 | 사물대명사

種類	이-系列（近稱）	그-系列（中稱）	저-系列（遠稱）
事物	이것（這個）	그것（那個） （離聽者較近）	저것（那個） （離聽說者皆遠）

1 「이것」代表離說話者較近的事物，「그것」代表離聽話對象者較近的事物，「저것」則是指同時遠離兩者的事物。

	이것은 사과입니다.	這是蘋果。
	그것을 주십시오.	請給我那個。
	저것은 컴퓨터입니다.	那是電腦。
	그것은 무엇입니까？	那是什麼？

2 複數是以連接複數接尾辭「들」所形成的，用「이것들、그것들、저것들」來表示。

	이것들은 모두 신선한 야채입니다.	這些全都是新鮮的蔬菜。
	그것들보다는 이것들이 좋아요.	比起那個，這個比較好。

3.2.2 指處所的指示代名詞 | 공간 (처소) 대명사

種類	이–系列（近稱）	그–系列（中稱）	저–系列（遠稱）
地點	여기（這裡）	거기（那裡） （離聽者較近）	저기（那裡） （離聽說者都遠）

① 「여기」代表離說話者較近的處所，「거기」代表離聽話者較近的地點，「저기」則是指同時遠離兩者的處所。

여기는 서울입니다.	這裡是首爾。
지금 **거기**서 뭐 해요?	現在在那裡做什麼？
저기가 우체국이에요.	那裡是郵局。
여기가 어디예요?	這裡是哪裡？

② 亦可用「이곳、그곳、저곳」來取代「여기、거기、저기」。

이곳은 지금 단풍이 아름답습니다.	這裡的楓葉現在正漂亮。
그곳 날씨는 어때요?	那裡的天氣怎麼樣？
저곳이 박물관이에요.	那裡是博物館。
그곳에서 만나자.	在那裡見面吧。

3.2.3 指示語 | 지시어

① 指示語是指「那裡、那個、那樣、那時候、像那樣」等等，用以指定存在於現場的特定事物或語句中特定要素的詞語。

② 指示語除了屬於代名詞之外，亦有部分被歸類為冠形詞（連體詞）以及副詞，韓語的指示語一律是以「이、그、저、어느」為開頭。

❶ 代名詞類的指示語

對象	이－系列（近稱）		ユ－系列（中稱）		저－系列（遠稱）	
處所	여기	這裡	거기	那裡	저기	那裡
	이곳	這裡	그곳	那裡	저곳	那裡
事物	이것	這個	그것	那個	저것	那個
方向	이쪽	這邊	그쪽	那邊	저쪽	那邊
人	이분	這位	그분	那位	저분	那位
	이놈	這傢伙	그놈	那傢伙	저놈	那傢伙
	이이	這個人	그이	那個人	저이	那個人
	이들	這些人	그들	那些人	저들	那些人
時間	이번	這次（未來式）	×	×	저번	那次（過去式）
	이때	此時	그때	那時候	저때	那時候

❷ 冠形詞（連體詞）類的指示語

對象	이－系列（近稱）		ユ－系列（中稱）		저－系列（遠稱）	
指示	이	這	그	那	저	彼
狀況	이런	這樣	그런	那樣	저런	那樣

❸ 副詞類的指示語

對象	이－系列（近稱）		ユ－系列（中稱）		저－系列（遠稱）	
方向	이리	往這邊	그리	往那邊	저리	往那邊
程度 方法	이렇게	這樣 這麼	그렇게	那樣 那麼	저렇게	那麼
	이리	往這邊	그리	那邊	저리	往那邊 那麼

韓語的疑問代名詞包括以下幾種。疑問代名詞僅是一種概括性的分類，其中包含了人稱代名詞以及指示代名詞。

適用對象	疑問代名詞		省略形
人	누구	誰	누 (가)
事物	무엇	什麼	뭐
地點	어디	哪裡	
時間	언제	何時	

3.3.1 疑問代名詞 | 의문대명사

1 누구（誰）：**專指「人」，用以詢問他人的關係、職業、名字等。**

- **누구**예요? — 제 친구입니다.　　是誰？—是我的朋友。
- 어제 **누구**를 만났어요?　　昨天和誰見面了？

參考 「누구」出現在助詞「가」前方時，「구」脫落而以「누＋가」的形式來使用。

누구＋가 → 누가

- 교실에 **누가** 있습니까?　　誰在教室裡？
- 집에 **누가** 왔어요?　　有誰到家裡來了嗎？

2 무엇（什麼）：**在詢問時用來指定某事或某物。**

- 저 건물은 **무엇**입니까?　　那棟建築物是什麼？
- **무엇**이 제일 좋습니까?　　什麼是最好的？

參考 口語中當「무엇」出現在助詞「이」、「을」前方時如以下方式省略。

무엇＋이 → 뭐＋가（什麼）　　**무엇＋을 → 뭘/무얼**（什麼）

- 학교 앞에 **뭐**가 있어요?　　學校前面有什麼？
- 저녁은 **뭘** 먹을까요?　　晚餐要吃什麼呢？

3 어디（哪裡）：**在詢問時用來指定某地點。**

- 집이 **어디**예요? 家在哪裡？
- **어디**에서 만날까요? 要在哪裡見面呢？

4 언제（何時）：**在詢問時用來指定某一時間。**

- 생일이 **언제**예요? 生日是什麼時候？
- 시험이 **언제**부터예요? 考試是從什麼時候開始？

 1_「언제」也可以當成副詞使用。

- **언제** 만날까요? 什麼時候見面？
- 그 노래는 **언제** 들어도 좋다. 那首歌什麼時候都好聽。

 2_ 詢問數量、價格、程度時所使用的「얼마（多少）」雖不是代名詞，
但運用方法十分接近。

- 이것은 값이 **얼마**예요? 這個的價錢是多少？
- 서울까지 거리가 **얼마**예요? 到首爾的距離有多遠？

 3_「얼마나」的意思與「얼마」相近，但本身屬於副詞。

- 일본에서 **얼마나** 살았어요? 在日本住了多久呢？
- 서울역까지 **얼마나** 걸려요? 到首爾車站需要花多久時間呢？

 4_ 어느 것（哪個）：乍看之下是一個疑問代名詞，實際上是由冠形詞
（連體詞）「어느（哪個）」與名詞「것（東西）」這兩個名詞所構
成。「어느」主要是用來在多個選項中詢問特定的人、事物或地點。

어느	哪個	어느＋것	哪個、哪樣東西	어느＋사람	哪個人
		어느＋곳	哪裡	어느＋나라	哪個國家
		어느＋쪽	哪個方向、哪邊	어느＋분	哪位

- **어느** 분이 김 선생님이세요? 哪位是金老師？
- **어느** 쪽으로 갈까요? 要往哪邊走呢？
- 선생님 우산이 **어느** 것입니까? 老師的傘是哪一把？

參考 5_ 用來表示疑問的冠形詞（連體詞）「무슨（什麼）」、「어떤（什麼樣）」、「몇（幾、幾個）」並不屬於疑問代名詞，但亦經常被使用。「무슨」是用來表示事物的種類，「어떤」是指人、事物的性質及種類，「몇」則用來詢問數量及時間。

무슨	什麼	무슨＋책	什麼書	무슨＋공부	學習什麼
어떤	什麼樣的	어떤＋사람	什麼樣的人	어떤＋음악	什麼樣的音樂
몇	幾	몇＋년	幾年	몇＋시간	幾小時

▷ **무슨** 선생님이에요? 　是什麼的老師呢？
▷ **무슨** 음식을 좋아하세요? 　喜歡什麼料理呢？
▷ 그분은 **어떤** 분이에요? 　那位是什麼樣的人呢？
▷ 모두 **몇** 개예요? 　一共有幾個？

3.3.2 不定代名詞 | 부정대명사

不定代名詞主要是用在說話者不熟悉的對象、人、事物，或是故意不加以明示的時候。

1 疑問代名詞「누구、무엇、어디、언제」若使用在非疑問句的平述句中即成為不定代名詞。

누구	誰	무엇	什麼	어디	哪裡	언제	何時

▷ 오후에 **누구**를 만날까 합니다. 　下午要跟某人見面。
▷ 한국 음식은 **무엇**이든지 잘 먹습니다. 　不管是哪種韓國料理都很能吃。
▷ 어머니는 지금 **어디**를 가셨어요. 　媽媽現在出門去了。
▷ **언제**까지나 기다릴 수는 없어요. 　無法一直等下去。
▷ **언제**든지 오십시오. 　歡迎隨時來。

2 「아무（誰、任何人）」是用來指不特定人物的不定代名詞。

可用「아무＋도」的形式來否定整個句子，也可用「아무＋나、아무＋가」的形式來肯定整個句子。

아무＋도	誰都不	아무＋나	誰都	아무＋가	任誰

▹ 교실에는 지금 **아무도** 없어요.　　教室裡現在一個人也沒有。

▹ 아직 **아무도** 오지 않았어요.　　還沒有任何人來。

▹ 도서관은 **아무나** 이용할 수 있어요. 任何人都可以使用圖書館。

▹ **아무나** 들어가도 괜찮아요.　　任何人都可以進入。

▹ **아무가** 보아도 순하고 착한 아이.　任誰看都是個乖巧善良的孩子。

參考　疑問代名詞「누구、무엇、어디、언제」在疑問句中有時也具有「不定代詞」的功能。

　▹ **누구** 기다리세요?　　　　　　在等誰嗎?

　▹ **뭘**（**무엇을**）좀 드시겠어요?　要吃點什麼嗎?

　▹ **어디** 가세요?　　　　　　　　要去哪裡嗎?（出門喔!）

3.4 代名詞的縮寫 | 대명사의 축약형

口語中當代名詞與助詞結合時通常會用以下的方式來省略。

3.4.1 代名詞（事物）＋助詞「을／이」的縮寫

代名詞＋助詞		縮寫	意思
이것	을	이걸	把這個
그것	을	그걸	把那個
저것	을	저걸	把那個

代名詞＋助詞		省略形	意思
이것	이	이게	這個是
그것	이	그게	那個是
저것	이	저게	那個是

代名詞＋助詞		縮寫	意思
무엇	–	뭐	什麼
무엇	이	뭐가	什麼
무엇	을	뭘	把什麼

▷ **이걸** 보세요. 　　　　　　　　請看這個。

▷ **저걸** 주세요. 　　　　　　　　請給我那個。

▷ **그걸** 삽시다. 　　　　　　　　買那個吧。

▷ **이게** 우리 가족 사진이에요. 　　這是我家人的照片。

▷ **저게** 우체국이에요? 　　　　　那是郵局。

▷ **이게 뭐**에요? 　　　　　　　　這是什麼？

▷ **뭘** 먹을까요? 　　　　　　　　要吃什麼呢？

▷ **뭐**가 좋을까요? 　　　　　　　什麼好呢？

3.4.2 代名詞（事物）＋助詞「으로、은」的縮寫

代名詞＋助詞		縮寫	意思	代名詞＋助詞		縮寫	意思
이것	으로	이걸로	（用）這個	이것	은	이건	這是
그것	으로	그걸로	（用）那個	그것	은	그건	那是
저것	으로	저걸로	（用）那個	저것	은	저건	那是

▷ **이걸로** 할까요? 　　　　　　　要選這個嗎？

▷ **저걸로** 해 봅시다. 　　　　　　試試看那個吧。

▷ **이건** 누구 책이에요? 　　　　　這是誰的書？

▷ **그건** 잘 모르겠어요. 　　　　　那個我不太清楚。

3.4.3 代名詞（地點）＋助詞「는／를」的縮寫

代名詞＋助詞		縮寫	意思	代名詞＋助詞		縮寫	意思
여기	는	여긴	這裡是	여기	를	여길	把這裡
거기	는	거긴	那裡是	거기	를	거길	把那裡
저기	는	저긴	那裡是	저기	를	저길	把那裡
				어디	를	어딜	把哪裡

▷ **여긴** 어디예요?		這裡是哪裡？	
▷ **거긴** 날씨가 어때요?		那裡的天氣怎麼樣？	
▷ **저긴** 뭐하는 곳이에요?		那個地方是在做什麼的？	
▷ **여길** 보세요.		請看這裡。	
▷ **어딜** 가세요?		要到哪裡去呢？	

3.4.4 代名詞（人、其他）＋助詞的縮寫

代名詞＋助詞		縮寫	意思
나	가	내가	我是
나	는	난	我是
나	를	날	把我
나	에게	내게	給我
저	가	제가	我是
저	는	전	我是
저	를	절	把我
저	에게	제게	給我

代名詞＋助詞		縮寫	意思
너	가	네가	你是
너	는	넌	你是
너	를	널	把你
너	에게	네게	給你
우리	는	우린	我們是
우리	를	우릴	把我們
저희	는	저흰	我們是
저희	를	저흴	把我們

代名詞＋助詞		縮寫	意思
누구	가	누가	是誰
누구	를	누굴	把誰

名詞＋助詞		縮寫	意思
것		거	東西
것	이	게	的東西

代名詞＋助詞		縮寫	意思
어느것	을	어느 걸	把哪個
어느것	으로	어느 걸로	給哪個
어느것	이	어느 게	是哪個

난 우유를 잘 마신다.	我很會喝牛奶。
제가 하겠습니다.	我來做。
가수는 누굴 좋아해요?	喜歡的歌手是誰呢?
어느 게 좋아요?	你喜歡哪個?
넌 언제 왔니?	你什麼時候來的?
우린 내일 떠날 거예요.	我們明天離開。
절 아세요?	認識我嗎?
이건 누구 **거**예요?	這是誰的東西?
그건 **내게** 아니에요.	那不是我的東西。
누가 안 왔어요?	有誰沒來嗎?
어느 걸로 할까요?	要選哪個呢?

04 數詞

수사

韓語的數詞可分成純韓語數詞與漢字語數詞兩大類。此外根據描述對象是數量或是順序、等級，又可以分為數量數詞與順序數詞兩種。

4.1 表示數量的數詞（數量數詞） | 양수사

4.1.1 漢字語數詞 | 한자어 수사

1 1～9的基本數字

0	1	2	3	4	5	6	7	8	9
零	一	二	三	四	五	六	七	八	九
영／공	일	이	삼	사	오	육	칠	팔	구

2 十位數的數詞是由1（일）～9（구）的基本數字互相組合而成。

❶ 11～19是「십」加上1（일）～9（구）的基本數。

10	11	12	13	14	15	16	17	18	19
十	十一	十二	十三	十四	十五	十六	十七	十八	十九
십	십일	십이	십삼	십사	십오	십육	십칠	십팔	십구

❷ 20～90是在2（이）～9（구）的基本數加上「십」。

20	30	40	50	60	70	80	90
二十	三十	四十	五十	六十	七十	八十	九十
이십	삼십	사십	오십	육십	칠십	팔십	구십

3 百位數、千位數、萬位數、億位數分別是在1（일）～9（구）的基本數加上「백、천、만、억」等單位。

❶ 百（백）位數

100	200	300	400	500	600	700	800	900
百	二百	三百	四百	五百	六百	七百	八百	九百
백	이백	삼백	사백	오백	육백	칠백	팔백	구백

❷ 千（천）位數

1000	2000	3000	4000	5000	6000	7000	8000	9000
千	二千	三千	四千	五千	六千	七千	八千	九千
천	이천	삼천	사천	오천	육천	칠천	팔천	구천

❸ 萬（만）位數

一萬	二萬	三萬	四萬	五萬	六萬	七萬	八萬	九萬
만	이만	삼만	사만	오만	육만	칠만	팔만	구만

❹ 億（억）位數

一億	二億	三億	四億	五億	六億	七億	八億	九億
일억	이억	삼억	사억	오억	육억	칠억	팔억	구억

參考 10不讀「일십」而是讀作「십」，100不讀「일백」而是讀作「백」，1000不讀「일천」而是讀作「천」，10000不讀「일만」而是讀作「만」。

» 157→一百五十七→ **백**오십칠
» 1,913→一千九百十三→ **천**구백십삼
» 12,008→一萬二千零八→ **만**이천팔
» 143,510,000→一億四千三百五十一萬→일**억** 사천삼백오십일만

2_ 年月日的數字是用漢字語數詞來讀。

▷ 1968年11月23日 → 一千九百六十八年 十一月 二十三日
▷ → 천구백육십팔 **년** 십일 **월** 이십삼 **일**

 3_0（零）、電話號碼、小數點、分數的讀法

① 「0（零）基本上讀作「영」，但用在像電話號碼、車牌號碼、銀行帳號之類由許多數字並列的情況下亦讀作「공」，即「空」之意。

▷ 3 比 0 → 삼대**영**
▷ 02－3470－6085 → 공이（의／에）삼사칠**공**（의／에）육**공**팔오

② 小數點與分數

▷ 1.68 → 일 **점** 육팔　　　　3.54 → 삼 **점** 오사
▷ $\frac{1}{8}$ → 팔**분의** 일　　　　$1\frac{3}{5}$ → 일**과** 오**분의** 삼

4.1.2 純韓語數詞 | 고유어 수사

1 1～9的基本數

1	2	3	4	5	6	7	8	9
一	二	三	四	五	六	七	八	九
하나	둘	셋	넷	다섯	여섯	일곱	여덟	아홉

2 十位數的數詞是由1（하나）～9（아홉）的基本數互相組合而成。

❶ 11～19是在「열」上加上1（하나）～9（아홉）的基本數。

10	11	12	13	14	15	16	17	18	19
十	十一	十二	十三	十四	十五	十六	十七	十八	十九
열	열하나	열둘	열셋	열넷	열다섯	열여섯	열일곱	열여덟	열아홉

❷ 20～90 的十位數有固定的讀法。

10	20	30	40	50	60	70	80	90	100
十	二十	三十	四十	五十	六十	七十	八十	九十	百
열	스물	서른	마흔	쉰	예순	일흔	여든	아흔	백

❸ 純韓語數詞一共到「99（아흔아홉）」為止。

▷ 22 → 二十二 → 스물둘
▷ 45 → 四十五 → 마흔다섯
▷ 63 → 六十三 → 예순셋
▷ 97 → 九十七 → 아흔일곱

③ 純韓語數詞在接表示數量的依存名詞時需要使用數量冠形詞進行修飾。

❶「하나（1）、둘（2）、셋（3）、넷（4）」在接表示數量的依存名詞時需使用純韓語數量冠形詞「한（1）、두（2）、세（3）、네（4）」。

▷ 교실에 학생이 (**한, 두, 세**) 명 있다.　教室裡有（1、2、3）名學生。
▷ 이 아이는 (**한, 두, 세, 네**) 살이에요.　這孩子今年（1、2、3、4）歲。

❷ 與十位數字結合的純韓語數詞「하나（1）、둘（2）、셋（3）、넷（4）」也全都要改用純韓語數量冠形詞「한、두、세、네」。

▷ 열**한**（11）, 열**두**（12）, 열**세**（13）, 열**네**（14）／스물**한**（21）…, 서른**한**（31）…, 마흔**한**（41）…, 쉰**한**（51）…, 예순**한**（61）…, 일흔**한**（71）…, 여든**한**（81）…, 아흔**한**（91）…

❸「스물（20）」在表示數量的名詞前方需使用數量冠形詞「스무」。

▷ 그는 개를 **스무** 마리 키우고 있다.　他養了20隻狗。
▷ 그녀는 올해 **스무** 살이 되었다.　她今年20歲。

>> 請參考p.71的數量冠形詞。

4 部分的純韓語數詞可用來表示不確定的數字，這類數詞稱為「어림수（概數）」。

한둘/한두	두셋/두세	서넛/서너	너덧	댓
1 or 2	2 or 3	3 or 4	4 or 5	5 左右

대여섯	예닐곱	일여덟	여남은	
5 or 6	6 or 7	7 or 8	10 以上	

- 이걸 **서너** 개 더 주세요.　　　這個請再多給我3～4個。
- 거기에 **예닐곱** 명쯤 있었어요.　　那裡大概有6～7個人。

4.1.3 漢字語數詞與純韓語數詞的分別

在搭配代表數量的依存名詞（以下稱「單位詞」）使用時，須根據單位詞的種類來決定使用漢字語數詞或是純韓語數詞。

1 使用漢字語數詞的單位詞

❶ 表示年月日、分秒、週的單位名詞。

년	월	일	분	초	개월	주일	주	년대
年	月	日	分	秒	個月	星期	週	年代

- 2001**년** 11**월** 23**일** → 이천**일** 년 십일 **월** 이십삼 **일**
- 1997**년** 10**월** 20**일** → 천구백구십칠 **년** 십 **월** 이십 **일**
- 4**분** 18**초** → 사 **분** 십팔 **초**
- 3**개월** → 삼 **개월**

參考 6月及10月不讀作「육월／십월」，而是以「유월／시월」來表示。

❷ 重量、容積、距離、長度、金錢及其他單位名詞。

그램	킬로그램	톤	리터	미터	센티미터	리	원
公克g	公斤kg	噸t	公升l	公尺m	公分cm	公里	元

엔	충	점	등	교시	인분	인용	도	페이지	퍼센트
（日元）	樓（層）	分	等級（等）	堂（校時）	人份	引用	度	頁	％

▷ 5미터 → 오 미터　　　五公尺　　10킬로미터 → 십 킬로미터　十公里

▷ 50그램 → 오십 그램　　五十公克　　45리터 → 사십오 리터　　四十五公升

❷ 使用純韓語數詞的單位詞

❶ 表示時刻、時間、年齡的單位詞。

시	時（點）	시간	小時（時間）	살	歲

한 시	두 시	세 시	네 시	다섯 시	여섯 시
1點	2點	3點	4點	5點	6點
일곱 시	여덟 시	아홉 시	열 시	열한 시	열두 시
7點	8點	9點	10點	11點	12點

▷ 한 시간（1小時）、두 시간（2小時）、세 시간（3小時）、네시간（4小時）
、다섯시간（5小時）、여섯 시간（6小時）、일곱 시간（7小時）…

▷ 한 살（1歲）、두 살（2歲）、세 살（3歲）、네 살（4歲）、다섯 살（5歲）
、여섯 살（6歲）、일곱 살（7歲）、여덟 살（8歲）、아홉 살（9歲）、
열 살（10歲）、열한 살（11歲）…、스물두 살（22歲）、서른세 살（33歲）
、마흔네 살（44歲）、쉰다섯 살（55歲）、예순여섯 살（66歲）、
일흔일곱 살（77歲）…

❷ 表示物品數量的單位詞

켤레	벌	개	장	권	대	통	병	잔	접시
雙	套	個	張	本	台	封	瓶	杯	盤
채	척	그루	다발	알	송이	컵	가지	갑	그릇
棟	艘	棵	束	粒	串、朵	杯	種	盒	碗

> 양말 한 **켤레**（襪子1雙）、양복 두 **벌**（西裝2套）、편지 한 **통**（信1封）、사과 세 **개**（蘋果3個）、엽서 네 **장**（明信片4枚）、책 두 **권**（書2本）

> 맥주 한 **병**（啤酒1瓶）、홍차 한 **잔**（紅茶1杯）、집 두 **채**（房子2棟）、한 **접시**（1盤）、배 한 **척**（船1艘）、나무 한 **그루**（樹1棵）

> 꽃 한 **다발**（花1束）、포도 한 **송이**（葡萄1串）、물 한 **잔**（水1杯）、담배 한 **갑**（香菸1盒）、밥 한 **그릇**（飯1碗）

❸表示人或動物的單位詞

명	사람	분	마리
名	人	位、人	匹、隻、頭

> 한 **명**（1名）、한 **사람**（1人）、세 **분**（3位）
> 새 두 **마리**（鳥2隻）、개 한 **마리**（狗1隻）、소 한 **마리**（牛1頭）

4.2 表示順序的數詞（順序數詞）｜서수사

　　順序數詞是用來表示人、事物的順序或等級，同樣可分為漢字語順序數詞與純韓語順序數詞兩大類。

4.2.1 漢字語順序數詞｜한지어 서수사

　　漢字語順序數詞是在漢字語數詞前加上「제」所形成。

제일	제이	제삼	제사	제오	제육	제칠	제팔	제구	제십
第一	第二	第三	第四	第五	第六	第七	第八	第九	第十

參考 漢字語序數詞在連接單位名詞「등（名；等）、호（號）、번（次番）」時也可以將「제（第）」省略。

> **제일 등**（第1名）、**제일 호**（第1號）、**제일 번**（第1次）、**제일 회**（第1回）…
> 일 **등**（1等）、일 **호**（1號）、일 **번**（1次）、일 **회**（1回）…

4.2.2 純韓語順序數詞 | 고유어 서수사

純韓語順序數詞是由「純韓語數詞」加上「째」所形成。

첫째	둘째	셋째	넷째	다섯째	여섯째	일곱째	여덟째
第一	第二	第三	第四	第五	第六	第七	第八

 1_ 當表示順序上的第一個時，並不使用「하나＋째」，而是使用具有「最初」意思的接頭辭「첫」連接「째」所形成的「첫째」。

> 저이가 **둘째** 아들이다. ……… 那個人是第二個孩子（次子）。
> 매달 **셋째** 토요일에 모인다. …… 在每個月的第三個星期六聚會。
> **첫째**, 아침은 가족과 함께 먹는다. … 第一，早餐跟家人一起吃。
> **둘째**, 매일 신문을 읽는다. …… 第二，每天看報紙。
> **셋째**, 텔레비전은 보지 않겠다. … 第三，不看電視。

 2_ 表示次數或順序時，以「둘、셋、넷、다섯」等純韓語數詞加上「번째」來表示。

첫 번째	두 번째	세 번째	네 번째	다섯 번째…
第1（次）	第2（次）	第3（次）	第4（次）	第5（次）…

> 어제 **두 번째** 회의가 열렸다. …… 昨天開了第2次會議。
> 그 선수가 **세 번째** 금메달을 땄다. … 那位選手得到了第3面金牌。
> 매달 **첫 번째** 일요일에 모인다. … 在每個月的第1個星期天聚會。
> 내가 **몇 번째**예요? …………… 我是第幾個？

05 動詞

동사

用以表示主語之動作、作用及狀態的詞語，在句子中可單獨做為敘述語使用，與形容詞同樣被歸類為「用言」。

5.1 動詞的特徵

韓語動詞的原型是「語幹＋다」，最大的特徵是語尾可視情況而變化。動詞的語幹可連接多種語尾，藉此發揮連接下句、結尾、時相、否定、尊敬等各式各樣的功能與意思。

5.1.1 動詞的原型 | 동사의 기본형

韓語動詞的原型是以「語幹＋다」的形式來呈現。

原型		語幹	語尾	原型		語幹	語尾
가다	去	가	다	놀다	玩	놀	다
오다	來	오	다	읽다	讀	읽	다
보다	看	보	다	듣다	聽	듣	다
마시다	喝	마시	다	먹다	吃	먹	다
기다리다	等	기다리	다	앉다	坐	앉	다

5.1.2 語尾變化 | 어미 활용

動詞語幹與不同語尾的結合稱為「語尾變化」，透過語尾變化可讓動詞發揮多種不同的意思與功能。

動詞	意思	語幹	語尾	例句	意思
읽다	閱讀	읽	-는다	읽는다	在讀
			-으러	읽으러	去讀
			-으면	읽으면	讀的話
			-습니다	읽습니다	讀
			-자	읽자	讀吧
			-는	읽는 (사람)	讀的 (人)
			-은	읽은 (사람)	讀了的 (人)
			-으시-	읽으시다	讀
			-었-	읽었다	讀了

>> 詳細請參考p.222～p.312關於「語尾」。

5.2 動詞的種類

韓語動詞根據其功能及語尾變化的方式可分為以下幾類。

1 不及物動詞 | 자동사

動作及作用只限於動作主體（主語），而不涉及於其他對象的動詞。

내리다（下、降）、흐르다（流）、앉다（坐）、떨어지다（掉落）、
피다（開花）…

> 눈이 많이 **내린다**.　　　　雪下得很大。
> 꽃이 **핀다**.　　　　　　　　花朵綻放。
> 강이 **흐른다**.　　　　　　　河水流動。

2 及物動詞 | 타동사

動作與作用的對象並非動作主體（主語），而是其他對象（受語）的
動詞，一般以「受語＋을／를」的形式來使用。

먹다 (吃)、읽다 (讀)、묻다 (問)、듣다 (聽)、보다 (看)、
모으다 (收集)、마시다 (喝)、사랑하다 (愛) …

> ▷ 영수가 밥을 **먹는다**.　　　　英洙在吃飯。
> ▷ 동생이 신문을 **읽는다**.　　　弟弟在看報紙。
> ▷ 영희는 민수를 **사랑한다**.　　英姬愛岷秀。

③ **兩用動詞** | 양용동사

可當成不及物動詞也可當成及物動詞來使用的動詞。

불다 (吹)、놀다 (玩)、울다 (哭)、웃다 (笑)、끼다 (**彌漫、夾**)、
넘다 (**超越**)、돌다 (**轉**) …

> ▷ 오늘은 바람이 많이 **분**다.　　今天風吹得很大。
> ▷ 그는 나팔을 잘 **분**다.　　　　他很會吹喇叭。

> ▷ 아기가 큰 소리로 **운**다.　　寶寶大聲地哭。
> ▷ 그녀는 거짓 울음을 **운**다.　她在假哭。

④ **主動動詞** | 본동사

相對於補助動詞，能夠以原有意思獨立使用的動詞。

舉例來說，相對於「읽어보다 (讀讀看)」中的「보다 (看：補助動
詞)」，「영화를 보다 (看電影)」中的「보다 (看)」是屬於主動詞。

⑤ **補助動詞** | 보조동사

指失去原本的意思及獨立性，依附在主格動詞之後，用以添加附屬意
思的動詞。

舉例來說，「읽어보다 (讀看看)」中的「보다 (看)」、「읽어주
다 (讀給)」中的「주다 (給)」、「읽어가다 (讀下去)」中的「가다 (
下去)」、「읽어두다 (先讀)」中的「두다 (放下)」都屬於補助動詞。

規則動詞 | 규칙동사

指語幹與語尾結合之後，語幹不會發生變化的動詞。

>> 規則動詞的運用範例請參考p.178、p.181、p.183、p.184的介紹。

不規則動詞 | 불규칙동사

指語幹與語尾結合之後，語幹或語尾會發生變化的動詞。

>> 不規則動詞的運用範例請參考p.176之後的「不規則變化」。

5.3 補助動詞 | 보조동사

補助動詞可藉由「－아／어、－고、－지、－아야／어야」等特定的連結語尾來連接主動詞。補助動詞本身也和普通動詞相同，可連接各式各樣的語尾，主要的補助動詞包括以下幾種。

區分		連結語尾	補助動詞	意思／例句
		－아／어	가다	～下去、漸漸～
1	進行	사과가 빨갛게 익**어 간다**. 일이 거의 끝**나 갑니다**. 더워서 꽃이 시들**어 간다**.		蘋果漸漸成熟變紅。 工作幾乎要完成了。 天熱讓花朵漸漸枯萎。
		－아／어	오다	一直～、～到現在
2	進行	작년부터 한국어를 배**워 왔어요**. 오랫동안 그 일을 **해 왔다**. 금붕어를 3년 동안 길**러 왔다**.		從去年開始學韓語到現在。 長期以來一直做那份工作。 3年來一直養金魚。
		－고	있다	正在～
3	進行、結果持續	민수는 지금 점심을 먹**고 있다**. 비가 많이 오**고 있어요**. 엄마가 아기를 안**고 있어요**. 그는 늘 빨간 넥타이를 매**고 있다**.		岷秀現在正在吃午餐。 雨下得正大。 媽媽正抱著寶寶。 他總是繫著紅色領帶。

		−고　　　계시다	正在～（尊敬語氣）
4	進行 結果 持續	▶선생님은 책을 읽고 **계신다**. ▶그분은 학교에서 일하고 **계신다**. ▶뭐 하고 **계세요**?	老師正在看書。 那位是在學校工作。 請問在做什麼呢？

		−아／어　　　있다	正～、著～
5	狀態 持續	▶언니는 지금 미국에 **가 있다**. ▶공원에 꽃이 많이 피어 **있어요**. ▶책상 위에 사전이 놓여 **있습니다**.	姊姊現在正要去美國。 公園裡正開著許多花。 桌上放著辭典。

		−아／어　　　드리다	給～
6	幫忙	▶그분의 일을 좀 도와 **드렸다**. ▶내일 그 책을 보내 **드리겠어요**. ▶안내**해 드릴까요**? ▶「−아／어 드리다」	在那位先生的工作上給了一些幫忙。 明天會把那本書送去給你。 需要幫您介紹嗎？ 在語氣上並沒有施恩於人的意味。

		−아／어　　　주다	給～、幫～
7	奉獻	▶민수에게 책을 빌려 **주었다**. ▶엄마가 방 청소를 해 **주었어요**. ▶선생님이 동화책을 읽어 **주셨다**.	把書借給了岷秀。 媽媽幫我打掃了房間。 老師說故事給我聽。

		−아／어　　　보다	～試試看
8	嘗試 經驗	▶큰 소리로 읽어 **보세요**. ▶치마저고리를 입어 **보고** 싶어요. ▶냉면을 처음으로 먹어 **보았습니다**.	請試著大聲讀讀看。 我想穿穿看裙子和韓服上衣。 第一次嘗試了冷麵。

		−아／어　　　두다	～著、先～
9	保持 完成	▶불을 켜 **두고** 잠이 들었다. ▶이 말은 반드시 외워 **두세요**. ▶감기약을 미리 준비해 **두었다**.	開著電燈睡覺了。 請務必將這句話背下來。 事前先準備了感冒藥。

		−아/어 놓다	先〜
10	保持 完成	▶ 더워서 창문을 열**어 놓았다**. ▶ 보고서는 이미 작성**해 놓았다**. ▶ 아이 밥을 **해 놓고** 나갔다.	因為天氣熱所以開了窗戶。 報告已經先做好了。 先幫孩子做了飯才出門。
		−아/어 버리다	〜了
11	結束 完成	▶ 여동생이 과자를 다 먹**어 버렸다**. ▶ 친구들이 모두 떠나**가 버렸다**. ▶ 오늘 빚을 다 갚**아 버렸다**.	妹妹把餅乾全部吃掉了。 朋友們全都走掉了。 今天把借的錢全都還了。
		−고 말다	〜的、〜一定
12	結束 完成 意志	▶ 그 얘기를 듣고 그냥 웃**고 말았다**. ▶ 야구는 미국에 지**고 말았다**. ▶ 꼭 성공하**고 말겠다**. ▶ 시험에 꼭 합격하**고 말겠다**.	聽到那件事之後只是笑了出來。 棒球輸給了美國。 一定要成功。 考試一定要上榜。
		−아/어 내다	〜到最後
13	實踐 終結	▶ 경찰이 범인을 끝내 찾**아 내었다**. ▶ 추위를 이**겨 내고** 꽃을 피웠다. ▶ 힘들지만, 끝까지 참**아 내었다**.	最後警察終於找出了犯人。 戰勝嚴寒最後開出了花朵。 雖然辛苦，但還是忍耐到了最後。
		−아/어 대다	不停〜、一直〜
14	反覆 強調	▶ 모두 너무 웃**어 대서** 말을 못 한다. ▶ 모두 그를 놀**려 댔다**. ▶ 학생들이 시끄럽게 떠들**어 댄다**.	大家不停地笑以致於無法說話。 大家不停地捉弄他。 學生們一直吵鬧。
		−지 않다	沒有〜
15	否定	▶ 나는 그날 텔레비전을 보**지 않았다**. ▶ 이유도 묻**지 않고** 돈을 빌려주었다. ▶ 아이가 밥을 먹**지 않아서** 걱정이다.	那天我沒有看電視。 也不問理由就把錢借給了我。 孩子不吃飯令人擔心。

		−지	못하다	不能～、無法～

16	不能	▶ 배가 아파서 학교에 가지 **못했다**. ▶ 어제는 아무도 만나**지 못했다**. ▶ 점심을 먹**지 못해서** 배가 고프다.	因為肚子痛而無法去上學。 昨天誰也沒見著。 因為不能吃午餐所以肚子餓。

		−지	말다	請不要～、不可以～（以命令型來使用）

17	禁止	▶ 이곳에서 수영하**지 마세요**. ▶ 밥을 남기**지 마시기** 바랍니다. ▶ 쓰레기를 함부로 버리**지 마라**.	請不要在這裡游泳。 希望不要把飯剩下來。 請勿亂丟垃圾。

		−아야／ 어야	하다	非～不可、必須～才行

18	當然 必要	▶ 이번에는 꼭 이**겨야 한다**. ▶ 일곱 시까지 회사에 가**야 한다**. ▶ 방학 중에 학비를 벌**어야 한다**.	這次非贏不可。 非得在7點以前到公司不可。 必須在假期裡賺學費才行。

		게	되다	預定～、決定～

19	預定	▶ 도쿄로 여행을 가**게 되었다**. ▶ 다음 달에 이사를 가**게 되었다**.	預定到東京去旅行。 預定下個月要搬家。

		−고는 −곤	하다	（習慣）會～

20	反覆 習慣	▶ 주말에 등산을 가**고는 한다**. ▶ 가끔 친구들과 술을 마시**곤 한다**. ▶ 자기 전에 음악을 듣**곤 했다**.	週末通常會去登山。 偶爾會跟朋友去喝酒。 睡前會聽一些音樂。

		−게	하다	讓～、要～

21	使役	▶ 밥을 먹기 전에 숙제를 하**게 했다**. ▶ 매일 큰 소리로 책을 읽**게 한다**. ▶ 어머니가 항상 일기를 쓰**게 하셨다**.	讓他在吃飯前寫完功課。 讓他每天大聲唸書。 媽媽總是要我寫日記。

承認
強調

－기는 －기도	하다	是有～、是會～、也會～

▸ 빵을 조금 먹**기는 했다**. 　　　　是有吃了點麵包。
▸ 만나**기도 하지만** 인사는 안 한다. 　是會見面但不會打招呼。
▸ 남편은 가끔 요리를 하**기도 한다**. 　丈夫有時也會下廚做菜。

① 關於「－고 있다（進行）、－아／어 있다（狀態）」中「있다」的詞性有多種說法，一說是「－고 있다（進行）」的「있다」屬於補助動詞，「－아／어 있다（狀態）」的「있다」則屬於補助形容詞；但也有學者將兩者都歸類為補助形容詞。

② 「－고 있다」是用於有受語的動詞，「－아／어 있다」則是使用於沒有受語的動詞，「－고 있다」當作沒有受語的動詞使用時單純進行該動作的意思。

③ 「－고 있다」與「－아／어 있다」都可接在動詞之後表示持續的意思，兩者的意思很容易被混淆。「－고 있다」是表示動作的進行或動作完成後的狀態一直持續下去；「－아／어 있다」則表示動作的狀態本身一直持續下去。

▸ 안경을 쓰**고 있다**. 　　　　戴著眼鏡。
▸ 구두를 신**고 있다**. 　　　　穿著鞋子。

▸ 음악을 듣**고 있다**. 　　　　聽著音樂。
▸ 책을 읽**고 있다**. 　　　　看著書。

▸ 의자에 앉**아 있다**. 　　　　坐在椅子上。
▸ 밖에 서 **있다**. 　　　　站在外面。

▸ 눈이 오**고 있다**. 　　　　下著雪。
▸ 바람이 심하게 불**고 있다**. 　吹著強風。

06 形容詞

形容詞主要用來表現人事物的狀態，在句子中可單獨做為敘述語使用，和動詞同樣被歸類為「用言」。

6.1 形容詞的特徵

韓語形容詞的原型與動詞相同，都是呈現「語幹＋다」的型態。最大的特徵是語幹可以連接具有各種意思與功能的語尾，產生各式各樣的語尾變化。

6.1.1 形容詞的原型 | 형용사의 기본형

韓語形容詞的原型與動詞一樣是以「語幹＋다」的型態來呈現，因此光從原型來看並不能夠區分動詞與形容詞，只能夠透過詞語本身的意思來判斷。

形容詞（原型）		語幹	語尾
나쁘다	壞的	나쁘	다
좋다	好的	좋	다
싫다	討厭的	싫	다
바쁘다	忙碌的	바쁘	다

動詞（原型）		語幹	語尾
마시다	喝	마시	다
읽다	讀	읽	다
듣다	聽	듣	다
보다	看	보	다

6.1.2 語尾變化 | 어미 활용

形容詞也和動詞相同，可透過連結各式各樣的語尾來產生「變化」。有些語尾可同時與動詞及形容詞結合，但也有部分語尾只能夠與形容詞結合，能否分辨形容詞與動詞是學習語尾變化時一個重要的課題。

42 ● 史上最強韓語文法

原型	語幹	語尾	例句	意思
좋다	좋	−다	좋**다**	好的
		−으면	좋**으면**	好的話
		−습니다	좋**습니다**	好的
		−은	좋**은** (사람)	好的（人）
		−았	좋**았다**	（曾是）好的
		−구나	좋**구나**	好啊

 區分韓語形容詞與動詞的方法之一是根據該詞語能否連接平述型語尾「−ㄴ다／는다」來判斷，語尾「−ㄴ다／는다」只能夠與動詞結合。

形容詞

▸ 날씨가 **나쁘다**. 天氣不好。

▸ 날씨가 **좋다**. 天氣好。

▸ 일이 **바쁘다**. 工作忙。

動詞

▸ 여행을 **간다**. 去旅行。

▸ 책을 **읽는다**. 讀書。

▸ 밥을 **먹는다**. 吃飯。

6.2 形容詞的種類

韓語的形容詞依據其功能及語尾變化方式可以分為以下幾類。

1 性狀形容詞 | 성상형용사

表示人事物之性質、狀態的形容詞，大部分的形容詞都屬於此類。

높다（高的）、적다（少的）、밝다（開朗的）、빨갛다（紅色的）、
많다（多的）…

▸ 산이 매우 **높다**.　　　　　　山很高。

▸ 민수는 성격이 참 **밝다**.　　　岷秀的個性真是開朗。

▸ 경험이 **많다**.　　　　　　　　經驗很多。

　　　　　　　　　　　　　　　　第1章 詞類規則 | 06 形容詞 ● **43**

2 心理形容詞 | 심리형용사

　　性狀形容詞之中專門用來表示主語心理狀態者稱為心理形容詞，由於作用是表現說話者本身的心理狀態，因此當心理形容詞用於平敘句中時，主語必須是第一人稱。

　　기쁘다（高興）、슬프다（傷心）、싫다（討厭）、부끄럽다（害羞）、
　　부럽다（羨慕）、즐겁다（快樂）、무섭다（可怕）、외롭다（寂寞）…

> ▹ 나는 지금 아주 **슬프다**.　　　　　我現在很傷心。
> ▹ 그 소식을 들으니 **기쁘다**.　　　　聽見那個消息之後感覺很高興。
> ▹ 나는 운동이 **싫다**.　　　　　　　　我討厭運動。

3 指示形容詞 | 지시형용사

　　在句子中具有指示功能的形容詞稱為指示形容詞。

　　이렇다／이러하다（這樣）、그렇다／그러하다（那樣）
　　저렇다／저러하다（那樣）、어떻다／어떠하다（怎樣）

> ▹ 여기에 온 목적은 **이렇다**.　　　　到這裡來的目的就是這樣。
> ▹ 나도 **그러한** 사람이 되고 싶다.　　我也想成為那樣的人。
> ▹ **저렇게** 하면 안돼요.　　　　　　　那樣做是不可以的。

4 補助形容詞 | 보조형용사

　　補助形容詞是指已失去原本的意思與獨立性，接在動詞與形容詞之後以發揮附屬意思的形容詞。

　　舉例來說，「춥지 않다（不冷）」的「않다（不）」、「먹고 싶다（想吃）」的「싶다（想）」以及 「편안하지 못하다（無法自在）」的「못하다（無法）」都屬於補助形容詞。

5 兩用形容詞 | 양용형용사

　　可當成動詞也可當成形容詞使用的形容詞稱為兩用形容詞。

밝다（明亮的、發亮）、크다（大的、變大）、늦다（慢的、遲到）、
낫다（較好的、治好）、틀리다（不同、弄錯）

- 눈이 **크다**.　　　　　　　　眼睛很大。
- 나무가 잘 **크지 않는다**.　　　樹長得不太大。
- 전망이 **밝다**.　　　　　　　前途光明。
- 날이 **밝았다**.　　　　　　　天亮了。

6 . 不規則形容詞 | 불규칙형용사

　　語幹與特定語尾結合之後，該語幹及語尾產生變化的形容詞稱為不規
則形容詞。

>> 關於不規則變化的詳請參考p.176以後的介紹。

6.3 補助形容詞 | 보조형용사

　　補助形容詞在句子中是透過「－아／어、－고、－지、－아야／어
야」等特定的連結語尾來與用言之主體連接，補助形容詞本身也像一般形容
詞一樣能夠與各式各樣的語尾結合。經常被使用的補助形容詞有以下幾種。

類別		語尾	補助形容詞	意思／例句
1	希望	－고	싶다	想要～
		김치찌개를 먹**고 싶어요**.		想要吃泡菜鍋。
		서울로 유학을 가**고 싶어요**.		想去首爾留學。
		오늘은 집에서 쉬**고 싶다**.		今天想在家休息。
2	否定	－지	않다	不～
		그의 생각은 옳**지 않다**.		他的想法不正確。
		일이 생각만큼 쉽**지 않다**.		工作不如想像中簡單。
		건강이 좋**지 않아서** 회사를 쉬었다.		身體不好向公司申請留職停薪。

		−지　　못하다	不～
3	不及	그런 태도는 옳**지 못하다**.	那樣的態度不好。
		발음이 깨끗하**지 못했다**.	發音不標準。

		기는 기도　　하다 기만	是～、非常～、只要～
4	承認 強調	옷이 좋**기는 한데** 값이 비싸다.	衣服好是好就是價錢太貴。
		생선이 참 싱싱하**기도 하다**.	魚非常的新鮮。
		부지런하**기만 하면** 돼요.	只要勤勞就好了。

 補助形容詞「−않다、−못하다、−하다」也可以當成補助動詞使用，當接在形容詞主語之後時屬於補助形容詞，接在動詞主語之後時則屬於補助動詞。

補助形容詞

- 별로 멀지 **않다**.
  不太遠。
- 성격이 좋지 **못하다**.
  個性不好。
- 키가 크기는 **하다**.
  身高算是高。

補助動詞

- 책을 읽지 **않는다**.
  不讀書。
- 김치는 먹지 **못한다**.
  不能吃泡菜。
- 가끔 보기는 **한다**.
  有時會看。

6.4 있다／없다（有、在／沒有、不在）

　　「있다（有、在）」與「없다（沒有、不在）」視情況不同可當成動詞也可當成名詞來運用。以詞性而言，「없다（沒有、不在）」毫無疑問是屬於形容詞，然而關於「있다（有、在）」卻有多種說法，有人將之視為動詞，亦有人將之視為形容詞，因此須根據詞語在句中的意思來決定其詞性是動詞或是形容詞。

6.4.1 「있다（有、在）」的語尾變化

　　下表列出了「있다」與幾個語尾結合的例子，由此可以確認「있다」能夠當成動詞也能夠當成形容詞的兩面性。

種類	語尾（依連接的型態來區分）			例句
	動詞	形容詞	意思	
있다	−는다고 ○	−다고 ×	間接引用說〜	▸그는 내일 집에 **있는다고** 했다. 　他說明天會待在家裡。
	−는다 ×	−다 ○	平述型現在	▸그는 돈이 많이 **있다.** 　他有很多錢。 ▸민수는 요즘 집에 **있다.** 　岷秀最近在家。
	−는 ○	−은 ×	冠形型現在	▸집에 **있는** 민수 　在家裡的岷秀。 ▸책상 위에 **있는** 책 　放在桌上的書。
	−느냐 ○	−으냐 ×	疑問〜嗎？ 〜呢？	▸거기 누가 **있느냐**? 　那裡有誰在嗎？ ▸책이 어디에 **있느냐**? 　書在哪裡呢？
	−는구나 ×	구나 ○	感嘆〜呢、啊	▸책이 많이 **있구나.** 　有很多書啊。
	−는데 ○	−은데 ×	連接、導言	▸배가 **있는데** 같이 먹자. 　有梨子，我們一起吃吧。
	−어라 ○	−	− 命令〜	▸오늘은 거기에 **있어라.** 　今天待在那裡。（命令語感） ▸떠들지 말고 **있어라.** 　別吵。（命令語感）

					3 시까지 여기에 있자.
−자	○	−	−	請求〜吧	3點之前待在這裡吧。

6.4.2 「없다（沒有、不在）」的語尾變化

相較於「있다」，「없다」較常被當成形容詞來運用，但有時也會以動詞的方式做連接，運用上必須特別注意。

種類	語尾（依連接的型態來區分）			例句
	接動詞	接形容詞	意思	
없다	−는다고 ×	−다고 ○	間接引用 說是〜	▶내일 집에 **없다고** 했다. 說是明天不在家。
	−는다 ×	−다 ○	平述型結尾	▶민수는 요즘 집에 **없다**. 岷秀最近不在家
	−는 ○	−은 ×	冠形型現在	▶집에 **없는** 동안 不在家的期間
	−느냐 ○	−으냐 ×	疑問 〜嗎？ 、〜呢？	▶집에 아무도 **없느냐**？ 沒有人在家嗎？
	−는구나 ×	−구나 ○	感嘆 〜呢、〜啊	▶책이 별로 **없구나**. 沒有多少書啊。
	−는데 ○	−은데 ×	前置 所以〜	▶시간이 **없는데** 빨리 가자. 沒有時間，所以快點去吧。

>> 關於語尾的詳情請參考p.222以後的介紹。

參考 ① 有的學說是將「있다、없다」這兩個詞語歸類為「存在詞」，部分的辭典及教科書亦使用「存在詞」一詞，但「存在詞」之說法並不存在於韓國當地發行的辭典或教科書中。學校文法不將這兩個詞語視為獨立的詞類，而是將之歸類為形容詞，但也有部分辭典將「있다」歸類為動詞或者是兩用形容詞。

② 根據韓國國立國語院所編撰的『標準國語大辭典』之解釋，「있다」做為ⓐ從事（工作）、狀態的維持、時間的經過、停留等意思使用時，即為動詞，用以表示ⓑ人事物、動物等之存在時，則為形容詞。

- 너는 집에 **있어라**. （停留 → 動詞） 你待在家裡。（命令語感）
- 그 회사에 그냥 **있어라**. （從事 → 動詞） 就待在那間公司。（命令語感）
- 날지 못하는 새도 **있다**. （動物的存在 → 形容詞） 也有不會飛的鳥。
- 증거가 **있다**. （事實的存在 → 形容詞） 有證據。

③ 部分的名詞接上「있다」與「없다」後可形成形容詞。

- 재미（有趣） → 재미＋있다／없다
  → **재미있다**（有趣的）／**재미없다**（無趣的）
- 맛（味道） → 맛＋있다／없다
  → **맛있다**（美味的）／**맛없다**（難吃的）
- 멋（優美） → 멋＋있다／없다
  → **멋있다**（優美的）／**멋없다**（殺風景的）
- 관계（關係） → 관계＋있다／없다
  → **관계있다**（有關係）／**관계없다**（沒有關係）

6.5 衍生動詞

形容詞語幹與「－아／어지다、－아／어하다」結合可形成動詞。

1 形容詞語幹＋어／어지다

形容詞語幹與「－어／어지다」結合之後即形成具有「漸漸形成某種狀態或傾向」意思的動詞。

- 길다（長的） → 길＋어지다 → **길어지다**（變長）
- 짧다（短的） → 짧＋아지다 → **짧아지다**（變短）
- 없다（沒有） → 없＋어지다 → **없어지다**（耗盡）
- 싫다（討厭的） → 싫＋어지다 → **싫어지다**（變討厭）
- 좋다（好的） → 좋＋아지다 → **좋아지다**（變好）
- 춥다（冷的） → 춥＋어지다 → **추워지다**（變冷）

此種結合方式並不適用於所有形容詞，主要是心理形容詞的語幹加上「－아／어하다」可形成具有「採取某種動作」之意思的動詞。

- 기쁘다（高興的）→　기쁘＋어하다→　**기뻐하다**（感到高興）
- 슬프다（傷心的）→　슬프＋어하다→　**슬퍼하다**（感到傷心）
- 무섭다（可怕的）→　무섭＋어하다→　**무서워하다**（感到害怕）
- 싫다　（討厭的）→　싫＋어하다　→　**싫어하다**（感到討厭）
- 재미있다（有趣的）→　재미있＋어하다→　**재미있어하다**（感到有趣）

6.6 衍生形容詞

部分的名詞後面接「－답다、－하다」可形成形容詞。

① 名詞＋답다

在某個名稱後面接上接尾辭「－답다」可形成具有「與其身分、特性相同」意思的形容詞。

- 남자（男子）→ 남자＋답다→ **남자답다**（有男子氣概的）
- 학생（學生）→ 학생＋답다→ **학생답다**（有學生氣息的）
- 어른（成人）→ 어른＋답다→ **어른답다**（成熟的）

② 名詞＋하다

「행복、편리、정직、복잡、건강、순수」之類的抽象名詞與「하다」結合可形成形容詞。

- 행복（幸福）→　행복＋하다→ **행복하다**（幸福的）
- 편리（便利）→　편리＋하다　▸**편리하다**（方便的）
- 복잡（複雜）→　복잡＋하다→ **복잡하다**（複雜的）
- 정직（正直）→　정직＋하다→ **정직하다**（老實的）
- 건강（健康）→　건강＋하다→ **건강하다**（健康的）

動詞與形容詞的差別

動詞與形容詞的原型同樣是以「－다」作結尾，兩者功能同樣是用來敘述句子的主體，且都可以進行語尾變化。但動詞與形容詞在意思上的表現截然不同，動詞用以表示主語的動作及過程；形容詞則用以表示性質及狀態，兩者在與語尾結合時也會有許多不同之處。動詞與形容詞的差別主要有以下幾點。

❶ 動詞的原型可以跟現在式的終結語尾「－ㄴ／는」、冠形型（連體型）語尾「－는」結合。

動詞	밥을 먹**는**다. (먹＋는＋다)	吃飯。
	비가 **온**다. (오＋ㄴ＋다)	下雨。
	밥을 먹**는** 사람	吃飯的人。

形容詞	김치가 맵＋는＋다. (×)	泡菜是辣的。（錯誤範例）
	물이 차＋ㄴ＋다. (×)	水是冷的。（錯誤範例）
	작＋는＋인형. (×)	小玩偶。（錯誤範例）

❷ 形容詞的原型可單獨成為敘述語。

| 形容詞 | 과일이 **달다**. | 水果是甜的。 |

>> 動詞在標題、詩句等例外狀況下，可保持原型來使用。

| | 혹한의 남극을 **가다**. | 去酷寒的南極。 |

❸ 動詞可與連結語尾「－려（意圖）、－러（目的）」結合。

| 動詞 | 내일 서울에 가**려**고 한다. | 明天想去首爾。 |
| | 책을 사**러** 갔**다**. | 去買書了。 |

❹ 動詞可與命令型語尾「－어라」及勸誘型語尾「－자」結合。

| 動詞 | 민수야, 일어나**라**. | 岷秀，起床！（命令語感） |
| | 민수야, 빨리 가**자**. | 岷秀，快去吧。 |

❺ 冠形型語尾「－（으）ㄴ」接動詞表過去式，接形容詞則表現在式。

| 動詞 | 이 책을 읽**은** 사람 | 讀了這本書的人。 |
| 形容詞 | 붉**은** 고추 | 紅色的辣椒。 |

07 敘述格助詞　서술격조사

敘述格助詞與動詞及形容詞一樣可作語尾變化，然而「이다」無法單獨使用，只能夠連接名詞或相當於名詞的詞語，具有將該名詞轉變為敘述語的功能。由於「이다」必須連接名詞來使用，本身又像用言般有語尾變化，學者對其詞性有「指定形」、「形容形」、「用言化接尾辭」、「敘述格語尾」等多種不同見解，學校文法則將之歸類為「敘述格助詞」。

7.1 「이다」的功能

①　連接名詞表示指定或斷定的意思。

> 그는 내 **남동생이다**.　　　　　他是我的弟弟。
> 이것은 **수박이다**.　　　　　　這是西瓜。
> 내일부터 **시험이다**.　　　　　明天開始考試。

②　連接有接尾辭「－적（的）」的名詞，表示主體的特徵。

> 젊은 세대는 **감성적이다**.　　　年輕一代是感性的。
> 자식에 대한 사랑은 **무조건적이다**.　對於子女們的愛是無條件的。
> 그는 **양심적이다**.　　　　　　他是有良心的。

③　接在可接－하다的名詞，將該名詞當成用言來使用。

> 나는 그의 의견에 **찬성이다**.　　我贊成他的意見。
> 나는 내일 시험이 **걱정이다**.　　我擔心明天的考試。
> 빨리 안 온다고 **불평이었다**.　抱怨不快點來。

④　接在副詞及語尾後方，表示行動、狀態或狀況。

> 요리 솜씨가 **제법이다**.　　　　料理的手藝出眾。
> 도착한 건 내가 제일 **먼저다**.　第一個到的人是我。

> 잠을 깬 건 10시가 **넘어서였다**.　　醒來的時間是在十點過後。

「이다」與動詞及形容詞一樣能夠連接各式各樣的語尾。

原型	語尾		例句
	−ㅂ니다	이 + ㅂ니다	제 여동생**입니다**.　是我的妹妹。
	−ㅂ니까	이 + ㅂ니까	누구**입니까**?　是誰?
	−에요	이 + 에요	우리 형**이에요**.　是我的哥哥。
	−면	이 + 면	내일**이면** 괜찮아요.　明天的話就沒關係
	−고	이 + 고	이건 책**이고** 저건 사전이다.　這是書那是辭典。
이다	−면서	이 + 면서	지적**이면서** 야성적인 사람　既有知性又有野性的人。
	−었−	이 + 었 + 다	어제가 내 생일**이었다**.　昨天是我的生日。
	−지요	이 + 지요	저분이 의사 선생님**이지요**?　那位是醫師對吧?
	−시−	이 + 시 + 다	저분이 김 선생님**이시다**.　那位是金老師。
	−구나	이 + 구나	좋은 사람**이구나**.　原來是個好人啊。
	−ㄴ	이 + ㄴ	의사**인** 친구가 있어요.　有個當醫師的朋友。
	−ㄹ	이 + ㄹ	그것이 정답**일** 거예요.　那應該是正確答案。

>> 關於語尾的詳情請參考222以後的「語尾的規則」。

7.3 「이다」的否定型

「이다」的否定型是「−이／가　아니다」。「이다」可直接連接名詞，「아니다」是不完全形容詞以−이／가　아니다表示，這裡的−이／가為補助助詞。「−아니다」同樣可連接語尾並有多種變化。

原型	語尾		例句
	−ㅂ니다	아니+ㅂ니다	▸제 여동생이 **아닙니다.**　不是我的妹妹。
	−ㅂ니까	아니+ㅂ니까	▸김 선생님이 **아닙니까?**　不是金老師嗎？
	−에요	아니+에요	▸의사가 **아니에요.**　不是醫師。
	−면	아니+면	▸내일이 **아니면** 괜찮아요. 不是明天的話就沒關係。
	−고	아니+고	▸이건 책도 **아니고** 사전도 아니다. 這既不是書也不是辭典。
아니다	−었−	아니+었다	▸어머니 생일이 **아니었다.**　不是媽媽的生日。
	−구나	아니+구나	▸좋은 사람이 **아니구나.**　原來不是好人啊。
	−ㄴ	아니+ㄴ	▸의사가 **아닌** 사람　不是醫師的人。
	−ㄹ	아니+ㄹ	▸정답이 **아닐** 거예요.　應該不是正確答案。
	−지만	아니+지만	▸진짜가 **아니지만** 괜찮다. 雖然不是真的，但沒關係。
	−ㄹ까	아니+ㄹ까	▸저 사람이 **아닐까?**　不是那個人嗎？

>> 關於語尾的詳情請參考p.222以後的「語尾的規則」。

參考 「이다」在文法上的地位

① 敘述格助詞

「이다」主要是接在名詞之後，用以將該名詞轉變為敘述語，因此現行的學校文法將之歸類為「敘述格助詞」。然而格助詞的功能是連接名詞以表現該名詞相對於其他敘述語的關係，但「이다」並非如此；且一般助詞在型態上不會產生變化，唯獨「이다」會因為語尾變化而使型態改變，因而不同於其他助詞。也由於其獨特的功能與型態變化，長期以來不斷有學者對於將「이다」定義為格助詞之事表示疑問。

② 指定詞

「이다」雖然有敘述語的功能，但與動詞及形容詞不同，「이다」還具有主語和用言同一性功能，因此有的學說將「이다」與「아니다」歸類為「指定詞」指定某一事物。「指定詞」的說法由於方便說明，因此在外國的韓語教育中經常被使用，但在韓國則無人採用這種說法。指定詞的學說也引發另一種爭論，也就是「이다」與「아니다」兩個詞語能否單獨形成一種獨立的詞類，以及能否根據所指定的功能來限定其詞性。「아니다」在學校文法中被歸類為形容詞。

③ 接詞、形容詞、繫詞（copula）

其他說法還有根據「이다」與名詞間不可分割的關係而將之視為「接詞」，也就是用言語尾；根據「이다」的語尾變化與形容詞相似而將之視為「形容詞敘述語」；以及將「이다」的「이」視為輔助發音之「媒介母音（調音素）」等等。此外「이다」的作用是連接兩個詞語以指定主語敘述語的關係，因此也有人將之稱為「繫詞（copula＝계사、코퓰러）」；但由於「이다」必須接在名詞之後，以「名詞＋이다」的形式來發揮敘述語的功能，與英文的be動詞之類可獨立發揮敘述語功能的繫詞略有不同。

08 副詞

부사

副詞是指置於動詞、形容詞或是其他副詞及句子前方以做為修飾的詞語。

8.1 副詞的特徵

1 修飾動詞、形容詞、其他副詞或句子

❶ 修飾動詞、形容詞

▶ 시간이 없으니까 **빨리** 가자.　　　沒有時間所以快點走吧。

▶ 오늘은 **매우** 덥다.　　　　　　　今天非常熱。

❷ 修飾其他副詞

▶ 돈을 **더 많이** 벌고 싶다.　　　　想要賺更多錢。

❸ 修飾冠形詞（連體詞）

▶ 이것이 **가장 새** 것이다.　　　　這是最新的。

❹ 修飾整個句子

▶ **부디** 몸 조심하세요.　　　　　　請務必要保重身體。

❺ 連結句子與句子、名詞與名詞

▶ 영화를 보았다. **그리고** 차를 마셨다. 看了電影，還有喝了茶。

▶ 학부형 및 학생, 볼펜 **또는** 연필　家長及學生，原子筆或是鉛筆。

2 副詞不與格助詞結合，但能與補助助詞結合

❶ 不可與「이／가、을／를、와／과、에、로／으로」等格助詞結合

＊비빔밥이 **아주＋를** 맛있다.（×）　韓式拌飯非常好吃。（錯誤範例）

＊오늘은 **매우＋에** 춥다.（×）　　今天很冷。（錯誤範例）

❷ 可與「도、는、만」等補助助詞結合。

▹ 술은 **조금＋도** 못 마신다.　　　一點也不會喝酒。
▹ 그렇게 **빨리＋는** 못 가요.　　　沒辦法那麼快去。
▹ **잘＋만** 하면 이길 수 있다.　　　只要好好做就能獲勝。

8.2 副詞的種類

副詞依據所修飾的位置及範圍可分為成分副詞與句副詞。

8.2.1 成分副詞 | 성분부사

修飾形容詞、動詞、其他副詞及特定之名詞等句子中特定成分的副詞稱為成分副詞，成分副詞依據本身的意思可分成以下幾種。

❶ 性狀副詞 | 성상부사

表示動詞及形容詞所指狀況的程度、頻率或狀態。

❶ 表示程度

가장	最	아주	非常	매우	很
정말	真的	제일	最	꽤	相當
많이	很多	한참	好一會兒、老半天	잘	很
좀	一點	조금	稍微	겨우	僅僅
전혀	完全	훨씬	更	너무	太

▹ 이 고추가 **제일** 맵다.　　　這個辣椒最辣。
▹ 여기서 산이 **훨씬** 잘 보인다.　　　從這裡更能把山看清楚。
▹ 그는 **아주** 겁쟁이다.　　　他是個非常膽小的人。
▹ **너무** 욕심 부리지 마라.　　　不要太貪心。

❷表示頻率

자주	經常	가끔	偶爾	때때로	有時候
늘	總是	매일	每天	매년	每年

▷ 영화를 **자주** 보러 간다.　　　　經常去看電影。
▷ 친구들과 **가끔** 술을 마신다.　　偶爾跟朋友一起喝酒。
▷ 서울에는 **매년** 간다.　　　　　每年到首爾去。

❸表示比較。

더	更	덜	不夠、少

▷ 형보다 동생이 키가 **더** 크다.　弟弟比哥哥更高。（比起哥哥弟弟的身高更高）
▷ 올해는 작년보다 **덜** 춥다.　　　今年沒有去年冷。
▷ 아침보다 저녁을 **덜** 먹어라.　晚餐要比早餐吃得少一些。
　　　　　　　　　　　　　　　　（比起早餐晚餐要吃少一點）

❹表示狀態。

천천히	慢慢地	빨리	快	멀리	遠
함께	一起	모두	全都	바로	筆直

▷ 이따가 **천천히** 이야기합시다.　待會再慢慢聊吧。
▷ 매년 가족이 **함께** 여행을 간다.　每年全家一起去旅行。
▷ **바로** 눈 앞에 서 있었다.　　　就站在眼前。

2　指示副詞 | 지시부사

指示特定的時間、地點，或是在先前對話中已經出現過的內容。

❶表示時間 | 시간지시부사

방금	剛才	벌써	已經	곧	馬上
아직	還	이미	已經	잠깐	一下

아까	剛才	일찍	及早	장차	將來
이따가	待會	갑자기	突然	문득	忽然
요즘	最近	지금	現在	현재	現在
밤낮	經常	줄곧	一直	얼마간	一些
오늘	今天	내일	明天	모레	後天
먼저	先	마침내	終於	드디어	總算
어느새	不知不覺間	언제	何時	언제나	總是

▸ **벌써** 벚꽃이 피었다.　　　　　　櫻花已經開了。
▸ **곧** 도착할 거예요.　　　　　　　應該快要到了。
▸ 내일 **다시** 만나자.　　　　　　　明天再見吧。
▸ **아까** 책방에서 만났다.　　　　　剛才在書店遇到了。

② 表示地點 | 공간지시부사

이리	往這裡	저리	往那裡	그리	往那裡

▸ **이리** 오세요.　　　　　　　　　請到這裡來。
▸ **저리** 가서 앉읍시다.　　　　　　到那裡坐下吧。
▸ 제가 **그리** 가겠습니다.　　　　　我會出發到那裡去。

③ 否定副詞 | 부정부사

表示否定動詞及形容本身的意思。

안	沒有~	못	不能~

▸ 점심을 아직 **안** 먹었다.　　　　還沒有吃午餐。
▸ 오늘은 별로 **안** 춥다.　　　　　今天沒那麼冷。
▸ 바빠서 **못** 갔다.　　　　　　　太忙所以不能去。

>> 關於否定表現的詳情請參考p.150。

以聲音來比喻人、事物及動物的聲音或狀態。

❶ 擬態副詞（擬態語） | 의태부사 (의태어)

아장아장	搖搖晃晃地	알쏭달쏭	模模糊糊
살금살금	偷偷摸摸地	울퉁불퉁	凹凸不平地
쑥덕쑥덕	嘀嘀咕咕	느릿느릿	慢吞吞地
깡충깡충	蹦蹦跳跳地	울긋불긋	五彩繽紛地
구불구불	彎彎曲曲地		

- 아기가 **아장아장** 걸어 왔다.   小娃娃搖搖晃晃地走過來。
- 강이 **구불구불** 흐르고 있다.   河流彎彎曲曲地流動。
- 단풍이 **울긋불긋** 물들었다.   楓葉變得五彩繽紛。

❷ 擬聲副詞（擬聲語） | 의성부사 (의성어)

개굴개굴	呱呱（青蛙）	졸졸	潺潺（河流）
짹짹	吱吱（鳥）	쾅쾅	轟隆
멍멍	汪汪（狗）	빵빵	砰砰（爆炸）
땡땡	噹噹（鐘）	따르릉	鈴鈴（電話）
꾸르륵	咯咯（雞）	탕탕	砰砰（槍）

- 개구리가 **개굴개굴** 운다.   青蛙呱呱叫。
- 개가 **멍멍** 짖는다.   小狗汪汪叫。
- 시냇물이 **졸졸** 흐른다.   小河潺潺流動。
- 종이 **땡땡** 울린다.   鐘聲噹噹作響。

>> 象徵副詞又稱描寫副詞（묘사부사），韓語的擬聲語、擬態語具有詞語重複發出的疊語性。

8.2.2 句副詞 | 문장부사

用以修飾整個句子，以及連接句子與句子的副詞稱為句副詞。句副詞依照本身的意思可以分成以下幾種。

① 狀態副詞 | 양태부사

表示說話者對句子的態度，必須以呼應的形式來表現。

아마	大概	만일／만약	如果
설마	難不成	과연	到底
부디	但願	도리어	反而
반드시	必定	하여튼	無論如何
비록／설령	即使	결코	絕對
마치	彷彿	다행히	幸好

▸ 그는 **아마** 오지 않을 것이다. 　他大概不會來吧。
▸ **만일** 비가 오면 집에서 쉬겠다. 　如果下雨的話會在家裡休息吧。
▸ **설마** 그가 그런 말을 했을까. 　難不成他說過那種話。

>> 狀態副詞又稱敘法副詞（서법부사）、話式副詞（화식부사）、
　樣相副詞（양상부사）。

② 接續副詞 | 접속부사

負責連接單字與單字，以及連接句子與句子。

❶ 對等、並列

그리고	並且	또는	或是	및	以及

▸ 창문을 열었다. **그리고** 하늘을 보았다. 　打開窗戶，並且看見了天空。
▸ 월요일 **또는** 수요일 　星期一或是星期三。
▸ 사회, 경제 **및** 문화 　社會、經濟以及文化。

❷補充、添加

또	又	더구나	再加上	게다가	而且

▷ 책을 샀다. **또** 잡지도 샀다. 　　　買了書，又買了雜誌。

▷ 아주 추웠다. **게다가** 비까지 왔다. 　不但很冷，而且還下了雨。

▷ **더구나** 정전까지 되어 추운 밤을 보냈다. 　再加上停電，因此過了個寒冷的夜晚。

❸對立、對照

그러나	但是	하지만	然而	그렇지만	雖然

▷ 조용히 **그러나** 단호하게 말했다. 　冷靜卻斷然地說出來。

▷ 열심히 했다. **하지만** 시험에 떨어졌다. 　奮發努力了，然而還是落榜了。

▷ 눈이 왔다. **그렇지만** 등산을 갔다. 　雖然下雪了，但還是去爬山。

❹轉換話題

그런데	可是	한편	一方面

▷ 여자 친구와 카페에 갔다. **그런데** 거기서 옛 애인을 만났다.
　跟女朋友去了咖啡店，卻在那裡遇見了以前的女朋友。

▷ 한편 슬프고 **한편** 기쁘다. 　　　一方面傷心，一方面覺得高興。

❺原因、結果

그러니까	因為、所以	그래서	所以	따라서	因此

▷ 늦게 일어났다. **그래서** 지각을 했다. 　太晚起床，所以遲到了。

▷ 시끄럽다. **그러니까** 조용히 하자. 　　很吵，麻煩安靜一下。

▷ 과음은 몸에 안 좋다. **따라서** 술은 적당히 마셔야 한다.
　喝太多對身體不好，因此喝酒必須適量才行。

8.3 副詞的呼應與限制

8.3.1 副詞的呼應

副詞的呼應是指當句子前方使用特定的副詞時，後方出現與之對應的特定語尾或說法，並可根據所對應的語尾及說法分成以下幾種。

1 與帶有否定意思的敘述語呼應

별로	不大	차마	不忍	전혀	完全
결코	絕不／無	일절	一概	여간	普通

- 오늘은 **별로** 할일이 없다.　　　今天沒什麼事可做。
- **차마** 그 말을 꺼낼 수 없었다.　　不忍說出那句話。
- **전혀** 고기를 먹지 않는다.　　　完全不吃肉。
- **결코** 그 말을 잊지 않겠다.　　　絕對不會忘記那句話。
- 그 애기는 **일절** 하지 않았다.　那件事一概不提。
- 시험이 **여간** 어려운 게 아니다.　考試不是普通的難。

2 與帶有肯定意思的敘述語呼應

반드시	必定	꼭	務必	~~간신히~~	~~好不容易~~
아무쪼록	千萬	삼가	恭謹	✕	✕

- 이번에는 **반드시** 이겨야 한다.　　這次必定要贏才行。
- **꼭** 한번 오세요.　　　　　　　　請務必來一趟。
- **간신히** 그 일을 끝냈다.　　　　好不容易結束那件工作了。
- **아무쪼록** 건강하기를 바란다.　　千萬要保重身體。
- **삼가** 명복을 빕니다.　　　　　　謹在此祈求冥福。

③ 與帶有推測意思的敘述語呼應

아마	大概	마치	彷彿

▷ **아마** 그저께쯤 왔을 거야.　　多半是在前天來過吧。
▷ **마치** 꿈을 꾸고 있는 것 같다.　　彷彿像在作夢一樣。

④ 與疑問型、感嘆型語尾呼應

설마	難不成	도대체	到底是	얼마나	多麼

▷ **설마** 거짓말을 했을까?　　難不成是在說謊嗎?
▷ **도대체** 왜 이렇게 늦었어?　　到底是為什麼遲到這麼久?
▷ 이 **얼마나** 행복한가?　　多麼幸福呢?

⑤ 與特定的連結語尾呼應

만약／만일	如果	비록／설령	即使	아무리	儘管

▷ **만일** 비가 온다면 중지하겠다.　　如果下雨的話就停止。
▷ **비록** 가난할지라도…　　即使貧窮也…
▷ **아무리** 해도 잘 안 된다.　　不管怎樣都不順利。
▷ **만약** 비가 오면 다음 주에 하자.　　如果下雨的話，就下星期再做吧。

⑥ 與特定的終結型呼應

당연히	當然	왜냐하면	因為

▷ **당연히** 네가 가야 한다.　　當然你該去。
▷ 아침을 못 먹었다. **왜냐하면** 늦잠을 잤기 때문이다.

　　　　　　　　　　　　沒能吃早餐，因為睡過頭了。

8.3.2 副詞的限制

並非所有副詞都能修飾包括動詞、形容詞、副詞、句子在內的所有對象，副詞能夠修飾的對象依副詞本身的內容而有所限制，以下將以列表方式舉出幾個例子。

1 只能修飾動詞

表示❶速度 ❷動態、態度 ❸空間、距離 ❹方向 ❺心理 ❻擬聲、擬態的副詞。

①	빨리	快點	천천히	慢慢地	곧	馬上
②	조용히	安靜地	묵묵히	默默地	얌전히	老實地
③	멀리	遠遠地	높이	高高地	널리	廣闊地
④	이리	往這裡	그리	往那裡	저리	往那裡
⑤	즐거이	高興地	슬피	哀傷地	불쌍히	可憐地
⑥	아장아장	搖搖晃晃地	졸졸	潺潺	깡충깡충	蹦蹦跳跳地

- ▷ **빨리** 가자.   快點去吧。
- ▷ **곧** 가겠다.   馬上就去了。
- ▷ 좀 **조용히** 해라.   給我安靜一點。
- ▷ **묵묵히** 산을 올랐다.   默默地爬上山。
- ▷ **저리** 가 보세요.   請到那裡去。
- ▷ 아기가 **아장아장** 걸어 왔다.   小孩搖搖晃晃地走了過來。
- ▷ 시냇물이 **졸졸** 흐른다.   小河潺潺流動。

2 修飾形容詞與副詞

가장	最	더욱	更	제일	最

- ▷ **제일** 잘 보인다.   最清楚。
- ▷ 바람이 **더욱** 심해졌다.   風吹得更激烈了。
- ▷ **가장** 먼저 도착했다.   最先到達。

③ 可修飾動詞與形容詞。

또	又	오히려	反而	반드시	務必

- ▷ **또** 보고 싶다.   還想再看。
- ▷ **오히려** 문제는 그 자신이다.   問題反而在他自己身上。
- ▷ **반드시** 이긴다.   務必要贏。

④ 只能修飾句子。

설마	難不成	부디	務必	제발	千萬

- ▷ **제발** 부탁이야.   請一定要幫忙。
- ▷ **설마** 나를 의심하는 것은 아니겠지?   你該不會在懷疑我吧？
- ▷ **부디** 참석해 주십시오.   請務必要來參加。

 1_ 可以用形容詞語幹＋副詞型語尾「게」的形式來產生副詞語。

싸다（便宜的）→ 싸＋게 → 싸게（便宜地）
늦다（慢的） → 늦＋게 → 늦게（慢慢地）
짧다（短的） → 짧＋게 → 짧게（短短地）

- ▷ 아주 **싸게** 샀다.   很便宜地買下來了。
- ▷ 밤 늦**게부**터 비.   深夜開始下雨。
- ▷ 머리를 **짧게** 깎았다.   剪短了頭髮。

 2_ 韓語中擬聲語、擬態語的特徵是可透過母音更換、子音更換來讓單字表現出不同的語感，所感受的語感在某種程度上是因人而異的。

① 母音更換：「ㅏ、ㅗ」等陽性母音給人明亮、輕、淡、小、弱的感覺，「ㅓ、ㅜ」等陰性母音則給人陰暗、濃、重、強、大、鈍的感覺。

- ▷ **깡충깡충**＜**껑충껑충**（蹦蹦跳跳地）
- ▷ **졸졸**＜**줄줄**（潺潺）
- ▷ **방글방글**＜**벙글벙글**（笑嘻嘻地）
- ▷ **캄캄하다**＜**컴컴하다**（黑漆漆地）

▸ **까맣다＜꺼멓다**（黑的）

▸ **꼬불꼬불＜꾸불꾸불**（彎彎曲曲地）

▸ **하하＜허허**（哈哈）

② 子音更換：「ㄱ、ㄷ、ㅂ、ㅈ」等平音給人較單純的感覺，硬音給人較強的感覺，激音給人的感覺比硬音更強。語感的差別就只是強弱之分，不像母音更換那樣多變。

▸ **졸졸＜쫄쫄＜출출**（潺潺）

▸ **감감＜깜깜＜캄캄**（不明、陰暗）

09 冠形詞（連體詞）

관형사

冠形詞用以修飾體言，作用是讓體言的意思更加明確，在句子中的位置必定是在體言前方。

9.1 冠形詞的種類與特性

冠形詞可分為性狀冠形詞、指示冠形詞、數量冠形詞三大類。

9.1.1 性狀冠形詞 | 성상관형사

性狀冠形詞是指表現事物之性質與狀態的冠形詞，可進一步分為純韓語性狀冠形詞與漢字語性狀冠形詞。

1 純韓語性狀冠形詞

冠形詞	意思	例句			
새	新的	**새** 책	新書	**새** 집	新家
옛	以前的	**옛** 얘기	以前的事	**옛** 친구	以前的朋友
딴	其他的	**딴** 사람	其他人	**딴** 나라	其他國家
갖은	各種	**갖은** 고생	各種苦頭	**갖은** 노력	各種努力
외딴	孤零零的	**외딴** 집	孤零零的房子	**외딴** 섬	離島
헌	舊的	**헌** 책	舊書	**헌** 옷	舊衣服
맨	最	**맨** 위	最上面	**맨** 앞	最前面
여러	數、各種	**여러** 집	各家	**여러** 명	數名
온	全～	**온** 식구	全家	**온** 국민	全民
웬	怎麼	**웬** 일	怎麼回事	**웬** 사람	什麼樣的人

새 집으로 이사했다.	搬到了新家。	
헌 책방에서 **헌** 책을 사 왔다.	從舊書店買來了舊書。	
맨 앞에 앉아서 강의를 들었다.	坐在最前面聽課。	
거기에는 **여러 번** 간 적이 있다.	曾經去過那裡好幾次。	
딴 가게로 가자.	到其他的店去吧。	
맨 먼저 사러 갔다.	一開始就去買了。	
경주는 신라의 **옛** 수도 이다.	慶州是新羅以前的首都。	

2 漢字語性狀冠形詞

冠形詞	意思	例句			
순	純、純粹、完全	**순** 한국식	純韓式	**순** 국산	純國產
만	滿	**만** 18세	滿18歲	**만** 2년	滿2年
구	舊	**구** 본관	舊本館	**구** 시청	舊市府
고	故	**고** 김기수	已故金基洙		
성	聖	**성** 베드로	聖彼得		
연	總（延）	**연** 면적	總面積	**연** 10만 명	共10萬名
각	各	**각** 가정	各家庭	**각** 학교	各學校
전	全	**전** 국민	全民	**전** 사원	全職員
매	每	**매** 경기	每項競賽	**매** 시간	每小時
별	特別的、不太	**별** 사이	特別的關係	**별** 부담도	沒什麼負擔

이 건물은 **순** 한국식 건물이다.	這棟建築物是純韓式的建築物。
그의 말은 **순** 거짓말이다.	他說的完全是謊話。
만 19세부터 투표를 할 수 있다.	滿19歲就可以投票。
구 시청 앞에 미술관이 생겼다.	舊市府前面蓋了間美術館。
그와 나는 **별** 사이가 아니다.	他跟我沒有什麼特別的關係。
별 부담 없이 만나 보자.	別顧慮太多去見個面吧。

9.1.2 指示冠形詞 | 지시관형사

用以指示特定的對象或狀況，可分為純韓語指示冠形詞與漢字語指示冠形詞。

① 韓語指示冠形詞

❶「이、그、저」可直接指示對象，「이런、그런、저런」則具有指示對象之狀態、性質的功能。

冠形詞	意思	例句			
이	這個	이 사람	這個人	이 책	這本書
그	那個	그 학생	那個學生	그 노래	那首歌
저	那個	저 사람	那個人	저 안경	那副眼鏡
이런	這樣的	이런 사람	這樣的人	이런 책	這樣的書
그런	那樣的	그런 학생	那樣的學生	그런 노래	那樣的歌
저런	那樣的	저런 사람	那樣的人	저런 안경	那樣的眼鏡

- ▷ **이** 책을 읽어 봤어요? 　讀過這本書了嗎？
- ▷ **그** 노래는 김 선생님이 잘 불러요. 　那首歌金老師很會唱。
- ▷ 나는 **그런** 노래는 안 좋아해요. 　我不喜歡那種歌。
- ▷ **저** 옷은 비싸요. 　那件衣服很貴。
- ▷ **저런** 옷은 공짜라도 안 입겠어요. 　那種衣服就算免費我也不穿。

❷「어느、어떤、무슨」是用在從多個對象中詢問所要指示的對象時，「아무」則是在沒有指定任何對象的時候使用。

冠形詞	意味	例句			
어느	哪個／某個	어느 책	哪本書	어느 날	某一天
아무	任何	아무 일	任何事	아무 옷	任何衣服
어떤	什麼樣	어떤 책	什麼樣的書	어떤 사람	什麼樣的人
무슨	什麼／什麼樣	무슨 요일	星期幾	무슨 노래	什麼樣的歌

어느 분이 오셨어요?	有誰來過嗎?		
어느 날 그가 찾아 왔다.	某一天他來拜訪了。		
그 사람은 **어떤** 사람이에요?	那個人是個什麼樣的人呢?		
무슨 노래를 좋아해요?	喜歡什麼樣的歌呢?		
아무 옷이나 괜찮아요.	任何衣服都可以。		

② 漢字語指示冠形詞

冠形詞	意思	例句			
귀	貴	**귀** 연수원	貴研究院	**귀** 대학	貴（大學）校
당	當；本	**당** 부대	本部隊	**당** 열차	本列車
현	現	**현** 상황	現在的狀況	**현** 교장	現任校長
본	本	**본** 실험	本實驗	**본** 연구소	本研究所
모	某	**모** 은행	某銀行	**모** 교수	某教授
전	前	**전** 학장	前院長	**전** 사장	前任社長
동	同	**동** 부서	同（部署）部門	**동** 회사	同（會社）公司

귀 대학 학생들에게 전해 주십시오.	請轉告貴校的學生們。
모 교수가 그 연구를 하고 있다.	某教授正在進行那項研究。
당 열차는 1분 후에 출발하겠습니다.	本班列車將在1分鐘後出發。
본 연구는 연말까지 끝낼 예정이다.	本研究預計在年底前結束。

91년에 서울무역에 입사하여 98년까지 **동** 회사에서 근무했다.
91年進入首爾貿易公司，到98年為止都在同一間公司上班。

9.1.3 數量冠形詞 | 수관형사

　　主要是放在表示數量的依存名詞（單位名詞）前方，用以表示數量的冠形詞。數量冠形詞可分為韓語數量冠形詞與漢字語數量冠形詞兩大類。

>> 數詞的詳情請參考p.26以後的介紹。

❶修飾單位名詞者屬於數量冠形詞

사과 **다섯** 개	蘋果5個	**오** 층	5樓（層）
책 **여덟** 권	書8本	**십** 분	10分鐘（分）
여섯 명	6名	**육** 학년	6年級（學年）
아홉 장	9張	**백** 일	百日
개 **일곱** 마리	狗7隻	**칠** 년	7年
맥주 **열** 병	啤酒10瓶	**천** 원	千元

❷連接助詞或是單獨使用者屬於數詞

▸ **다섯**까지는 필요없다. **하나**면 된다. 不用到5個，1個就夠了。

▸ **둘**에 **넷**을 더하면 **여섯**이다.　2加4等於6。

▸ **십팔**을 **삼**으로 나누면 **육**이 된다.　18除以3等於6。

2 韓語數詞與代表數量或順序的依序名詞連接時，需用數量冠形詞修飾。

❶注意韓語數詞中的「하나（1）、둘（2）、셋（3）、넷（4）、스물（20）」與數量冠詞的寫法不同，為「한、두、세、네、스무」

▸ 사과가 (**한, 두, 세, 네**) 개 있어요.　有（1、2、3、4）個蘋果。

▸ 딸은 올해 **스무** 살이 되었다.　女兒今年滿20歲。

❷連接十位數的「하나、둘、셋、넷」也用數量冠形詞「한、두、세、네」表示。

열**한**（11）、열**두**（12）、열**세**（13）、열**네**（14）／스물**한**（21）
…、서른**한**（31）…、마흔**한**、（41）…、쉰**한**（51）…、예순**한**（61）…
、일흔**한**（71）…、여든**한**（81）…、아흔**한**（91）…

③ 也有表示不確定數字「어림수（概數）」的冠形詞。

한두	一兩個	두세	兩三個	서너	三四個
너덧	大約四個	댓	五個左右	대여섯	五六個
예닐곱	六七個	여남은	十多個		

- 요즘 소설책을 **서너** 권 읽었다.　　最近讀了3～4本小說。
- 거기서 사진을 **대여섯** 장 찍었다.　在那裡照了5～6張照片。
- 개를 **두세** 마리 기른다.　　　　　養了2～3隻狗。

 關於何種情況該使用韓語數量冠形詞，以及何種情況該使用漢字語數量冠形詞並沒有固定的規則存在，學習者必須分別記下每個單位名詞分別應使用哪種韓語數量冠形詞還是漢字語數量冠形詞才行。

10 感嘆詞

감탄사

用以表現說話者的驚訝、喜悅、悲傷、回應、呼喚等等的詞語稱為感嘆詞。感嘆詞沒有語尾變化也無法連接助詞，且不能當成主語或是修飾語，因此與句子中其他成分沒有文法上的關聯性，而是以獨立的身分存在。

10.1 感嘆詞的種類與特性

感嘆詞依其內容可分成情緒、意志、呼應、音調的感嘆詞。

1 情緒感嘆詞 | 감정감탄사

指在不在意對方的情況下表現自身喜悅、悲傷、驚訝、嘆息等情緒的感嘆詞。

하하하	哈哈	아이고	唉呀
저런!	唉呀、哦	아!	哦、唉
어머 (나) !	唉呀	아차!	糟了

▷ **아이고**, 죽겠다.　　　　唉呀，真受不了。
▷ **아차**, 우산을 놓고 왔구나!　糟了！把傘忘在原地了！
▷ **어머**, 언제 왔어?　　　　唉呀，什麼時候來的？

2 意志感嘆詞 | 의지감탄사

用在意識到對方的情況下表示自己的想法。

좋아	好	그렇지	對吧
옳소	對啊	자	來

| 글쎄 | 唉喲／是喔 | 천만에 | 好說／哪裡哪裡 |

- **좋아**, 그렇게 해 보자. 　　好，就那樣試試看吧。
- **글쎄**, 내 말대로 해 봐. 　　唉喲！就照著我說的試試看吧。
- **자**, 시작해 볼까. 　　來，我們開始吧。

③ 呼應感嘆詞 | 호응감탄사

用來表示呼喚及回應。

여보세요	（接電話時）喂	여기요／저기요	這裡
그래（？）	是嗎（？）	예／네	是
아니요／아냐	不是／不	글쎄	這個嘛

- **여기요**, 생맥주 둘 주세요. 　　不好意思，請給我兩瓶生啤酒。
- **그래**, 그럼 같이 가자. 　　是嗎，那就一起去吧。
- **아냐**, 내 말은 그런 의미가 아니야. 　　不是，我說的不是那個意思。
- **글쎄**, 잘 모르겠는데. 　　這個嘛，我不太清楚。

④ 口頭禪、連接用的感嘆詞 | 구습감탄사

用來當成沒有特別意思的口頭禪，以調整語調或是讓語氣做停頓。

저	那個	뭐	什麼	음	嗯
아	啊、啊啊	에	啊	어	咦

- **저**, 이건 제 생각인데요. 　　那個，這是我的想法。
- **어**, 사전이 어디 갔지? 　　咦？辭典跑到哪裡去了？
- **뭐**, 그게 정말이냐? 　　什麼？那是真的嗎？

親屬稱謂

韓語對於親屬的稱謂區分得相當仔細，只需聽稱謂就可以明確得知親屬之間的關係。稱謂隨區域的不同略有差異，以下列出的是最普遍的親屬稱謂。

主要的親屬稱謂			
할아버지	祖父	처남	妻子的兄弟（大、小舅子）
할머니	祖母	처남댁	妻子的兄弟的妻子（妗子）
조부모	祖父母	처형	妻子的姊姊（大姨子）
아버지	爸爸	처제	妻子的妹妹（小姨子）
어머니	媽媽	동서	妻子的姊妹的丈夫（連襟）
부모	父母	큰아버지	伯父
형	哥哥（對弟弟來說）	큰어머니	伯母
오빠	哥哥（對妹妹來說）	작은아버지	叔叔
누나	姊姊（對弟弟來說）	작은어머니	嬸嬸
언니	姊姊（對妹妹來說）	고모	姑媽
남동생	弟弟	고모부	姑丈
여동생	妹妹	조카, 조카딸	姪子、姪女
나, 저	我	생질, 생질녀	外甥、外甥女
형제	兄弟	외할아버지	外祖父
자매	姊妹	외할머니	外祖母
남매	兄妹或姊弟	외삼촌	舅舅
남편	丈夫	외숙모	舅媽
아내, 집사람, 처	妻子	이모	姨媽（阿姨）
부부	夫婦	이모부	姨丈（姨丈）
아들, 딸	兒子、女兒	시아버지	公公
형수	嫂嫂（對弟弟來說）	시어머니	婆婆
올케	嫂嫂（對妹妹來說）	장인／장모	岳父／母
매형, 자형	姊夫（對弟弟來說）	사위	女婿
형부	姊夫（對妹妹來說）	며느리	媳婦
제수	弟妹（對哥哥來說）	사촌	堂兄弟姊妹
올케	弟妹（對姊姊來說）	사촌＋형, 오빠, 동생	堂兄弟
매부, 매제	妹夫（對哥哥來說）	사촌＋누나, 언니, 동생	堂姊妹
제부	妹夫（對姊姊來說）	외사촌	（母親兄弟之子）表兄弟姊妹
시아주버니	丈夫的哥哥（大伯子）	고종사촌	（父方）姑表兄弟姊妹
시동생	丈夫的弟弟（小叔）	이종사촌	（母親姊妹之子）姨表兄弟姊妹
동서	連襟，妯娌	처가	娘家（丈人家）
시누이	丈夫的姊妹（大姑、小姑）	시댁	婆家
		친정	（已結婚女性的）娘家

第2章

助詞的規則

11 助詞

11.1 助詞的功能

助詞的功能是連接在體言（名詞、代名詞、數詞）等詞句後方，以表現該詞句與其他詞句之間文法上的關係，或為語句添加特定的意思。在某些情況下助詞也能與副詞及連結語尾結合，甚至連接其他助詞。

11.1.1 助詞結合方式的特徵

❶ 與名詞結合。

- 나+**는** 어제 시계+**를** 하나 샀다.　　　我昨天買了一個時鐘。
- 거기+**에서** 박물관+**도** 구경하였다.　　在那裡也參觀了博物館。

❷ 與副詞結合。

- 요즘 날씨가 몹시+**도** 나쁘다.　　　　最近天氣非常差。
- 왜 이리+**도** 바쁜지 모르겠다.　　　　不知為什麼忙成這樣。

❸ 與連結語尾結合。

- 김치를 먹어+**는** 보았다.　　　　　　試著吃了泡菜。
- 하루종일 놀고+**만** 있다.　　　　　　一整天都在玩。

❹ 與其他助詞結合。

- 어제+**까지**+**가** 상영일이었다.　　　　上映期間到昨天為止。
- 그 영화+**만**+**은** 꼭 보고 싶다.　　　我真的很想看那部電影。

❺ 與名詞子句或片語相結合。

- 돈 벌기+**가** 쉽지 않다.　　　　　　賺錢並不簡單。
- 다시 만나주겠느냐+**가** 문제이다.　　問題是還肯不肯和我見面。

11.1.2 助詞的型態變化

部分的助詞如「은／는、을／를、과／와…等」在功能及意思相同的情況下，其型態會隨著助詞前方的體言是子音結尾（有終音）或母音結尾（無終音）而改變。

類別	格助詞						補助助詞			
子音結尾的體言	이	을	으로	과	이라고	아	은	이나	이야	이며
母音結尾的體言	가	를	로	와	라고	야	는	나	야	며
意思	是	把	藉由	與	稱為	啊	是	或	是	同時

11.2 助詞的種類與特性

助詞依其功能與意思可分為格助詞、補助助詞以及接續格助詞三大類。

11.2.1 格助詞 | 격조사

連接在體言之後，用以表示體言與句子中其他詞語之關係的助詞稱為格助詞。格助詞可分為①主格助詞、②目的格助詞、③冠形格助詞、④補格助詞、⑤副詞格助詞以及呼格助詞。

① 主格助詞表示前方的體言（或用言的名詞形）是句中的主語。

助詞	意思		例句	
가／이	×	主語	바람이 분다.	風在吹。
께서	×	尊敬	선생님**께서** 오셨다.	老師來了。

助詞	意思		例句
서/이서	×	人數	셋이서 여행을 갔다. 三個人去旅行。 혼자서 할 수 있다. 一個人就能做到。
에서	×	主體	저게 이 공장에서 만든 차다. 那是這間工廠製造的車。

② 目的格助詞表示前方的詞語是句中的目的語（受詞），又稱「對象格助詞」。

助詞	意思		例句
를/을	×	目的	함께 노래를 부르자. 一起唱歌吧。

③ 冠形格助詞讓前方詞語具有修飾後方詞語的功能，又稱「屬格助詞」。

助詞	意思		例句
의	～的	所有 關係	이것은 엄마의 가방이다. 這是媽媽的皮包。 저기가 아빠의 회사다. 那裡是爸爸的公司。

④ 補格助詞表示使前方體言成為句中 되다、아니다 的補語。

助詞	意思		例句
가/이	×	補語	철수는 학생이 아니다. 哲洙不是學生。 철수는 의사가 되었다. 哲洙當了醫師。

5 副詞格助詞與前方詞語形成副詞語修飾其後的敘述語。

助詞	意思		例句
에	在～	地點	여기에 책이 있다. 這裡有書。
에서/서	在～		공원에서 놀았다. 在公園玩。
에게			친구에게 책을 주었다. 給了朋友書。
한테			형한테 엽서를 보냈다. 寄明信片給了哥哥。
께	給～	對象	아버님께 선물을 드렸다. 送禮物給了爸爸。
더러			나더러 그 일을 하래. 要我去做那件事。
에			꽃에 물을 주었다. 幫花兒澆水。
에게서			민수에게서 선물을 받았다. 從岷秀那裡收到禮物。
한테서	從～	來源	엄마한테서 용돈을 받았다. 從媽媽那裡拿到零用錢。
로부터 으로부터			친구로부터 그 말을 들었다. 從朋友那裡聽到那件事。
에서	從～	起點	지금 부산에서 오는 길이다. 現正在從釜山來的路上。
에	往～	目的 地、 方向	학교에 간다. 到學校去。
로/으로	到～		작년에 도쿄로 이사했다. 去年搬到了東京。
로/으로	用～	方法 、材 料	콩으로 두부를 만든다. 用黃豆製作豆腐。
로써 으로써			쌀로써 떡을 만든다. 用米做年糕。

로/으로	因為~	原因	▶쓰나미**로** 피해가 많았다. 海嘯造成的損害很大。
에			▶큰 나무가 태풍**에** 넘어졌다. 大樹因為颱風傾倒了。
로/으로 로서 으로서	以~ 身為~	資格	▶이번에 **대표** 선수로 선발되었다. 這次被選上代表選手。 ▶학생**으로서** 열심히 공부했다. 身為學生努力用功。
와/과 하고	與~	共同	▶친구**와** 같이 영화를 보았다. 和朋友一起看了電影。 ▶민수**하고** 여행을 갔다. 和岷秀一起去旅行。
와/과 하고	跟~		▶언니**와** 성격이 다르다. 個性跟姊姊不同。 ▶이 책**하고** 같은 내용이다. 跟這本書的內容相同。
만큼	~的程 度	比較 基準 程度	▶민수**만큼** 할 수 있다. 可以做到像岷秀那樣。
보다	比~		▶나는 형**보다** 키가 크다. 我長得比哥哥高。
에	比~		▶그 아버지**에** 그 아들. 有其父必有其子。
같이 처럼	像是	比喻	▶그는 소**같이** 일만 한다. 他像牛一樣成天埋頭工作。 ▶새**처럼** 날고 싶다. 想像鳥一樣地飛翔。
로/으로	變成	變化	▶물이 수증기**로** 변했다. 水變成水蒸氣。

라고 이라고			▶누군가가 "불이야"**라고** 외쳤다. 有人大叫「失火了」。
說~ 引用			▶모두 그를 천재라**고** 한다. 大家都叫他天才。
고			▶그에게 영화를 보러 가자**고** 전화했다. 打電話約他去看電影。

6 呼格助詞用來呼喚他人的助詞。

助詞	意思		例句
야／아	～啊	呼喚	▶민수**야**. 敏秀啊！ ▶영민**아**. 英敏啊！

11.2.2 接續格助詞 | 접속조사

連接名詞（子句、片語）與名詞（子句、片語），表示前後兩者在語句意思上之關係的助詞稱為連接助詞。

1 接續格助詞以並列的形式連接名詞。

助詞	意思		例句
와／과			▶빵**과** 우유를 먹었다. 吃了麵包和牛奶。
하고	～與～ ～跟～都	並列 列舉	▶잡지**하고** 신문을 읽었다. 看了雜誌跟報紙。
랑／이랑			▶수박**이랑** 포도를 사 왔다. 買來了西瓜和葡萄。 ▶연필**이랑** 지우개**랑**. 鉛筆跟橡皮擦。
고／이고	～跟～都		▶책**이고** 책상**이고** 다 타 버렸다. 書本跟書桌全都燒掉了。

며/이며	跟	並列 列舉	옷**이며** 구두**며** 모두 흩어져 있었다. 衣服、皮鞋全都散亂一地。 어른**이며** 아이**며** 모두 한 마음이다. 大人、小孩全都齊心一致。	
에/에다	加		술**에다** 고기**에다** 실컷 먹었다. 酒啊、肉啊都吃的很撐。	

11.2.3 補助助詞 | 보조사

　　接在體言或相當於體言的句子、片語、副詞及語尾之後，為該詞語添加特定意思的助詞稱為補助助詞。補助助詞並不一定要接在特定的體言之後，主語、受語、副詞語、補語皆可連接補助助詞。

　옷도 아름답다. (옷이)　　　　　　　　衣服也很漂亮。

　밥도 먹었다. (밥을)　　　　　　　　　飯也吃了。

　이 과자는 **영희도** 하나 주어야겠다. (영희에게)

　也得給永熙一個這種餅乾。

　아직도 안 끝났어요? (아직)　　　　　還沒有結束嗎?

　며칠 동안 **자지도** 않고 공부했다. (자지)　好幾天不睡覺用功學習。

　집이 **깨끗도** 하다. (깨끗하다 的語幹)　家裡乾淨的很。

1　補助助詞接在體言及副詞之後，為該語詞添加特定意思。

助詞	意思		例句
은/는	~是	主題	그**는** 김치를 잘 먹는다. 他很會吃泡菜。
도	~也	同樣 並列	민수**도** 책을 읽고 있다. 岷秀也在讀書。 공부**도** 운동**도** 잘 한다. 讀書跟運動都很在行。

만	只有～		▷ 민수**만** 아직 안 왔다. 只有岷秀還沒有來。 ▷ 하나**만** 주세요. 給我一個就好。
밖에	除了～都	限定 限制	▷ 아직 민수**밖에** 안 왔다. 只有岷秀還沒來。
뿐	只有～		▷ 숙제한 사람은 민수**뿐**이다. 有做功課的人只有岷秀而已。 ▷ 가진 것은 이것**뿐**이다. 手上就只有這個而已。
마다	每個～	全部	▷ 일요일**마다** 비가 온다. 每個星期天都下雨。
부터	從～	起點	▷ 한 시**부터** 세 시까지. 從1點到3點。
까지	到～	終點 添加	▷ 부산**까지** 세 시간 걸린다. 到釜山要花3個小時。 ▷ 네 시**까지** 기다려 보자. 等到4點看看吧。
야／이야	～是	強調	▷ 이런 것쯤**이야** 문제 없다. 這種事還不成問題。
ㄴ들 인들	～即使那樣， 也	讓步	▷ 선생**인들** (우리와) 다를 게 없다. 老師也（跟我們）沒什麼不同。
라도 이라도	好歹～也		▷ 밥**이라도** 먹자. 好歹也吃個飯。
나／이나	～也好	次好	▷ 커피**나** 마시러 가자. 要不喝個咖啡吧。
든지 이든지	不管～ 或～都		▷ 사과**든지** 배**든지** 다 좋다. 不管蘋果或梨子都好。
나／이나	～或～	選擇 羅列	▷ 산**이나** 바다에 놀러 간다. 到山上或海裡去玩。

조차	甚至~ 就連~	追加	▶ 물**조차** 못 마셨다. 甚至連水都不能喝。
마저			▶ 비**마저** 오기 시작했다. 連雨都開始下了。
나마 이나마	~也好	讓步	▶ 헌 옷**이나마** 있으면 주세요. 給我舊衣服也行。
라도 이라도			▶ 물**이라도** 빨리 주세요. 水或什麼都好請快點給我。
커녕	別說是~	否定 強調	▶ 밥**커녕** 죽도 못 먹는다. 別說是飯了，就連稀飯也不能吃。
나/이나	~之多	概略	▶ 오늘 커피를 열 잔**이나** 마셨다. 今天喝了十杯之多的咖啡。
도			▶ 그 말은 백번**도** 더 했다. 那件事說了有一百遍了。

11.3 助詞介紹

1 가/이 ～做

母音結尾的名詞＋가		子音結尾的名詞＋이	
친구＋**가**	朋友（做）～	사람＋**이**	人（做）～
의자＋**가**	椅子（是）～	책상＋**이**	書桌（是）～

>> 這裡的名詞是指體言（名詞、代名詞、數詞）以及用言名詞形的總稱，以下所稱之「名詞」皆是泛指體言及用言的名詞形。

>> 部分的助詞除了可連接名詞之外，也能與其他助詞、副詞以及語尾連接。礙於篇幅有限，無法列出全部連接關係的部分會在表的右端標汼「＊」記號，以表示該助詞可與名詞以外的詞句連接。

❶接在表示人或動物的名詞之後，表示其為動作的主體。

▶ 엄마**가** 빨래를 합니다. 　　　　　媽媽在洗衣服。

▷ 동생이 야구를 하러 갔다. 　　　弟弟去打棒球了。

▷ 개가 시끄럽게 짓는다. 　　　狗兒大聲地叫。

▷ 언니가 빵을 만들었다. 　　　姊姊做了麵包。

❷指出或強調正處於某個狀況、狀態的對象。

▷ 바람이 많이 붑니다. 　　　風很強地吹著。

▷ 가을 하늘이 참 푸르다. 　　　秋天的天空非常藍。

▷ 나는 추운 것이 싫어요. 　　　我討厭寒冷。

▷ 역시 한국 김치가 맛있어. 　　　韓國的泡菜果然好吃。

❸接在「되다、아니다」前方，表示變化的對象或否定的對象。

▷ 올챙이가 개구리가 되었다. 　　　蝌蚪變成了青蛙。

▷ 오빠는 가수가 되었다. 　　　哥哥成為了歌手。

▷ 고래는 물고기가 아니다. 　　　鯨魚不是魚類。

▷ 그는 학생이 아닙니다. 　　　他不是學生。

❹在「−고 싶다（想要～）」中接在受語之後，表示強調的意思。

▷ 오늘은 빵이 먹고 싶다. 　　　今天想吃麵包。

▷ 매운 것이 먹고 싶다. 　　　想吃辣的東西。

▷ 커피가 마시고 싶어요. 　　　想要喝咖啡。

▷ 할머니가 보고 싶다. 　　　想見祖母一面。

❺在「−지 않다、−지 못하다（不～）」中接在語尾「지」之後，表示強調的意思。

▷ 방이 깨끗하지가 않다. 　　　房間並不乾淨。

▷ 어쩐지 그가 싫지가 않았다. 　　　難怪不討厭他。

 代名詞「나」、「저」、「누구」與助詞「가」結合後分別會變形成「내가」、「제가」、「누가」。

| 나+가 → 내가 | 我做 | 저+가 → 제가 | 我做 | 누구+가 → 누가 | 誰做 |

> **내가** (나+가) 할까요?   要不要我來做?
> **제가** (저+가) 갈까요?   要我去嗎?
> 오늘 **누가** (누구+가) 옵니까?   今天誰會來呢?

2   같이   像是～   像～一樣

名詞 + 같이			
너+같이	像你一樣	한국 사람+같이	像韓國人一樣
얼음+같이	像冰一樣	별+같이	像星星一樣

❶ 表示比喻。

> 바람이 얼음**같이** 차갑다.   風像冰一樣冷。
> 어린애**같이** 좋아했다.   像孩子一樣喜歡。
> 그분을 부모**같이** 생각했다.   把那位當成父母般看待。
> 오늘**같이** 좋은 날은 웃자.   要像今天一樣,遇到好日子就笑吧。

❷ (接在部分表示時間的名詞之後)強調時間性。

> 새벽**같이** 일어나 일을 했다.   大清早起來工作。
> 매일**같이** 지각을 한다.   每天都遲到。

❸ 在慣用的比喻表現中使用。

> 별**같이** 초롱초롱한 눈   像星星般閃亮的眼睛。
> 앵두**같이** 아름다운 입술.   像櫻桃般美麗的嘴唇。

參考 ① 可與「처럼」互換使用。

> 어린애**처럼** 좋아했다.   像孩子一樣喜歡。
> 그분을 부모**처럼** 생각했다.   把那位當成父母一般看待。

② 與「와／과」一起使用的情況下詞性為副詞,主要使用在書面體中。

> 다음과 **같이** 말하고 있다.   如同以下所說。
> 잘 아시는 바**와 같이**…   正如所熟知的…

3 고／이고   不管是～還是～、～跟～都、～都

母音結尾的名詞＋고		子音結尾的名詞＋이고	
친구＋**고** 부모＋**고**	朋友跟父母都	시골＋**이고** 도시＋**고**	鄉下跟都市都
배＋**고** 사과＋**고**	梨子跟蘋果都	술＋**이고** 고기＋**고**	酒跟肉都

❶ 主要以「～이고 ～이고」的形式出現，表示所列舉的東西全部包含在內。

▷ 친구**고** 부모**고** 모두 그를 칭찬했다.　不管是朋友還是父母，大家都稱讚稱他。

▷ 시골**이고** 도시**고** 인터넷이 다 된다.

　不管是在鄉下還是在都市，都可以使用網路。

▷ 밤**이고** 낮**이고** 울고만 있었다.　　從早到晚都在哭。

❷ 接在「누구、어디、언제」之後，表示怎麼樣都沒關係的意思。

▷ **언제**고 다 좋다.　　　　　　無論何時都可以。

▷ **누구**고（간에）다 받아 주겠다.　不管是誰我都接受。

➤➤ 表示引用的助詞「고」之功能及例句請參考p.215的「17.2 間接引用」。

4 과／와   ～與～

母音結尾的名詞＋와		子音結尾的名詞＋과	
우유＋**와** 빵	牛奶與麵包	연필＋**과** 지우개	鉛筆與橡皮擦
의자＋**와** 책상	椅子和書桌	여름＋**과** 겨울	夏天與冬天

❶ 表示同時列舉出數樣事物。

▷ 아침에 우유**와** 빵을 먹었다.　　早上吃了牛奶跟麵包。

▷ 나는 사과**와** 배를 좋아한다.　　我喜歡蘋果跟梨子。

▷ 연필**과** 지우개가 놓여 있다.　　擺著鉛筆與橡皮擦。

▷ 매년 여름**과** 겨울에 여행을 간다.　每年夏天跟冬天都去旅行。

❷ 接在表示人或動物的名詞之後，表示共同進行某種行為的對象。

▷ 주말에는 가족**과** 지냅니다.　　週末跟家人一起度過。

▷ 어젯밤에 친구**와** 술을 마셨다.   昨晚跟朋友一起喝酒。

❸ 表示比較基準的對象。

▷ 나는 성격이 형**과** 다르다.   我的個性跟哥哥不一樣。

▷ 이곳 날씨는 한국 날씨**와** 같다.   這裡的天氣跟韓國的天氣相同。

 在表示共同進行某種行為的對象時，也可以「과/와 함께、과/와 같이」表示。

▷ 주말에는 가족**과 함께** 지냅니다.   週末跟家人一起度過。

▷ 어제 친구**와 같이** 술을 마셨다.   昨天跟朋友一起去喝酒。

---

5 | 까지   到～、就連～ |

名詞、助詞、語尾＋까지			
내일＋**까지**	到明天	비＋**까지**	就連雨
부산＋**까지**	到釜山	거짓말＋**까지**	就連謊話

❶ 表示距離或時間上的限度、範圍及目的地。

▷ 오후 4시 반**까지** 수업을 듣는다.   一直上課到下午4點半為止。

▷ 영화가 끝날 때**까지** 울고 있었다.   到電影結束為止一直在哭。

▷ 한국의 대학은 7월초부터 8월말**까지**가 여름방학이다.
　　韓國的大學從7月初到8月底是暑假期間。

▷ 서울에서 부산**까지** 3시간 걸린다.   從首爾到釜山要花3個小時。

▷ 처음부터 끝**까지** 다 읽었다.   從頭到尾全部都讀過了。

❷ 表示某種狀態或程度持續發展，或是到達某個界限。

▷ 더운 데다가 비**까지** 온다.   不但熱甚至還下雨。

▷ 나**까지** 믿지 못하면 어떡해요?   就連我都不能相信的話要怎麼辦？

▷ 이제는 태연하게 거짓말**까지** 한다.   現在就連說謊也面不改色。

▷ 전화는 물론 메일**까지** 안 된다.   不只是電話就連電子郵件也不行。

▷ 할 수 있는 데**까지** 해 보세요.   請盡可能地做做看吧。

6 께 給～

表示人的名詞＋께

| 사장님＋**께** | 給社長 | 의사 선생님＋**께** | 給醫師 |

❶接在表示人的名詞之後，表示對象、對方的意思。是助詞「에게、한테」的尊敬語。

> ▹ 부모님**께** 편지를 썼다.   寫信給父母。
> ▹ 선생님**께** 사정을 말씀 드렸다.   向老師報告事情經過。
> ▹ 아버지**께** 야단을 맞았다.   被爸爸責罵。
> ▹ 할머니**께** 맞는 옷이 없어요.   沒有適合奶奶的衣服。

❷表示收取書信的對象。

> ▹ 이 선생님**께**   給李老師。
> ▹ 김 사장님**께**   給金社長。

 助詞「에게（給）、한테（給）」

>> 請參考p.124、p.140

> ▹ 친구들**에게** 그 사실을 알렸다.   通知朋友那個事實。
> ▹ 누나**한테** 편지를 부탁했다.   向姊姊要一封信。

7 께서 ～（做）

表示人的名詞＋께서

| 사장님＋**께서** | 社長（做） | 의사 선생님＋**께서** | 醫師（做） |

❶表示對象為句子的主語，同時表現對於該對象的尊敬。當句中使用「께서」時，敍述語也必須使用尊敬形。

> ▹ 내일 할아버님**께서** 오신다.   明天爺爺要來。
> ▹ 선생님**께서** 인사를 하셨습니다.   老師打了個招呼。
> ▹ 지금 사장님**께서** 오셨습니다.   社長此刻正大駕光臨。
> ▹ 그분**께서** 직접 요리를 하셨다.   那位親自下廚烹調。

亦可與助詞「는、도、만」結合成「께서는（是）、께서도（也）、께서만（只有）」的形式，表示尊敬的意思。

> ▷ 아버님**께서는** 신문을 읽으신다. 　父親在看報紙。
> ▷ 선생님**께서도** 그렇게 말씀하셨다. 　老師也那麼說。
> ▷ 내일은 부모님**께서만** 오신다. 　明天只有父母會來。

8 | 나／이나 　~或~、~之類、~都、大約~、~之多 |

母音結尾的名詞＋나	子音結尾的名詞＋이나

배＋**나** 비행기　　　船或飛機　　밥＋**이나** 빵　　　飯或麵包

영화＋**나**　　　　電影之類的　　술＋**이나**　　　酒之類的

❶表示同時列舉數件事物，並從中選擇一件或一部分。

> ▷ 버스**나** 전철을 타고 가면 된다. 　搭巴士或電車去就行了。
> ▷ 연필**이나** 볼펜으로 쓰세요. 　請用鉛筆或原子筆來寫。
> ▷ 월요일**이나** 수요일에 가겠어요. 　星期一或星期三會過去。

❷表示次佳的選擇，或是提出一個例子。

> ▷ 점심**이나** 먹으러 갑시다. 　去吃個午餐吧。
> ▷ 차**나** 마시면서 이야기합시다. 　一邊喝個茶一邊聊吧。
> ▷ 주말에는 빨래**나** 하겠다. 　週末打算洗個衣服之類的。

❸接在「누구、언제、어디、아무、무엇」等疑問代名詞之後，表示不分種類全部涵蓋的意思。

> ▷ 누구**나** 들어갈 수 있어요. 　誰都可以進去。
> ▷ 언제**나** 놀러 오세요. 　請隨時過來玩。
> ▷ 사는 것은 어디**나** 미찬가지다. 　住哪裡都一樣。
> ▷ 아무**나** 와도 됩니다. 　誰來都可以。
> ▷ 한국 음식은 무엇**이나** 좋아한다. 　只要是韓國料理什麼都喜歡。

❹ 接在表示數量的名詞之後，表示該數量比想像中更多。

▸ 커피를 열 잔**이나** 마셨다. 喝了十杯之多的咖啡。
▸ 벌써 아이가 둘**이나** 있다. 小孩已經有兩個之多。
▸ 그 영화를 네 번**이나** 보았다. 那部電影看了4次之多。

❺ 接在表示數量的名詞之後，表示大約是那個數量或程度。

▸ 학생이 백 명**이나** 있을까? 學生大約有100人左右吧？
▸ 손님이 몇 분**이나** 오세요? 客人大概來了幾位？
▸ 한 달에 몇 권**이나** 읽어요? 一個月大概可看幾本書？

❻ 以「~나 ~나」的形式使用，表示兩者皆是的意思。

▸ 야구**나** 축구**나** 모두 잘한다. 不管是棒球還是足球都很在行。
▸ 고기**나** 생선**이나** 다 좋아한다. 肉跟魚都喜歡。

 亦可接在部分的副詞及語尾之後，表示強調的意思。

▸ 엄마가 너무**나** 보고 싶어요. 好想見媽媽一面。
▸ 혹시**나** 해서 와 봤어요. 抱著姑且一試的心情過來了。

---

9 | ~是 는/은 |

母音結尾的名詞+는		子音結尾的名詞+은	
영어+**는**	英語是	한국말+**은**	韓語是
의자+**는**	椅子是	책상+**은**	書桌是

❶ 接在名詞之後，表示該名詞為句子的主題。

▸ 저**는** 일본 사람입니다. 我是日本人。
▸ 형**은** 회사에 다닙니다 哥哥在公司上班。
▸ 어제**는** 날씨가 좋았다. 昨天的天氣很好。

❷接在名詞及部分的副詞、助詞、連結語尾之後，表示對照的意思。

▷ 아빠는 교사고, 엄마는 의사다.　　爸爸是老師，而媽媽是醫師。
▷ 산에는 눈이, 강에는 비가 내린다.　山上下雪，河面下雨。
▷ 지나는 갔지만 보지는 않았다.　　是有經過，但並沒有看到。
▷ 어제는 갔는데 오늘은….　　昨天有去，但今天…。

❸接在名詞及部分的副詞、助詞、連結語尾之後，表示強調的意思。

▷ 바빠도 밥은 먹어야지.　　就算再忙也得吃飯。
▷ 그렇게 멀지는 않아요.　　沒有那麼遠。
▷ 사람은 빵만으로는 살 수 없다.　人只靠麵包是無法活下去的。
▷ 한국말을 잘은 못해요.　　並不擅長韓語。

 1_ 口語中的「는」可以省略成「ㄴ」。

▷ 저는 → 전（我）　　　　　▷ 어제는 → 어젠（昨天）
▷ 멀리는 → 멀린（遠）

 2_ 補助助詞「는／은」與主格助詞「가／이」使用在句中主語的位置時，兩者的區別如下。

① 「가／이」是用於首次出現及轉換情境時（新情報），助詞「는／은」是用在曾經出現過一次以上且為人所知的主語（舊情報）。

▷ 저기 민수가 옵니다. 민수는 내일 일본에 갑니다.
　岷秀從那裡來。岷秀明天要去日本。
▷ 한 노인이 살고 있었다. 그 노인은 자식이 한 명도 없었다.
　某個老人曾住在那裡。那個老人連一個孩子也沒有。

② 「가／이」將焦點放在前面的部分用以凸顯主語，「는／은」則將焦點放在後面的部分，作用是說明主題（話題）。

▷ 서울이 한국의 수도이다.　　首爾是韓國的首都（不是其他國家的首都）。
▷ 서울은 한국의 수도이다.　　韓國的首都就是首爾。
▷ 누가 집에 있느냐?　　誰在家
▷ 민수가 집에 있다.　　岷秀在家。
▷ 민수가 어디 있느냐?　　岷秀在那裡？
▷ 민수는 집에 있다.　　岷秀在家。

③ 在含有疑問代名詞「누구、무엇、어디、언제」的疑問句中，成為疑問焦點的主語即新情報之意的未知項目通常會使用「가／이」。

▶ 생일이 언제예요?　　　生日是什麼時候？
▶ 여기가 어디입니까?　　這裡是哪裡？
▶ 이름이 무엇입니까?　　叫什麼名字呢？

⑩ | 다가　添加 |

助詞＋다가			
에＋**다가**	在	한테＋**다가**	給
에게＋**다가**	給	（으）로＋**다가**	用

❶ 接在其他助詞之後，表示強調該助詞的意思。

▶ 책상 위**에다가** 꽃병을 놓았다.　　在書桌上擺了花瓶。
▶ 이것을 어디（에）**다가** 놓을까요?　要把這個擺在哪裡呢？
▶ 둘**에다가** 셋을 더하다.　　二加上三。
▶ 아이들**에게다가** 맡겨 두었다.　　交給孩子們了。
▶ 의사**한테다가** 전부 얘기를 했다.　對醫師說出了一切。
▶ 붓**으로다가** 그림을 그렸다.　　用筆畫了畫。

❷ 以「－는데다가／ㄴ데다가」或「－아다가／어다가／여다가」的形式使用，表示前一動作完成後轉換至下一動作。

▶ 비가 오**는데다가** 어두워서 걸을 수가 없었다.
不但下雨而且很暗，所以沒辦法走。
▶ 아기를 두손으로 **안아다가** 침대에 눕혔다.　　用雙手抱孩子讓他躺在床上。

參考 ｜ 「다가」也可以省略成「다」來使用。

▶ 둘**에다** 셋을 더하다.　　二加上三。
▶ 아이들**에게다** 맡겨 두었다.　交給孩子們了。

▸ 에＋다가	≫	請參考p.128的「에다가」。
▸ 에게＋다가	≫	請參考p.126的「에게다가」。
▸ 한테＋다가	≫	請參考p.142的「한테다가」。
▸ 으로＋다가	≫	請參考p.105的「로/으로」。

11 대로　按照～、正如～、～各自的

名詞＋대로			
순서＋대로	按照順序	예정＋대로	按照預定
차례＋대로	按照次序	사실＋대로	按照事實

① 接在名詞之後，表示與該名詞意思相同，或遵循該意思。

▸ 선생님 말씀**대로** 했다.	按照老師說的話做了。
▸ 순서**대로** 열까지 말해 보자.	依序說到十為止。
▸ 사실**대로** 말하겠습니다.	照實說來。
▸ 예정**대로** 10시에 떠나겠다.	按照預定在10點出發。
▸ 생각**대로**는 잘 안 된다.	事情不如想像中那樣順利。

② 接在名詞之後，表示與之相應的狀態或兩件事物的區別。

▸ 대학은 대학**대로** 특성이 있다.	大學有大學各自的特點。
▸ 나는 나**대로** 힘들었다.	我有我自己辛苦之處。
▸ 여자는 여자**대로** 남자는 남자**대로** 따로따로 모였다.	
女生跟女生，男生跟男生各自集合。	

　與語尾「－는、－ㄴ、－은」一起使用時대로屬於依存名詞。

　　① 表示「按照前面的動作、狀態」的意思。

▸ 말씀하신 **대로** 했습니다.	按照所說的做了。
▸ 부르는 **대로** 받아 썼다.	按照說的聽寫下來了。
▸ 하고 싶은 **대로** 하세요.	請照著想做的去做。

② 表示「～之後馬上、～之後全部」的意思。

▷ 도착하는 **대로** 전화 주세요.　　　到達後請馬上打電話過來。

▷ 일이 끝나는 **대로** 전화할게요.　　工作結束後馬上打電話。

▷ 무슨 일이든 하는 **대로** 성공했다.　不管做什麼事全都成功了。

---

⑫ | 더러　　對～、對於～

表示人的名詞+더러			
오빠+**더러**	對哥哥	동생+**더러**	對弟弟
너+**더러**	對你	그 사람+**더러**	對那個人

❶ 在間接引用的句子中接在表示人的名詞之後，表示行動的對象。可與「에게」互換，主要使用在口語中。

▷ 친구**더러** 여행을 가자고 했다.　　邀請朋友一起去旅行了。

▷ 아빠**더러** 오늘은 늦겠다고 했다.　對爸爸說今天會晚一點。

▷ 엄마가 동생**더러** 저녁 먹기 전에 숙제를 마치라고 했어요.
媽媽對弟弟說要在吃晚餐前寫完功課。

❷ 表示問話的對象，或是被要求做出某個行動的對象。

▷ 그것은 언니**더러** 물어 봐라.　　那件事去問姊姊。

▷ 비서**더러** 서류를 가져오게 했다.　叫秘書拿文件過來。

▷ 영수**더러** 연락을 하도록 했다.　盡可能與英洙聯絡。

 1_ 「더러」接在代名詞「나、너、저」之後，也可以「ㄹ더러」的形式來使用。

▷ 날**더러** 같이 가재요.　　　對我說一起去吧。

▷ 누가 널**더러** 바보라고 했니?　是誰說你是笨蛋的?

▷ 절**더러** 공부를 하래요.　　對我說要用功讀書。

 2_ 當動詞與說話的行為有關係時，「더러」可以替換成「에게、한테、보고」。

▷ 형이 동생**더러** 같이 가자고 했다.　　哥哥對弟弟說一起去吧。

▷ 형이 동생**에게** 같이 가자고 했다.		哥哥對弟弟說一起去吧。	
▷ 형이 동생**한테** 같이 가자고 했다.		哥哥對弟弟說一起去吧。	
▷ 형이 동생**보고** 같이 가자고 했다.		哥哥對弟弟說一起去吧。	

⑬ 도 ～也

名詞、副詞、助詞、語尾＋도			
나＋도	我也	책＋도	書也
취미＋도	興趣也	물＋도	水也

❶ 表示添加的意思。

▷ 너**도** 같이 가자.	你也一起去吧。
▷ 사과**도** 몇 개 사자.	蘋果也買幾個吧。
▷ 꽃**도** 피었다.	花也開了。

❷ 以「～도 ～도」的形式表示兩個以上的事物並列或列舉的意思。

▷ 값**도** 싸고 분위기**도** 좋다.	價錢很便宜，氣氛也很好。
▷ 시간**도** 걸리고 돈**도** 든다.	即花時間，又花錢。
▷ 가끔 책**도** 읽고 음악**도** 듣는다.	偶爾讀書，也聽音樂。

❸ 表示讓步的意思。

▷ 쥬스가 없으면 물**도** 괜찮아.	沒有果汁的話水也可以。
▷ 열차가 없으면 버스**도** 좋아.	沒有火車的話巴士也可以。

❹ 表示強調的意思。

▷ 하나**도** 없다.	一個也沒有。
▷ 지금은 아무것**도** 못 먹는다.	現在什麼也不能吃。
▷ 그런 얘기는 듣지**도** 못했다.	那種事聽也沒聽過。
▷ 아직**도** 안 끝났어요?	還沒有結束嗎？
▷ 아마**도** 숙제를 안 한 것 같다.	大概是沒有做功課。
▷ 밥을 먹지**도** 않고 일찍 잤다.	連飯也沒吃就早早去睡了。

⑤ 表示感嘆的意思

▸ 날씨**도** 좋구나. 　　　　　天氣真好啊。
▸ 아, 사람**도** 참 많구나. 　　　啊，人好多啊。

14 든/이든　～或～都、～或

>> **15** 든가/이든가的省略形。

>> **16** 든지/이든지的省略形。

15 든가/이든가　～或、～或～都

母音結尾的名詞＋든가		子音結尾的名詞＋이든가	
배+**든가** 기차+**든가**	船或火車	떡+**이든가**	糕餅或
나+**든가** 너+**든가**	我或你	과일+**이든가**	水果或

❶ 接在名詞之後，表示在沒有特別偏好的情況下進行選擇。

▸ 사과**든가** 귤**이든가** 아무거나 좋다. 蘋果或橘子什麼都可以。
▸ 너**든가** 나**든가** 한 사람은 가야 한다. 我或你其中一個人必須要去。
▸ 어디**든가** 나가 보아라. 　　　　哪裡都好出去看看。

 1_「든가/이든가」可以替換成「든지/이든지」。

▸ 사과**든지** 귤**이든지**. 　　　蘋果或橘子。
▸ 어디**든지** 나가 보아라. 　　哪裡都好出去看看。

 2_「든가/이든가」可以省略成「든/이든」。

▸ 사과**든** 귤**이든**. 　　　　蘋果或橘子。
▸ 어디**든** 나가 보아라. 　　哪裡都好出去看看。

>> 「든가」可以接在終結語尾「－다、ㄴ다、는다、－라」之後，以「－다든가、－ㄴ든가、－는든가、－라든가」（～或～等等）的形式使用，表示將幾件事物同時列出或選擇的意思，許多辭典將這種用法視為一種連結語尾。此外「－다든가、－ㄴ든가、－는든가、－라든가」也能替換成「－다든지、－ㄴ다든지、는다든지、－라든지」。

16 든지／이든지　～或～都、～或

母音結尾的名詞＋든지		子音結尾的名詞＋이든지	
잡지＋**든지**	雜誌或	책＋**이든지**	書或
어디＋**든지**	哪裡都	등산＋**이든지**	登山或

>> 語尾的「－든지」請參考p.292。

❶ 接在名詞之後，表示在沒有特別偏好的情況下進行選擇。

▷ 소설책**이든지** 잡지**든지** 아무거나 읽고 싶다.
小說或雜誌什麼都想看。

▷ 물어 볼 것이 있으면 언제**든지** 찾아오세요.
如果有想問的請隨時過來。

▷ 이 일을 어떻게**든지** 내일 아침까지 끝내십시오.
這件事請無論如何要在明天早上之前完成。

▷ 네가 간다면 어디**든지** 따라가겠다.
如果是你要去的話，不論哪裡都會跟你去。

參考 1_「든지／이든지」可以替換成「든가／이든가」。

▷ 소설책**이든가** 잡지**든가**.　　小說或雜誌。
▷ 어디**든가** 나가 보아라.　　哪裡都好出去看看。

參考 2_「든지／이든지」可以省略成「든／이든」。

▷ 사과든 귤이든.　　　　　蘋果或橘子。
▷ 어디든 나가 보아라.　　　哪裡都好出去看看。

參考 3_ 可以接在助詞「로、에、에서、에게、한테…」之後，以「로든（지）、에든（지）、에서든（지）、에게든（지）、한테든（지）」的形式來使用。

▷ 어디**로든지** 여행을 가고 싶다.　不管是哪裡都想去旅行。
▷ 집**에서든지** 학교**에서든지** 그녀 생각만 한다.
不管在家或是在學校老是想著她。

17 라고/이라고 說～

母音結尾的名詞＋라고	子音結尾的名詞＋이라고
"좋아"**라고**　　說「好啊」	"실험중"**이라고**　　說「實驗中」
"가자"**라고**　　說「走吧」	"큰 돈이군"**이라고**　　說「好多錢啊！」

表示直接引用，所引用的文字前後需加上引用符號（"　"）。

- 아이가 "싫어"**라고** 했다.　　　　　孩子說：「不要」。
- 누군가가 "불이야"**라고** 외쳤다.　　不知是誰大叫「失火啦」。
- 민수가 "비가 올 것 같군"**이라고** 말했다.　岷秀說：「好像快下雨了啊」。
- 문에 "회의중"**이라고** 쓰여 있다.　　門上寫著「會議中」。

① 當直接引用人說的話時可以用「하고」來取代「라고／이라고」，「하고」的功能相當於表示直接引用的助詞，但學校文法將之視為動詞「하다」與語尾「고」的結合。

>> 請參考p.139「하고」的參考2。

"어서 드세요"**라고** 말했다.（○）　　說了「請用」。
"어서 드세요"**하고** 말했다.（○）

② 表示引用擬聲語及呼喚時只能使用「하고」。

아이가 "엄마!"**하고** 달려갔다.（○）　孩子叫了聲「媽媽！」就跑走了。
아이가 "엄마!"**라고** 달려갔다.（×）
"흥!"**하고** 코웃음을 쳤다.（○）　　用鼻子「哼！」了一聲。
"흥!"**이라고** 코웃음을 쳤다.（×）

>> 間接引用表現的功能與例句請參考p.215～p.218。
　　敘述格助詞「이다」與表示引用的助詞「고」結合所形成的「라고／이라고」之例句請參考p.216。

라도／이라도　～連，即使，也好

母音結尾的名詞＋라도		子音結尾的名詞＋이라도	
차＋**라도**	茶也好	밥＋**이라도**	飯也好
빨래＋**라도**	洗衣服也好	유학＋**이라도**	留學也好

❶ 表示雖不滿足但可以接受。

▷ 어디 여행**이라도** 다녀오겠다.　　如果我是你，去旅行一下也好。

▷ 라면**이라도** 있으면 주세요.　　拉麵也好，有的話請給我。

▷ 김밥**이라도** 사 먹어라.　　買個海苔包飯來吃也好。

❷ 主要接在「누구、언제、어디、아무、무엇、어느」之後，表示不分一切全部包含的意思。

▷ 나는 언제**라도** 시간이 있다.　　我無論何時都有時間。

▷ 어느 곳**이라도** 갈 수 있다.　　可以到任何地方去。

▷ 아무**라도** 좋으니 대답을 해라.　　不管誰都好給我回答。

❸ 接在部分的數詞及副詞之後表示強調的意思。

▷ 너와 잠시**라도** 떨어질 수 없다.　　連一下下都無法離開你。

▷ 하루**라도** 더 공부하고 싶다.　　想多讀點書，就算是多一天也好。

▷ 일 초**라도** 빨리 가자.　　早點去吧，就算是早一秒也好。

19 라든가／이라든가　～之類的

>> 20 라든지／이라든지

20 라든지／이라든지　之類的

母音結尾的名詞＋라든지		子音結尾的名詞＋이라든지	
배구＋**라든지**	排球之類的	등산＋**이라든지**	登山之類的
구두＋**라든지**	皮鞋之類的	양말＋**이라든지**	襪子之類的

❶ 在提出或是列舉兩個以上對象時使用。

▷ 나는 축구**라든지** 야구**라든지** 그런 운동을 좋아한다.
我喜歡足球跟棒球之類的運動。

▷ 연필**이라든지** 지우개**라든지** 볼펜 같은 학용품을 샀다.
買了鉛筆、橡皮擦、原子筆之類的文具用品。

▷ 치약**이라든지** 칫솔**이라든지** 면도기**라든지**를 준비해라.
去準備牙膏、牙刷、刮鬍刀之類的用品。

參考 「라든지／이라든지」可以替換成「라든가／이라든가」。

▷ 과자**라든가** 사과**라든가**. 　餅乾跟蘋果之類的。
▷ 음식**이라든가** 과일**이라든가**. 食物跟水果之類的。
▷ 돈**이라든가** 명예**라든가**. 　金錢跟名譽之類的。

㉑ 란／이란 　所謂～

母音結尾的名詞＋란		子音結尾的名詞＋이란	
남자＋**란**	所謂的男人	사람＋**이란**	所謂的人
부모＋**란**	所謂的父母	자식＋**이란**	所謂的孩子

❶ 接在名詞之後，表示舉出特定的對象來加以說明或是定義。

▷ 친구**란** 어려울 때 도와주는 것이 정말 친구이다.
所謂朋友是要能在困難的時候給予幫助，才是真正的朋友。
▷ 여자란 **눈**물이 흔한 법이다. 　　　　女人啊！總是愛哭的。
▷ 동요**란** 어린이를 위해서 만든 노래이다.
所謂的童謠是指專為孩子所作的歌曲。
▷ 사람**이란** 급할 땐 다 그렇게 생각하는 법이다.
人啊！在緊急的時候都會那樣想。

可以替換成「는／은」，但「란」更有強調的意思。

> 여자는 눈물이 흔한 법이다.　女人總是愛哭的。
> 동요는 어린이를 위해서 만든 노래이다.
> 所謂童謠是指為孩子所作的歌。

22 랑／이랑　～與、～及、～跟

母音結尾的名詞＋랑		子音結尾的名詞＋이랑	
바지＋**랑**	褲子與	양복＋**이랑**	西裝與
치마＋**랑**	裙子與	장갑＋**이랑**	手套與

❶ 表示同時列舉出兩個以上的事物。

> 백화점에 가서 구두**랑** 모자**랑** 원피스**랑** 샀어요.
> 到百貨公司買了皮鞋、帽子、連身裙。
> 생일에 영준**이랑** 민수**랑** 연아를 초대했다.
> 生日那天招待了永峻、岷秀跟妍兒。
> 편의점에서 빵**이랑** 우유**랑** 쥬스를 사 가지고 왔다.
> 去便利商店買來了麵包、牛奶跟果汁。
> 연필**이랑** 지우개를 가져 오세요.　請拿鉛筆和橡皮擦過來。

❷ 接在表示人或動物的名詞之後，表示某個動作、關係或比較的對象。

> 엄마**랑** 음식을 만들었어요.　　和媽媽一起下廚做菜。
> 딸이 엄마**랑** 많이 닮았다.　　女兒跟媽媽長的很像。
> 어제 언니**랑** 싸웠다.　　昨天跟姊姊吵架了。
> 그 애는 영수**랑** 친하니?　　那孩子跟英洙很要好嗎？

 「랑」的功能與相同「와／과、하고」，「와／과」在口語及書面體中皆可使用；「랑」與「하고」則主要使用在口語中。

> 오빠는 아빠**와／하고／랑** 키가 비슷해.　　哥哥的身高跟爸爸差不多。
> 너**와／하고／랑** 나（**와／하고／랑**）둘이서.　　你跟我兩個人。

로/으로　利用〜、到〜、成為〜、往〜、身為〜

母音、ㄹ結尾的名詞＋로		子音結尾的名詞＋으로	
비행기＋로	利用飛機	얼음＋으로	用冰
전철＋로	利用電車	꽃＋으로	用花

① 接在表示地點或方向的名詞之後，表示方向或途徑。

어디로 가는 것이 좋겠어요?	該往哪裡去才好呢？
3번 출구로 나오세요.	請由3號出口出來。
이 길로 가면 빨리 갈 수 있다.	走這條路的話很快就可以到。
대구로 해서 부산에 간다.	經由大邱到釜山去。

② 表示工具、手段及方法。

답안은 연필로 쓰세요.	請用鉛筆來作答。
난 택시로 가겠다.	我打算坐計程車去。
배로 얼마나 걸려요?	搭船要花多少時間呢？
그 문제는 대화로 해결하자.	那個問題就用討論的方式來解決吧。

③ 表示材料、原料。

이 빵은 뭘로 만든 거예요?	這個麵包是用什麼做的？
나무로 집을 짓는다.	用木頭來蓋房子。
김치는 배추로 만든다.	泡菜是用白菜做的。

④ 表示變化或變成。

눈이 비로 변했다.	雪變成了雨。
얼음이 녹아서 물로 되었다.	冰融化成了水。

⑤ 表示原因及理由。

겨울에는 감기로 고생했다.	冬天時候因為感冒而受罪。
교통사고로 다쳤다.	因為車禍受了傷。
그 일로 사이가 나빠졌다.	因為那件事導致關係惡化。

⑥表示資格、身分及評價。

▷ 가난한 농부의 아들**로** 태어났다.　以貧苦農民之子的身分出生。

▷ 영어교사**로** 10년 동안 일했다.　以英語老師的身分工作了10年。

▷ 이곳은 사과**로** 유명하다.　這裡因蘋果而出名。

▷ 한국은 김치**로** 유명하다.　韓國因泡菜而出名。

⑦接在表示時間的名詞之後，表示時間的段落。

▷ 시험은 오늘**로** 끝이다.　考試到今天結束。

▷ 그 날 이후**로** 담배를 끊었다.　從那天之後就戒了菸。

▷ 시간은 오전 8시 반**으로** 정했다.　時間訂在上午8點半。

⑧表示決心、決定的內容。

▷ 홍차**로** 주세요.　請給我紅茶。

▷ 저는 커피**로** 하겠어요.　我要咖啡。

▷ 오늘부터 담배를 끊기**로** 했다.　決定從今天開始戒菸。

▷ 10시에 만나기**로** 했다.　約好10點見面。

24 로부터／으로부터　從～、來自～

母音、ㄹ結尾的名詞＋로부터		子音結尾的名詞＋으로부터	
아내＋**로부터**	從妻子	남편＋**으로부터**	從丈夫
서울＋**로부터**	從首爾	유학생＋**으로부터**	從留學生

❶與助詞「로／으로」及「부터」結合，表示起點或出處。

▷ 서울**로부터** 온 소포.　從首爾來的包裹。

▷ 부모**로부터** 물려받은 가게.　從父母那裡繼承的店鋪。

▷ 오늘로 시험**으로부터** 해방되었다.　在今天從考試中解脫。

▷ 그 얘기는 친구**로부터** 들었다.　那件事是從朋友那裡聽到的。

▷ 어린이**로부터** 노인에 이르기까지.　從小孩到老人

25 로서/으로서　身為～

母音、ㄹ結尾的名詞＋로서		子音結尾的名詞＋으로서	
부모＋로서	身為父母	회장＋으로서	身為會長
경찰＋로서	身為警察	장남＋으로서	身為長子

❶表示資格、身分、地位、立場等意思。

▸ 학생 대표로서 모임에 참석했다.　以學生代表的身分參加集會。
▸ 그 일은 부모로서 책임이 있다.　身為父母對那件事是有責任的。
▸ 둘째 아들로서 태어났다.　以次子的身分出生。
▸ 저로서도 할 말이 없습니다.　我自己也無話可說。

參考　「로서/으로서」可以替換成「로/으로」。

▸ 학생 대표로 모임에 참석했다.　以學生代表的身分參加集會。
▸ 셋째 딸로 태어났다.　以三女的身分出生。

26 로써/으로써　用～、使用～

母音、ㄹ結尾的名詞＋로써		子音結尾的名詞＋으로써	
배추＋로써	用白菜	운동＋으로써	用運動
말＋로써	用話	이것＋으로써	用這個

❶表示工具、手段及方法。

▸ 문제를 대화로써 해결하자.　用討論來解決問題吧。
▸ 노력으로써 어려움을 극복했다.　靠努力克服了困難。
▸ 웃는 얼굴로써 나를 맞았다.　用笑臉迎接了我。

❷表示材料、原料。

▸ 나무로써 만든 책상이 좋다.　用木頭做的桌子不錯。
▸ 돼지고기로써 불고기를 만든다.　用豬肉來做烤肉。

「로써/으로써」接於無情名詞之後，可以替換成「로/으로」。

> 나무로 만든 책상이 좋다. 用木頭做的桌子不錯（我喜歡木桌）。

27 를/을 **把～、去～、對～**

母音結尾的名詞＋를		子音結尾的名詞＋을	
구두＋를	把鞋子	집＋을	把家
편지＋를	把信	눈물＋을	把眼淚

❶ 表示動作、作用的對象。

> 아침에는 빵**을** 먹는다. 早上吃麵包。
> 하루종일 공부**를** 했다. 一整天都在讀書。
> 연아는 아빠**를** 닮았다. 妍兒長得很像爸爸。
> 친구**를** 만나러 서울에 갔다. 到首爾去跟朋友見面。
> 전철**을** 타고 간다. 搭電車去。

❷ 表示出發、到達、經由的地點。

> 어제 도쿄**를** 출발했다. 昨天從東京出發。
> 서울**을** 거쳐 방콕으로 갔다. 經由首爾到曼谷去。
> 학교**를** 나와도 취직이 어렵다. 就算離開學校也很難找到工作。
> 일요일에는 교회**를** 다닌다. 星期天去上教會。

>> 在表示移動目的地的情況下比助詞「에」更具有強調的意思，請參考p.122「에」的③。
> 시장을／에 가다 去市場。 학교를／에 다니다 上學。

❸ 與「가다、오다」等動詞一起使用，表示為執行特定目的而移動空間。

> 주말에 등산**을** 가기로 했다. 決定週末去爬山。
> 한국으로 여행**을** 간다. 到韓國去旅行。
> 다음 달에 이사**를** 간다. 下個月要搬家。
> 친구와 낚시**를** 간다. 和朋友去釣魚。

❹ 表示代表能力、願望或好惡之狀態敘述語的對象。

한글로 편지를 쓸 수 있다.	能用韓文寫信。
술을 마시고 싶다.	想要喝酒。
밥을 먹고 싶다.	想要吃飯。
한국 영화를 좋아한다.	喜歡韓國電影。
김치와 불고기를 좋아한다.	喜歡泡菜跟烤肉。
나는 우유를 싫어한다.	我討厭牛奶。

❺ 接在部分的副詞、助詞及語尾「−아、−게、−지、−고」之後，表示強調的意思。

목이 아파서 많이를 못 먹는다.	因為喉嚨痛而無法吃太多。
아까 편의점에를 갔다 왔다.	剛才去了一趟便利商店。
그날 바빠서 오지를 못했다.	那天因為太忙而無法過來。

 1_ 在有明確受語的情況下，「를／을」在對話中經常被省略。

밥 먹으러 가자.	去吃飯吧。
맥주 주세요.	請給我啤酒。

 2_ 「를」在對話中可以省略成「ㄹ」。

어딜 가요？（어디＋를 → 어딜）	要到哪裡去呢？
누굴 만나요？（누구＋를 → 누굴）	要跟誰見面呢？
날 보세요.（나＋를 → 날）	請看看我。

---

28 | 마다　每～、每次～、每隔～

名詞＋마다

주말＋**마다**	每個週末	정류장＋**마다**	每個停靠站
계절＋**마다**	每個季節	가는 곳＋**마다**	去的每個地方

❶ 接在名詞之後，表示全部包含的意思。

날**마다** 도서관에 간다.	每天去圖書館。
일요일**마다** 비가 온다.	每個星期天都下雨。

▹ 영희는 웃을 때**마다**….   英姬每次笑的時候…。

▹ 사람**마다** 성격이 다르다.   每個人個性不同。

② 表示一定的間隔。

▹ 고속 버스는 5분**마다** 출발한다.   高速巴士每5分鐘開出。

▹ 차는 2년**마다** 검사를 받는다.   汽車每2年要接受一次檢查。

---

29 | 마는   雖然～

部分的語尾＋마는			
비가 옵니다＋**마는**	雖然下雨	하고 싶다＋**마는**	雖然想要
맛도 좋다＋**마는**	雖然味道很好	고맙다＋**마는**	雖然感謝

❶ 接在語尾「－다、－더니、－냐」之後，表示在承認前面事實的情況下提出相反的意見、事實或疑問，此種表現方式較不為年輕人所使用。

▹ 가고는 싶다**마는** 시간이 없다.   雖然想去，但沒有時間。

▹ 비가 오더니**마는** 지금은 눈이 온다. 雖然先前在下雨，但現在在下雪。

▹ 눈이 옵니다**마는** 그렇게 많이 올 것 같지는 않습니다.
雖然在下雪，不過不像是會下那麼多。

❷ 習慣上可接在「미안하다、실례하다、고맙다」等招呼語之後，表示謙讓的意思。

▹ 미안합니다**마는** 말씀 좀 묻겠습니다.   不好意思，想請教一下。

▹ 실례합니다**마는** 길 좀 묻겠습니다.   真抱歉，想問一下路。

▹ 고맙습니다**마는** 혼자 해 보겠습니다.   很感謝你，但我想一個人試試看。

 「마는」可以省略成「만」，省略形的語氣更為自然且較為常用。

▹ 시고 싶다**만** 지금 돈이 없다.   雖然想買，但現在沒有錢。

▹ 미안합니다**만** 같이 못 가요.   不好意思，沒辦法一起去。

➤➤ 與語尾「－ㄴ다／는다」結合後形成的「－ㄴ다마는／는다마는」及縮寫形「－ㄴ다만／는다만」被視為一個連結語尾，當以「－더니마는」的形式使用時，是表示強調的意思。

30 마저　甚至～、就連～

名詞＋마저			
비＋마저	就連雨	눈＋마저	就連雪
날씨＋마저	就連天氣	바람＋마저	就連風

❶ 表示不受歡迎的事物添加的意思。

▸ 추운데 바람**마저** 세게 불었다.　　不只是冷就連風都很大。

▸ 비**마저** 오는구나.　　連雨也下下來了啊！

▸ 불가능하다는 생각**마저** 든다.　　甚至有不可能的想法。

❷ 表示「包含最後一個在內、全部」的意思。

▸ 집**마저** 남의 손에 넘어갔다.　　就連房子也落入別人手中。

▸ 너**마저** 내 말을 믿지 않니?　　就連你也不相信我說的話嗎？

▸ 어린이들**마저** 전쟁에 동원되었다.　　就連孩子也被動員參與戰爭。

 1_「마저」可以替換成「까지」，差別在於「마저」只能夠使用在否定的狀況下，「까지」則是在肯定的狀況下也能使用。

　　▸ 추운데 바람**마저** 불었다.（○）　　不只是冷就連風也颳起來。

　　▸ 추운데 바람**까지** 불었다.（○）　　不只是冷就連風也颳起來。

　　▸ 노래도 잘하는데 운동**마저** 잘한다.（×）

　　▸ 노래도 잘하는데 운동**까지** 잘한다.（○）

　　　不只會唱歌，就連運動也很擅長。

 2_ 在當成「在某個狀況之上增加新的狀況」的意思來使用時，「마저」可以替換成「조차」；但在當成「包含最後一個在內、全部」的意思來使用時須使用「마저」，透過否定某個極端狀況來強調否定語氣時，則須使用「조차」。

　　▸ 민수**조차** 시험에 떨어졌다.　　就連岷秀也落榜了。

　　▸ 민수**마저** 시험에 떨어졌다.　　（最後）連岷秀都落榜。

　　▸ 아내**마저도** 나를 떠나갔다.　　（最後）連妻子也離我而去。

　　▸ 그는 제 이름**조차** 못 쓴다.　　他連自己的名字也不會寫。

➣➣ 請參考p.136的「조차」。

名詞、助詞、副詞、語尾＋만			
만화＋**만**	只有漫畫	그것＋**만**	只有那個
공부＋**만**	只有用功	돈＋**만**	只有錢

❶ 接在名詞及助詞之後，表示限定的意思。

- 하루종일 영화**만** 본다.　　　　　一整天都在看電影。
- 연아는 연필로**만** 편지를 쓴다.　　妍兒只用鉛筆寫信。
- 한잔**만** 하고 가자.　　　　　　　喝一杯再走吧。
- 이천 원**만** 내세요.　　　　　　　請出2千韓元就好。

❷ 接在名詞、副詞及語尾之後，表示強調的意思。

- 돈**만** 있으면 뭐든지 할 수 있다.　只要有錢什麼都做得到。
- 밥맛이 없다면서 잘**만** 먹네.　　　嘴裡說沒食慾，但還是吃得很多呢。
- 그는 말없이 웃기**만** 했다.　　　　他什麼也沒說就只是笑。
- 아이가 울고**만** 있었다.　　　　　孩子就只是一直哭。

❸ 主要與「하다、못하다」一起使用，表示比較的程度及對象。

- 차라리 듣지 않은 것**만** 못하다.　倒不如別聽比較好。
- 동생이 형**만** 하겠어？　　　　　弟弟會比哥哥好嗎？
- 언니가 동생**만**도 못하다.　　　　姊姊還比妹妹遜色。

 除了「만」之外還有一個意思相近的助詞「뿐」（p.118），但助詞「뿐」與「만」的不同處在於只有「뿐」能夠與「이다、아니다」結合。

- 나는 너**만** 믿는다.（○）　　　我就只相信你。
  나는 너**뿐** 믿는다.（×）
  믿는 것은 니**만**이다.（×）
- 믿는 것은 너**뿐**이다.（○）　　相信的就只有你。

32 만큼　像～、～的程度

名詞＋만큼			
우리 나라＋**만큼**	像我國	사진＋**만큼**	像照片
영어＋**만큼**	像英語	네 것＋**만큼**	像你的東西

① 表示與比較、比喻的對象相同程度，或是表示限度的意思。

- 영어는 나도 너**만큼** 할 수 있다.　　我的英語也能像你一樣好。
- 사랑**만큼** 중요한 것도 없다.　　沒有比愛更重要的東西。
- 여기**만큼** 맛있는 곳도 없다.　　沒有比這裡更好吃的地方。
- 비가 병아리 눈물**만큼** 왔다.　　雨像小雞的眼淚般下下來。
- 트럭이 공룡**만큼** 거대해 보였다.　　卡車看起來像恐龍般巨大。
- 엄마가 날 얼마**만큼** 사랑하는지 잘 안다. 我很清楚媽媽是多麼地愛我。
- 어느**만큼** 잘 사느냐가 문제이다.　　過的多好才是重點。

 1_ 接在語尾「－은、－ㄴ、－는、－을」之後的「만큼」是依存名詞，表示程度、數量、原因或根據的意思。

- 일하는 **만큼** 돈을 주겠다.　　根據工作的量來給錢。
- 나이가 많은 **만큼** 경험도 많다.　　因為年紀大所以經驗也多。
- 설거지를 하다가 컵을 깨뜨린 **만큼** 괜찮다.
  不用因為洗碗打破杯子而在意。
- 까다롭게 검사하는 **만큼** 준비를 철저히 해야 한다.
  檢查很嚴格，所以要徹底做好準備才行。

 2_ 「만큼」可以替換成「만치」。

- 사랑**만치** 중요한 것도 없다.　　沒有比愛更重要的東西。
- 여기**만치** 맛있는 곳도 없다.　　沒有比這裡更好吃的地方。

33 말고　並非～、除了～

名詞＋말고			
나＋**말고**	並非我	그 사람＋**말고**	並非那個人
거기＋**말고**	並非那裡	이것＋**말고**	並非這個

❶接在名詞之後表示選擇否定的意思。

▷ 커피**말고** 홍차를 주세요.　　　我不要咖啡，請給我紅茶。

▷ 그것**말고** 다른 것 없어요?　　　除了這個沒有別的嗎？

❷表示「除了～之外」的意思。

▷ 나**말고** 세 명이 더 있었다.　　　除了我之外還有三個人。

▷ 그것**말고** 내가 할 일이 없다.　　　除了那件事之外沒有我要做的。

 1_ 以下的「말고」是動詞「말다」的變化形，表示「하지 말고」的意思。

▷ 너무 걱정 **말고** 기운 내라.　　不要太擔心，打起精神來。

▷ 잔소리 **말고** 술이나 마셔라.　　不要囉嗦，喝酒吧。

 2_ 有的辭典將「말고」視為「말다」的變化形而不是一個助詞，在這種情況下則必須使用分寫法。

34 며／이며　與～、～跟～之類

母音結尾的名詞＋며		子音結尾的名詞＋이며	
과자＋**며**	點心跟	과일＋**이며**	水果跟
코＋**며**	鼻子跟	눈＋**이며**	眼睛跟

❶主要以「～며、～며」的形式使用，表示同時列舉兩個以上的事物。

▷ 과자**며** 과일**이며** 쥬스를….　　　把餅乾水果跟果汁…

▷ 눈이**며** 코**며** 입이 엄마를 그대로.　　眼睛、鼻子和嘴巴跟媽媽很像

35 밖에　只有～

名詞、副詞＋밖에			
하나＋**밖에**	只有一個	조금＋**밖에**	只有一點
너＋**밖에**	只有你	한 명＋**밖에**	只有一個人

❶ 必須搭配否定語氣使用，表示除了特定的事項、條件之外全部否定的意思。

▷ 손님이 세 명**밖에** 안 왔다.　　客人只來了三個。

▷ 시간이 조금**밖에** 안 남았다.　　時間只剩下一點點。

▷ 그렇게**밖에** 할 수가 없었다.　　除了那樣做之外別無他法。

▷ 그녀는 공부**밖에** 모른다.　　她就只知道唸書。

參考　表示「（特定的人、事物）以外」的名詞「밖（外面、外頭、外部）」可與助詞「에」結合，在這種情況下無須搭配否定語氣。

　　▷ 그 **밖에** 많은 문제가 있다.　　除了那個之外還有很多問題。

　　▷ 그것은 내 능력 **밖의** 일이다.　　那是超乎我能力之外的事。

　　▷ 예상 **밖으로** 많은 사람들이 왔다.　來的人出乎意料的多。

36 보고　對～、向～、對於～

表示人的名詞、人名＋보고			
나＋**보고**	對我	남동생＋**보고**	對弟弟

❶ 在間接引用句中接在表示人的名詞之後用以表示對象，主要使用在口語中，但不可對須使用敬語的對象使用。

▷ 누가 너**보고** 그 얘기를 했니?　　是誰對你說了那件事的？

▷ 민수**보고** 낚시를 가자고 했다.　　對岷秀說去釣魚吧。

▷ 비서**보고** 서류를 가져오게 했다.　　叫秘書去把文件拿來。

▷ 언니**보고** 우표를 사 오게 했다.　　叫姊姊買郵票來。

37

보다　比～

名詞、助詞、語尾＋보다			
해＋**보다**	比太陽	달＋**보다**	比月亮
그녀＋**보다**	比她	아들＋**보다**	比兒子

❶ 表示比較的對象。

▷ 아들이 나**보다** 키가 크다.　　　　　　　兒子長得比我高。

▷ 그는 나**보다** 두 살 위이다.　　　　　　他比我大兩歲。

▷ 그는 누구**보다**도 걸음이 빠르다.　　　　他走得比誰都快。

▷ 그녀는 나한테**보다** 너한테 관심이 있는 것 같다.

　　她好像對你比對我還要有意思。

▷ 내가 가기**보다** 네가 직접 가서 이야기하는 게 좋겠다.

　　比起由我去，不如你直接去說還要好吧。

부터　從～、先～

名詞、副詞、助詞、語尾＋부터			
한 시＋**부터**	從1點	아침＋**부터**	從早上
어제＋**부터**	從昨天	내일＋**부터**	從明天

❶ 表示某個動作或狀態的起點。

▷ 한국에서는 만18세**부터** 술을 마실 수 있다.

　　在韓國滿18歲就可以開始喝酒。

▷ 아버지는 매일 새벽**부터** 밤 늦게까지 일을 합니다.

　　爸爸每天從清晨一直工作到深夜。

▷ 시험 범위는 5쪽**부터** 17쪽까지이다.　考試範圍從第5頁到第17頁為止。

▷ 오늘**부터** 담배를 끊기로 했다.　　　決定從今天開始戒菸。

② 表示某個動作的（第一個）步驟。

▷ 먼저 손**부터** 씻고 먹어라. 　　　給我先洗手再吃。

▷ 우선 밥**부터** 먹고 하자. 　　　先吃飯吧。

▷ 할 일이 많아서 무엇**부터** 해야 할지 모르겠다.
　　要做的事太多，以致於不知從何下手。

③ 表示強調的意思。

▷ 처음**부터** 결혼할 생각이 없었다. 　　打從一開始就沒有要結婚的意思。

▷ 아버지는 원래**부터** 그런 분이야. 　　爸爸原本就是那樣的人。

▷ 피곤한지 초저녁**부터** 졸렸다. 　　大概勞累的關係，從傍晚開始就想睡覺。

▷ 그런데 새벽**부터** 웬일이니 ? 　　話說回來一大清早的是怎麼了？

▷ 어려서**부터** 공부를 잘했다. 　　從小開始就很會唸書。

▷ 그 약을 먹고**부터** 좋아졌다. 　　吃了那種藥之後就好多了。

 1_ 主要是在口語中，當「부터」接在名詞之後時可以替換成「에서부터」或縮寫成「서부터」。

▷ 오늘**서부터** 담배를 끊었다. 　　從今天開始戒煙。

▷ 5쪽**에서부터** 17쪽까지. 　　從第5頁到第17頁。

▷ 처음**서부터** 결혼할 생각이 없었다. 打從一開始就沒有要結婚的意思。

 2_ 當接在具體的地名及表示地點的名詞之後，表示出發點時，不可使用「부터」，而必須使用「에서」。在這種情況下同樣可以替換成「에서부터」。

▷ 서울**에서** 부산까지 KTX로 2시간 반 걸린다.
　　搭高速鐵路從首爾到釜山要花兩個半小時。

▷ 집**에서** 학교까지 자전거를 타고 다닌다
　　從家裡到學校是騎自行車通勤。

▷ 서울**서부터** 부산까지. 　　從首爾到釜山。

▷ 집에**서부터** 학교까지. 　　從家裡到學校。

名詞+뿐			
하나+뿐	只有一個	이것+뿐	只有這個
너+뿐	只有你	빗소리+뿐	只有雨聲

❶以「뿐이다」的形式使用，表示將範圍限定在某個事物或狀態。

▹ 가진 것은 이것**뿐**이다.　　　　擁有的就只有這個。

▹ 남은 것은 동전 몇 개**뿐**이다.　　剩下的就只有幾枚硬幣。

▹ 믿는 것은 너**뿐**이다.　　　　　　能夠相信的就只有你。

▹ 할 수 있는 말은 (일본말) **뿐**이다.　會說的語言就只有（日語）。

❷以「뿐 (만) 아니라」的形式使用，表示「不只是～」的意思。

▹ 가족들에게**뿐만 아니라** 이웃들에게도….　不只對家人，就連對鄰居都…。

▹ 서울**뿐 아니라** 부산에도 간다.　　　　不只要去首爾還要去釜山。

 1_ 「만」（p.112）的意思與「뿐」相近，「뿐」與「만」的不同之處是「뿐」只能夠與「이다、아니다」結合。

▹ 나는 너**만** 믿는다. (○)　　我就只相信你。

　나는 너**뿐** 믿는다. (×)

　믿는 것은 너**만**이다. (×)

▹ 믿는 것은 너**뿐**이다. (○)　　相信的就只有你。

 2_ 當「뿐」接在動詞、形容詞以及「이다」之後，以「-ㄹ／을 뿐」的形式使用時，其詞性不是助詞而是依存名詞。

▹ 아무 말 없이 쳐다볼 **뿐**이었다.　　什麼都不說只是盯著看。

▹ 그는 단지 나의 부하일 **뿐**이다.　　他就只是我的下屬而已。

▹ 공부도 잘할**뿐 아니라** 운동도 잘한다.

　不只很會唸書，就連運動也很擅長。

40 서／이서　用～（人）

表示人數且以母音結尾的名詞＋서		子音結尾的名詞、純韓語數詞＋이서	
혼자＋서	用一個人	셋＋이서	用三個人
		넷＋이서	用四個人

❶接在「혼자、둘、셋」等表示人數的名詞或純韓語數詞之後，表示該名詞為主語，或者強調該「數字」。

▸ 혼자서 영화를 보러 갔다.　　　一個人去看了電影。
▸ 우리는 둘이서 살고 있다.　　　我們兩個人住在一起。
▸ 도둑 하나를 열이서 못 당한다.　十個人也敵不過一個小偷。
▸ 여행은 몇이서 가요?　　　　　是幾個人要去旅行呢？

參考 就算沒有助詞「서」也完全可以發揮主語的功能。

▸ 혼자 영화를 보러 갔다.　　　一個人去看了電影。
▸ 우리는 둘이 살고 있다.　　　我們兩個人住在一起。
▸ 여행은 몇이 가요?　　　　　旅行是幾個人去呢？

41 서　在～、從～

>> 助詞「에서」的省略形，請參考p129。

42 아／야　～啊

表示人且以母音結尾的名詞＋야		表示人且以子音結尾的名詞＋아	
민수＋야	岷秀啊	영숙＋아	永淑啊
토끼＋야	兔子啊	거북＋아	烏龜啊

❶呼喚朋友、晚輩或動物，以及將事物擬人化來呼喚時使用。

▸ 민수야, 밥 먹으러 가자.　　　岷秀，去吃飯吧。

▷ 영민**아**, 내일 뭐 할 거니?   永民啊，明天要做什麼呢？

▷ 영숙**아**, 아직 안 자니?   永淑啊，還不睡嗎？

▷ 거북**아**, 안녕?   烏龜啊，你好啊？

▷ 바람**아**, 불어라.   風啊，吹吧。

 1_ 「아／야」一般而言不與外國人的名字搭配使用。

     ▷ 도모히로**야**（×），마이클**야**（×），사치코**야**（×）

       加藤智大   麥克   幸子

 2_ 「아／야」不可用於需使用敬語的對象或長輩，對於長輩或需使用敬語的對象一般是以「선생님（老師）、민수 씨（岷秀先生）、김 사장님（金社長）、이 선생님（李老師）」這類的方式，在人名之後接職稱或「씨（先生）」來稱呼。

 3_ 以「민수！영숙이！영민이！」為例，也可以在不使用呼格助詞「아／야」的情況下稱呼別人，在這種情況下，有終音的人名需接上調整語調用的接尾辭「－이」。接尾辭「－이」在人名連接助詞的時候也必須使用，如「영숙이가／영숙이를／영숙이만／영숙이보다」…。

43 야／이야   啊、才～

母音結尾的名詞、副詞、語尾＋야		子音結尾的名詞、副詞、語尾＋이야	
공부＋**야**	用功啊	밥＋**이야**	飯啊
너＋**야**	你啊	힘＋**이야**	力量啊

❶ 接在名詞、助詞、副詞及語尾之後，表示強調前方的語詞。

▷ 민수**야** 잘 안다.   岷秀啊我很熟。

▷ 이제**야** 널 만나는구나.   到現在才看到你啊。

▷ 그렇게 늦게**야** 안 오겠지.   不會那麼晚才來吧。

▷ 영아**야** 공부를 잘하니까….   因為英雅很會唸書…。

▷ 밤 12시에**야** 집에 돌아왔다.   到半夜12點才回到家。

▷ 전화**야** 안 하지만 걱정 마세요.   雖然沒打電話，但請不要擔心。

▷ 멋있는 남자가 나타나면**야** 내일이라도 결혼하겠다

     如果有好男人出現的話，要明天結婚也可以。

44 야말로／이야말로 　～才是

母音結尾的名詞、助詞＋야말로		子音結尾的名詞、助詞＋이야말로	
나＋**야말로**	我才是	이 일＋**이야말로**	這件事才是
그 친구＋**야말로**	他才是	남편＋**이야말로**	丈夫才是

❶ 表示強調並確認的意思。

▷ 너**야말로** 조용히 해라.　　　你才應該安靜一點。

▷ 통일**이야말로** 가장 큰 목표이다.　　統一才是最大的目標。

▷ 그 친구**야말로** 정말 천재다.　　他才是真正的天才。

▷ 이 일**이야말로** 나에겐 천직이다.　　這份工作才是我的天職。

▷ 이번에**야말로** 꼭 이기고 싶다.　　這次一定要獲勝。

45 에 　到～、往～、在～

名詞＋에			
근처＋**에**	到附近	문＋**에**	到門
회사＋**에**	到公司	농촌＋**에**	到農村

❶ 接在表示地點或位置的名詞之後，表示地點及位置。

▷ 우리 학교는 시청 옆**에** 있다.　　我們的學校在市政府旁邊。

▷ 오빠는 지금 집**에** 없어요.　　哥哥現在不在家。

▷ 거리**에** 사람들이 많다.　　街上人很多。

▷ 지금은 서울**에** 살고 있어요.　　現在住在首爾。

❷ 接在表示時間的詞語之後表示時間。

▷ 네 시**에** 만나자.　　四點見吧。

▷ 작년**에** 결혼을 했어요.　　去年結婚了。

▷ 숙제를 한 시간**에** 다 끝냈다.　　一個小時把作業全部寫完了。

▷ 5년 만**에** 다시 돌아왔다.　　隔了5年後又回來了。

❸ 與「가다、오다」等動詞一起使用，表示方向及目的地。

▷ 언제 일본에 왔어요?   什麼時候來日本的？
▷ 형은 공부하러 미국에 갔어요.   哥哥到美國去唸書了。
▷ 10분 후에 부산에 도착합니다.   10分鐘後將抵達釜山。

❹ 表示對象。

▷ 돈을 지갑에 넣어 두었다.   把錢放進了錢包。
▷ 아침마다 꽃에 물을 주었다.   每天早上幫花澆水。
▷ 보고서를 회사에 제출했다.   向公司提交了報告。

❺ 表示原因、理由。

▷ 강아지가 추위에 떨고 있다.   小狗因為寒冷而發抖。
▷ 나무가 바람에 흔들리고 있다.   樹在風中搖動。
▷ 맥주 한 잔에 취해 버렸다.   喝了一杯啤酒就醉了。

❻ 表示工具、手段及方法。

▷ 이불을 햇볕에 말린다.   讓太陽曬棉被。
▷ 칼에 손을 베었다.   手被刀子割到了。
▷ 고기를 숯불에 구워 먹었다.   用炭火烤肉來吃。

❼ 表示比較或做為基準的對象。

▷ 그의 실력은 전문가에 가까웠다.   他的實力接近專家。
▷ 과연 그 아버지에 그 아들이다.   果然虎父無犬子。
▷ 그런 행동은 예의에 벗어난다.   那種行動是不合禮儀的。

❽ 表示地位、資格、身分。

▷ 민수가 대표에 선출되었다.   岷秀被選為代表。
▷ 학장에 김 선생님이 임명되었다.   金老師被任命為校長。

❾ 表示做為基準的單位。

▷ 한 달에 몇 권이나 읽어요?   一個月大概會讀幾本呢？

▷ 사과는 두 개에 천 원입니다.　　　蘋果兩個一千韓元。

▷ 시험에서 열에 아홉은 떨어진다.　　考試結果10個人裡有9個不及格。

⑩ 表示添加。

▷ 커피에 설탕을 넣어서 마신다.　　　把糖加進咖啡裡來喝。

▷ 청바지에 흰 티셔츠를 입었다.　　　穿牛仔褲加白色T恤。

▷ 5에 6을 더하면 11이 된다.　　　　5加6等於11。

⑪ 表示列舉出兩個以上的事物。

▷ 자장면에 불고기에 냉면에 다 먹고 싶다.　炸醬麵、烤肉跟冷麵都想吃。

▷ 시계에 가방에 지갑에 다 갖고 싶다.　　　時鐘、包包跟錢包都想要。

⑫ 表示條件及狀況。

▷ 이런 밤중에 떠나겠다니….　　　大半夜的要離開…。

▷ 이 무더위에 어떻게 지냈니?　　在這麼熱的天氣裡是怎麼過的?

⑬ 可以「−에 관하여／관한（關於）、−에 의하여／의한（依據）、−에 대하여／대한（對於）、−에 비하여（相較於）、−에 따라（依照）、−에 있어서（在於）」等形式使用，表示指定的對象。

▷ 고래는 포유동물에 속한다.　　　鯨魚屬於哺乳類動物。

▷ 이 문제에 관한 의견　　　　　　對於這個問題的意見。

▷ 그에 비해 형은 잘하는 편이다.　跟他比起來，哥哥做得比較好。

 1_ 口語中表示地點的指示代名詞「여기、거기、저기、어디」後面的「에」可以省略。

▷ 편의점이 **어디** 있어요?　　便利商店在哪裡呢?

▷ **거기** 누구 없어요?　　　　那裡沒有人嗎?

 2_ 表示時間的語詞之中的「오늘（今天）、내일（明天）、모레（後天）、어제（昨天）、그저께（前天）、언제（何時）」等不需搭配「에」來使用。

▹ **내일** 만나자.	明天見。		
▹ **언제** 만날까요?	何時要見面呢?		
▹ **그저께** 왔어요.	前天來過了。		

46 에게　給〜、〜的地方、被〜

表示人或動物的名詞＋에게			
아이＋**에게**	給孩子	학생들＋**에게**	給學生們
개＋**에게**	給狗	호랑이＋**에게**	給老虎

❶表示受到某個行為所影響的對象。

▹ 동생**에게** 용돈을 주었다.	給了弟弟零用錢。
▹ 엄마**에게** 전화를 했다.	打了電話給媽媽。
▹ 돼지**에게** 먹이를 주었다.	餵了豬。
▹ 나**에게** 취미가 뭐냐고 물었다.	問了我的興趣是什麼。

❷表示擁有、所在、比較等的對象。

▹ 형**에게** 그만한 돈이 있을까?	哥哥有那麼多錢嗎?
▹ 그**에게**는 많은 빚이 있다.	他身上有許多負債。
▹ 그 옷은 나**에게**는 너무 크다.	那件衣服對我來說太大。
▹ 운동은 친구**에게** 지지 않는다.	在運動上不會輸給朋友。

❸與「가다(去)、오다(來)」等一起使用,表示行為的目的地。

▹ 선생님**에게** 가 봐.	去老師那裡看看吧。
▹ 아기가 나**에게** 기어 왔다.	孩子朝我這裡爬過來。

❹表示行為的主體。

▹ 도둑이 경찰**에게** 잡혔다.	小偷被警察逮捕了。
▹ 지나가는 사람**에게** 발견되었다.	被路過的人發現了。
▹ 친구**에게** 깜빡 속았다.	不小心被朋友給騙了。

⑤表示出處、起點。

- 이 책을 친구**에게** 빌렸다. 　　向朋友借了這本書。
- 아직 부모님**에게** 용돈을 받는다. 　　還在向爸媽拿零用錢。
- 선생님**에게** 야단을 맞았다. 　　被老師罵了。

⑥表示使役的對象。

- 학생들**에게** 순서대로 책을 읽혔다. 　讓學生們輪流唸了書。
- 엄마가 아기**에게** 우유를 먹인다. 　媽媽餵孩子喝牛奶。
- 아이**에게** 매일 일기를 쓰게 했다. 　要孩子每天寫日記。

⑦表示接受書信等物品的對象。

- 사랑하는 영아**에게**. 　　給親愛的英雅。
- 보고 싶은 민수**에게**. 　　給渴望見一面的岷秀。

 1_ 除了用法⑦之外，其他全部可以替換成「한테」。「에게」在口語及書面體中皆可使用，「한테」則主要使用在口語之中。

>> 請參考p.140的「에게」。

- 엄마**한테** 전화를 했다. 　　打了電話給媽媽。
- 아이**한테** 매일 일기를 쓰게 했다. 　要孩子每天寫日記。
- 친구**한테** 속았다. 　　被朋友騙了。

 2_ 用法③的「에게」可以替換成「에게로」。

- 선생님**에게로** 가 봐. 　　去老師那裡看看吧。
- 아기가 나**에게로** 기어 왔다. 　孩子朝我這裡爬過來。

 3_ 在與說話的行為有關的情況下，用法①、⑥的「에게」可以替換成「더러、보고」。

>> 請參考p.97、p.115。

- 그 친구（**에게／보고／더러**）취미가 뭐냐고 물었다.
  問了他的興趣是什麼。
- 아이（**에게／보고／더러**）매일 일기를 쓰게 했다. 要孩子每天寫日記。

4_ 用法❺的「에게」可以替換成「에게서」。

> ▷ 이 책을 친구**에게서** 빌렸다.　　從朋友那裡借來這本書。
> ▷ 부모님**에게서** 용돈을 받는다.　　從父母那裡得到零用錢。

 5_ 「에게」的敬語是「께」。

> ▷ 부모님**께** 용돈을 드렸다.　　孝敬零用金給父母。
> ▷ 선생님**께** 편지를 썼다.　　寫信給老師。

 6_ 「나에게、저에게、너에게」可以省略成「내게、제게、네게」來使用。

> ▷ 친구가 **내게** 같이 가자고 했다.　　朋友對我說一起去吧。
> ▷ 이걸 **제게** 빌려 주시겠어요?　　可以把這個借給我嗎?
> ▷ **네게** 할 말이 있다.　　有事想要告訴你。

---

47 에게다 　給～

>> **48** 에게다가的省略形。

---

48 에게다가 　給～

> **表示人或動物的名詞＋에게다가**

아내＋**에게다가**　　給妻子　　　소년＋**에게다가**　　　給少年

---

❶由表示對象的助詞「에게（ >> p.124的「에게」的用法1、6）」與添加強調語氣的助詞「다가（ >> p.95）」結合而成,省略形是「에게다」。

> ▷ 아이들**에게다가** 맡겨 두었다.　　交給孩子們了。
> ▷ 의사**에게다가** 전부 얘기를 했다.　　對醫師說出了一切。
> ▷ 그가 영아**에게다가** 말을 걸었다.　　他向英雅攀談。
> ▷ 누군가**에게다가** 편지를 쓰고 싶다.　　想寫信給某個人。

 1_ 「에게다가」、「에게다」可以替換成「한테다가」、「한테다」。

49 에게로　到～、朝～、向～

表示人或動物的名詞＋에게로			
누구＋**에게로**	向誰	남＋**에게로**	向別人

❶ 由表示行為之目的地或對象的助詞「에게（ >> p.124的「에게」的用法3）」與表示方向的助詞「로（ >> p.105的「로」的用法1）」結合而成。

▹ 선생님**에게로** 가 봐.　　　　　去老師那裡看看吧。

▹ 아기가 나**에게로** 기어 왔다.　　孩子朝著我爬了過來。

▹ 천천히 그녀**에게로** 다가갔다.　　慢慢地向她靠近。

▹ 그는 부인**에게로** 고개를 돌렸다.　他的頭轉向太太。

50 에게서　從～

表示人的名詞＋에게서			
아들＋**에게서**	從兒子	딸＋**에게서**	從女兒
아내＋**에게서**	從妻子	남편＋**에게서**	從丈夫

❶ 接在表示人的名詞之後，表示出處或起點。

▹ 친구**에게서** 선물을 받았다.　　　從朋友那裡得到了禮物。

▹ 이것이 그**에게서** 받은 책이다.　　這是從他那裡拿到的書。

▹ 김 선생님**에게서** 한국말을 배웠다.　向金老師學了韓語。

▹ 친구**에게서** 돈을 빌렸다.　　　　從朋友那裡借了錢。

參考 1_「에게서」可以替換成助詞「한테서」，「에게서」在口語及書面體中都可以使用，「한테서」則主要使用在口語當中。

　▹ 친구**한테서** 선물을 받았다.　從朋友那裡得到了禮物。

　▹ 친구**한테서** 돈을 빌렸다.　　從朋友那裡借了錢。

參考 2_ 表示出處、起點的助詞「에게서」可以替換成助詞「（으）로부터」。

>> 請參考p.106的「로부터」。

▹ 김 선생님으로부터 한국말을 배웠다.　　向金老師學了韓語。

▹ 친구로부터 돈을 빌렸다.　　從朋友那裡借了錢。

 3_ 「에게서」可以替換成表示出處、起點的「에게（ >> p.124的「에게」 的用法5）」。

▹ 책을 친구에게 빌렸다.　　向朋友借了書。

▹ 부모님에게 용돈을 받는다.　　從父母那裡得到零用錢。

 4_ 若不是使用代表人的名詞，而是以代表地點的名詞來表示起點時必須 使用助詞「에서」。

▹ 어디에서 왔어요?　　從哪裡來的?

▹ 집에서 학교까지 한 시간 걸린다.　　從家裡到學校要花1個小時。

▹ 오사카에서 얼마나 걸려요?　　從大阪出發要花多久時間呢?

---

51 에다　給～、加上～

>> **52** 에다가的省略形

52 에다가　在～上、加上～、給～

名詞＋에다가			
하나＋에다가	在一上面	술＋에다가	給酒
어디＋에다가	在哪裡	꽃＋에다가	給花

❶ 由代表對象的助詞「에 >> （p.121的「에」的用法4、6、7、10、11）」與添加 強調之意的助詞「다가 >> （p.95）」結合而成，省略形是「에다」。

▹ 돈을 지갑에다가 넣어 두었다.　　把錢放進了錢包。

▹ 아침마다 꽃에다가 물을 주었다.　　每天早上給花澆水。

▹ 보고서를 회사에다가 제출했다.　　向公司提交了報告。

❷ 表示工具、手段及方法。

▹ 이불을 햇볕**에다가** 말린다.　　　在太陽下曬棉被。

▹ 칼**에다가** 손을 베었다.　　　　手被刀子割到了。

▹ 고기를 숯불**에다가** 구워 먹었다.　　把肉放在炭火上烤來吃。

❸ 表示比較、比喻的對象。

▹ 과연 그 아버지**에다가** 그 아들이다.　　　　果然虎父無犬子。

▹ 해와 달을 부부**에다가** 비유하는 사람도 있다.
　有人把夫妻比喻成太陽和月亮。

❹ 表示添加。

▹ 커피**에다가** 설탕을 넣어서 마신다.　　把糖加進咖啡裡來喝。

▹ 5**에다가** 6을 더하면 11이 된다.　　　5加6等於11。

❺ 表示同時列舉兩個以上的事物。

▹ 자장면**에다가** 불고기**에다가** 냉면**에다가** 다 먹고 싶다.
　炸醬麵、烤肉跟冷麵都想吃。

▹ 시계**에다가** 가방**에다가** 지갑**에다가** 다 갖고 싶다.
　時鐘、包包跟錢包都想要。

參考　「에다가」可以省略成「에다」來使用。

▹ 아침마다 꽃**에다** 물을 주었다.　　每天早上給花澆水。

▹ 5**에다** 6을 더하면 11이 된다.　　5加6等於11。

▹ 시계**에다** 가방**에다** 지갑**에다**….　　時鐘、包包跟錢包…。

53　에서／서　**在～、從～、～是**

名詞＋에서			
학교＋**에서**	在學校	공원＋**에서**	在公園
여기＋**에서**	在這裡	집＋**에서**	在家

❶ 表示某個行為或動作進行的地點。

> 도서관 앞에서 만나기로 했다. 　　　約在圖書館前見面。

> 이 야채는 시장에서 사 왔다. 　　　這蔬菜是從市場買來的。

> 주말에는 집에서 쉽니다. 　　　週末會在家休息。

> 일본에서 올림픽이 열린다. 　　　在日本舉行了奧運會。

② 表示某個行為或狀態的出發點及起點。

> 집에서 몇 시에 떠나요? 　　　幾點從家裡出發呢？

> 학교에서 얼마나 걸려요? 　　　從學校出發要花多少時間呢？

> 집에서 소포가 왔다. 　　　從家裡寄來了包裹。

> 이 기술은 미국에서 전해졌다. 　　　這種技術是從美國引進來的。

> 학교에서 장학금을 받았다. 　　　從學校那裡得到了獎學金。

❸ 以「～에서 ～까지」的形式使用，表示出發點或時間上的起點。

> 집에서 학교까지 자전거로 이십 분 걸린다.
　從家裡到學校騎自行車要花20分鐘。

> 열두 시에서 한 시까지가 점심 시간이다.
　從12點到1點是午餐時間。

> 오전 아홉 시에서 오후 다섯 시까지 회사에서 일한다.
　早上9點到下午5點在公司上班。

❹ 表示根據、動機。

> 청소년들을 육성할 목적에서 재단이 설립되었다.
　在培育青少年的目的下成立了財團。

> 혹시나 하는 마음에서 들러 보았다. 　　　抱著姑且一試的心情過來了。

❺ 接在表示團體的名詞之後，表示前面的語詞是句子的主語。

> 이번 대회는 우리 학교에서 우승했다.
　這次的大會由我們學校得到了優勝。

> 정부에서 실시한 조사 결과가 발표되었다. 　政府所實施的調查已公布了結果。

1_ 「에서」在口語中可以省略成「서」來使用。

- 이 야채는 시장서 사 왔다.　　這蔬菜是從市場買來的。
- 학교서 장학금을 받았다.　　從學校那裡得到了獎學金。
- 서울서 몇 시에 출발했어요?　幾點要從首爾出發呢?

 2_ 用法❷的「에서」在多數情況下可以替換成「(으)로부터」。

- 집으로부터 소포가 왔다.　　　從家裡寄來了包裹。
- 이것은 미국으로부터 전해졌다.　這是從美國引進來的。
- 학교로부터 장학금을 받았다.　從學校那裡得到了獎學金。

 3_ 用法❸的「에서」可以替換成「에서부터」。

- 집에서부터 학교까지 자전거로 이십 분 걸린다.

  從家裡到學校騎自行車要花20分鐘。
- 열두 시에서부터 한 시까지가 점심 시간이다.

  12點到1點是午餐時間。
- 오전 아홉 시에서부터 오후 다섯 시까지 회사에서 일한다.

  早上9點到下午5點在公司上班。

 4_ 表示起點的助詞「에서」與「부터」都可以翻譯成「從〜」,使用上很容易被混淆。兩者的區別在於「에서」代表空間上的起點,「부터」則是代表時間或順序上的起點。

- 서울에서 부산까지.　　　從首爾到釜山。
- 집에서 학교까지.　　　　從家裡到學校。
- 한 시부터 두 시까지.　　從1點到2點。
- 처음부터 끝까지.　　　　從開始到最後。

 5_ 當以人做為起點時須使用「에게서」或其口語化說法「한테서」。

>> 請參考p.127的「에게서」、p.143的「한테서」。

- 친구에게서 생일 초대를 받았다.　　受到朋友的生日邀請。
- 선배한테서 그 이야기를 들었다.　　從學長那裡聽到了那件事。
- 엄마한테서 많은 것을 배웠다.　　從媽媽那裡學到了很多。

54 에서부터 從～

名詞+에서부터			
부산+**에서부터**	從釜山	아이+**에서부터**	從孩子
밑+**에서부터**	從下面	목소리+**에서부터**	從聲音

❶ 表示某個動作或範圍的出發點、起點，由助詞「에서」與「부터」結合而成。

▷ 요즘은 아이**에서부터** 어른까지 모두 바쁘다.
最近從小孩到大人都很忙。

▷ 인천**에서부터** 전철로 서울의 직장에 다닌다.
從仁川搭電車通勤到首爾的工作地點。

▷ 걸음걸이**에서부터** 목소리까지 아버지를 닮았다.
從走路方式到聲音都跟父親很像。

55 와 ～與

>> 請參考p.89的「과／와」。

56 요 表示禮貌語尾、～嗎

終結語尾、連結語尾、名詞、副詞、助詞+요			
없어+**요**	沒有	나+**요**	是我
먹어+**요**	吃	마음+은+**요**	是心喔

❶ 接在終結語尾「－아、－지、－네、－거든」等之後形成禮貌語氣，表示對說話對象的禮貌。

▷ 질문이 있어**요**. 我有疑問。
▷ 이 수박 맛있지**요**? 這個西瓜很好吃吧？
▷ 눈이 많이 오네**요**. 下了很多雪呢。

잘 모르겠어**요**.	不太了解。
그 일이 참 재미있거든**요**.	那份工作真的非常有趣喔。
날씨가 좋군**요**.	天氣真好啊。

❷ 接在名詞、副詞、助詞及連結語尾之後，表示對說話對象的敬意。

저것 좀 보여 주세**요**.	請給我看一下那個。
—어느 거**요**?	是哪個呢？
어제 어디 갔었어**요**?	昨天去了哪裡呢？
—야구장에**요**.	去了棒球場。
왜 하품을 하니?	為什麼打呵欠呢？
—어젯밤에 잠을 못 잤어**요**.	因為昨晚沒睡飽。
빨리**요**, 빨리.	（請）快點、快點。

 1_ 部分的辭典將「요」歸類為語尾。

 2_ 「요」也可以接在「이다、아니다」之後，當成將兩個以上的內容加以列舉或對照的連結語尾來使用。

그것은 인류의 꿈이**요** 소망이다.　　那是人類的夢想，同時也是願望。

음악가**요** 화가**요** 시인인 이민우 씨.

是音樂家、畫家，同時也是詩人的李珉宇先生。

57 으로　用～、到～、成為～、往～、身為～

>> 請參考p.105的「로／으로」。

58 으로부터　從～

>> 請參考p.106的「로부터／으로부터」。

59 으로서　身為～

>> 請參考p.107的「로서／으로서」。

으로써   用～、使用～

>> 請參考p.107的「로써／으로써」。

61 의   ～的

名詞、部分的助詞＋의			
엄마+의	媽媽的	한국+의	韓國的
지구+의	地球的	인간+의	人類的

❶表示前方詞語對於後方詞語的擁有、隸屬、所在、主體等關係。

> 민수의 가방　　　　　　　　岷秀的公事包。
> 할머니의 시계　　　　　　　祖母的時鐘。
> 영아의 어머니　　　　　　　英雅的媽媽。
> 이 학교의 학생　　　　　　　這間學校的學生。
> 민수의 회사　　　　　　　　岷秀的公司。
> 학교의 운동장　　　　　　　學校的操場。
> 대구의 사과　　　　　　　　大邱的蘋果。
> 나의 결심　　　　　　　　　我的決心。
> 아버지의 말씀　　　　　　　爸爸的話。

❷表示行為的對象及目標。

> 자연의 관찰　　　　　　　　自然的觀察。
> 문제의 해결　　　　　　　　問題的解決。
> 어머니의 날　　　　　　　　母親節。
> 스승의 날　　　　　　　　　教師節。

❸表示有限度的屬性或數量，或是兩者資格相同的意思。

> 최선의 노력　　　　　　　　盡全力的努力。
> 최악의 경우　　　　　　　　最壞的情況。
> 한 잔의 술　　　　　　　　　一杯酒。

▷ 십 년의 세월 　　　　　十年的歲月。

❹ 表示比喻的對象。

▷ 철의 여인 　　　　　鐵一般的女人。
▷ 행운의 여인 　　　　　幸運的女人。
▷ 눈물의 손수건 　　　　　淚水之手帕。
▷ 마음의 소리 　　　　　心聲。

❺ 接在部分的助詞之後，利用該助詞本身的特殊意思來修飾後方的詞語。

▷ 우리만의 추억 　　　　　只屬於我們的回憶。
▷ 친구와의 약속 　　　　　朋友間的約定。
▷ 서울로의 여행 　　　　　首爾之旅。

 1_ 「나、저、너」連接「의」所形成的「나의、저의、너의」可以省略
成「내、제、네」來使用。

▷ **내** 친구 　　　　　我的朋友。
▷ **제** 어머니 　　　　　我的媽媽。
▷ **네** 사전 　　　　　你的辭典。

 2_ 用法❶的「의」在多數的情況下可以省略。

▷ 민수 가방 　　　　　岷秀的公事包。
▷ 할머니 시계 　　　　　祖母的時鐘。
▷ 영아 어머니 　　　　　英雅的媽媽。
▷ 이 학교 학생 　　　　　這間學校的學生。
▷ 민수 회사 　　　　　岷秀的公司。
▷ 학교 운동장 　　　　　學校的操場。
▷ 대구 사과 　　　　　大邱的蘋果。
▷ 아버지 말씀 　　　　　爸爸的話。

 3_ 「의」當所有格「的」時候，讀音需發音成「에」。

62

조차　甚至～、連～、就連～

名詞、助詞+조차			
식사+**조차**	甚至吃飯	물+**조차**	甚至水
벌레+**조차**	甚至蟲子	눈물+**조차**	甚至眼淚

❶ 表示在已經存在的某個狀況之上添加更進一步的狀況，一般是在發生的狀況超出說話者的想像時使用。

▸ 가족**조차** 그의 곁을 떠났다.　　　就連家人也從他身邊離去了。
▸ 너**조차** 날 못 믿는구나.　　　　　原來就連你也不相信我啊。
▸ 그의 이름**조차** 들은 적이 없다.　　連他的名字也沒聽過。
▸ 더운데 물**조차** 안 나온다.　　　　天氣很熱可連水都被斷了。
▸ 상상**조차** 할 수 없는 일이다.　　　想都想不到的事情。
▸ 책은커녕 신문**조차** 못 읽는다.　　何止是書，就連報紙也沒辦法看。
▸ 부모님에게**조차** 연락을 안 한다.　甚至不跟父母聯絡。

>> 請參考p.111的「마저」。

63

처럼　像～一樣、像是～

名詞+처럼			
아이+**처럼**	像孩子般	활+**처럼**	像弓般
소+**처럼**	像牛般	구름+**처럼**	像雲般

❶ 表示比較或比喻的對象。

▸ 새**처럼** 날고 싶다.　　　　　　想像鳥一樣飛翔。
▸ 가수**처럼** 노래를 잘한다.　　　像歌手般很會唱歌。
▸ 선생님을 부모**처럼** 생각한다.　把老師當成父母一樣看待。
▸ 얼굴이 사과**처럼** 빨개졌다.　　臉紅的像蘋果一樣。
▸ 그건 말**처럼** 쉽지 않다.　　　那件事不像說的那麼簡單。

參考 「처럼」可以替換成「같이」。

- 새**같이** 날고 싶다. 想像鳥一樣飛翔。
- 가수**같이** 노래를 잘한다. 像歌手般很會唱歌。
- 선생님을 부모**같이** 생각한다. 把老師當成父母一樣看待。
- 그건 말**같이** 쉽지 않다. 那件事不像說的那麼簡單。

64 치고　～全部、以～來說、雖是～但

名詞+치고			
남자+**치고**	男人全部	농담+**치고**	以玩笑話來說
나이+**치고**	以年齡來說	변명+**치고**	以藉口來說

❶表示「毫無例外地全部」的意思。

- 부부**치고** 안 싸우는 사람이 있을까? 有哪對夫妻是不會吵架的嗎？
- 어린아이**치고** 과자나 사탕 안 좋아하는 아이는 본 적이 없다.
  從沒看過不喜歡餅乾和糖果的孩子。

❷接在做為基準的語詞之後，表示「例外」的意思。

- 겨울 날씨**치고** 따뜻하다. 以冬天的天氣來說很溫暖。
- 야구 선수**치고** 키가 작다. 以棒球選手來說長得很矮。
- 외국인**치고** 한국말을 잘한다. 雖是外國人但韓語說得很好。

參考 1＿當需要強調「치고」本身的意思時可以使用助詞「치고서」。

- 부부**치고서** 안 싸우는 사람이 있을까? 有哪對夫妻是不會吵架的嗎？
- 농구 선수**치고서** 키가 작다. 以籃球選手來說長得很矮。

參考 2＿在用法❷的情況下可以替換成「치고는、치고서는」及縮寫形「치곤、치고선」。

> ▷ 겨울 날씨**치고는／치곤** 따뜻하다.　　以冬天的天氣來說很溫暖。
> ▷ 외국인**치고서는／치고선** 한국말을 잘한다. 雖是外國人但韓語說得很好。

커녕　別說是～

名詞＋커녕			
나무＋**커녕**	別說是樹	밥＋**커녕**	別說是飯
영어＋**커녕**	別說是英語	돈＋**커녕**	別說是錢

❶ 先舉出某件事物，藉由否定該事物來強調之後的內容。

> ▷ 나무**커녕** 풀 한 포기도 없다.　　別說是樹，就連一根草都沒有。
> ▷ 밥**커녕** 죽도 못 먹는다.　　別說是飯，就連稀飯也沒辦法吃。
> ▷ 상**커녕** 벌을 받았다.　　別說是得獎，甚至還受到了處罰。

參考 1_ 「커녕」通常是與助詞「은／는」結合成「은커녕／는커녕」，或與名詞形語尾「기」結合成「기는커녕」來使用。

> ▷ 택시**는커녕** 버스 탈 돈도 없다.
> 別說是計程車，就連搭公車的錢也沒有。
> ▷ 저축**은커녕** 먹고 살 돈도 없다.　 別說是儲蓄，就連生活費也沒有。
> ▷ 영어**는커녕** 한자도 못 읽는다.　 別說是英語，就連漢字也讀不了。
> ▷ 고마워하기**는커녕** 인사도 안 해요.
> 別說是感謝，就連打個招呼也沒有。

參考 2_ 「는커녕」可以省略成「ㄴ커녕」來使用。

> ▷ 택신**커녕** 버스 탈 돈도 없다.　別說是計程車，就連搭公車的錢也沒有。
> ▷ 영언**커녕** 한자도 못 읽는다.　別說是英語，就連漢字也讀不了。

名詞+하고			
우유+**하고** 빵	牛奶與麵包	연필+**하고** 지우개	鉛筆與橡皮擦
의자+**하고** 책상	椅子與書桌	여름+**하고** 겨울	夏天與冬天

❶ 表示同時列舉出幾件事物的意思。

▷ 아침에 우유**하고** 빵을 먹었다.　早上吃了牛奶和麵包。

▷ 나는 사과**하고** 배를 좋아한다.　我喜歡蘋果和梨子。

▷ 오늘**하고** 내일은 수업이 없다.　今天和明天沒有課。

▷ 생일에 꽃**하고** 책을 받았다.　生日那天收到了花和書。

❷ 接在表示人或動物的名詞之後，表示共同進行某個行為的對象。

▷ 주말에는 가족**하고** 지냅니다.　週末與家人一起度過。

▷ 나**하고** 같이 놀자.　跟我一起玩吧。

▷ 친구**하고** 놀러 갔다.　和朋友一起去玩了。

❸ 表示比較或做為基準的對象。

▷ 나는 성격이 형**하고** 다르다.　我的個性跟哥哥不一樣。

▷ 이곳 날씨는 한국**하고** 같다.　這裡的天氣跟韓國一樣。

參考 1_ 與「하고」功能相同的助詞還包括「와／과」以及「랑／이랑」，「와／과」在書面體及口語中都能使用，「하고」與「랑／이랑」則主要使用在口語之中。

>> 請參考p.104的「랑／이랑」、p.89的「과／와」。

▷ 나는 봄**하고** 가을을 좋아한다.　我喜歡春天和秋天。

▷ 어제 친구랑 술을 마셨다.　昨天跟朋友一起喝酒了。

▷ 이름**이랑** 주소를 써 주세요.　請寫下名字和地址。

參考 2_ 同樣以「하고」型態出現的還有表示直接引用別人說的話，或是引用擬聲語及呼格的「하고」，這種「하고」的功能相當於表示直接引用的助詞，但學校文法將之視為動詞「하다」與語尾「고」的結合。

>> 請參考p.101的「라고／이라고」。

"어서 드세요"**하고** 말했다.	說了「快請用」。
아이가 "엄마!"**하고** 달려갔다.	孩子叫了聲「媽媽！」就跑過去了。
"흥!"**하고** 코웃음을 쳤다.	用鼻子「哼！」了一聲。
북소리가 "둥둥"**하고** 울렸다.	大鼓的聲音「咚咚」作響。

67 하며　～或、～以及、～也好、～與

<table>
<tr><td colspan="2" align="center">名詞+하며</td></tr>
<tr><td>쌀+하며 무+하며 배추+하며</td><td>米、白蘿蔔、白菜</td></tr>
<tr><td>입+하며 눈+하며 귀+하며</td><td>嘴巴、眼睛、耳朵</td></tr>
</table>

① 以「－하며 －하며」的形式使用，表示列舉出處於對等地位的幾個事物。

> 눈**하며** 코**하며** 입**하며** 엄마를 그대로 닮았다.
> 眼睛、鼻子和嘴巴長得跟媽媽一模一樣。
> 그녀의 용모**하며** 성격**하며** 말씨**하며** 다 마음에 든다.
> 她的容貌跟個性、說話方式我全都喜歡。

 參考 「하며」可以替換成助詞「며／이며、하고」。

> 과자며 과일**이며** 쥬스를…. 　把點心、水果跟果汁…。
> 눈**이며** 코**며** 엄마를 그대로…. 　眼睛和鼻子、跟媽媽一模一樣…。
> 샴푸**며** 칫솔 같은…. 　像洗髮精、牙刷…。
> 용모**하고** 성격**하고** 말씨**하고** 　容貌、個性跟說話方式。

68 한테　給～、對～、被～

<table>
<tr><td colspan="4" align="center">表示人或動物的名詞+한테</td></tr>
<tr><td>나+한테</td><td>給我</td><td>형+한테</td><td>給哥哥</td></tr>
<tr><td>엄마+한테</td><td>給媽媽</td><td>경찰+한테</td><td>給警察</td></tr>
</table>

❶ 表示受到某個行為所影響的對象。

동생**한테** 용돈을 주었다.	給了弟弟零用錢。
엄마**한테** 전화를 했다.	打了電話給媽媽。
돼지**한테** 먹이를 주었다.	餵豬吃了飼料。
나**한테** 취미가 뭐냐고 물었다.	問了我的興趣是什麼。

❷ 表示持有、所在、比較的對象。

나**한테** 돈이 좀 있다.	我有一點錢。
그**한테는** 많은 빚이 있다.	他有許多負債。
그 옷은 나**한테는** 너무 크다.	那件衣服對我來說太大了。
운동은 친구**한테** 지지 않는다.	運動上不會輸給朋友。

❸ 與「가다（去）、오다（來）」一起使用，表示行為的目的地。

공이 나**한테** 굴러 왔다.	球朝我滾了過來。
아기가 나**한테** 기어 왔다.	孩子朝我這裡爬了過來。

❹ 表示行為的主體。

도둑이 경찰**한테** 잡혔다.	小偷被警察逮捕了。
지나가는 사람**한테** 발견되었다.	被路過的人發現了。
친구**한테** 깜빡 속았다.	不小心被朋友騙了。

❺ 表示出處、起點。

이 책을 친구**한테** 빌렸다.	向朋友借了這本書。
아직 부모님**한테** 용돈을 받는다.	還在向父母拿零用錢。
선생님**한테** 야단을 맞았다.	被老師罵了。

❻ 表示使役的對象。

학생들**한테** 순서대로 책을 읽혔다.	讓學生們輪流唸（唸課文）書。
엄마가 아기**한테** 우유를 먹인다.	媽媽餵（讓）小孩喝牛奶。
아이**한테** 매일 일기를 쓰게 했다.	要孩子每天寫日記。

1_ 「한테」的所有用法都可以替換成助詞「에서」,「에게」在口語及書面體中都能使用,「한테」則主要是使用在口語之中。

>> 請參考p.124的「에게」。

▷ 엄마**에게** 전화를 했다.　　　　打了電話給媽媽。

▷ 아이**에게** 매일 일기를 쓰게 했다.　　要孩子每天寫日記。

▷ 친구**에게** 속았다.　　　　　　被朋友騙了。

 2_ 用法3的「한테」可以替換成「한테로」。

▷ 선생님**한테로** 가 봐.　　　到老師那裡去看看。

▷ 아기가 나**한테로** 기어 왔다.　孩子朝我這裡爬了過來。

 3_ 用法1、6的「한테」在與說話的行為有關的情況下,可以替換成「더러、보고」。

>> 請參考p.97的「더러」、p.115的「보고」。

▷ 나(**한테/보고/더러**) 취미가 뭐냐고 물었다.　　問了我的興趣為何。

▷ 아이(**한테/보고/더러**) 매일 일기를 쓰게 했다. 要孩子每天寫日記。

 4_ 用法❻的「한테」可以替換成「한테서」。

▷ 이 책은 친구한테서 **빌렸다**.　這本書是從朋友那裡借來的。

▷ 부모님**한테서** 용돈을 받는다. 從父母那裡拿零用錢。

 5_ 「한테」的尊敬語是「께」。

>> 請參考p.91的「께」。

▷ 부모님**께** 용돈을 드렸다.　　孝敬零用金給父母。

▷ 선생님**께** 편지를 썼다.　　　寫信給老師。

 6_ 用法❶與❻可以跟添加強調語氣的助詞「다가」結合成「한테다가」,並以省略形「한테다」的形式來使用,並且可以替換成「에서다가」、「에게다」。

>> 請參考p.126的「에게다가」。

69 한테서　從～

表示人的名詞＋한테서			
친구＋**한테서**	從朋友	동생＋**한테서**	從弟弟
오빠＋**한테서**	從哥哥	부모님＋**한테서**	從父母

❶ 接在表示人的名詞之後，表示出處或起點。

▸ 친구**한테서** 선물을 받았다.　　　　從朋友那裡收到禮物。

▸ 이것이 그**한테서** 받은 책이다.　　　這是從他那裡得到的書。

▸ 김 선생님**한테서** 한국말을 배웠다.　向金老師學了韓語。

▸ 친구**한테서** 돈을 빌렸다.　　　　　從朋友那裡借了錢。

 1_ 「한테서」的所有用法都可以替換成助詞「에게서」，「에게서」在口語及書面體中都能使用，「한테서」則主要使用在口語之中。

>> 請參考p.127的「에게서」。

▸ 친구**에게서** 선물을 받았다.　　　從朋友那裡收到禮物。

▸ 나는 친구**에게서** 돈을 빌렸다.　從朋友那裡借了錢。

 2_ 表示出處、起點的「한테서」可以替換成助詞「（으）로부터」。

>> 請參考p.106的「로부터／으로부터」。

▸ 김 선생님**으로부터** 한국말을 배웠다.　向金老師學了韓語。

▸ 친구**로부터** 돈을 빌렸다.　　　　　　從朋友那裡借了錢。

 3_ 「한테서」可以替換成表示出處、起點的「한테」。

>> 請參考p.141「한테」的用法❺。

▸ 책을 친구**한테** 빌렸다.　　　向朋友借了書。

▸ 오빠**한테** 용돈을 받는다.　　向哥哥拿零用錢。

4_ 當不使用表示人的名詞，而是以表示地點的名詞來表示起點時必須使用助詞「에서」。

>> 請參考p.129的「에서／서」。

▸ 어디에서 왔어요?   從哪裡來的呢？

▸ 집에서 학교까지 한 시간 걸린다.   從家裡到學校要花1個小時。

▸ 오사카에서 얼마나 걸려요?   從大阪出發要花多久時間呢？

14.4 助詞與助詞的結合

　　助詞也能夠以結合兩個以上的助詞形式使用，在結合兩個以上的助詞情況下，其功能相當於一個獨立助詞，被稱為合成助詞或是複合助詞。

▸ 여기 (**까지+가**) 서울이다.   到這裡為止都是首爾。

▸ 너 (**만+이**) 내 마음을 알 것이다.   大概只有你了解我的心情。

▸ 시장 (**에서+가**) 아니라 백화점에서⋯.   不是在市場而是在百貨公司⋯

▸ 집 (**에서+보다**) 일찍 일어난다.   比在家更早起床。

▸ 일요일 (**에+도**) 학교에 간다.   星期天也去學校。

▸ 집 (**에+만**) 있지 말고⋯.   不要老只是待在家裡⋯

▸ 국도 젓가락 (**으로+만**) 먹는다.   連喝湯也只用筷子。

助詞互相結合的例子

>> 韓語的助詞約有110個以上，確切的數字依照分類的方法而有所不同，再加上各助詞的變形以及助詞互相結合形成的合成形，總數多達450個以上。以下要介紹一部分助詞互相結合的例子。

助詞	意思	助詞	意思
같이	像是～	는＋커녕	別說是～
같이＋는	像是～是	대로	按照～
같이＋도	像是～也	대로＋는	按照～是
같이＋만	只有像是～	대로＋의	按照～的
과	～與	더러	對～
과＋는	和～	더러＋는	對於～是
과＋도	與～也	라고	說～
과＋를	把～與～	라고＋까지	說到～
과＋의	～與～的	라고＋까지＋는	說到～是
까지＋가	到～是	라고＋는	所謂～
까지＋나	不論到	라고＋만＋은	只有說～是
까지＋나마	儘管到～也	라곤（라고＋ㄴ）	所謂～
까지＋는	到～是	랑	～與
까지＋는커녕	別說是到～	랑＋은	～與～是
까지＋도	就連～也	마저	甚至～
까지＋든지	不管到～	마저＋도	甚至～也
까지＋라도	不論到～也	마저＋라도	甚至～也
까지＋만	只到～	만	只有～
까지＋의	到～的	만＋도	只有～也
까지＋조차	連～也	만＋으로	只用～
까진（까지＋ㄴ）	到～是	만＋으로＋는	只有～是
는	～是	만＋으로＋도	只有～也
		만＋으론	只有～是

만+은	只有~是	부터+도	從~也
만+을	只把~	부터+라도	從~也
만+의	只是~的	부턴 (부터+ㄴ)	從~是
만+이	就算只有~是	에	到~、往~
만+이라도	只有~也	에+까지	就連到~
만큼	~的程度	에+나	到~也
만큼+도	~的程度也	에+는	到~是
만큼+만	~的程度只	에+다	到~
만큼+은	~的程度是	에+다가	到~
만큼+의	~的程度的	에+다가+는	到~是
만큼+이나	~的程度或	에+다간	到~是
만큼+이라도	~的程度也	에+도	到~也
말고	不是~而是	에+든	到~也
말고+는	~以外	에+든지	到~也
말고+도	~以外~也	에+라도	到~也
보고	對~	에+만	只有到~
보고+는	對~是	에+만+은	只有到~是
보고+도	對~也	에게	給~
보고+만	只對~	에게+까지	就連給~
보곤 (보고+ㄴ)	對~是	에게+까지+는	就連給~是
보다	比~	에게+까지+도	就連給~也
보다+는	比~是	에게+나	給~也
보다+도	比~還	에게+나마	給~也
보단 (보다+ㄴ)	比~是	에게+는	給~是
부터	從~	에게+는커녕	別說是給~
부터+가	從~是	에게+다	給~
부터+는	從~是	에게+다가	給~

에게+다가+는	給~是	에서+도	在~也
에게+다가+도	也給~	에서+든지	在~也
에게+다+는	給~是	에서+라도	在~也
에게+다+도	也給~	에서+만	只在~
에게+다+만	只有給~	에서+만+도	只在~也
에게+도	也給~	에서+만큼	在~的程度
에게+든	對任何	에서+만큼+은	在~的程度是
에게+든지	對任何	에서+보다	比起在~
에게+라도	給~也	에서+부터	從~
에게+만	只有對~	에서+야	在~才
에게+만+은	只有對~是	에서+의	在~的
에게+밖에	除了對~之外	에서+조차	甚至在~
에게+보다	比起對~	에서+처럼	像是在~
에게+보다+는	比起對~是	에선（에서+ㄴ）	在~是
에겐（에게+ㄴ）	給~是	**와**	**~與**
에게서	**從~**	와+는	與~是
에게서+까지	就連從~	와+도	與~也
에게서+나	從~也	와+의	與~的
에게서+는	從~是	**으로**	**用~、到~、往~**
에게서+도	從~也	으로+나	到~也
에게서+라도	從~也	으로+는	到~是、~是
에게서+만	只有從~	으로+도	~也
에게선	從~是	으로+든지	任何
에서	**在~**	으로+라도	到~也
에서+까지	甚至在~	으로+만	只到~
에서+나	在~也	으로+만+은	只到~是
에서+는	在~是	으로+부터	從~

으로+부터+는	從~是	이라고+만+은	只有說~是
으로+부터+도	從~也	이라곤	說~是
으로+부터+만	只有從~	조차	甚至~
으로부터+만+은	只有從~是	조차+도	甚至~也
으로+부터+의	從~的	처럼	像是~
으로의	往~的、身為~的	처럼+도	~的程度也
으론 (으로+ㄴ)	是~、到~是、從~是	처럼+만	只像~
		처럼+만+은	只像是
으로서	身為~	처럼+은	像是
으로서+나	身為~也	처럼+이라도	就算像也
으로서+는	身為~是	치고	以~來說
으로서+도	身為~也	치고+는	以~來說是
으로서+라도	身為~也	커녕	別說是~
으로서+만	只有身為~	커녕+은	別說是~
으로서+의	身為~的	하고	~與
으로선	身為~是	하고+는	~與~是
으로써	用~	하고+는커녕	別說是與~
으로써+는	用~是	하고+도	~與~也
으로써+라도	用~也	하고+라도	只有~與
으로써+만	只有用~	하고+만	與~
은	~是	하고+만+은	與~是
은+커녕	別說是~	하고+의	~與~的
이라고	說~	하곤 (하고+ㄴ)	~與
이라고+는	說~是		
이라고+도	也說~		

第3章

文法要素的規則

12 否定表現

按照否定的方法來區分，韓語的否定表現可分為「안」與「않다」否定；「못」與「못하다」否定，「아니다」否定，以及「말다」否定。

12.1 「안」的否定

當敘述語是動詞或形容詞時，在敘述語前方加入代表否定意思的副詞「안」，或在敘述語後方加上代表否定意思的「-지 않다」就可以形成否定句。

12.1.1 안+用言（動詞、形容詞）

「안」出現在用言前方時，代表否定該用言，在表示主體意識上的否定，以及單純否定時都可以使用，主要使用在口語之中。

안＋動詞、形容詞					
가다	去	**안** 가다	不去	**안** 가요	不去（口語）
웃다	笑	**안** 웃다	不笑	**안** 웃어요	不笑（口語）
높다	高	**안** 높다	不高	**안** 높아요	不高（口語）
짧다	短	**안** 짧다	不短	**안** 짧아요	不短（口語）

▷ 오늘은 학교에 **안** 가요.　　　今天不去學校。
▷ 아침에 밥을 **안** 먹었다.　　　沒有吃早餐。
▷ 아무도 **안** 웃는다.　　　　　誰都沒有笑。
▷ 남산은 **안** 높아요.　　　　　南山不高。
▷ 이 치마는 **안** 짧아요.　　　　這件裙子不短。
▷ 날씨가 **안** 좋다.　　　　　　天氣不好。

12.1.2 名詞（을／를）＋안＋하다

當名詞與「하다」結合形成動詞時，在名詞與「하다」之間加入「안」就可以形成否定句。此時名詞搭配「을／를、도、은／는」等助詞會顯得較為自然。

名詞（을／를）＋안＋하다			
공부하다	用功	**안** 공부하다（×） 공부（를）**안** 하다（○）	不用功
운동하다	運動	**안** 운동하다（×） 운동（을）**안** 하다（○）	不運動
노래하다	唱歌	**안** 노래하다（×） 노래（를）**안** 하다（○）	不唱歌
일하다	工作	**안** 일하다（×） 일（을）**안** 하다（○）	不工作

- ▷ 아이가 공부를 **안** 한다.　　　　孩子不用功讀書。
- ▷ 아이가 요즘 숙제도 **안** 한다.　　孩子最近連功課也不做。
- ▷ 운동은 **안** 하지만 산보는 한다.　雖然不運動，但會去散步。
- ▷ 전혀 일을 **안** 해요.　　　　　　完全不工作。
- ▷ 오늘은 노래를 **안** 했다.　　　　今天沒有唱歌。
- ▷ 요즘 연습을 **안** 하는 것 같다.　最近好像沒有在練習。

12.1.3 用言（動詞、形容詞）＋지 않다

「ー지 않다」接在用言之後即可否定該用言，與「안」否定一樣也可以用在主體意識上的否定與單純否定這兩種狀況。形容詞以及音節較長的動詞通常會使用「ー지 않다」進行否定，而非利用「안」否定，「안」否定無法使用在某些複合語以及衍生語前方，「ー지 않다」否定則沒有使用上的限制。「안」否定又稱「短形否定」，「ー지 않다」否定又稱「長形否定」。

			動詞、形容詞 + 지 않다			
가다	去	가지 **않다**	不去	가지 **않아요**	不去（口語）
웃다	笑	웃지 **않다**	不笑	웃지 **않아요**	不笑（口語）
높다	高	높지 **않다**	不高	높지 **않아요**	不高（口語）
짧다	短	짧지 **않다**	不短	짧지 **않아요**	不短（口語）

▷ 오늘은 학교에 가지 **않아요**.　　　今天不去學校。

▷ 아침에 밥을 먹지 **않았다**.　　　沒有吃早餐。

▷ 아무도 웃지 **않는다**.　　　誰都沒有笑。

▷ 남산은 높지 **않아요**.　　　南山不高。

▷ 이 치마는 짧지 **않아요**.　　　這件裙子不短。

 1_ 用「안」否定的限制。

① 衍生語以及複合語的前面通常不使用「안」。

▷ 운동 + 하다　　　안 운동했다. (×)

　　　　　　　　　운동을 하지 **않았다**. (○)　　　沒運動。

　　　　　　　　　운동을 **안** 했다. (○)

▷ 자랑 + 스럽다　　**안** 자랑스럽다. (×)

　　　　　　　　　자랑스럽지 **않다**. (○)　　　不自豪。

② 但仍有部分的衍生語、複合語可以搭配「안」來進行否定。

▷ **들어 + 가다**　집에 **안** 들어갔다.　　　沒有進家裡。

▷ **들 + 리 + 다**　소리가 잘 **안** 들린다.　　　聲音聽不清楚。

 2_ 用「−지 않다」否定的時態。

在「−지 않다」否定句中，表示時態的「−았、−었、−였、−겠」須與「−지 않다」結合來表示否定。

▷ 오늘은 덥지 **않았다**.　　　今天不熱。

▷ 내일은 춥지 **않겠다**.　　　明天應該不冷。

12.2 「못」的否定

當敍述語是動詞的時候，在敍述語前方加進表示否定意思的副詞「못」，或是在敍述語後方加進表示否定意思的「－지 못하다」就可以形成否定句。可用「안」表示說話者意志上的否定，或是單純的否定；另一方面「못」否定則與說話者的意志無關，而是因為能力不足或是其他外在因素而使得「某個行為無法進行」。

12.2.1 못＋動詞

「못」出現在動詞前面是表示該動詞所代表的行為無法進行，因此形容詞以及表示狀態的動詞無法使用這種否定表現。

못＋動詞					
가다	去	**못** 가다	無法去	**못** 가요	無法去（口語）
먹다	吃	**못** 먹다	無法吃	**못** 먹어요	無法吃（口語）
사다	買	**못** 사다	無法買	**못** 사요	無法買（口語）
타다	騎、搭	**못** 타다	不會騎	**못** 타요	無法騎（口語）

▷ 감기가 들어서 학교에 **못** 갔다.　　因為感冒而無法去學校。
▷ 바빠서 점심을 **못** 먹었다.　　忙碌到無法吃午餐。
▷ 부끄럽지만 자전거를 **못** 탄다.　　真不好意思，我不會騎自行車。
▷ 아직 한자를 잘 **못** 읽는다.　　還不是很懂漢字。

12.2.2 名詞（을／를）＋못 하다

當名詞與「하다」結合形成動詞時，在名詞與「하다」之間加入「못」就可以形成否定句。此時名詞搭配「을／를、도、은／는」等助詞會顯得較為自然。

名詞（을／를）＋못＋하다			
공부하다	用功	**못** 공부하다（✕） 공부（를）**못** 하다（○）	無法唸書
운동하다	運動	**못** 운동하다（✕） 운동（을）**못** 하다（○）	無法運動

- 손님이 와서 공부를 **못** 했다.　　因為客人來了而無法專心唸書。
- 요즘 바빠서 운동을 **못** 한다.　　最近忙到無法運動。
- 시간이 없어서 여행을 **못** 했다.　　因為沒時間而無法去旅行。
- 도서관에서는 전화를 **못** 한다.　　在圖書館無法打電話。

▶▶ 必須注意的是當「못」在「하다」前面發揮否定副詞的功能時必須分寫，但若把「못」與「하다」當成代表「沒有能力或能力不足」之意的複合語來使用時則不需要分寫。

- 민수는 공부를 **못**한다.　　　　岷秀不會唸書。
- 민수는 시간이 없어서 공부를 **못** 한다.　岷秀因為沒有時間而不能唸書。

12.2.3 動詞＋지 못하다

　　「－지 못하다」接在動詞後面表示否定該動詞，此時的否定與「못」否定一樣與說話者的意志無關，而是表示因為能力不足或其他外在因素而使得「某個行為無法進行」。同樣的無法在某些複合語及衍生語前使用「못」做否定，「－지 못하다」則沒有這類的限制。「못」否定又稱為「短形否定」，「－지 못하다」又稱「長形否定」。

動詞＋지 못하다			
가다	去	가지 **못하다**	無法去
먹다	吃	먹지 **못하다**	無法吃
타다	騎	타지 **못하다**	不會騎
읽다	讀	읽지 **못하다**	不會讀

▶▶ 接在「－지」之後的「못하다」屬於補助用言，可視為一個片語，因此不需分寫。

- 감기가 들어서 학교에 가지 **못했다.**　　　因為感冒而沒能去學校。
- 바빠서 점심을 먹지 **못했다.**　　　　　忙碌到沒能吃午餐。
- 부끄럽지만 자전거를 타지 **못한다.**　　不好意思，我不會騎自行車。
- 아직 한자를 잘 읽지 **못한다.**　　　　　還不太會讀漢字。

 「못」否定的限制

① 衍生語以及複合語的前面通常不使用「못」。

- **운동＋하다**　　못 운동했다. (×)
　　　　　　　　　운동을 **못 했다.** (○)
　　　　　　　　　운동을 하지 **못했다.** (○)　　　不會運動。

② 但仍有部分的衍生語、複合語可以搭配「못」來進行否定。

- **들어＋가다**　　집에 **못** 들어갔다.　　　　無法進家裡。
- **전＋하다**　　　**못** 전했다.　　　　　　　無法告知。

12.3 「아니다」的否定

主要用來表示主語之屬性「名詞＋이다」，其否定型是「名詞＋가／이 아니다」。

名詞＋가／이 아니다			
친구＋**이다**	是朋友	친구＋**가 아니다**	不是朋友
사과＋**이다**	是蘋果	사과＋**가 아니다**	不是蘋果
안경＋**입니다**	是眼鏡	안경＋**이 아닙니다**	不是眼鏡
병원＋**이에요**	是醫院	병원＋**이 아니에요**	不是醫院

- 저 건물은 도서관**이 아니다.**　　那棟建築物不是圖書館。
- 이것은 내 가방**이 아닙니다.**　　這不是我的包包。
- 저기는 병원**이 아니에요.**　　　那裡不是醫院。
- 이것은 사과**가 아니고** 배예요.　這不是蘋果，是梨子。

12.4 「말다」的否定

「말다」否定是指在動詞語幹之後加上「－지 말다」來形成否定句，前面介紹的「안、－지 않다」的否定與「못、－지 못하다」的否定主要是使用在敘述句以及疑問句中，「말다」的否定則是使用在命令句以及請求句之中。

1 使用在命令句時表示發出停止、制止、禁止的命令。（態度較強勢）

| 動詞語幹＋지 마십시오／마세요 | 請勿；請不要～ |
| 動詞語幹＋지 마／마라 | 不要～、不准～ |

> 잔디밭에 들어가**지 마십시오**.   請勿進入草皮。
> 놀리**지 마세요**.   請不要取笑我。
> 문을 닫**지 마／마라**.   不要關門。
> 움직이**지 마／마라**.   不准動。

>> 「말다」與命令型語尾「－아、－아라」結合時，終音「ㄹ」會脫落形成「마、마라」，詳情請參考 p.267 的參考 **2**。

2 使用在請求句時表示提出停止、制止、禁止的請求。（態度較溫和）

| 動詞語幹＋지 맙시다 | 別～吧 |
| 動詞語幹＋지 말자 | 不要～吧 |

> 잔디밭에 들어가**지 맙시다**.   別進入草皮吧。
> 그녀를 놀리**지 맙시다**.   別取笑她吧。
> 내일부터는 지각하**지 말자**.   明天開始別遲到吧。
> 오늘은 축구를 하**지 말자**.   今天別踢足球吧。

3 「－지 말고」是透過命令、請求、委託語氣表示禁止的意思。

| 動詞語幹＋지 말고 | 不要～、別～ |

> 남기**지 말고** 다 먹어라.   不要剩下全部吃掉。
> 공부만 하**지 말고** 운동도 해라.   不要只是唸書還要運動。

1_「있다」的否定

「있다（在、有）」的否定型是「없다」，不能使用「안」以及「－지 않다」做否定。

- 돈이 **안 있다**. (×)　　돈이 **있지 않다**. (×)
- 돈이 **없다**. (○)　　沒有錢。
- 집에는 아무도 **없다**.　　家裡沒有人。
- 아직 아이가 **없다**.　　還沒有孩子。
- 아무 연락도 **없어요**.　　沒有任何聯絡。
- 돈이 **없어서** 못 샀어요.　　因為沒錢而不能買。

 2_「있다」在代表所在地時可以使用「－지 않다」的否定。

- 민수 씨 회사는 명동에 있어요?　　岷秀的公司在明洞嗎？
- － 아뇨, 명동에 **있지 않아요**.　　不，不在明洞。
- 서울역 앞에 있어요.　　在首爾車站前面。

 3_「있다」的敬語「계시다」可以使用「안」來進行否定或是用「－지 않다」來否定。

- 선생님은 교실에 **안 계신다**.　　老師不在教室。
- 집에 **계시지 않을** 때는….　　不在家的時候…

 4_「알다」的否定

「알다（了解、知道）」的否定型是「모르다（不了解、不知道）」，不能使用「안」做否定以及「－지 않다」做否定。

- 그 사람은 **모르는** 사람이다.　　那個人是不認識的人。
- 그 아이 이름을 **모른다**.　　不知道那孩子的名字。

 5_對否定疑問句的回答

在回答韓語的否定疑問句時，若是肯定的答案便使用「네／예」，否定的答案則使用「아니요／아뇨」來回答。

- 숙제를 안 했어요?　　沒有寫功課嗎？
- － **아뇨**, 했어요.　　－不，寫了。
- 민수는 학교에 안 왔어요?　　岷秀沒有來學校嗎？
- － **네**, 아직 안 왔어요.　　－是的，還沒有來。

13 時間的表現（時態） 시제

韓語的時態是根據以說話者的發話時間，以及事件、行為與狀態等發生的時間為基準。依據事發時間的前後關係，可以分成現在式、過去式以及未來式。

發話時

〔過去〕나는 어제 여섯 시에 **일어났다**.
　　　　我昨天六點起床。
〔現在〕민수는 지금 도서관에서 책을 **읽는다**.
　　　　岷秀現在在圖書館讀書。
〔未來〕나는 다음 주에 서울로 여행을 **갈 것이다**.
　　　　我打算下星期到首爾旅行。

事發時（在過去的時間）

〔過去〕파티에 **온** 사람들 모두가 즐거운 시간을 보냈다.
　　　　來參加派對的人都度過了一段愉快的時間。
〔現在〕나는 어제 숙제를 **하는** 동생을 도와 주었다.
　　　　我昨天幫了做功課弟弟的忙。
〔未來〕**올** 사람들이 아직 다 오지 않았다.
　　　　該來的人還沒有全來。

13.1 終結型語尾的時態表現

韓語的時態可以分成以終結語尾來表示，以及以冠形詞（連體型）語尾來表示等兩種方法。

13.1.1 終結型的現在式 | 종결형 현재

現在式是指以說話的時間為基準，用以表示現在正發生狀況的時間表現方式。現在式不需使用特定的文法型態素來表現，而是直接使用平述型、疑問型、感嘆型的終結語尾。

- ▷ 민수는 지금 책을 **읽는다/읽습니다/읽어요**?
  岷秀現在正在讀書/在讀書/在讀書嗎?
- ▷ 영아가 학교에 **간다/갑니다/가요**?
  英雅要去學校/去學校/去學校嗎?
- ▷ 상미는 지금 밥을 **먹는다/먹습니다/먹어요**?
  尚美現在正在吃飯/在吃飯/在吃飯嗎?
- ▷ 요즘 **바쁘다/바쁩니다/바빠요**?
  最近忙/忙/忙嗎?
- ▷ 요즘 날씨가 **좋다/좋습니다/좋아요**? **/좋구나.**
  最近天氣很好/很好/好嗎/好啊。
- ▷ 동생은 중학생**이다/입니다/이에요**?
  弟弟是國中生/是國中生/是國中生嗎?

現在式的終結語尾範例

終結語尾 原型		-ㄴ다/는다/다 非敬語	-ㅂ니다/습니다 敬語	-아/어/여요 (?) 口語
가다	去	간다	갑니다	가요
보다	看	본다	봅니다	봐요
먹다	吃	먹는다	먹습니다	먹어요
바쁘다	忙	바쁘다	바쁩니다	바빠요
좋다	好	좋다	좋습니다	좋아요
있다	有、在	있다	있습니다	있어요
이다	是	이다	입니다	이에요/예요

1_ 如同前述現在式基本上是用在表示現在發生的動作與狀態，除此之外，以下幾種狀況也可以用現在式來表現。

① 具普遍性的真理、習慣性重複的動作以及事實。

- 지구는 태양의 주위를 **돈다**.　　地球繞著太陽轉。
- 봄이 오면 꽃이 **핀다**.　　春天到花就開了。
- 형은 늘 밤 늦게까지 **공부한다**.　哥哥總是讀到深夜。
- 나는 매일 아침 축구를 **한다**.　　我每天早上都踢足球。
- 아버지는 일 때문에 늘 **바쁘다**.　爸爸工作的關係總是很忙。

② 某件事情確定會在未來發生的情況下。

- 나는 다음 주에 미국에 **간다**.　　我下個星期要去美國。
- 동생이 내년에 대학을 **졸업한다**.弟弟明年從大學畢業。
- 내일 민수를 **만난다**.　　　　明天跟岷秀見面。
- 다음 주에 시험이 **끝난다**.　　考試下個星期結束。

 2_ 書面體中非敬語的平述型語尾

① 以動詞來說，可透過與敘述現在發生之事件或事實的終結語尾「ㄴ다／는다」結合來形成現在式，這種由「ㄴ다／는다」形成的現在式經常受到初、中級的學習者誤用。

沒有終音的動詞語幹＋ㄴ다		有終音的動詞語幹＋는다	
가다→ 가＋ㄴ다→ **간다**	去	먹다→ 먹＋**는다**	吃
내리다→ 내리＋ㄴ다→ **내린다**	下降	읽다→ 읽＋**는다**	讀
끝나다→ 끝나＋ㄴ다→ **끝난다**	結束	짓다→ 짓＋**는다**	蓋

- 지금 학교에 **간다**.　　　現在去學校。
- 밖에는 비가 **내린다**.　　外面正在下雨。
- 민수는 지금 책을 **읽는다**.　岷秀現在正在讀書。
- 수업은 매일 네 시에 **끝난다**. 課程在每天的4點結束。
- 아침마다 산책을 **한다**.　　每天早上會散步。

② 形容詞與「이다」、「있다」的現在式則是直接以原型來表現。

▸ 오늘은 날씨가 **좋다**. 　今天天氣很好。

▸ 요즘 매우 **바쁘다**. 　最近非常忙碌。

▸ 동생은 고등학생**이다**. 　弟弟是高中生。

▸ 형은 중학교 교사**이다**. 　哥哥是國中老師。

▸ 사전은 책상 위에 **있다**. 　辭典在桌上。

▸ 하늘에 구름 한 점 **없다**. 　天空一片雲也沒有。

 3＿ 現在進行式

韓語的現在進行式可以直接以現在式來表現，若有必要特別強調動作正在進行，只要在表示動作的動詞之後接「－고 있다」即可。

▸ 아기가 잠을 **잔다**. 　　　孩子在睡覺。
　아기가 잠을 자고 **있다**. 　孩子正在睡覺。

▸ 아침부터 비가 **내린다**. 　　從早開始下雨。
　아침부터 비가 내리고 **있다**. 　從早開始就在下雨。

▸ 상미는 지금 밥을 **먹는다**. 　上美現在在吃飯。
　상미는 지금 밥을 **먹고 있다**. 　上美現在正在吃飯。

▸ 민수는 지금 책을 **읽는다**. 　岷秀現在在讀書。
　민수는 지금 책을 **읽고 있다**. 　岷秀現在正在讀書。

 4＿ 報章雜誌的標題有時會將過去所發生的事以現在正在發生的感覺來做呈現，因此會直接使用動詞的原型。

▸ 해일로 많은 사람이 **죽다**. 　海嘯造成多人死亡。

▸ 남미의 비경 아마존을 **가다**. 　走過南美的秘境亞馬遜河流域。

▸ 초여름의 백두산에 **오르다**. 　登上初夏的白頭山。

13.1.2 終結型的過去式 | 종결형 과거

過去式是指在說話時間前所發生之動作或狀態的時間表現，過去式不僅可透過句子的終結型，也能透過連結形以及連體型來表現。

1 用言（動詞、形容詞）的過去式

　　用言（動詞、形容詞）可以透過將語幹與表示過去的先行語尾「－았、－었、－였」結合來表示過去時態。與「－았、－었、－였－」結合時需注意①用言語幹的末音節若含有母音「ㅏ、ㅗ」則與「－았－」結合；②若不含前述母音則與「－었－」結合；③以「하다」結尾的用言則必須與「－였－」結合。

含有母音ㅏ、ㅗ的語幹＋**았**＋다

不含母音ㅏ、ㅗ的語幹＋**었**＋다　　　動詞過去式
形容詞過去式
以「하다」結尾的用言語幹＋**였**＋다

❶ 末音節含有母音「ㅏ、ㅗ」的用言語幹＋았＋다

末音節含有「ㅏ、ㅗ」的用言語幹＋았＋다				
닫다	關閉	닫+**았**+다	關閉了	닫+**았**+습니다	關閉了（口語）
놀다	玩	놀+**았**+다	玩了	놀+**았**+습니다	玩了（口語）
많다	多的	많+**았**+다	曾經多	많+**았**+습니다	曾經多（口語）
좋다	好的	좋+**았**+다	曾經好	좋+**았**+습니다	曾經好（口語）

省略 當沒有終音的「ㅏ、ㅗ」母音語幹與「－았－」結合時會發生省略與脫落，有終音時則無須省略。

❶「ㅏ」的母音語幹與「－았－」結合時「ㅏ＋았→았」

가다（去）→ 가+았+다 →（가+았）+다＝갔+다　去了
사다（買）→ 사+았+다 →（사+았）+다＝샀+다　買了
싸다（便宜）→ 싸+았+다 →（싸+았）+다＝쌌다　曾經便宜

▸ 타다（搭乘）、자다（睡）、떠나다（離開）、나가다（出門）、자라다（長大）、지나가다（通過）、태어나다（誕生）、나타나다（呈現）、찾아가다（去拜訪）、떠나가다（離去）、짜다（鹹的）…

❷ 「ㅗ」的母音語幹與「－았－」結合時「ㅗ＋았 → 왔」

오다（來）　　　→ 오＋았＋다　→ （오＋았）＋다＝왔다　　　來了

보다（看）　　　→ 보＋았＋다　→ （보＋았）＋다＝봤다　　　看了

나오다（出來）　→ 나오＋았＋다 → 나（오＋았）＋다＝나왔＋다 出來了

▷ 건너오다（傳過來）、올라오다（上來）、마주보다（對望）、
　따라오다（跟來）、다녀오다（去一趟）、알아보다（調查）、
　찾아오다（來訪）、다가오다（靠近）、데려오다（帶來）…

▷ 추워서 창문을 닫**았**다.　　　　因為天氣冷而關了窗戶。
▷ 하루종일 바닷가에서 놀**았**다.　一整天都在海邊玩。
▷ 민수는 학교에 **갔**어요.　　　　岷秀去了學校。
▷ 일요일에는 친구와 영화를 **봤**어요. 星期天跟朋友去看了電影。
▷ 여기는 날씨가 좋**았**습니다.　　之前這裡的天氣很好。

>> 語幹的末音節若含有陽性母音「ㅏ、ㅗ」則必須與「아」開頭的語尾結合，但表示過去的先行語尾「－았－」是例外，須與「어」開頭的語尾「－어요」結合。

▷ 닫다（關閉）→ 닫＋았＋아요（×）닫＋았＋어요（○）
▷ 좋다（好的）→ 좋＋았＋아요（×）좋＋았＋어요（○）

❷末音節不含母音「ㅏ、ㅗ」的用言語幹＋었＋다

末音節不含「ㅏ、ㅗ」的用言語幹＋었＋다				
읽다	讀	읽＋**었**＋다	讀了	읽＋**었**＋습니다	讀了（口語）
먹다	吃	먹＋**었**＋다	吃了	먹＋**었**＋습니다	吃了（口語）
멀다	遠的	멀＋**었**＋다	曾經遠	멀＋**었**＋습니다	曾經遠（口語）
싫다	討厭的	싫＋**었**＋다	曾經討厭	싫＋**었**＋습니다	曾經討厭（口語）

省略 沒有終音「ㅏ、ㅗ」以外的母音語幹在與「－었－」結合時會發生省略與脫落，有終音的情況下則無須省略。

❶ 「ㅓ」的母音語幹與「－었－」結合時〔ㅓ＋었 → 었〕

서다（站）　　→ 서＋었＋다　→（서＋었）＋다＝섰＋다　　站起來了
건너다（越過）→ 건너＋었＋다 → 건（너＋었）＋다＝건넜＋다 越過了
나서다（出來）、들어서다（進入）、일어서다（起立）、돌아서다（轉身）…

❷ 「ㅜ」的母音語幹與「－었－」結合時〔ㅜ＋었 → 웠〕

배우다（學）　 → 배우＋었＋다 → 배（우＋었）＋다＝배웠＋다　學了
세우다（停下）→ 세우＋었＋다 → 세（우＋었）＋다＝세웠＋다　停止了
바꾸다（改變）→ 바꾸＋었＋다 → 바（꾸＋었）＋다＝바꿨＋다　改變了
나누다（分開）、배우다（學）、싸우다（吵架）、감추다（隱藏）、외우다
（背誦）、비우다（清空）、다루다（操作）、멈추다（停止）、갖추다（具
備）、가만두다（放著不管）、끼우다（插入）…

❸ 「ㅣ」的母音語幹與「－었－」結合時〔ㅣ＋었 → 였〕

마시다（喝）→ 마시＋었＋다 → 마（시＋었）＋다＝마셨＋다　　喝了
보이다（看的見）→ 보이＋었＋다 → 보（이＋었）＋다＝보였＋다
看見了
다니다（往返）→ 다니＋었＋다 → 다（니＋었）＋다＝다녔＋다　往返了
기다리다（等）、빌리다（借）、가르치다（教）、붙이다（貼）、모이다（
集合）、마치다（結束）、지다（輸）、지키다（保護）、피다（開花）、
이기다（贏）、달리다（跑）、그리다（畫）、들리다（聽見）、돌리다（轉
動）、알리다（告知）…

❹ 「ㅐ」的母音語幹與「－었－」結合時〔ㅐ＋었 → 앴〕

보내다（送）　 → 보내＋었＋다 → 보（내＋었）＋다＝보냈＋다　送了
끝내다（結束）→ 끝내＋었＋다 → 끝（내＋었）＋다＝끝냈＋다　結束了
지내다（度過）、나타내다（顯現）、깨다（醒來）、매다（綁）、개다（放
晴）、대다（觸）、빼다（拔）、없애다（清除）…

用言的語幹以母音「ᅱ」結尾時不省略。

쉬다（休息）→ 쉬+었+다 → 쉬었다　休息了

쥐다（握住）→ 쥐+었+다 → 쥐었다　握住了

▷ 뛰다（跑）、건너뛰다（飛越）、사귀다（交往）…

▷ 도서관에서 책을 읽**었**다.　　　在圖書館讀了書。

▷ 오늘은 두 시에 점심을 먹**었**다.　今天在兩點吃了午餐。

▷ 1년 전부터 한국어를 배**웠**다.　從1年前開始學韓語。

▷ 밤 늦게까지 친구와 술을 마**셨**다.　跟朋友一起喝酒喝到深夜。

▷ 농촌에서 그 해 여름을 지**냈**다.　在農村度過了那年的夏天。

❸「하다」用言的語幹＋였＋다

「하다」用言的語幹＋**였**＋다 → **했**＋다			
공부하다	讀書	공부하+**였**+다 → 공부+**했**+다	讀書了
대답하다	回答	대답하+**였**+다 → 대답+**했**+다	回答了
따뜻하다	溫暖的	따뜻하+**였**+다 → 따뜻+**했**+다	曾經溫暖
미안하다	抱歉	미안하+**였**+다 → 미안+**했**+다	曾經抱歉

 語幹的末音節若是「하」則與「－였－」結合成「하였다」，並進一步省略成「했다」來使用。　　　>> 請參考p.186的不規則變化。

공부하다（用功）→ 공부（하+였）+다 → 공부（했）+다　讀書了

▷ 식사하다（用餐）、생각하다（想）、말하다（說）、못하다（不能）、잘하다（擅長）、운동하다（運動）、좋아하다（喜歡）、싫어하다（討厭）、시작하다（開始）、약속하다（約定）…

▷ 어제 무엇을 **했**습니까?　　昨天做了什麼嗎?
－ 학교에 가서 야구를 **했**습니다.　－去學校打了棒球。

▷ 아침에 뭘 **했**어요?　　早上做了什麼嗎?
－ 공원에서 산책을 **했**습니다.　－去公園散步了。

▷ 오늘 날씨는 따뜻**했**습니다.　今天的天氣很溫暖。

2 「이다」的過去式

敘述格助詞「이다」的過去式是與「－었－」結合，以「이었다」的形式來表現，但若「이다」前方名詞的末音節沒有終音而是以母音結尾的話，則必須省略成「였다」來使用。

母音用言＋였＋다		子音用言＋이었＋다	
어제＋**였다**	昨天的＋過去式	회사원＋**이었다**	職員的＋過去式
친구＋**였다**	朋友的＋過去式	생일＋**이었다**	生日的＋過去式
오후＋**였다**	下午的＋過去式	금요일＋**이었다**	星期五的＋過去式

▷ 엄마 생일은 어제**였다**.   媽媽的生日是昨天。
▷ 그분이 민수 아버지**였어요**.   那位是岷秀的爸爸。
▷ 그저께가 졸업식**이었다**.   前天是畢業典禮。
▷ 그 우산은 영아 씨 것**이었어요**.   那把傘曾經是英雅的。

 1_ 過去式在下列的情況下也會被使用。

① 特定的動詞、形容詞與「－았／었－」結合，表示現在的狀態及事實。

▷ 닮다（相似）、멀다（遠的）、낡다（舊的）、늙다（老）、마르다（瘦）、살이 찌다（增胖）、잘생기다（英俊）、못 생기다（長的醜）…
▷ 그 애는 아빠를 많이 **닮았다**.   那孩子跟爸爸很像。
▷ 서울은 아직 **멀었다**.   離首爾還很遠。
▷ 영아는 좋은 옷을 **입었구나**.   英雅穿著一身好衣服呢。
▷ 집이 많이 **낡았다**.   家已經很舊了。
▷ 코가 **못생겼다**.   鼻子長的很醜。

② 使用在否定句中，表示現在的狀態。

▷ 결혼했어요? — 아직 **안 했어요**.   結婚了嗎？ －不，還沒有。
▷ 그런 이야기는 못 **들었어요**.   那件事我沒聽過。
▷ 점심은 아직 **안 먹었다**.   午餐還沒有吃。

③ 當確定某件事在未來會發生時用來表示斷定。

▷ 너는 이제 **큰일 났다**.　　　你現在遭殃了。
▷ 너 이제 시집은 **다 갔다**.　　妳已經嫁不出去了。

 2_「−(으)셨」

表示尊敬的先行語尾「−시/으시−」與表示過去的先行語尾「−았/었−」
結合後進一步省略的型態。

(으)시+었 → (으)셨

母音語幹、ㄹ語幹+셨+다			子音語幹+으셨+다		
가다	가+**셨**+다	去	신다	신+**으셨**+다	穿
오다	오+**셨**+다	來	씻다	씻+**으셨**+다	洗
살다	사+**셨**+다	住	읽다	읽+**으셨**+다	讀

▷ 어제는 무엇을 하**셨**어요?　　請問昨天做了什麼事呢?
▷ 무슨 책을 읽**으셨**습니까?　　請問讀了什麼書呢?
▷ 어디 갔다 오**셨**어요?　　　請問是去了哪裡?
▷ 오늘 누구를 만나**셨**어요?　　請問今天和誰見面了呢?

③ 「−았었/었었−」的表現

　　過去式中有一種型態是先行語尾「−았/었−」連續出現形成「−았
었/었었−」,這種「−았었/었었−」是用在過去發生的事與現在狀況不
同,以及事情發生的時間遠比說話當時早,與現在的狀況已經沒有關係
的情況下,也就是「雖然過去是那樣,但現在已不再是如此」的意思。

▷ 나는 지난주에 부산에 **갔었**다.　　我上個星期去了釜山。
▷ 나도 전에 서울에 살**았었**다.　　我以前也住過首爾。
▷ 나는 그녀를 사랑**했었**다.　　　我曾經愛過她。
▷ 젊었을 때는 아주 건강**했었**다.　年輕的時候還很健康。
▷ 그는 대학교 때 축구 선수**였었**다.　他在大學時曾經是足球選手。

4 「－더－」的表現

先行語尾「－더－」可以使用在回顧過去經驗的時候，以及將過去經驗傳達給別人的時候。相較於過去式「－았／었－」那種單純只是表示事件發生的時間點在過去，「－더－」的意涵表示說話者在現在的時間點回想過去的所見所聞或是經歷過的事實。

❶「－더－」可與終結型語尾、連結形語尾、冠形型語尾結合起來使用。

終結型語尾	－던데（요），－더군（요），－더라	陳述（回想）
連結形語尾	－던데，－더니，	導言（回想）
冠形型語尾	－던	曾經～

>> 關於語尾的詳情請參考p.221之後的「語尾的規則」。

▸ 영아 씨는 영어를 잘**하던데요**.　　　英雅小姐很會說英語喔。

▸ 철수는 밥을 먹고 있**더라**.　　　哲洙那時在吃飯喔。

▸ 정말 훌륭한 작품이**더군요**.　　　真的是很了不起的作品喔。

▸ 열심히 공부하**더니** 유학을 갔다.　拚命用功之後就去留學了。

▸ 어렸을 때 늘 먹**던** 음식이에요.　小時候常吃的食物。

▸ 밥을 안 먹**던데** 어디 아파요?　沒有吃飯，是有哪裡不舒服嗎？

❷「－더－」也可以跟其他的先行語尾「－겠－、－았／었－」結合起來使用。

▸ 거리가 많이 변**했던데요**.　　　街道改變了很多呢。

▸ 그 정도는 나도 알아듣**겠던데요**.　那種程度我也可以聽得懂喔。

▸ 잠을 못 **잤더니** 피곤하네요.　　因為沒能睡覺而覺得疲勞。

▸ 열심히 **했더니** 시험에 붙었다.　拚命努力之後通過了考試。

13.1.3 終結型的未來式 | 종결형 미래

　　未來式是指事情發生在說話當時之後的時態，表示未來的動作或狀態。表現未來式的方法包括先行語尾「－겠－」、終結型語尾「－（으）ㄹ게요」以及依存名詞「－（으）ㄹ것이다、－（으）ㄹ거예요」等，這些表現方式除了表示未來式，同時也能表示說話者的意圖、推測、預計及可能性等等。

先行語尾	－겠－	說話者對於未來行為的意志、意圖、推測	
終結型語尾	－（으）ㄹ게, －（으）ㄹ게요		要做喔
依存名詞	－（으）ㄹ 것이다, －（으）ㄹ 거예요		打算

>> 關於語尾的詳情請參考p.221之後的「語尾的規則」。

1 主語是第一人稱的時候　**表示說話者的意圖或意志。**

- 청소는 내가 하**겠**다／하**겠**어요.　　　打掃工作由我來做。
- 청소는 내가 **할게**／**할게요**.　　　　打掃工作由我來做。
- 청소는 내가 **할 것이다**／**할 것입니다**／**할 거예요**.打掃工作我打算自己做。

2 當疑問句的主語是第二人稱或是「누가」的時候　**成為推測說話對象意圖的表現**，「－（으）ㄹ게－」不能使用在疑問句中。

- 청소는 누가 하**겠**어요?　　　　打掃由誰來做呢?
- — 제가 하**겠**어요.　　　　　　－我來做。
- 이 일 좀 도와 주**겠**어요?　　　可以幫忙一下這件工作嗎?
- 언제 서울에 **갈 거예요**?　　　什麼時候要去首爾呢?
- — 이번 주 토요일에 **갈 거예요**.　－打算在這星期六過去。

3 主語是第三人稱或事物的情況下表示　**推測、預計、可能性等等。**

- 내일은 비가 오**겠**다.　　　　　明天可能會下雨。
- 내년에는 대학을 졸업하**겠**군요.　明年會從大學畢業呢。
- 영아는 아마 내일 **올 거예요**.　英雅可能會在明天過來。

▹ 아마 내년에 유학을 **갈 거예요**.　　　明年可能會去留學吧。

▹ 잠시 후에 경기가 시작되**겠**습니다.　　比賽隨後就要開始。

 1_「－겠－」以及「－（으）ㄹ 것이다、－（으）ㄹ 거예요」除了用在未來式，也可以用來表示說話者對於現在或過去的事實所做的推測。

▹ 이 김치는 아주 맵**겠**다.　　　　　這泡菜應該非常辣。

▹ 서울은 지금쯤 비가 내리**겠**다.　　首爾現在應該在下雨吧。

▹ 영아는 지금 집에 있**겠**다.　　　　英雅現在應該在家吧。

▹ 어린애라도 그것쯤은 하**겠**다.　　就算是小孩應該也能做到那種程度吧。

▹ 지금쯤 도착했**을 것이다**.　　　　現在應該已經到了吧。

▹ 그 애도 이제는 청년이 되었**겠**다.那孩子現在應該是青年了吧。

▹ 수업은 다 끝났**을 거예요**.　　　　課程應該全都結束了吧。

 2_ 現在式、過去式、未來式的範例

表示時態的語尾 原型		現在 －ㄴ/는다 做～／正在～	過去 －았/었－다 曾經～	未來 －겠－다 打算～／應該～
가다	去	**간다**	**갔**다	가**겠**다
보다	看	**본다**	**봤**다	보**겠**다
먹다	吃	먹**는다**	먹**었**다	먹**겠**다
읽다	讀	읽**는다**	읽**었**다	읽**겠**다
있다	在、有	있**는다**	있**었**다	있**겠**다

冠形型（連體型）的時態是透過語尾「－는」、「－（으）ㄴ」、「－던」、「－（으）ㄹ」來表現。

語尾	範例				
現在 －는	가다	去	가+**는**+사람	**가는** 사람	去的人
	먹다	吃	먹+**는**+사람	**먹는** 사람	吃的人
過去 －(으)ㄴ	가다	去	가+ㄴ+사람	**간** 사람	去了的人
	먹다	吃	먹+**은**+사람	**먹은** 사람	吃了的人
未來 －(으)ㄹ	가다	去	가+ㄹ+사람	**갈** 사람	（即將）要去的人
	먹다	吃	먹+**을**+사람	**먹을** 사람	（即將）要吃的人

13.2.1 冠形型（連體型）的現在式 | 관형형 현재

現在式可透過在動詞語幹後面加語尾「－는」，以及在形容詞及「이다」的語幹後面加語尾「－（으）ㄴ」來表現。

1 動詞冠形型（連體型）的現在式

動詞 +는	가다	去	가+**는**+사람	**가는** 사람	正在去的人
	듣다	聽	듣+**는**+음악	**듣는** 음악	聽的音樂
	먹다	吃	먹+**는**+사람	**먹는** 사람	吃的人
	읽다	讀	읽+**는**+책	**읽는** 책	讀的書

▸ 저기 걸어**가는** 분이 누구세요?　　在那裡走的那位是誰？
▸ 지금 **듣는** 음악이 뭐예요?　　現在在聽的音樂是什麼？
▸ 저기서 밥을 **먹는** 사람.　　在那裡吃飯的人。
▸ 영수와 이야기**하는** 사람.　　正與英洙說話的人。

② 形容詞冠形型（連體型）的現在式

形容詞 + (으)ㄴ	예쁘다	漂亮的	예쁘+ㄴ+꽃	**예쁜** 꽃	漂亮的花
	차다	冷的	차+ㄴ+바람	**찬** 바람	冷風
	좋다	好的	좋+은+날씨	**좋은** 날씨	好天氣
	작다	小的	작+은+인형	**작은** 인형	小玩偶

- ▷ 봄에는 **예쁜** 꽃이 많이 핍니다.   春天許多漂亮的花會開。
- ▷ 세상에는 **나쁜** 사람도 많아요.   世界上壞人也好多。
- ▷ 아직 **찬** 바람이 붑니다.   還在吹著冷風。
- ▷ **좋은** 사람이 있으면 소개해 주세요. 有好的人的話請介紹給我。
- ▷ **작은** 고양이 인형을 샀어요.   買了小貓玩偶。

③ 「이다」冠形型（連體型）的現在式

「이다」 이 + ㄴ	중학생+**이다**	是國中生	중학생+**인** 동생	身為國中生的弟弟
	교사+**이다**	是教師	교사+**인** 형	身為教師的哥哥
	의사+**이다**	是醫師	의사+**인** 할아버지	身為醫師的祖父
	방학 중+**이다**	正在放假	방학 중+**인** 학교	放假中的學校

- ▷ 유학생**인** 유타 씨를 소개하겠어요. 介紹身為留學生的勇太。
- ▷ 제주도가 고향**인** 사람이 많다. 故鄉在濟州島的人很多。
- ▷ 나는 가수**인** 보아를 좋아한다. 我喜歡歌手寶兒。
- ▷ 한국의 유명한 민요**인** 아리랑. 韓國著名的民謠阿里郎。

13.2.2 冠形型（連體型）的過去式 | 관형형 과거

　　過去式是透過在動詞語幹之後接「－（으）ㄴ」來表現，形容詞、「이다」則是與語尾「－던」結合來表示，相關用法在「－던」的項目另有介紹。

1 動詞冠形型（連體型）的過去式

動詞 + (으)ㄴ	가다	去	가+ㄴ+사람	**간** 사람	去了的人
	보다	看	보+ㄴ+영화	**본** 영화	看了的電影
	먹다	吃	먹+은+사람	**먹은** 사람	吃了的人
	읽다	讀	읽+은+책	**읽은** 책	讀了的書

- ▷ 저건 제 친구가 그린 **그림**이에요.　　那是我朋友畫的畫。
- ▷ 어젯밤에 꿈을 꾼 사**람** 있어요?　　昨晚有人作夢嗎？
- ▷ 이건 어디서 찍은 사**진**이에요?　　這是在哪裡拍的照片呢？
- ▷ 다 **읽으신** 후에 돌려주세요.　　全部讀完後請歸還。

2「－던」的過去式

　　與動詞結合的過去式冠形型語尾「（으）ㄴ」單純只是表示過去曾發生的事實，相對的「－던」一方面有回顧過去的意思，一方面則表示某個動作或狀態在未完成的狀態下中斷，或是持續不斷重複。

用言 + 던	가다	去	가+**던**+곳	**가던** 곳	去過的地方
	살다	住	살+**던**+집	**살던** 집	住過的家
	먹다	吃	먹+**던**+과자	**먹던** 과자	吃過的餅乾
	읽다	讀	읽+**던**+책	**읽던** 책	讀過的書

❶ 表示持續不斷重複事實的回顧。

- ▷ 여기가 어릴 때 **쓰던** 방이다.　　這裡是小時候用過的房間。
- ▷ 여기가 내가 **다니던** 유치원이다.　　這裡是我讀過的幼稚園。
- ▷ 여기가 내가 **살던** 집이다.　　這裡是我住過的家。

❷ 表示表示回顧過去某個進行中中斷的動作或狀態。

- ▷ 내가 **먹던** 과자를 누가 먹었지?　　是誰吃了我在吃的餅乾？
- ▷ 내가 **읽던** 책이 어디 갔지?　　我在讀的書跑哪裡去了？

> 저기 **있던** 시계가 어디 갔어？　　擺在那裡的時鐘跑哪裡去了？

> **달리던** 차가 갑자기 멈춰 섰다.　　原本在前進的車突然停了下來。

❸ 與形容詞及「名詞＋이다」結合的「－던」是表示現在的狀況與過去不同的意思。

> 키가 **작던** 아이가 많이 컸다.　　曾經個子矮的孩子長高了不少。

> 그 **많던** 사람이 한 사람도 없다.　　原本很多人的現在連一個也沒有。

> 울보**이던 연**아가 대학을 졸업했다.　曾經是愛哭鬼的妍兒大學畢業了。

> 장난꾸러기**이던** 민수.　　曾經是搗蛋鬼的岷秀。

 關於「－았/었던」

「－던」與過去式的先行語尾「－았/었－」結合「－았던/었던」的形式來呈現。「－었던」表示過去重複發生的事或是已經完成的行為。

> 어렸을 때 사용**했**던 침대.　　小時候曾使用過的床。

> 대학생 때 자주 **갔던** 극장.　　大學時常去過的戲院。

> 이것은 전에 내가 **샀던** 것이다.　那是我之前買的東西。

13.2.3 冠形型（連體型）的未來式 ｜ 관형형 미래

未來式是在動詞語幹之後加上語尾「－（으）ㄹ」來表示。

動詞 + (으)ㄹ	가다	去	가+ㄹ+사람	**갈** 사람	打算去的人
	보다	看	보+ㄹ+영화	**볼** 영화	打算看的電影
	만나다	見面	만나+ㄹ+사람	**만날** 사람	打算見的人。
	먹다	吃	먹+을+사람	**먹을** 사람	打算吃的人。

> 내일 **부를** 노래를 연습한다.　　練習明天要唱的歌。

> 점심에 **먹을** 도시락을 샀다.　　買了午餐要吃的便當。

▷ 나중에 **보낼** 물건만 남겨 두었다.　　只留下之後要寄的東西。

參考　關於「－(으)ㄹ 때」

① 與代表「時間、場合」的名詞「때」結合的「－(으)ㄹ」就只是用來修飾後方的句子成分，並沒有表示時態的功能。

▶ **바쁠 때**에도 버스를 타요?`　　忙碌的時候也要搭公車嗎？
▶ **아플 때** 어떻게 해요?`　　身體不舒服的時候要怎麼辦？
▶ **괴로울** 때도 많았다.　　痛苦的時候也很多。

② 過去式不使用過去的冠形型語尾，而是以「－았／었을 때」來表現。

▶ 내가 **왔을 때** 아무도 없었다.　　我來的時候什麼人也沒有。
▶ **젊었을 때**부터 운동을 하셨다.　　從年輕時就開始運動了。
▶ 내가 **어렸을 때** 여기는 바다였다.　　在我小的時候這裡曾經是海。

14 不規則變化　불규칙활용

　　韓語的用言語尾變化可以分成兩大類，一種是用言語幹之後無論接何種語尾都不會讓語幹及語尾之型態改變的「規則變化」，另一種則是語幹及語尾的型態是會改變的「不規則變化」。不規則變化依照變化的特徵可以分成①只有語幹變化、②只有語尾變化、③語幹及語尾同時變化等三種。不規則變化又可稱為「不規則活用」或是「變則活用」。

不規則變化的分類

類別	活用的特徵

1. 只有語幹改變的不規則變化

「ㄷ」不規則變化	出現在母音開頭的語尾前方時，語幹的「ㄷ」變成「ㄹ」。
「ㅂ」不規則變化	出現在母音開頭的語尾前方時，語幹的「ㅂ」變成「우／오」。
「ㅅ」不規則變化	出現在母音開頭的語尾前方時，語幹的「ㅅ」終音脫落。
「르」不規則變化	出現在母音開頭的語尾前方時，語幹的「르」變成「ㄹㄹ」。
「우」不規則變化	出現在母音開頭的語尾前方時，語幹的「우」母音脫落。

2. 只有語尾改變的不規則變化

「여」不規則變化	接在「하다」之後的語尾「－어」變化成「－여」。
「러」不規則變化	接在語幹「르」之後的「－어」變化成「－러」。
「너라」不規則變化	語尾「－어라／아라」變化成「－너라」。

3. 語幹及語尾皆改變的不規則變化

「ㅎ」不規則變化	出現在母音開頭的語尾前方時，語幹的「ㅎ」脫落，語尾也發生變化。

4. 語幹改變的規則變化

「ㄹ」脫落	出現在以「ㄴ、ㅂ、ㅅ、ㄹ」開頭的語尾前方時，語幹的「ㄹ」脫落。
「으」脫落	出現在母音開頭的語尾前方時，語幹的「으」母音脫落。

　　>> 為方便學習者理解，這裡一併介紹了語幹型態會改變但屬於規則變化的「ㄹ」脫落與「으」脫落。

部分的用言會根據後面所接的語尾，導致語幹的型態出現不規則變化，屬於此類的語尾變化方式包括「ㄷ」不規則變化、「ㅂ」不規則變化、「ㅅ」不規則變化、「르」不規則變化、「우」不規則變化等等。

只有語幹改變的不規則變化	
①「ㄷ」不規則變化	語幹的「ㄷ」變成「ㄹ」。
②「ㅂ」不規則變化	語幹的「ㅂ」變成「우／오」。
③「ㅅ」不規則變化	語幹的「ㅅ」終音脫落。
④「르」不規則變化	語幹的「르」變化成「ㄹㄹ」。
⑤「우」不規則變化	語幹的「우」母音脫落。

14.1.1 「ㄷ（디귿）」不規則變化 | 「ㄷ」 불규칙활용

一部分語幹的末音節以「ㄷ」結尾的動詞，其「ㄷ」終音在與母音開頭的語尾（「-았／었-、-아서／어서、-아도／어도、으러、-으면、-으려고、으면서、-으니까」等）前方會變成「ㄹ」，在子音開頭的語尾（「-습니다、-지、-고、-는」等）前方則不會變形，此種現象稱為「ㄷ（디귿）」的不規則變化。

原型		語幹的「ㄷ」在母音開頭的語尾前方會變化成「ㄹ」。		
걷다	走	걷+어요	걸+어요	走
듣다	聽	듣+었어요	들+었어요	聽了
묻다	問	묻+으면	물+으면	問的話

原型		語幹的「ㄷ」在子音開頭的語尾前方不發生變化。		
걷다	走	걷+습니다	걷+습니다	走
듣다	聽	듣+고	듣+고	且聽
묻다	問	묻+지 않는다	묻+지 않는다	不問

「ㄷ」不規則變化的相關動詞

걷다（走）、듣다（聽）、묻다（問）、깨닫다（領悟）、싣다（裝載）、긷다（汲取）、붇다（膨脹）、일컫다（稱為）…

▷ 학교까지 **걸어서** 갔다.　　　　走路去了學校。

▷ 그 이야기를 **들었어요** ?　　　　聽到那件事了嗎？

▷ 선생님께 **물어** 보세요.　　　　請向老師請教看看。

▷ 하루 종일 음악만 **들었어요**.　　一整天就只是聽音樂。

▷ 짐을 차에 **실어** 보냈다.　　　　把行李裝在車上運走了。

 參考 　「ㄷ」動詞語幹的**規則變化**

　　語幹終音以「ㄷ」結尾的動詞並非全都屬於不規則變化，有一部分即使出現在母音開頭的語尾之前，「ㄷ」也不會產生變化，也就是會與規則變化的動詞相同。

原型		語幹的「ㄷ」無論出現在何種語尾前都不變化。		
닫다	關閉	닫+아요	닫아요	關閉
		닫+았어요	닫았어요	關閉了
		닫+으면	닫으면	關閉的話
		닫+습니다	닫습니다	關閉
		닫+고	닫고	且關閉
		닫+지 않는다	닫지 않는다	不關閉

「ㄷ」規則變化的動詞

닫다（關閉）、믿다（相信）、받다（收到）、얻다（得到）、묻다（埋）、쏟다（傾注）…

▷ 추워서 창문을 **닫았어요**.　　因為冷而關上了窗戶。

▷ 생일 선물로 시계를 **받았다**.　生日禮物收到了時鐘。

▷ 나는 동생의 말을 **믿었다**.　　我相信弟弟說的話。

14.1.2 「ㅂ（비읍）」的不規則變化 | 「ㅂ」불규칙활용

語幹的末音節以「ㅂ」結尾的動詞中，有一部分的終音「ㅂ」在母音開頭的語尾（「－았었－、－아서／어서、－아도／어도、－으면、－으니까」等）前方會變成「우／오」，在子音開頭的語尾（「－습니다、－지、－고」等）前方，則不會變形。這樣的現象稱為「ㅂ（비읍）」的不規則變化。

① 出現在母音「아／어」開頭的語尾之前時，語幹的「ㅂ」會變成「우」。

原型		ㅂ終音的語幹＋母音「아／어」開頭的語尾 → 「ㅂ」會在變成「우」之後連接各語尾。			意思
		ㅂ語幹	「아／어」語尾	ㅂ變化成우	
덥다	熱的	덥	**덥**+어요	**더**+**우**+어요	더워요	熱
춥다	冷的	춥	**춥**+어서	**추**+**우**+어서	추워서	因為冷
맵다	辣的	맵	**맵**+었다	**매**+**우**+었다	매웠다	曾經是辣的
가깝다	近的	가깝	가**깝**+아도	가**까**+**우**+어도	가까워도	雖然近
고맙다	感謝	고맙	고**맙**+아요	고**마**+**우**+어요	고마워요	感謝

>> 當語幹的「ㅂ」變成「우」時，「우」也會成為語幹的一部分，語尾必須配合「우」來和語幹結合。

② 例外的狀況是「돕다、곱다」這兩個詞語，當「돕다、곱다」出現在「－아」開頭的語尾前方時，「ㅂ」不會變成「우」，而是變成「오」。

原型		「돕다、곱다」的語幹＋母音「아」開頭的語尾 → 「ㅂ」會在變成「오」之後連接各語尾。			意思
		ㅂ語幹	「아」語尾	ㅂ變化成오	
돕다	幫助	돕	**돕**+아서	**도**+**오**+아서	도와서	因為幫忙
곱다	漂亮	곱	**곱**+아요	**고**+**오**+아요	고와요	是漂亮的

③ 當出現在母音「ㅡ으」開頭的語尾前方時，「ㅂ」須變成「우」，同時母音「으」會消失，「돕다、곱다」這兩個詞語也不例外。

原型		終音為ㅂ的語幹＋母音「ㅡ으」開頭的語尾 →「ㅂ」會變成「우」且媒介母音「으」消失。				意思
		ㅂ語幹	「으」語尾		ㅂ變成우	
덥다	熱的	덥	**덥**＋으면	**더**＋**우**＋（으）면	더우면	熱的話
맵다	辣的	맵	**맵**＋으니까	**매**＋**우**＋（으）니까	매우니까	因為辣
가깝다	近的	가깝	가**깝**＋으면	가**까**＋**우**＋（으）면	가까우면	近的話
곱다	漂亮的	곱	**곱**＋은	**고**＋**우**＋（으）ㄴ	고운	漂亮的
돕다	幫助	돕	**돕**＋으러	**도**＋**우**＋（으）러	도우러	去幫助

➤➤ 當語幹的「ㅂ」變成「우」時，「우」也成為語幹的一部分，媒介母音「으」變得不再需要。所謂媒介母音是指當子音結尾的語幹後方連接子音開頭的語尾時，為了方便發音而插入的母音「으」，又可稱為調音素、調音母音或是調母音。媒介母音在名詞與助詞連接時也會出現。

例 읽으면서（一邊讀）、손으로（用手）中的「ㅡ으ㅡ」便屬於媒介母音。

「ㅂ」用言的不規則變化

굽다（烤）、눕다（躺下）、돕다（幫助）、줍다（撿）、가깝다（近的）、곱다（漂亮的）、덥다（熱的）、무겁다（重的）、반갑다（喜悅）、쉽다（容易的）、아름답다（美麗的）、어둡다（暗的）、어렵다（難的）、즐겁다（快樂的）、춥다（冷的）…

▷ 시험 너무 **어려웠어요**. 考試非常困難。

▷ **추워서** 옷을 많이 입었다. 因為冷而穿了很多衣服。

▷ 숙제를 좀 **도와** 주세요. 請幫忙做一下作業。

▷ 저는 **매운** 음식을 좋아해요. 我喜歡辣的料理。

▷ 회사에서 **가까운** 곳에 살아요. 住在離公司很近的地方。

▷ **어두우니까** 불을 켜세요. 太暗了，請把燈打開。

「ㅂ」用言語幹的**規則變化**

　　語幹的末音節以「ㅂ」結尾的用言並非全都屬於不規則變化，其中有一部分即使是出現在母音開頭的語尾前方，語幹的「ㅂ」也不會變化，亦即保持規則變化的特性。

原型	語幹的「ㅂ」無論出現在何種語尾前方都不產生變化。		
	좁+아요	좁아요	窄
	좁+았어요	좁았어요	曾經是狹窄的
좁다　狹窄的	좁+으면	좁으면	狹窄的話
	좁+습니다	좁습니다	是狹窄的
	좁+고	좁고	且狹窄
	좁+지 않다	좁지 않다	不狹窄

「ㅂ」用言的規則變化

뽑다（選擇）、씹다（嚼）、입다（穿）、잡다（抓住）、접다（折疊）、집다（夾）、업다（背負）、좁다（狹窄的）…

▶ 민수를 회장으로 **뽑았다**.　　　岷秀當選會長。
▶ 옷을 많이 **입어서** 더워요.　　　穿了許多衣服所以很熱。
▶ 방이 **좁아서** 불편해요.　　　房間很狹小所以不方便。
▶ 편지를 **접어서** 봉투에 넣었다.　把信折起來放進信封。

14.1.3 「ㅅ（시옷）」不規則變化 | 「ㅅ」 불규칙활용

語幹的末音節以「ㅅ」結尾的動詞之中，有一部分的「ㅅ」終音在母音開頭的語尾（「−았/었−、−아서/어서、−아도/어도、−으려고、−으면、−으면서、−으니까」等）前方脫落，在子音開頭的語尾（「−습니다、−지、−고、−는」等）前方則不會變化，此種現象稱為「ㅅ（시옷）」的不規則變化。

原型		語幹的「ㅅ」出現在母音開頭的語尾前方時會脫落。		
짓다	建造	짓+어요	지+어요	建造
낫다	痊癒	낫+았어요	나+았어요	痊癒了
붓다	澆	붓+으면	부+으면	澆的話

原型		語幹的「ㅅ」出現在子音開頭的語尾前方時不產生變化。		
짓다	建造	짓+습니다	짓+습니다	建造
붓다	澆	붓+고	붓+고	且澆
낫다	痊癒	낫+지 않는다	낫+지 않는다	沒有痊癒

>> 若「ㅅ」因為「ㅅ」的不規則變化而脫落，以母音語幹的形式與母音開頭的語尾結合，此時不省略或脫落。

例 짓다→지어요 (○)，져요 (×)，낫다→나았다 (○)：났다 (×)，붓다→부으면 (○)：부면 (×) 但發音時可容許省略及脫落。

「ㅅ」用言的不規則變化

긋다（畫線）、낫다（痊癒）、붓다（澆）、잇다（連接）、젓다（攪拌）、낫다（較好的）、짓다（建造、製作）…

- 감기가 **나으면** 연락할게요.　　　感冒好了的話就會聯絡。
- 내년에 집을 **지으려고** 합니다.　　明年想要蓋房子。
- 똑바로 선을 **그어** 보세요.　　　　請筆直地畫出一條直線。
- 타지 않도록 잘 **저어** 주세요.　　　好好攪拌免得弄焦。

「ㅅ」用言語幹的**規則變化**

　　一部分語幹的末音節以「ㅅ」結尾的用言在連接母音開頭的語尾時，語幹的「ㅅ」不會脫落，而是以規則變化的方式來結合。

原型		語幹的「ㅅ」無論出現在何種語尾前方都不產生變化		
씻다	洗	씻+어요	씻어요	洗
		씻+었어요	씻었어요	洗了
		씻+으면	씻으면	洗的話
		씻+습니다	씻습니다	洗
		씻+고	씻고	且洗
		씻+지 않는다	씻지 않는다	不洗

「ㅅ」用言的規則變化

벗다(脫)、빼앗다(搶奪)、씻다(洗)、웃다(笑)、솟다(湧出、聳立)、빗다(梳)…

▷ 더워서 옷을 **벗었어요**.　　因為熱而脫掉了衣服。
▷ 밖에서 돌아오면 손을 **씻읍시다**.　　從外頭回來的話請先洗手吧。
▷ 왜 그렇게 큰 소리로 **웃었어요**?　　為什麼笑得那麼大聲呢？

14.1.4 「르」的不規則變化 | 「르」 불규칙활용

　　語幹的末音節以「르」結尾的動詞之中，有一部分的「르」終音在母音「－아／어」開頭的語尾（「－았／었－、－아서／어서、－아도／어도」等）前方會變成「ㄹㄹ」，在子音開頭的語尾（「－ㅂ니다、－지、－고、－ㄴ／는」等）前方則不會產生變化，此種現象稱為「르」的不規則變化。

原型		語幹的「르」出現在母音「－아／어－」開頭的語尾前方時會脫落			
다르다	不同	다르+아요	다르르+아요	달라요	不同
오르다	上升	오르+아요	오르르+아요	올라요	上升
부르다	呼叫	부르+어요	부르르+어요	불러요	呼叫
흐르다	流動	흐르+어요	흐르르+어요	흘러요	流動

原型		語幹的「르」出現在子音開頭的語尾前方時不會產生變化。		
다르다	不同	다르+ㅂ니다	다릅니다	不同
흐르다	流動	흐르+고	흐르고	且流動

>> 當語幹「르」的前一個音節的母音是「ㅏ／ㅗ」時，會變化成「ㄹ라」，若是「ㅏ／ㅗ」以外的母音則變化成「ㄹ러」。

「르」用言的不規則變化

고르다（選）、기르다（培育）、나르다（搬運）、누르다（按）、마르다（乾涸）、모르다（不知道）、바르다（塗）、서두르다（急忙）、오르다（上升）、다르다（不同）、부르다（呼叫、吃飽了）、흐르다（流動）、서투르다（笨拙的）、이르다（抵達）…

▶ 동생과 성격이 많이 **달라**요.　　個性跟弟弟相當不一樣。

▶ 친구들을 **불러서** 식사를 했어요.　　叫朋友來吃了飯。

▶ 노래방에서 노래를 **불렀다**.　　在卡啦OK唱了歌。

▶ 한국말을 **몰라서** 고생을 했어요.　　因為不懂韓語而遇到了不少麻煩。

「르」用言語幹的**規則變化**

　　一部分以「르」結尾的用言，在母音「－아／어」開頭的語尾前方不會變成「ㄹㄹ」，而是以「으」脫落的形式進行規則變化。

>> 請參考p.193「으」的脫落。

「르」的規則變化

치르다（支付）、다다르다（到達）、따르다（遵照、傾倒）…

▶ 한 잔 더 **따라** 주세요.　　請再幫我倒一杯。

▶ 목표 지점에 **다다랐다**.　　到達了目標地點。

▶ 이번 달 방세를 못 **치렀다**.　　這個月的房租付不出來。

14.1.5 「우」的不規則變化 ┃「우」불규칙활용

　　屬於「우」不規則變化的動詞就只有「푸다」一個，語幹的「우」出現在以母音「－어」開頭的語尾（「－었－、－어서、－어요」等）前方時會脫落，在子音開頭的語尾（「－ㅂ니다、－지、－고、－ㄴ／는」等）前方時則不會產生變化。

原型		語幹的「우」出現在以母音「－어」開頭的語尾前方時會脫落。			
푸다	舀、盛汲	푸+어요	푸+어요	**퍼**요	舀
		푸+었다	푸+었다	**펐**다	舀了
		푸+어서	푸+어서	**퍼**서	因舀了

▷ 우물에서 물을 **퍼서** 마셨다.　　從水井汲水來喝。
▷ 빨리 밥을 **퍼** 주세요.　　請快點盛飯給我。

14.2 只有語尾改變的不規則變化

　　一部分的用言其語幹不會改變，語尾的型態則會以不規則的方式進行變化，屬於此類的不規則變化方式包括「여」的不規則變化、「러」的不規則變化、「거라」的不規則變化以及「너라」的不規則變化。

只有語尾改變的不規則變化	
①「여」的不規則變化	連接「하다」的語尾「어」會變成「여」
②「러」的不規則變化	連接語幹「르」的「어」變成「러」
*「거라」的不規則變化	語尾「어라／아라」變成「거라」
*「너라」的不規則變化	語尾「어라／아라」變成「너라」

14.2.1 「여」的不規則變化 ┃「어」불규칙활용

　　屬於「여」用言的不規則變化就只有「하다」以及原型以「－하다」結尾的用言。以母音「－아／어」開頭的語尾（「－았／었－、－아서／어서、－아요／어요」等）出現在語幹的「하」後方時會變化成「여」，形成「하여」的型態，此種

現象稱為「여」的不規則變化；連接子音開頭的語尾（「－ㅂ니다、－지、－고、－ㄴ/는」等）時則不會改變。這裡的「하여」在實際使用時通常會省略成「해」。

原型	語尾的「－아／어」變成「여」之後會結合成「하여」，但在實際使用時通常會被省略成「해」。		
하다 做	**하**+여요	해+요	做
	하+였어요	했+어요	做了
	하+여서	해+서	因為做
	連接子音開頭的語尾時語幹或語尾都不會再變化。		
	하+ㅂ니다	합니다	做
	하+고	하고	且做

「여」用言的不規則變化

하다（做）、공부하다（讀書）、생각하다（思考）、싫어하다（討厭）、말하다（說）、약속하다（約定）、일하다（工作）、좋아하다（喜歡、喜歡的）、사랑하다（愛）、따뜻하다（溫暖的）…

▷ 오늘은 몇 시까지 **공부해요**？   今天要讀到幾點呢？
▷ 한 시에 만나기로 **했다**.   決定在1點見面。
▷ **피곤해서** 일찍 잤어요.   覺得累所以很早就睡了。
▷ 아무리 **생각해도** 잘 모르겠다.   不管怎麼想都不懂。
▷ 요즘 날씨가 아주 **따뜻해요**.   最近的天氣非常溫暖。

14.2.2 「러」的不規則變化 ｜「러」 불규칙활용

　　屬於「러」不規則變化就只有「이르다（到達）、푸르다（藍色的）、누르다、노르다（黃色的）」這四個詞語。當以母音「－어」開頭的語尾「－었－、－어서、－어요」等）出現在語幹的「르」後方時會變成「러」，此種現象稱為「러」的不規則變化，連接子音開頭的語尾時則不會改變型態。

原型		出現在語幹「르」後方的語尾「−어」會變成「러」。
이르다	到達 抵達	이르+**어** 　　이르+**러** 　　為了抵達 이르+**었다** 　　이르+**렀다** 　　抵達 이르+**어**서 　　이르+**러**서 　　因為到達 子音開頭的語尾不發生變化。 이르+고 　　이르고 　　到達 이르+는 　　이르는 　　到達的

>> 意思是「快的」的「이르다」以及意思是「告訴」的「이르다」都屬於「르」不規則變化。

▷ 밤 열 시가 되어 목적지에 **이르렀다**. 　　晚上10點才到達目的地。

▷ 자정에 **이르러서야** 돌아왔다. 　　到了晚上12點才回來。

▷ 하늘이 높고 **푸르렀다**. 　　天空又高又藍。

 1_ 「너라」的不規則變化 | 「너라」불규칙활용

　　「오다（來）」以及以「오다」結尾的複合語後方接命令型語尾「−
아라」時，「−아라」變成「−너라」的現象稱為「너라」不規則變化。

「오다」與「오다」結尾的複合語＋너라			動詞＋命令型語尾「−아라／어라」		
오다	오+**너라**	來（命令型）	보다	보+**아라**	看（命令型）
찾아오다	찾아오+**너라**	過來（命令型）	읽다	읽+**어라**	讀（命令型）

>> 「너라」不規則變化的動詞：오다（來）、나오다（出來）、들어오다（進來）、찾아오다（來訪）…。

▷ 어서 **나오너라**. 　　快點給我出來。

▷ 모두 이리 **오너라**. 　　大家都給我來這裡。

 2_ 「거라」的不規則變化 | 「거라」불규칙활용

　　「가다」以及以「가다」結尾的複合語後方接命令型語尾「−아라」
時，「−아라」變成「−거라」的現象稱為「거라」的不規則變化。

「가다」或是以「가다」結尾的複合語＋거라			
가다	가+**거라** 去（命令型）	일어나다	일어나+**거라** 起來（命令型）
자다	자+**거라** 睡（命令型）	앉다	앉+**거라** 坐下（命令型）

>> 「－거라」除了與「가다」結合之外，也能與「자다（睡）、일어나다（起來）、앉다（坐）」等部分不及物動詞結合。

▸ 어서 집으로 가**거라**.　　　　快回家去。（命令型）

▸ 이분을 찾아가**거라**.　　　　去拜訪這一位。（命令型）

　　然而在實際使用上，「－거라／너라」通常只有老年人使用，「가다、자다、일어나다、오다」等則像「가라、자라、일어나라、와라」一樣，一般是以「－아라／어라」的形式被使用。第7回學校文法（2002年）之後就不再將「거라」歸類為不規則變化，而是將之視為規則變化。

14.3 語幹及語尾皆改變的不規則變化

　　與母音開頭的語尾結合之後，語幹會產生變化，或是語幹及語尾同時產生變化。屬於此類不規則活用就只有「ㅎ」一種。

語幹及語尾皆改變的不規則變化	
「ㅎ」不規則活用	語幹的「ㅎ」終音脫落，同時語尾也產生變化。 ▸ 파랗다（藍色的）파랗+은 → 파라+ㄴ → 파**란** 　파랗+아서 → 파**래서**

14.3.1 「ㅎ（히읗）」的不規則變化 | 「ㅎ」불규칙활용

　　語幹以「ㅎ」結尾的形容詞之中，有一部分在與母音「－아／어」開頭的語尾結合之後「ㅎ」會脫落，語幹末音節的母音「－아、야、어、여」與語尾「－아／어」合併為「－애、얘、에、예」。若與母音「－으」開頭的語尾結合，則語幹的「ㅎ」與語尾的「－으」同時脫落，此種現象稱為「ㅎ（히읗）」的不規則變化。與子音開頭的語尾連接時，則不發生「ㅎ」脫落的情形。

① 當語幹末音節的母音是「아、야」時　語幹的「ㅎ」會脫落，語尾的「ㅡ아」會變成「이」之後互相結合，也就是在語幹的母音上添加「ㅣ」。

例　ㅏ + ㅣ = ㅐ, ㅑ + ㅣ = ㅒ

까맣다	黑色的	까맣+아요	까마+ㅣ+요	까매요	是黑色的
노랗다	黃色的	노랗+아요	노라+ㅣ+요	노래요	是黃色的
빨갛다	紅色的	빨갛+아요	빨가+ㅣ+요	빨개요	是紅色的
하얗다	白色的	하얗+아요	하야+ㅣ+요	하얘요	是白色的

② 語幹末音節母音是「어、여」時　語幹的「ㅎ」脫落，語尾的「ㅡ어」變成「이」之後互相結合，也就是在語幹的母音上添加「ㅣ」。

例　ㅓ + ㅣ = ㅔ, ㅕ + ㅣ = ㅖ

퍼렇다	碧藍的	퍼렇+어요	퍼러+ㅣ+요	퍼레요	是碧藍的
꺼멓다	黑色的	꺼멓+어요	꺼머+ㅣ+요	꺼메요	是黑色的
누렇다	黃色的	누렇+어요	누러+ㅣ+요	누레요	是黃色的
허옇다	白色的	허옇+어요	허여+ㅣ+요	허예요	是白色的

③ 由指示形容詞「이러하다、그러하다、저러하다、어떠하다」省略而成的「이렇다、그렇다、저렇다、어떻다」在結合時，語幹的「ㅎ」同樣脫落，且語尾的「ㅡ어」變成「이」，但卻不結合成「ㅔ」，而是變成「ㅐ」。

이렇다	這樣的	이렇+어요	이러+ㅣ+요	이래요	是這樣的
그렇다	那樣的	그렇+어요	그러+ㅣ+요	그래요	是那樣的
저렇다	那樣的	저렇+어요	저러+ㅣ+요	저래요	是那樣的
어떻다	怎樣的	어떻+어요	어떠+ㅣ+요	어때요	是怎樣的

4 與母音「ㅡ으」開頭的語尾結合時 語幹末音節的「ㅎ」會與語尾的「ㅡ으」同時脫落。

까맣다	黑色的	까**맣**+은	까마+ㄴ	까**만**	黑色的
하얗다	白色的	하**얗**+으니까	하야+니까	하**야**니까	因為是白色
누렇다	黃色的	누**렇**+으면	누러+면	누**러**면	如果是黃色
허옇다	白色的	허**옇**+은	허여+ㄴ	허**연**	白色的
이렇다	這樣的	이**렇**+으니까	이러+니까	이**러**니까	因為這樣

>> 「ㅎ」不規則變化只發生在形容詞上，不適用於動詞。

▷ 고추가 **빨개졌다**. 辣椒變紅了。
▷ 요즘 **어때요**? 最近怎麼樣？
▷ 네, **그래요** / **그렇습니다**. 是，就是那樣。
▷ **까만** 눈동자, **하얀** 이. 黑色的眼珠，白色的牙齒。
▷ 그녀는 얼굴이 **하얘서** 눈에 띈다. 她的臉白皙得引人注目。

 「ㅎ」用言語幹的規則變化

① 動詞「ㅎ」語幹的規則變化

▷ 낳다（生）、넣다（放入）、놓다（放置）、쌓다（堆）、찧다（砸、杵）…

② 「ㅎ」形容詞語幹的規則變化

▷ 많다（多的）、싫다（討厭的）、좋다（好的）、괜찮다（沒關係、沒問題）…

14.4 語幹改變的規則變化

用言之中有一部分語幹會產生變化，且其變化方式會依據音韻變化規則而有一定的規則性。屬於此類的變化有「ㄹ」脫落與「으」脫落兩種。

語幹改變的規則變化	
①「ㄹ」脫落	當語幹末音的「ㄹ」出現在以「ㅡㄴ、ㄹ、ㅂ、ㅅ」開頭的語尾前面時，會有規則地脫落

②「으」脫落 　語幹末音節的「으」出現在以「－아／어」開頭的語尾前方時，會有規則地脫落

>> 以上的變化方式在過去曾被視為不規則變化，但當語幹末音節是以母音「ㄹ」或「으」結尾時，常會毫無例外地在特定的語尾前方出現脫落的情形，且其原因可以被解釋，因此現在普遍將之歸類為規則變化。

14.4.1 「ㄹ（리을）」的脫落 | 「ㄹ」탈락

語幹以「ㄹ」結尾的用言，在與「－ㄴ、ㄹ、ㅂ、ㅅ」開頭的語尾（「－ㄴ、－는、－니까、－네、－ㄹ、－ㅂ니다、－시－」等）結合時，「ㄹ」出現脫落的情況稱為「ㄹ（리을）」的脫落。

1 語幹末音的「ㄹ」出現在以「－ㄴ」開頭的語尾前方時會脫落

語尾 例「－ㄴ、－는,、－니까、－네」等

살다	住	살＋는	사는（사람）	住著（的人）
만들다	製作	만들＋니까 만들＋ㄴ	만드니까 만든（사람）	因為要製作 製作（的人）
불다	吹	불＋네요	（바람이）**부네요**	（風）正在吹呢
길다	長的	길＋ㄴ	긴（머리）	長的（頭髮）

2 語幹的「ㄹ」出現在「－ㅂ」開頭的語尾前方時脫落

語尾 例「－ㅂ니다、－ㅂ시다」等

살다	住	살＋ㅂ니다	삽니다	住著
열다	打開	열＋ㅂ시다	엽시다	打開吧
만들다	製作	만들＋ㅂ시다	만듭시다	製作吧
멀다	遠的	멀＋ㅂ니다	멉니다	是遠的
달다	甜的	달＋ㅂ니다	답니다	是甜的

③ 語幹末音的「ㄹ」出現在以「−ㄹ」開頭的語尾前方時脫落

| 팔다 | 賣 | 팔+ㄹ | 팔（사람） | 賣（的人） |
| 만들다 | 製作 | 만들+ㄹ | 만들（예정） | （預定要）製作 |

④ 語幹的「ㄹ」出現在先行語尾「−시−」的前方時脫落

살다	住	살+시+다	사시다	住著
열다	打開	열+시+ㅂ니다	여십니다	打開
만들다	製作	만들+시+었다	만드셨다	製作了
울다	哭	울+시+었어요	우셨어요	哭了

⑤ 語幹末音的「ㄹ」出現在以「−아／어」開頭的語尾前方時不脫落

| 살다 | 住 | 살+아요 | 살아요 | 住著 |
| 울다 | 哭 | 울+었어요 | 울었어요 | 哭了 |

「ㄹ」用言的脫落

걸다（掛）、날다（飛）、놀다（玩）、늘다（增加）、돌다（轉）、불다（吹）、살다（住）、열다（打開）、팔다（賣）、가늘다（細的）、달다（甜的）、멀다（遠的）…

▷ 무엇을 **만듭니까**? 　　　　要製作什麼呢？
▷ 머리가 **깁니까**? 　　　　　頭髮長嗎？
▷ **사는** 곳이 어디예요? 　　　住的地方在哪裡呢？
▷ 시간이 있으면 **놀러** 오세요. 　有時間的話請過來玩。
▷ 그분을 **아세요**? 　　　　　認識那一位嗎？

 「ㄹ」語幹與「ㄹ」體言後面不接媒介母音「으」。

① 當有終音的用言語幹與子音開頭的語尾結合時，為了便於發音會在兩子音間插入媒介母音「으」。

▷ 먹다（吃）：먹＋（으니까、−으려고、−으면、−은、−을）

② 但以終音「ㄹ」結尾的「ㄹ」語幹不必添加媒介母音「으」。

▶ 만들다（製作）：만들＋（니까、－는、－ㄴ）→ 만드**니까**、만드**는**、
만든

③ 當以「ㄹ」結尾的體言與助詞結合時，同樣不必添加母音「으」。

▶ 붓＋**으**로（用筆）↔전철＋**로**（搭電車）

▶ 힘＋**으로써**（用力）↔말＋**로써**（用言語）

14.4.2 「으」的脫落 ｜「으」탈락

當語幹以母音「으」結尾的用言與「－아／어」開頭的語尾（「－
았／었－、아요／어요、－아서／어서、아도／어도」等）結合時，「－
으」脫落，這種現象稱為「으」的脫落。

① **語幹中「으」前方音節的母音若是「ㅏ、ㅗ」，則須與「－아」開頭
的語尾結合。**

例 「－아요、－아서、－았어요」等

바쁘다	忙碌的	바쁘＋아요	바ㅃ＋아요	바빠요	是忙碌的
아프다	痛的	아프＋아서	아ㅍ＋아서	아파서	因為痛
나쁘다	壞的	나쁘＋아도	나ㅃ＋아도	나빠도	就算是壞的
담그다	浸泡	담그＋았다	담ㄱ＋았다	담갔다	浸泡了

② **語幹中「으」前方音節的母音若非「ㅏ、ㅗ」的話，須與「－어」開
頭的語尾結合。**

例 「－어요、어서、－었어요」等

기쁘다	高興的	기쁘＋어요	기ㅃ＋어요	기뻐요	是高興的
슬프다	傷心的	슬프＋었다	슬ㅍ＋었다	슬펐다	傷心過
예쁘다	漂亮的	예쁘＋어서	예ㅃ＋어서	예뻐서	因為漂亮

3 若是只有母音「으」的單音節語幹，則須與「－어」開頭的語尾結合。

例 「－어요、어서、－었어요」等。

쓰다	寫	쓰+어요	ㅆ +어요	써요	寫
크다	大的	크+어요	ㅋ +어요	커요	是大的
끄다	關	끄+어요	ㄲ +어요	꺼요	關
뜨다	浮起	뜨+어요	ㄸ +어요	떠요	浮起

4 在子音開頭的語尾前方，語幹的「으」不脫落。

바쁘다	忙碌的	바쁘+ㅂ니다	바쁩니다	是忙碌的
아프다	痛	아프+니까	아프니까	因為痛
나쁘다	壞的	나쁘+면	나쁘면	壞的話

「으」用言的脫落

고프다（肚子餓）、끄다（關）、담그다（浸泡）、따르다（遵從、傾倒）、뜨다（浮起、睜開眼睛）、쓰다（寫、使用）、모으다（收集）、슬프다（傷心的）、기쁘다（高興的）、나쁘다（壞的）、바쁘다（忙碌的）、아프다（痛的）、예쁘다（漂亮的）…

▷ 아직도 머리가 **아파요**? 　頭還在痛嗎？
▷ 날씨가 **나빠도** 떠날 거예요. 　就算天氣不好也打算出發。
▷ 너무 **슬퍼서** 울었어요. 　因為非常傷心而哭了。
▷ 눈이 **나빠서** 안경을 썼어요. 　因為眼睛不好而戴著眼鏡。
▷ 누구한테 편지를 **썼어요**? 　給誰寫信了呢？
▷ 민수는 형보다 키가 **커요**. 　岷秀個子比哥哥高。
▷ 불을 **꺼도** 방 안이 밝아요. 　就算關了燈房裡還是很亮。

「달다(給)」是在說話者要求聽話者替自己做事使用，是個不具動詞，又稱為不完全動詞，因此只能與特定的語尾「하오체(普通遵待法)」做變化，'다오(給)'（直接命令）與'달라(要求)'（間接命令）。在規則變化的前提下，「다오(給)」的命令型語尾應該要加「-아라/-어라」或是「-거라」，不過由於「달다(給)」是不完全動詞，所以命令型就只能以「다오」的型態出現，因此稱為「오」的不規則變化。

| 달다 | 다오 | 給(幫)自 | 實際上只有老年人會使用「다오」，一般情形下是跟「줘、줘요」一樣，使用「주다」的命令型。 |
| | 달라 | 己~ | 「달라」經常與代表引用的助詞「고」結合，以「달라고」的形式出現。 |

▷ 밥을 조금만 더 **다오**.　　　　　再給我一些飯。
▷ 그 책 좀 보여 **다오**.　　　　　　讓我看一下那本書。

▷ 아이가 용돈을 **달라**고 한다.　　　孩子說給我零用錢。
▷ 친구에게 와 **달라**고 전화를 했다.　打電話請朋友來。
▷ 우리에게 빵과 자유를 **달라**.　　　給我們麵包和自由！

　　補充_ 間接命令句「달라(要求)」的用法

　　「주다(給)」的命令型會在語尾加上「주십시오、주세요、주어라(給)」，且接受者為第三人稱時，用「~주라고　하다」表示；當接受者為第一、二人稱時，用「~달라고 하다」表示。

▷ 선생님은 민우에게 책을 주라고 합니다.
　老師說把書給民宇（接受者民宇為第三人稱）。
▷ 선생님은 민우에게 책을 달라고 합니다.
　老師向民宇要書（接受者老師為第一人稱）。

15 敬語表現　　높임 표현

　　所謂的敬語表現，指的是說話者與說話對象或是做為話題對象間，年齡與社會地位的上下關係、親疏程度，以及說話當時的狀況來調整語氣尊敬程度的表現方法。韓語的敬語表現可以分成三大類，包括提升句子主語地位的主體敬語；提高聽話對象地位的聽者敬語；以及提高敍述語的客體，也就是句子之補語及副詞語之地位的客體敬語。

15.1 主體敬語法 | 주체높임법

　　透過提高身為句子主語對象之地位，也就是提高主語的地位來表示說話者對句子主語的敬意。主語敬語主要使用在主語的年齡及社會地位高過說話者的場合，表現方法是在用言的語幹或「이다」的語幹後接上代表尊敬意味的先行語尾「－시／으시」。

母音語幹、ㄹ語幹＋시＋다					
가다	去	가시다	（敬意高）去	가십니다	（敬意較高）去
오다	來	오시다	（敬意高）來	오십니다	（敬意較高）來
열다	打開	여시다	（敬意高）打開	여신다	（敬意較高）打開
바쁘다	忙碌的	바쁘시다	（敬意高）忙碌的	바쁘십니다	（敬意較高）忙碌的

子音語幹＋으시＋다					
읽다	讀	읽으시다	（敬意高）讀	읽으시니다	（敬意較高）讀
찾다	找	찾으시다	（敬意高）找	찾으시니다	（敬意較高）找
앉다	坐	앉으시다	（敬意高）坐	앉으시다	（敬意較高）坐
밝다	亮的	밝으시다	（敬意高）亮的	밝으시니다	（敬意較高）亮的

>> 韓語的敬語表現除了稱為「높임법」之外，也可稱為「경어법（敬語法）」、「대우법（待遇法）」或是「존대법（尊待法）」。

선생님은 내일 미국에 **가십니다**.	老師明天要去美國。
일본에 오시면 꼭 연락 **주세요**.	若來到日本請聯絡我。
일요일에 뭘 **하셨어요**?	星期天做了什麼呢？
책을 많이 **읽으시는군요**.	讀了很多書喔。
여기에 **앉으십시오**.	請坐在這裡。

「이다」語幹＋시＋다

이다	是～	이시다	是～	이십니다	是～
				이셨다	過去是～

저분이 교장 선생님**이십니다**.	那位是校長先生。
젊을 때는 수영 선수**이셨다**.	年輕的時候是游泳選手。

 1_ 在正式的場合下，使用主格助詞「가／이」的敬語「께서」可以進一步提高主語的地位，但「께서」在日常對話中極少被使用，一般情況下只需在敍述語後方加上語尾「－（으）시－」便足以提高主語的地位。

선생님 (**이／께서**) 우리를 부르신다.	老師在叫我們。
할아버지 (**가／께서**) 우리 집에 오셨다.	爺爺到了家裡來。
아버지 (**는／께서는**) 회사에 다니신다.	爸爸在公司工作。

≫ 請參照「參考7」。

 2_ 有的時候敬語並不直接針對尊敬的對象，而是針對與對象有關的事物、身體的一部分或者是對象的所有物，以間接方式提高對方的地位。

누님은 음식 솜씨가 **좋으시군요**.	姊姊做菜的手藝不錯呢。
선생님, 넥타이가 잘 **어울리시네요**.	老師，領帶很適合您呢。
할머니는 늘 표정이 **밝으시다**.	奶奶的表情總是很開朗。

 3_ 句子的主語是說話者的長輩社會地位較高者，即使說話對象的地位在說話者之上的情況下，原則上是不可使用主體敬語此稱壓掌法。

할아버지, 아버지 어디 **갔습니까**?	爺爺，爸爸到哪裡去了？
사장님, 과장님은 벌써 **출발했습니다**.	社長，課長已經出發了。

不過最近年輕一代的人已不太遵守這些原則，有越來越多人會使用「가셨습니까?」、「출발하셨습니다」之類的表現方式，如今這類的表現方式已經在標準語法的容許範圍之內。

 4_ 「계시다」與「있으시다」

代表所有與存在等意思的「있다」，其敬語表現方式有「계시다」與「있으시다」兩種。

① 尊敬的對象是主語時（直接尊敬）使用「계시다」。

▷ 선생님은 댁에 **계십니다**.　　老師正在自己家裡。
▷ 집 안에 누가 **계십니까**?　　家裡有誰在呢？

② 主語是與尊敬的對象有關係之人物、所有物時（間接尊敬）使用「있으시다」。

▷ 김 사장님은 돈이 많이 **있으시다**.　　社長擁有許多金錢。
▷ 볼일이 **있으셔서** 서울에 가셨다.　　因為有事要辦而去了首爾。
▷ 할머니는 손자가 몇 명 **있으세요**?　　奶奶有幾個孫子呢？

 5_ 由於說話者不能直接提高自己的地位，因此第一人稱不能當成主體敬語的對象，主體敬語的主語主要是使用第二人稱或第三人稱。

 6_ 韓語的敬語動詞

韓語中有些動詞不需連接表示尊敬的先行語尾「－(으)시」，動詞本身就能直接表示對主語的敬意。

不含敬意的詞語			尊敬語	
있다	在	→	계시다	在
먹다	吃	→	잡수시다, 드시다	（食）用
마시다	喝	→	드시다	（飲）用
자다	睡	→	주무시다	就寢
말하다	說	→	말씀하시다	說
죽다	死	→	돌아가시다	歸去

▷ 서울에 가서 뭘 **드셨어요?**　　　到首爾吃了什麼？

▷ 김 선생님은 지금 미국에 **계신다.**　　金老師現在人在美國。

▷ 할머니는 작년에 **돌아가셨다.**　　奶奶去年過世了。

 7_ 謙讓語

韓語中也存在著說話者藉由降低自身地位以抬高對方的謙讓表現，比較常用的韓語謙讓語有以下幾種。

不含敬意的詞語			謙讓語	
주다	給	→	드리다	奉上
묻다	問	→	여쭙다	請教
만나다	見面	→	뵙다	拜見
말하다	說	→	말씀드리다	報告
데리다	帶	→	모시다	陪同
나	我	→	저	敝
우리	我們	→	저희	我們

▷ 어머니께 생일 선물을 **드렸다.**　　奉上生日禮物給媽媽。

▷ 할머니를 **모시고** 병원에 갔다.　　帶奶奶去了醫院。

▷ 내일 뵙고 **말씀드리겠습니다.**　　明日拜訪在同你報告。

▷ **저는** 아직 결혼을 못했습니다.　　我還沒有結婚。

如同下表所示，有些名詞本身就可以當成敬語來表示敬意。在這種情況下，光使用尊敬語不能形成完整的尊敬表現，還必須搭配敘述部分的敬語來使用。

不含敬意的詞語		敬語		不含敬意的詞語		敬語	
밥	飯	진지	餐點	아들	兒子	아드님	令郎
나이	年紀	연세	貴庚 (年歲)	딸	女兒	따님	令嬡
이름	名字	성함	尊姓大名 (尊銜)	형	哥哥	형님	令兄
집	家	댁	府上 (宅)	누나	姊姊	누님	令姊
생일	生日	생신	壽誕 (生辰)	아버지	爸爸	아버님	另尊

15.2 聽者敬語 | 상대높임법

　　「聽者敬語」是一種可提高亦可不提高說話對象地位的敬語表現方法，提高的程度是根據說話者與說話對象之間的關係來決定，並透過置於句子最後的終結語尾來表現。聽者敬語依照提高對象地位的程度可分為格式體與非格式體兩大類；格式體可進一步分為「하십시오體」與「해라體」；非格式體則可進一步分為「해요體」與「해體」。

分類		陳述型	疑問型	命令型	建議型
格式體	하십시오體 等級 極尊待法 아주 높임	對地位較高的對象或在演說等正式場合下使用的禮貌表現			
		가십니다 去	가십니까? 請問要去嗎?	가십시오 請去	(가시지요) 去吧
		읽습니다 讀	읽습니까? 請問要讀嗎?	읽으십시오 請讀	(읽으시지요) 讀吧
	해라體 等級 極下待法 아주 낮춤	對親密的朋友、小孩或晚輩使用的非敬語表現			
		간다 去	가냐?、가니? 去嗎?	가 (거) 라 給我去	가자 去吧
		먹는다 吃	먹냐?、먹니? 吃嗎?	먹어라 給我吃	먹자 吃吧

非格式體		日常生活中在保持與說話對象之親近感的情況下使用的禮貌表現			
	해요體 等級 普通尊待法 두루 높임	가요 去	가요? 要去嗎	가요 請去	가요 去吧
		읽어요 讀	읽어요? 要讀嗎	읽어요 請讀	읽어요 讀吧
		對親近且同輩份的人或是晚輩使用的非敬語表現			
	해體 等級 普通下待法 두루 낮춤	가 去	가? 去嗎?	가 給我去	가 去吧
		먹어 吃	먹어? 吃嗎?	먹어 給我吃	먹어 吃吧

15.2.1 格式體與非格式體 | 격식체 / 비격식체

　　格式體屬於正式且含有禮儀性的表現方式，主要使用在公共場所或職場等正式場合。由於格式體的表現方式較為直接且帶有斷定意味，在日常生活中使用容易帶給對方生硬的印象及心理上的距離感。非格式體則主要在日常生活以及私下對話等較不正式的情況下使用，給人的印象較為主觀且柔和。

格式體的「하십시오體」	非格式體的「해요體」	
▷ 고맙**습니다**.	고마**워요**	衷心感謝。
▷ 언제 **갑니까**?	언제 **가요**	何時要去呢？

15.2.2 하십시오體（極尊待法） | 하십시오체 (아주 높임)

　　與年齡或職位較高者對話時用以提高說話對象地位的敬語表現；此外在演講、發表、報告、廣播等公眾場合下也經常被使用，在這類場合下使用時並沒有年齡或職位高低的分別。由於是極為正式的說話方式，在日常對話中使用容易帶給對方生硬的印象及心理上的距離感。一般而言男性的使用比例高於女性，年長男性的使用比例則高於年輕男性。此種文體又可稱為「합쇼體（尊敬階）」、「습니다體」以及「합니다體」。

平述型	책을 **읽습니다**. 운동을 **합니다**.	讀書。 做運動。
疑問型	책을 **읽습니까**? 운동을 **합니까**?	要讀書嗎？ 要做運動嗎？
命令型	책을 **읽으십시오**. 운동을 **하십시오**.	請讀書。 請做運動。
請求型	같이 **읽으시지요**. (*읽읍시다) 같이 운동을 **하실까요**? (*합시다)	一起讀吧。 要一起運動嗎？

 請求型語尾「 － (으) ㅂ시다」的使用方法

　　格式體請求型的－（으）ㅂ시다可以使用在公眾場合下對多數人提出邀請或請求時，但在與地位較高者面對面說話時，這種表現方式因為尊敬程度較低所以不能使用，當與地位較高的人說話時必須使用「－（으）시지요、－（으）시겠습니까？」等更為婉轉的表現方式。「－（으）ㅂ시다」在型態上雖然歸類於「하십시오體」，但在實際使用面上則相當於將晚輩或同輩的地位稍稍提高的表現方式。

▸ 여러분, 더욱 더 노력**합시다**. (○)　　　　　　各位，請再多加努力。

▸ 사장님, 보러 **갑시다**. (×)

▸ 사장님, 보러 **가시지요／가시겠습니까**? (○)

　　社長，一起去看吧／你會去嗎？

15.2.3 해요體（普通尊敬法）| 해요체 (두루 높임)

　　屬禮貌形的一種，除了可用在說話者年齡或職業較高的情況下，在與同輩或是晚輩對話時也可用來提高說話對象的地位，提高對方地位的程度比格式體中的「하십시오體」略低，被廣泛運用在日常生活以及私人對話等非正式的狀況下，不分男女老少都經常使用，屬於在表現某種程度敬意的情況下又不失親切的表現方式。一般而言女性的使用比例高於男性，年輕男性的使用比例則高於年長男性，此種文體又可稱為「어요體」。

平述型	영어 책을 **읽어요**. 매일 운동을 **해요**.	讀英語書。 每天做運動。
疑問型	무슨 책을 **읽어요**? 무슨 운동을 **해요**?	請問要讀什麼書呢？ 請問要做什麼運動呢？
命令型	이 책을 **읽어요**. 매일 운동을 **해요**.	請讀這本書。 請每天做運動。
請求型	같이 책을 **읽어요/읽을까요**? 같이 운동을 **해요/할까요**?	一起讀書吧／要一起讀書嗎？ 一起運動吧／要一起運動嗎？

15.2.4 해體（普通下待法）| 해체 (반말 / 두루 낮춤)

　　主要在彼此熟識的同輩之間，或是長輩對親近的晚輩使用的非格式體表現方式，又稱為「반말（半語）」。一般而言高中以下的青少年及兒童就算彼此間並不熟識也可使用「해體」，但若是大學生以上的成人，在彼此間關係不親近的情況下是不能使用「해體」的。「해體」所使用的語尾（－아／어、－（으）ㄹ까等）加上語尾「－요」之後便成為「해요體」。

平述型	아침에는 신문을 **읽어**. 지금 밥 먹고 **있어**. 매일 산책을 **해**.	早上要看報紙。 現在正在吃飯。 每天去散步。
疑問型	무슨 책을 **읽어**? 어디 **가**? 무슨 운동을 **해**?	要讀什麼書？ 要去哪裡？ 要做什麼運動？
命令型	이 책을 **읽어**. 빨리 **먹어**. 매일 운동을 **해**.	給我讀這本書。 快吃。 給我每天運動。
請求型	같이 **읽어**. 같이 **가**. 같이 **해**.	一起讀吧。 一起去吧。 一起做吧。

15.2.5 해라體（極下待法）｜해라체（아주 낮춤）

主要是在熟識的同輩之間，或是父母對子女、兄姊對弟妹、公婆對媳婦等情況下使用，一般而言越是年輕者使用的頻率越高。

平述型	책을 **읽는다.** 운동을 **한다.**	讀書。 做運動。
疑問型	무슨 책을 **읽냐?, 읽니?** 무슨 운동을 **하냐?, 하니?**	要讀什麼書？ 要做什麼運動？
命令型	이 책을 **읽어라.** 매일 운동을 **해라.**	給我讀這本書。 給我每天運動。
請求型	같이 책을 **읽자.** 같이 운동을 **하자.**	一起讀書吧。 一起運動吧。

 參考 ｜ 「하오體」與「하게體」｜하오체 / 하게체（예사 높임 / 예사 낮춤）

分類	平述型	疑問型	命令型	建議型
하오體 普通尊待法	가오 去	가오？ 要去嗎	가오, 가구려 請去	
하게體 普通下待法	가네 去	가는가？ 가나？ 去嗎？	가게 去吧	가세 去吧

① 「하오體」：在與晚輩或同輩對話時稍微提高對方的地位，在現代的日常對話中已不太被使用。

② 「하게體」：主要是年長者對本身有某種程度之年齡或社會地位的晚輩表示禮貌時所使用的表現方式，中年以上且彼此熟識的男性互相表示禮貌時也會使用。此種文體也跟「하오體」一樣越來越少出現在日常對話中。

平述型	책을 읽**는다.**	讀書。
疑問型	책을 읽**는가？**, 읽**나？**	要讀書嗎？

命令型	책을 읽**게**.	給我讀書。
建議型	책을 읽**세**.	讀書吧。

 2_ 中性法 | 중화체

　　經常被報紙、雜誌、書籍等出版品以及標語所使用，並無刻意提高或是降低對手的地位，只站在客觀角度陳述事實的語法稱為中性法（중화체）。使用中性法的句子並不針對特定的對向，而是將全體大眾做為說話的對象。

▶ 총장이 등록금 인상을 발표하였다.　　校長宣布了學費調高的消息。
▷ 이명박 씨가 현재 한국의 대통령이다.　　李明博先生是現任的韓國總統。
▷ 다음 질문에 답하라.　　給我回答下一個問題。

 3_ 客體敬語 | 객체높임법

　　相對於提高句子主體之地位的主體敬語（주체높임법），客體敬語（객체높임법）是一種提高敘述語客體的地位，也就對句中受語、副詞對象者表達尊敬的表現。客體敬語只能夠透過以下的幾個語詞（謙讓語）來表現，因而只能在極其有限的幾種狀況下使用。

드리다 (← 주다)	奉上 (←給)
모시다 (← 데리다)	引領 (←帶)
여쭙다／여쭈다 (← 묻다)	請教 (←問)
뵙다／뵈다 (← 만나다)	拜見 (←見面)

▶ 책을 아저씨께 갖다 드렸다.　　把書帶給了叔叔了。
▷ 그 문제를 선생님께 여쭤 보았다.　　向老師請教了那個問題。
▷ 사장님을 모시고 공항으로 갔다.　　送社長去了機場。

16 被動・使役　피동 / 사동

　　韓語文法將代表被動的動詞稱為「被動動詞」，代表使役的動詞則稱為「使役動詞」，韓語中並不具有固定規則的被動助動詞以及使役助動詞存在。

類型	被動	피동
表示被動的動詞	被動詞	피동사
表示被動的句子	被動句	피동문

類型	使役	사동
表示使役的動詞	使役詞	사동사
表示使役的句子	使役句	사동문

16.1 被動 | 피동 표현

　　韓語中表現被動的方法有兩種，一種是在動詞語幹後方加上接腰詞「−이−、−히−、−리−、−기−」所形成的衍生動詞；另一種是像「−어지다」這樣透過添加補助動詞來表現。另外若依被動表現的長度來區分，使用被動動詞的被動表現稱為短形被動，使用「−어지다」形式的被動表現則稱為長形被動。

類型	型態	範例	
短形被動 단형피동	及物動詞語根＋−이− 、−히−、−리−、−기− → 表示被動的衍生動詞	보다 → 보이다 읽다 → 읽히다 팔다 → 팔리다 쫓다 → 쫓기다	看 → 看得見 讀 → 被讀 賣 → 被賣 追 → 被追
長形被動 장형피동	動詞語幹＋어지다 → 被動句	주다 → 주어지다 깨다 → 깨어지다 쓰다 → 써지다 지우다 → 지워지다	給予 → 被給予 打破 → 被打破 寫 → 被寫 清除 → 被清除

16.1.1 被動動詞（短形被動）| 피동사 / 단형피동

被動動詞是由及物動詞的語幹與代表被動的接腰詞「－이－、－히－、－리－、－기－」所組成，由於哪個接尾語該與哪個動詞結合並沒有一定的規則，且並非每個及物動詞都可以成為代表被動的衍生動詞，因此學習這類藉由添加接腰詞所形成的被動衍生動詞時，除了各別記下每個語詞的規則之外別無他法，韓語辭典也將這類動詞視為獨立的單字來登載。

添加接腰詞「－이－、－히－、－리－、－기－」所形成的被動衍生動詞

－이－	놓**이**다	被放置	쓰**이**다	被使用	나뉘다	被分開
－히－	먹**히**다	被吃	밟**히**다	被踩	잡**히**다	被抓
－리－	물**리**다	被咬	빨**리**다	被吸	밀**리**다	被推
－기－	감**기**다	被捲入	안**기**다	被抱住	빼앗**기**다	被奪走

- 칠판에 쓰인 글씨가 안 **보인다**.   看不見被寫在黑板上的字。
- 전철 안에서 남자에게 발을 **밟혔다**.   在電車上被一個男的踩到腳。
- 강아지에게 엉덩이를 **물렸다**.   被小狗咬到了屁股。
- 아이는 엄마에게 **안겨서** 잠이 들었다.   孩子被媽媽抱著入睡了。

 可連接「하다」形成「－하다」動詞的名詞之中，有一部分可與代表被動的接尾辭「－되다、－받다、－당하다」結合成為表示被動的動詞。

－되다	결정＋**되다**	被決定	발표＋**되다**	被發表
	사용＋**되다**	被使用	증명＋**되다**	被證明
－받다	사랑＋**받다**	被愛	교육＋**받다**	受教育
	강요＋**받다**	被強迫	훈련＋**받다**	受訓練
－당하다	무시＋**당하다**	被忽視	거절＋**당하다**	被拒絕
	해고＋**당하다**	被解雇	이용＋**당하다**	被利用

- 신문에 당선자가 **발표되었다**.   當選人被公開在報紙上。
- 오랫동안 **사랑받아**왔다.   長期以來一直受到愛護。
- 부탁을 **거절당했다**.   請求被拒絕了。

16.1.2 「−어지다」形的被動 | 장형피동

除了添加接腰詞形成的被動詞之外，添加補助動詞「−어／아／여지다」也可以形成被動詞，只要在動詞的語幹連接「−어／아／여지다」即可表示被動的意思。添加接腰詞的被動表現只適用於及物動詞，透過「−어／아／여지다」的被動表現則同時適用於及物動詞與不及物動詞，但也有部分動詞在連接後語意不自然而無法使用的情況。

1 末音節含有母音「ㅏ、ㅗ」的語幹＋−아지다

가다	去	가+**아지다**→ 가지다	被去
파다	挖	파+**아지다**→ 파지다	被挖
오다	來	오+**아지다**→ 와지다	被來
볶다	炒	볶+**아지다**→ 볶아지다	被炒

2 末音節含有「ㅏ、ㅗ」以外之母音的語幹＋−어지다

만들다	製作	만들+**어지다**→ 만들어지다	被製作
주다	給予	주+**어지다**→ 주어지다	被給予
맞추다	配合	맞추+**어지다**→ 맞춰지다	被配合
쓰다	寫	쓰+**어지다**→ 써지다	被寫
알리다	通知	알리+**어지다**→ 알려지다	被通知
밝히다	揭開	밝히+**어지다**→ 밝혀지다	被揭開

3 含有「하다」的語幹「하」＋−여지다

| 향하다 | 朝向 | 향하+**여지다**→ 향해지다 | 被轉向 |
| 대하다 | 接待 | 대하+**여지다**→ 대해지다 | 被招待 |

> 땅이 얼어서 잘 **파지지** 않는다.　　土壤因為凍結而無法順利挖掘。
> 불이 약해서 잘 **볶아지지** 않네요.　　火力太弱所以沒辦法炒得好呢。

- 교통 규칙이 새로 **만들어졌다**.　　新的交通規則被制訂出來了。
- 기회가 좀처럼 **주어지지** 않았다.　　沒能獲得太多機會。
- 집으로 발길이 **향해지지** 않았다.　　腳步沒有走向家的方向。

 1_ 形容詞幹＋－어/아/여지다

形容語幹與「－어/아/여지다」結合之後並不表示被動，而是表示狀態的變化。

① 末音節含有母音「ㅏ、ㅗ」的語幹＋－아지다

짧다	短的	짧＋**아지다** → 짧아지다	變短
밝다	亮的	밝＋**아지다** → 밝아지다	變亮
좋다	好的	좋＋**아지다** → 좋아지다	變好
높다	高的	높＋**아지다** → 높아지다	變高
짜다	**鹹的**	짜＋**아지다** → 짜지다	**變鹹**

② 末音節含有「ㅏ、ㅗ」以外之母音的語幹＋－어지다

멀다	遠的	멀＋**어지다** → 멀어지다	變遠
길다	長的	길＋**어지다** → 길어지다	變長
어둡다	暗的	어두우＋**어지다** → 어두워지다	變暗
덥다	熱的	더우＋**어지다** → 더워지다	變熱
가늘다	細的	가늘＋**어지다** → 가늘어지다	變細

③ 含有「하다」的語幹「하」＋－여지다

따뜻하다	溫暖的	따뜻하＋**여지다** → 따뜻해지다	變溫暖
혼잡하다	擁擠的	혼잡하＋**여지다** → 혼잡해지다	變擁擠
유명하다	有名的	유명하＋**여지다** → 유명해지다	變有名

- 서울은 날씨가 꽤 **쌀쌀해졌다**.　　首爾變得相當寒冷。
- 그 이야기를 듣고 더욱 **슬퍼졌다**.　　聽了那些話之後變得更傷心了。
- 날씨가 점점 **더워진다**.　　天氣漸漸變熱了。
- 어느새 **유명해졌다**.　　不知不覺變有名了。
- 해가 점점 **짧아지고** 있어요.　　白天變得越來越短。

2_ 一部分添加接腰詞「－이－、－히－、－리－、－기－」的被動動詞通常會進一步與長形被動的「－어／아／여지다」結合，以雙重被動的形式被使用。

닫히다	關閉	닫히＋**어지다**→ 닫혀지다	關閉
쓰이다	被使用	쓰이＋**어지다**→ 쓰여지다	被使用
읽히다	被讀	읽히＋**어지다**→ 읽혀지다	被讀
불리다	被唱	불리＋**어지다**→ 불려지다	被唱
나뉘다	被分開	나뉘＋**어지다**→ 나뉘어지다	被分開

▷ 문이 저절로 **닫혀졌다**.   門自然關上了。

▷ 영어는 세계적으로 널리 **쓰여진다**.   英語廣受全世界使用。

▷ 그 책은 많은 사람들에게 **읽혀졌다**.   那本書被許多人閱讀過。

▷ 아이들 사이에 널리 **불려지고** 있다.   在孩子們之間被廣為傳唱。

 3_ 用言語幹＋－게 되다：（將會～、變成～）

① 與動詞語幹結合以表示被動。

▷ 십 년만에 그를 만나**게 되었다**.   將在相隔十年之後見到他。

▷ 회사가 결국 문을 닫**게 되었다**.   公司最後還是會倒閉。

▷ 드디어 유학을 가**게 되었다**.   終于確定要去留學了。

② 與形容詞結合以表示變化。

▷ 맥주 한 잔에 얼굴이 빨갛**게 되었다**.   一杯啤酒下肚後臉就變紅了。

▷ 들과 산이 눈으로 하얗**게 되었다**.   原野和山巒被雪染白。

③ 「－어지다」表示狀態變化的過程，「－게 되다」則表示變化的結果。「－어지다」經常與副詞「점점（漸漸）、차츰（逐漸）」結合，「－게 되다」則經常與「마침내（終於）、드디어（終于）、결국（終究）」等副詞結合起來使用。

▷ **점점** 주위가 **어두워졌다**.   周圍漸漸變暗了。

▷ 정년이 되어 **드디어** 한가하**게 되었다**.   退休之後終於變清閒了。

　　韓語中表現使役的方法有兩種，一種是利用在用言的語幹後方加上接腰詞「－이－、－히－、－리－、－기－、－우－、－구－、－추－」所形成的衍生動詞；另一種是像「－게하다」這樣透過添加補助動詞來表現。另外若依使役表現的長度來區分，使用使役動詞的使役表現稱為短形使役，使用「－어지다」形式的使役表現則稱為長形使役。

類型	型態	範例	
短形使役 단형사동	用言語幹＋ －이－、－히－、－리－、 －기－、－우－、－구－、 －추－ → 表示使役的衍生動詞	먹다 → 먹**이**다 입다 → 입**히**다 울다 → 울**리**다 웃다 → 웃**기**다 자다 → 재**우**다 솟다 → 솟**구**다 낮다 → 낮**추**다 높다 → 높**이**다 좁다 → 좁**히**다 넓다 → 넓**히**다	吃 → 讓～吃 穿 → 讓～穿 哭 → 讓～哭 笑 → 讓～笑 睡 → 讓～睡 冒出 → 竄出 低的 → 降低 高的 → 升高 窄的 → 使～變窄 寬的 → 拓寬
長形使役 장형사동	用言語幹＋게 하다 → 使役句子	먹다 → 먹**게 하다** 가다 → 가**게 하다** 오다 → 오**게 하다** 듣다 → 듣**게 하다** 밝다 → 밝**게 하다** 맵다 → 맵**게 하다**	吃 → 讓～吃 去 → 讓～去 來 → 讓～來 聽 → 讓～聽 亮的 → 使～變亮 辣的 → 使～變辣

16.2.1 使役動詞（**短形使役**）| 사동사 / 단형사동

　　使役動詞是由用言的語幹與代表使役的接腰詞「－이－、－히－、－리－、－기－、－우－、－구－、－추－」所組成，但哪個接腰詞該與哪個用言結合並沒有一定的規則，且並非所有用言都可以成為代表使役的衍生動詞。

添加接腰詞「－이－、－히－、－리－、－기－、－우－、－구－、－추－」所形成的使役衍生動詞

－이－	줄다 → 줄이다	使~減少	높다 → 높이다	增高
	녹다 → 녹이다	使~融化	속다 → 속이다	欺騙
－히－	읽다 → 읽히다	讓~讀	넓다 → 넓히다	拓寬
	눕다 → 눕히다	讓~躺	좁다 → 좁히다	使~變窄
－리－	날다 → 날리다	使~飛出	알다 → 알리다	通知
	돌다 → 돌리다	轉動	들다 → 들리다	讓~提
－기－	남다 → 남기다	保留	벗다 → 벗기다	使~脫下
	맡다 → 맡기다	存放	굶다 → 굶기다	使~挨餓
－우－	비다 → 비우다	清空	지다 → 지우다	使~背負
	자다 → 재우다	讓~睡	깨다 → 깨우다	弄醒
－구－	돋다 → 돋구다	升高	일다 → 일구다	開墾
－추－	늦다 → 늦추다	拖延	맞다 → 맞추다	配合

▷ 눈을 **녹여서** 물을 끓였다.　　融化積雪來煮了開水。

▷ 바람이 없어서 연을 못 **날렸다.**　　因為沒有風而無法讓風箏飛起來。

▷ 동생은 용돈을 **남겨서** 저금을 한다.　妹妹留下零用錢來儲蓄。

▷ 여러 나라를 돌면서 견문을 **넓혔다.**　環遊各個國家之後增廣了見聞。

 可連接「하다」形成「－하다」動詞的名詞之中，有一部分可與代表使役的接尾語「－시키다」結合成為表示使役的動詞。

－시키다	입원＋**시키다**	讓~住院	결혼＋**시키다**	讓~結婚
	교육＋**시키다**	讓~教育	이해＋**시키다**	讓~理解
	화해＋**시키다**	讓~和解	퇴원＋**시키다**	讓~出院

▷ 할머니를 **入院시켜** 드렸다.　　送祖母住院了。

▷ 문제점을 설명하여 **이해시켰다.**　　說明有問題的地方使之理解。

▷ 딸을 부자에게 **결혼시키려고** 한다.　想讓女兒嫁給有錢人。

16.2.2 「－게 하다」形的使役（長形使役）｜ 장형사동

用言的語幹連接「－게 하다（使～）」即可形成表示使役的句子。添加接腰詞的使役表現只適用於部分的動詞，但幾乎所有的動詞都能與「－게 하다」結合來表示使役。

만나다	見面	만나+**게 하다** → 만나게 하다	讓～見面
보다	看	보+**게 하다** → 보게 하다	讓～看
먹다	吃	먹+**게 하다** → 먹게 하다	讓～吃
읽다	讀	읽+**게 하다** → 읽게 하다	讓～讀

- 여행을 떠나기 전에 지도를 보**게 했다.**　　在出發旅行之前讓他看了地圖。
- 매일 아침 신문을 읽**게 했다.**　　每天早上讓人看報紙。
- 일요일에도 학교에 오**게 했다.**　　星期天也要人來學校。
- 아이에게 매일 일기를 쓰**게 했다.**　　讓孩子每天寫日記。

 1_ 透過接腰詞形成的短形使役與透過「－게 하다」形成的長形使役之不同。除了少數例外的情形外，一般而言短形使役代表主語對使役對象直接加諸行為，長形使役「－게 하다」則代表間接行為。

- 어머니가 **딸에게 치마를 입혔다.**　　媽媽讓女兒穿上裙子。（短形）
- 어머니가 **딸에게 치마를 입게 했다.**　　媽媽叫女兒穿裙子。（長形）

 2_ 「－게 하다」可以替換成意思相同的「－도록 하다」。

- 학생에게 매일 신문을 읽**도록 했다.**　　讓學生每天看報紙。
- 아이에게 매일 일기를 쓰**도록 했다.**　　讓孩子每天寫日記。

 3_ 與「－게 하다」意思相近的表現方式還有「－게 만들다」，「－게 만들다」更有強制或是助長某種狀況發生的意思。

- 매일 신문을 읽**게 만들었다.**　　要人每天看報紙。（強制）
- 매일 일기를 쓰**게 만들었다.**　　要人每天寫日記。（強制）

17 引用表現

인용표현

引用他人說話的內容、自己的想法，或擬聲語、擬態語的句子稱為引用句。引用句可以分成完整轉述前一個說話者所說內容的直接轉述；以及轉述者根據本身的狀況，對前一個說話者所說內容做出文法要素上的變更並加以引用的間接引用。

17.1 直接引用 | 직접인용

直接引用是指在前一個說話者所說內容的前後標注引用符號 " "，並添加引用助詞「라고、하고」來表示直接引用，助詞「라고、하고」後方則根據引用句的內容加上「하다（說）、말하다（說）、말씀하다（說）、묻다（問）、제안하다（提議）、부탁하다（拜託）、질문하다（質問）」等傳達動詞。

直接引用	(引用句) " "	+라고	**傳達動詞**
			하다、말하다、말씀하다、묻다、
		+하고	부탁하다、제안하다、질문하다… 等

>> 關於助詞「라고」、「하고」請參考p.101、p.139。

▶ 아나운서가 "내일은 날씨가 흐리겠습니다." **라고** 말했다.

播音員說：「明天將會是陰天」。

▶ 영아가 "빨리 가 보세요." **라고** 했다.

英雅說：「請快點去」。

▶ 민수가 놀란 표정으로 "무슨 일이 있었어? " **라고** 물었다.

岷秀表情驚訝地問：「發生了什麼事？」。

▶ 다나카 씨가 "서울로 여행을 갑시다." **라고** 제안했다.

田中先生提議說：「去首爾旅行吧！」。

문을 열고 들어가자 가게 주인이 "어서 오세요."**하고** 말했다.

打開門一走進去，店主人說：「歡迎光臨」。

"일본에 오면 꼭 전화 주십시오."**하고** 부탁했다.

（他）囑咐說：「來到日本的話請一定要打電話過來」。

닭이 "꼬꼬댁 꼭꼭꼭" **하고** 울었다.

雞「咯咯咯」地叫。

무언가 "쿵!"**하고** 떨어지는 소리가 들렸다.

聽見了某個東西「咚！」掉落的聲音。

17.2 間接引用 | 간접인용

間接引用是指轉述者根據引用句的性質，將前一個說話者所說內容的終結語尾變更之後加以引用。此時不需添加引用符號 ＂ ＂，只需在終結語尾後方加上引用助詞「고」來表示間接引用，連接在助詞「고」後方的引用動詞主要是「하다」。

1 平述句的引用 | 평서문의 인용

❶引用句的敘述語以動詞結尾時，用 ～（ㄴ）ㄴ다고 하다 表示。

母音結尾的語幹、ㄹ語幹＋ㄴ다고	子音結尾的語幹＋는다고
만나다（見面）→ 만나＋**ㄴ다고** 한다	읽다（讀）→ 읽＋**는다고** 한다

매일 우유를 마십니다.

➡ 매일 우유를 **마신다고** 합니다.　說是每天都喝牛奶。

아침에는 밥을 먹습니다.

➡ 아침에는 밥을 **먹는다고** 합니다.　說是早上要吃飯。

❷引用句的敘述語以形容詞結尾時，用 ～다고 하다 表示。

形容詞語幹＋다고
싸다（便宜的）→ 싸＋**다고** 한다　　덥다（熱的）→ 덥＋**다고** 한다

머리가 아픕니다.

➡ (민수가) 머리가 아프다고 **합니다**.　(岷秀) 說頭在痛。

서울은 아주 춥습니다.

➡ 서울은 아주 춥**다고 합니다**.　　　說首爾非常冷。

❸引用句的敘述語以名詞＋「이다、아니다」結尾時，用～(이)라고 하다 表示。

母音結尾的名詞＋라고	子音結尾的名詞＋이라고
친구 (朋友) → 친구＋**라고** 한다	겨울 (冬天) → 겨울＋**이라고** 한다

名詞＋가／이 아니＋라고

기자 (記者) → 기자가 아니＋**라고** 한다　사실 (事實) → 사실이 아니＋**라고** 한다

아버지는 의사입니다.

➡ 아버지는 의사**라고** 합니다.　　　　(他說) 爸爸是醫師。

아들은 중학교 2학년입니다.

➡ 아들은 중학교 2학년**이라고** 합니다.　(他說) 兒子是國中二年級。

민수 : 이것은 내 가방이 아닙니다.

➡ 민수는 그것이 자기 가방이 아니**라고** 합니다. 岷秀說那不是自己的公事包。

2 疑問句的引用 | 의문문의 인용

❶引用句的敘述語以動詞的疑問型結尾時，用～(ㄴ)냐고 하다 表示；其中 (ㄴ) 經常被省略。

動詞語幹＋느냐고

보다 (看) → 보＋**느냐고**　　　　입다 (穿) → 입＋**느냐고**

선생님 : 공부 열심히 하니？

➡ 선생님이 공부 열심히 하**느냐고** 물었다.　老師問說有沒有用功讀書。

아침에 뭘 먹어요？

➡ 아침에 뭘 먹**느냐고** 합니다.　　　　在問說早上要吃什麼。

❷引用句的敘述語以形容詞的疑問型做結尾時，用 ～（으）냐고 하다 表示。

母音結尾的語幹、ㄹ語幹＋냐고	子音結尾的語幹＋으냐고
크다（大的）→ 크＋**냐고**	작다（小的）→ 작＋**으냐고**

　엄마 : 배가 많이 아프니?
　➡ 엄마가 배가 많이 아프**냐고** 물었다.　　媽媽問說肚子是不是非常痛。
　어느 가게가 쌉니까?
　➡ 어느 가게가 싸**냐고** 해요.　　在問說哪家店比較便宜。
　내일은 날씨가 좋아요?
　➡ 내일은 날씨가 좋**으냐고** 해요.　　在問說明天的天氣好不好。

❸引用句的敘述語以名詞＋「이다」的疑問型做結尾時，用 ～（이）냐고 하다 表示。

母音結尾的名詞＋냐고	子音結尾的名詞＋이냐고
오빠（哥哥）→ 오빠＋**냐고**	형（哥哥）→ 형＋**이냐고**

　그 사람이 누구예요?
　➡ 그 사람이 누구**냐고** 합니다.　　在問說那個人是誰。
　일본 사람이에요?
　➡ 일본 사람이**냐고** 합니다.　　在問說是日本人嗎。

3 勸誘句的引用 | 청유문의 인용

引用句的敘述語以勸誘句型作結尾時，用 ～자고 하다 表示。

動詞語幹＋자고	
만나다（見面）→ 만나＋**자고**	뽑다（選）→ 뽑＋**자고**

　내일 같이 점심이나 먹을까요?
　➡ 내일 같이 점심을 먹**자고** 해요.　　邀說明天一起吃午餐吧。
　주말에 영화 보러 갑시다.
　➡ 주말에 영화 보러 가**자고** 해요.　　邀說週末去看電影吧。

4 命令句的引用 | 명령문의 인용

引用句的敍述語以命令型結尾時，用 ～ (으) 라고 합다 表示。

母音結尾的語幹、ㄹ語幹＋라고	子音結尾的語幹＋으라고
기다리다 (等) → 기다리+**라고**	앉다 (坐) → 앉+**으라고**

▹ 지하철 5호선을 타고 가세요.
➡ 지하철 5호선을 타고 가**라고** 합니다.　　他說坐地鐵5號線去。
▹ 여기에 도장을 찍으세요.
➡ 여기에 도장을 찍**으라고** 합니다.　　他說在這裡蓋章。
▹ 담배를 피우지 마세요.
➡ 담배를 피우지 **말라고** 합니다.　　他說別吸煙。

≫　「말다」在直接命令的情況下是與語尾「－아、－아라」結合成「마、마라」的形式來
使用，間接引用之下的命令句則是與語尾「－라」結合成「말라」的形式使用。

 1_ 引用助詞「고」後方通常是引用動詞「하다 (說)」，這個「하다」
也可依據引用句的內容替換成「말하다 (說)、말씀하다 (說)、묻다 (問)…」等。

▹ 선생님이 숙제**라고** 말씀하셨다.　老師說是作業。
▹ 빨리 약을 먹**으라고** 말했다.　　說了快點吃藥。
▹ 나에게 취미가 뭐**냐고** 물었다.　　問了我興趣是什麼。

 2_ 間接引用句中，聽者敬語語尾的原有意思被中和，使得語尾統一用～
(으) 라고 합니다 表示。

{"읽으**십시오**／읽으**세요**／읽**어요**／읽**어라**／읽**어**"} 라고 합니다.
請讀　　　　　　　　　　　　　　　／他說讀／讀！
➡ 읽**으라고** 합니다.　　他說讀。
{"보**십시오**／보**세요**／**봐요**／**봐라**／**봐**"} 라고 합니다.
請看　　　　　　　　　　　　　　／他說看／看！
➡ 보**라고** 합니다.　　他說看。

間接引用句在口語中通常省略成下表所列的形式來使用。

1

動詞語幹＋ㄴ／는다고 합니다 ➡ 動詞語幹＋ㄴ／는답니다
動詞語幹＋ㄴ／는다고 해요 ➡ 動詞語幹＋ㄴ／는대요

▷ 비가 **온다고 합니다**／해요. ➡ 비가 **온답니다**／온대요.
好像正在下雨。

▷ 책을 **읽는다고 합니다**／해요. ➡ 책을 **읽는답니다**／읽는대요.
好像正在讀書。

2

形容詞語幹＋다고 합니다 ➡ 形容詞語幹＋답니다
形容詞語幹＋다고 해요 ➡ 形容詞語幹＋대요

▷ 춥**다고 합니다**／해요. ➡ 춥**답니다**／춥대요.
說是會冷。

▷ 싸**다고 합니다**／해요. ➡ 싸**답니다**／싸대요.
說是便宜。

3

名詞＋（이）라고 합니다 ➡ 名詞＋（이）랍니다
名詞＋（이）라고 해요 ➡ 名詞＋（이）래요

▷ 친구**라고 합니다**／해요. ➡ 친구**랍니다**／친구래요.
說是朋友。

▷ 형이**라고 합니다**／해요. ➡ 형이**랍니다**／형이래요.
說是哥哥。

4

動詞語幹＋느냐고 합니다 ➡ 動詞語幹＋느냡니다
動詞語幹＋느냐고 해요 ➡ 動詞語幹＋느내요

▷ 언제 오**느냐고 합니다**／해요. ➡ 언제 오**느냡니다**／오느내요.
在問說什麼時候要來。

▷ 뭘 먹**느냐고 합니다**／해요. ➡ 뭘 먹**느냡니다**／뭘 먹느내요.
問說在吃什麼。

5　形容詞語幹＋（으）냐고 합니다　➡　形容詞語幹＋（으）냡니다
　　形容詞語幹＋（으）냐고 해요　➡　形容詞語幹＋（으）내요

> 뭐가 빠르**냐고 합니다／해요**.　➡ 뭐가 빠르**냡니다**／뭐가 **빠르내요**
> 在問說哪個比較快。
> 날씨가 좋**으냐고 합니다／해요**.　➡ 날씨가 좋**으냡니다**／좋**으내요**.
> 在問說天氣好不好。

6　名詞＋（이）냐고 합니다　➡　名詞＋（이）냡니다
　　名詞＋（이）냐고 해요　➡　詞＋（이）내요

> 가수**냐고 합니다／해요**.　➡ 가수**냡니다**／가수**내요**.
> 在問說是歌手嗎。
> 여기가 극장**이냐고 합니다／해요**.　➡ 극장**이냡니다**／극장**이내요**.
> 在問說這裡是電影院嗎。

7　動詞語幹＋자고 합니다　➡　動詞語幹＋잡니다
　　動詞語幹＋자고 해요　➡　動詞語幹＋재요

> 빨리 가**자고 합니다／해요**.　➡ 빨리 가**잡니다**／빨리 가**재요**.
> 提議快點去吧。
> 냉면을 먹**자고 합니다／해요**.　➡ 냉면을 먹**잡니다**／냉면을 먹**재요**.
> 提議吃冷麵吧。

8　動詞語幹＋（으）라고 합니다　➡　動詞語幹＋（으）랍니다
　　動詞語幹＋（으）라고 해요　➡　動詞語幹＋（으）래요

> 빨리 오**라고 합니다／해요**.　➡ 빨리 오**랍니다**／빨리 오**래요**.
> 在說快點過來。
> 신발을 벗**으라고 합니다／해요**.　➡ 신발을 벗**으랍니다**／벗**으래요**.
> 在說把鞋子脫掉。

第4章

語尾的規則

關於本書所介紹的語尾連接關係 ：①將「있다／없다」視為用言， 只列出在運用上必須特別注意的地方 ；②「이다／아니다」的部分，「이다」已在敘述格助詞的部分介紹過，「아니다」則視為形容詞， 只針對較為獨特的變化形加以介紹 ；③其他的連接關係中較少被使用者不予介紹。

18 語尾的分類 어미분류

　　韓語的動詞及形容詞在表現特定的文法關係時，其結尾的部分會產生變化，這種變化的現象稱為「語尾變化（활용）」。語尾變化發生時不改變的部分稱為「語幹（어간）」，變化的部分稱為「語尾（어미）」，語幹與語尾「－다」結合而成的型態稱為「原型（기본형）」，敘述格助詞「이다」也和用言一樣有語尾變化。

原型	語幹	語尾	例句	
먹다　吃　먹		－다	먹＋**다**	吃
		－는다	먹＋**는다**	吃
		－습니다	먹＋**습니다**	吃
		－습니까？	먹＋**습니까**？	吃嗎？
		－었＋다	먹＋**었**＋**다**	吃了
		－자	먹＋**자**	吃吧
		－어라	먹＋**어라**	吃
		－고	먹＋**고**	吃
		－지만	먹＋**지만**	雖然吃
많다　多的　많		－다	많＋**다**	多的
		－습니다	많＋**습니다**	是多的
		－습니까？	많＋**습니까**？	多嗎？
		－았＋다	많＋**았**＋**다**	曾經是多的
		－지만	많＋**지만**	雖然多
		－으니까	많＋**으니까**	因為多
－이다　是～　－이		－다	－이＋**다**	是～
		－ㅂ니다	－이＋**ㅂ니다**	是～
		－었＋다	－이＋**었**＋**다**	曾經是～
		－지만	－이＋**지만**	雖然是～

韓語中語尾的作用是在用言進行語尾變化時與語幹結合，此時可單獨與語幹結合成單字的語尾稱為語末語尾；無法單獨使用，而必須與「－다」等先行語尾結合的語尾稱為先語末前語尾。語末語尾還可以進一步分成本身可用來結束一個句子的終結語尾，以及不能用來結束句子的非終結語尾；非終結語尾則包括了用來連接句子與句子的連結語尾，以及讓單字轉化成其他詞性的轉成語尾等兩種。

類別	功能	意思	例句	
語末語尾 어말어미	終結語尾 종결어미	平述型 평서형	먹+**어요** 먹+**습니다**	吃 吃
		疑問型 의문형	먹+**습니까**? 먹+**니**?	吃嗎？ 吃嗎？
		命令型 명령형	먹+**어라** 보+**십시오**	吃（命令） 請看吧
		勸誘型 권유형	먹+**자** 보+**ㅂ시다**	吃吧 看吧
		感嘆型 감탄형	피+**는구나** 덥+**군요**	開花啊 熱喔
	連結語尾 연결어미	對等 대등적	먹+**고** 먹+**으며**	吃 兼吃
		從屬 종속적	좋+**아서** 좋+**으니까**	因為好 因為好
		補助 보조적	가+**게**（하다） 가+**지**（않다）	讓去 不去
	轉成語尾 전성어미	名詞形 명사형	맑+**음** 읽+**기**, 쓰+**기**	晴天 讀、寫
		冠形詞形 관형사형	먹+**는**（사람） 먹+**은**（사람）	吃（的人） 吃了（的人）
		副詞型 부사형	아름답+**게** 조용하+**게**	美麗地 安靜地

| 先行語尾
선어말어미 | 尊敬
높임 | 쓰＋시＋다
믿＋으시＋다 | 寫
相信 |
| | 時制
시제 | 먹＋는＋다
먹＋었＋다 | 正在吃
吃了 |

18.2 先行語尾 | 선어말어미

先行語尾出現的位置是在語幹與語末語尾之間，以「語幹＋先行語尾＋語末語尾」的形式與兩者結合。先行語尾無法單獨產生作用，一定要與語末語尾結合才行。先行語尾可以分成表示時制的先行語尾以及表示尊敬的先行語尾兩大類，當這兩類的先行語尾同時出現時，可依照「尊敬＋時制先行語尾」的順序來結合。

種類	型態	功能	範例	
			動詞的例子	形容詞的例子
時制	－는／ㄴ－	現在	먹는다／간다 正在吃／去	× 不能與形容詞結合
	－았－었－	過去	갔다／먹었다 去了／吃了	나빴다／좋았다 曾經壞／曾經好
	－겠－	未來 （推測、意志）	가겠다／먹겠다 （打算）去／吃	좋겠다 應該好
	－더－	過去（回想）	가더라／먹더라 曾經去了／曾經在吃	좋더라 曾經是好
尊敬	－(으)시	主語尊敬	사신다／읽으신다 買／讀 主語尊敬	훌륭하시다 偉大的

>> 1.「先行語尾」在過去被稱為「補助語幹」，但現在的韓語文法教材以及「學校文法統一案已不再使用「補助語幹」這個稱呼。

>> 2.時制先行語尾「－는／ㄴ」經常與終結語尾「－다／－구나、다고」等結合成「－는다、－는구나、－ㄴ다、－는다고、－ㄴ다고」，其功能相當於終結語尾，本書將部分「－는다、－ㄴ다、－는구다、－는군」等當成終結語尾來解說。

>> 3.有關先行語尾的詳細說明與運用方式請參考p.158頁開始的「終結語尾的時制表現」及 p.196的「主語敬語」。

18.3 終結語尾 | 종결어미

可使本身所屬的詞語成為句子的敘述語，並具有使句子完結之功能的語尾稱為終結語尾。終結語尾可分成「平述型、疑問型、勸誘型、命令型、感嘆型」等幾種。

1 平述型終結語尾 | 평서형종결어미

以單純的說明來結束句子。

−다	민수는 요즘 **바쁘다**.	岷秀最近很忙。
	그는 중국 **사람이다**.	他是中國人。
	민수가 밥을 **먹었다**.	岷秀吃了飯。
	민수는 **바빴다**.	岷秀之前很忙。
	내일 학교에 **가겠다**.	明天打算去學校。
	민수는 **학생이었다**.	岷秀曾經是學生。
−ㄴ다	민수가 학교에 **간다**.	岷秀去學校。
−는다	민수가 밥을 **먹는다**.	岷秀吃飯。
−(으)ㄹ게	내일 두 시에 **갈게**.	明天兩點過去。
−ㅂ니다	학교에 **갑니다**.	去學校。
	그는 일본 **사람입니다**.	他是日本人。
−습니다	날씨가 **좋습니다**.	天氣很好。
−아 (요)	날씨가 **좋아**.	天氣好。
−어 (요)	지금 밥 **먹어**.	現在在吃飯。
−지 (요)	그는 유명한 **선수지**.	他是有名的選手。
	경치가 좋은 **곳이었지**.	曾是風景很好的地方。
−네 (요)	눈이 많이 **왔네**.	雪下了不少呢。

2 疑問型終結語尾 | 의문형 종결어미

用表示疑問語氣結束的句子。

-ㅂ니까	비가 **옵니까**?	在下雨嗎?
-습니까	날씨가 **좋습니까**?	天氣好嗎?
-니	밥 **먹었니**?	吃飯了嗎?
-느냐	비가 오 **(느) 냐**? 집에 누가 있 **(느) 냐**?	在下雨嗎? 有誰在家嗎?
-(으) 냐	경치가 **좋으냐**?	風景好嗎?
-(으) ㄹ래	영화 보러 **갈래**?	要不要去看電影?
-(으) ㄹ까	밥 먹으러 **갈까**?	要去吃飯嗎?
-아 (요)	언제 **와**?	什麼時候要來?
-어 (요)	뭘 **읽어**?	在讀什麼呢?
-지 (요)	언제 일본에 **오시지**? 어떤 **사람이지**?	什麼時候能來日本? 是個什麼樣的人呢?

3 勸誘型終結語尾 | 권유형 종결어미

用勸誘或要求對方一起採取行動的語氣來結束句子。

-자	같이 **가자**.	一起去吧。
-(으) ㅂ시다	같이 **갑시다**.	一起去吧。
-(으)십시오	같이 가**십시오**.	一起去吧。
-(으)시지요	같이 가**시지요**.	一起去吧。

>> p258、p261、p270 的「(으)ㅂ시다」、「(으)십시오」、「(으)시지요」。

以命令他人行動的語氣來結束句子。

–어라	천천히 **먹어라**. 이 가방은 네가 **들어라**.	慢慢吃。（命令） 這個公事包你拿。
–아라	내 손을 **잡아라**. 그것을 잘 **보아라**.	握住我的手。（命令） 仔細看那個。（命令）
–(으)십시오	이름을 **쓰십시오**.	請簽名。
–아	빨리 **와**.	快來。
–어	천천히 **먹어**.	慢慢吃。

⑤ 感嘆型終結語尾 | 감탄형 종결어미

以感嘆語氣來結束句子。

–구나	옷이 아주 **예쁘구나**.	衣服好漂亮喔。
–는구나	피아노를 잘 **치는구나**.	鋼琴彈得真好呢。
–군요	날씨가 **좋군요**.	天氣真好呢。
–는군요	비가 **오는군요**.	在下雨呢。

18.4 連結語尾 | 연결어미

具有連接句子與句子、用言與用言之功能的語尾稱為連結語尾，連結語尾根據在句中的功能可以分成對等連結語尾、從屬連結語尾以及補助連結語尾。

① 對等連結語尾 | 대등적 연결어미

負責將地位對等的幾個句子連結起來。

①羅列

-고	▶바람도 많이 불**고** 비도 많이 온다. 風很強，雨也下得很大。 ▶산은 높**고** 물은 맑다. 山巒高聳，河水清澈。 ▶민수는 한국인**이고** 마오는 중국인이다. 岷秀是韓國人，小毛是中國人。
-(으) 며	▶남편은 친절하**며** 부인은 상냥하다. 丈夫很親切而太太很溫柔。 ▶강물은 깊**으며** 산은 높다. 河深而山高.

②對立

-지만	▶어렵게 살**지만** 얼굴에 그늘이 없다. 雖然過著貧困的生活，但臉上卻沒有憂愁的表情。
-(으) 나	▶눈이 내리**나** 쌓이지는 않는다. 雖然在下雪，但沒有積雪。 ▶키는 크**나** 힘은 약하다. 雖然長得高，但力氣很小。
-다만	▶같이 가고 싶**다만** 오늘은 바쁘다. 雖然想一起去，但今天很忙。

2 從屬連結語尾 | 종속적 연결어미

負責將句子與另一個附屬句子連結在一起。

①瞬接

-(으) 면서	▶라디오를 들**으면서** 공부를 한다. 一邊聽廣播一邊讀書。
-자 (마자)	▶까마귀 날**자마자** 배 떨어진다. 鳥兒一飛起來梨子便往下掉。 ▶수업이 끝나**자마자** 가 비렸다. 一下課就馬上走了。

❷ 循序

－고	아침을 먹**고** 학교에 갔다.　吃完早餐後去了學校。
－아서／어서	8시에 일어**나서** 학교에 갔다.　八點起床後去了學校。 엄마가 배추를 씻**어서** 김치를 담갔다. 媽媽把白菜洗乾淨然後醃了泡菜。

❸ 原因、理由

－아서／어서	머리가 아**파서** 약을 먹었다.　因為頭痛而吃了藥。 너무 많이 먹**어서** 뛸 수가 없다.　因為吃太多而跑不動。 성실한 사람**이어서** 꼭 성공할 것이다. 因為是個老實的人所以一定會成功。
－(으) 니까	비가 오**니까** 택시를 타고 가자. 在下雨所以還是搭計程車去吧。
－(으) 므로	열심히 공부했**으므로** 합격했다. 因為拚命讀書所以考上了。
－느라고	공부하**느라고** 힘들었다.　因為讀書而累。

❹ 讓步

－아도／어도	아무리 찾**아도** 보이지 않는다.　再怎麼找都找不到。 돈은 없**어도** 마음은 넉넉하다.　就算沒錢心靈還是很充實。 겉은 검**어도** 속은 희다.　雖然外表漆黑但裡面是白的。
－더라도	아무리 어렵**더라도** 문제없다.　即使再困難也沒問題。
－든지	누가 무엇을 하**든지** 상관없다.　不管誰打算做什麼都沒關係。
－라도	영화**라도** 보러 가자.　去看場電影吧。 냄새**라도** 맡고 싶다.　就算臭也想聞聞看。
－거나	겉모양이 어떻**거나** 실질이 중요하다. 無論外表如何，實質才是重點。
－(으) ㄴ들	네가 **한들** 무슨 수가 있겠니？ 就算你來做也沒辦法吧。

⑤ 選擇

-든지	▸산으로 가**든지** 바다로 가**든지** 결정하자. 來決定要去山上還是去海邊吧。
-거나	▸책을 읽**거나** 영화를 보**거나** 한다. 要看書或是看電影。

⑥ 目的、意圖

-(으) 러	▸치마를 사**러** 백화점에 갔다. 為了買裙子去了百貨公司。
-(으) 려고	▸책을 빌리**려고** 도서관에 갔다. 為了借書去了圖書館。
-고자	▸내년에는 유학을 가**고자** 한다. 明年想要去留學。
-도록	▸내일은 일찍 일어나**도록** 하자. 明天早點起床吧。
-게	▸공부하**게** 조용히 해라. 安靜點讓人可以讀書。

⑦ 必然、應當

-어야/아야	▸사람은 먹**어야** 산다. 人要吃才能活。 ▸물이 깊**어야** 고기가 산다. 水深才有魚來聚。

⑧ 轉換

-다가

▸ 울**다가** 웃었다.
　哭到一半就笑了。

⑨ 比喻

-듯 (이)

▸ 땀이 비오**듯이** 흐른다.
　汗如雨下。

⑩ 條件

-(으) 면

▸ 봄이 오**면** 꽃이 핀다.
　春天來的話花就會開。

-(으) 려면

▸ 명동에 가**려면** 지하철을 타세요.
　若要去明洞請搭乘地鐵。

⑪ 導言

-는데

▸ 밥을 먹고 있**는데** 전화벨이 울렸다.
　正在吃飯的時候電話鈴聲響了。
▸ 노래는 잘 부르**는데** 춤은 못 춘다.
　歌是唱得好，但舞卻跳得不好。

-(으) ㄴ데

▸ 날씨가 좋**은데** 산책이라도 가자.
　天氣很好，去散個步吧。
▸ 거기가 우리 고향**인데** 경치가 좋다
　那裡是我的故鄉，風景很好。
▸ 그럴 사람이 아**닌데** 왜 그랬을까?
　明明不是那種人，為何會那樣做呢？

-니

▸ 서울역에 도착하**니** 일곱 시였다.
　到首爾車站的時間是七點。
▸ 정신을 차리고 보**니** 내 방이었다.
　醒過來一看發現是自己的房間。

⑫ 漸層

| -(으)ㄹ수록 | ▶ 벼는 익**을수록** 고개를 숙인다.
稻穀結實越多越低頭。 |

③ 補助連結語尾 | 보조적 연결어미

負責連結主用言與補助用言。

❶ 使役

| 게 (하다) | ▶ 매일 일기를 쓰**게** 했다.
要人每天寫日記。 |

❷ 被動

| 게 (되다) | ▶ 내가 대표로 가**게** 되었다.
決定讓我以代表的身分過去。 |

❸ 否定

| 지 (않다) | ▶ 비는 오**지** 않는다. 不下雨。
▶ 이 김치는 보기보다 맵**지** 않다.
這種泡菜不像看起來那麼辣。 |

❹ 完成、持續

| -아/어 | ▶ 미국에 출장을 **가** 있다. 正到美國去出差。
▶ 문이 열**려** 있다. 門開著。 |

❺ 進行

| -고 | ▶ 밥을 먹**고** 있다.
正在吃飯。 |

連接在用言語幹之後，使該用言臨時發揮其他詞類之功能的語尾稱為轉成語尾。轉成語尾可分成名詞形轉成語尾、冠形詞形（連體型）轉成語尾以及副詞型轉成語尾。

18.5.1 冠形型語尾 | 관형사형 어미

冠形型語尾（連體型語尾）連接在用言語幹之後，可將該用言轉變為冠形詞（連體修飾語）。

1 動詞

過去	−(으)ㄴ	여행을 **간** 사람 밥을 **먹은** 사람	去旅行了的人 吃了飯的人
現在	−는	차를 **마시는** 사람 밥을 **먹는** 사람	正在喝茶的人 正在吃飯的人
未來（推測）	−(으)ㄹ	밥을 **먹을** 사람 비가 **올** 것이다.	打算吃飯的人 會下雨吧
過去（回想）	−던	길을 **가던** 사람 밥을 **먹던** 사람	曾走在路上的人 曾在吃飯的人

2 形容詞

過去	−던	어제까지 **춥던** 날씨가	到昨天為止還冷的天氣
現在	−(으)ㄴ	**나쁜** 점 **좋은** 날씨	不好的地方 好天氣
未來（推測）	−(으)ㄹ	날씨는 **좋을** 것이다.	天氣會很好吧
過去（回想）	−던	**예쁘던** 그 얼굴에 **푸르던** 토마토도	在那張曾經可愛的臉上 原本綠色的蕃茄也

>> 詳情請參考p.171之後的冠形型（連體型）語尾的時制表現。

18.5.2 名詞形語尾 | 명사형 어미

名詞形語尾連接在用言語幹之後，可讓該用言發揮相當於名詞的功能，韓語中的名詞形語尾有「－（으）ㅁ」與「－기」兩種。

1 名詞形語尾「－ㅁ/음」

母音結尾的用言語幹、ㄹ語幹、「이다」的語幹、語尾「－（으）시－」＋ㅁ			
만나다	見面	만나＋ㅁ → 만남	相遇
미안하다	抱歉	미안하＋ㅁ → 미안함	歉意
학생이다	是學生	학생이＋ㅁ → 학생임	是學生
내가 만들다	是我做的	내가 만들＋ㅁ → 내가 만듦	我做的

子音結尾的用言語幹、語尾「－았/었－」、「－겠－」＋음			
맑다	放晴	맑＋음 → 맑음	晴天
살았다	活了	살았＋음 → 살았음	活了
오겠다	會來	오겠＋음 → 오겠음	會來

❶「－ㅁ/음」後方可連接助詞，在句子中當成主語或受語等各種成分來使用。

▷ 우리의 **만남**은 우연이 아니었다. 　我們的相遇並非偶然。
▷ **학생임**을 밝히고 지도를 부탁했다. 　表明學生的身分並請求指導。
▷ 내가 대표가 **아님**을 설명했다. 　解釋了我不是代表這件事。

❷ 在公告文或記述性質的句中當成句終結名詞來使用，藉以通知、記錄某個事實或情報，功能相當於敘述用的語尾「－다、－ㄴ/는다、－ㅂ니다」。

▷ 사람을 **찾음**. 　　　　　　　尋人啟事。
▷ 유능한 인재를 **구함**. 　　　　尋求有能力的人才。
▷ 실내는 대단히 **깨끗함**. 　　　室內相當乾淨。
▷ 민수가 시험에 **합격했음**. 　　岷秀通過了考試。
▷ 10시에 회의가 **있겠음**. 　　　十點有會議（要開）。

1＿用法①的「－ㅁ／음」在口語情況下可以替換成「－는 것、－ㄴ 것、－은 것」，且不會改變句子本身的意思。

▸ 우리가 **만난 것은** 우연이었다. 　　我們的相遇是個偶然。

▸ **학생인 것을** 밝혔다. 　　表明了學生的身分。

▸ 내가 대표가 **아닌 것을** 설명했다. 　　解釋了我不是代表這件事。

 2＿以下列出的是受到公認的衍生名詞，這種情況下的「－ㅁ／음」並非名詞形語尾，而是被歸類為構成名詞的接尾辭。

자다	睡	자＋ㅁ	잠	睡眠
꾸다	作夢	꾸＋ㅁ	꿈	夢
죽다	死	죽＋음	죽음	死亡
웃다	笑	웃＋음	웃음	笑
믿다	相信	믿＋음	믿음	信心
아프다	痛的	아프＋ㅁ	아픔	痛苦
슬프다	傷心的	슬프＋ㅁ	슬픔	悲傷
기쁘다	高興的	기쁘＋ㅁ	기쁨	喜悅
젊다	年輕的	젊＋음	젊음	年輕
아름답다	美麗的	아름다우＋ㅁ	아름다움	美
즐겁다	快樂的	즐거우＋ㅁ	즐거움	快樂

▸ **잠이** 부족해서 졸린다. 　　因為睡眠不足而昏昏欲睡。

▸ 헤어진 여자 친구가 **꿈에** 보였다. 　　已經分手的女友出現在夢裡。

▸ 이 **기쁨을** 같이 나누고 싶다. 　　想一起分享這份喜悅。

▸ **젊음의** 비결이 뭐예요? 　　年輕的秘訣是什麼呢？

▸ 일하는 것이 나의 **즐거움이다.** 　　工作是我的快樂。

>> 光從字面上看並不能夠分辨「－ㅁ／음」是名詞形或是衍生名詞，判斷方法是①當有主語；②有敘述性；③可以被副詞修飾；④能夠與先行語尾結合時即是名詞形，若不符合前述的幾個條件則是衍生名詞。

>> 請參考p.11的「名詞化的接尾辭」。

② 用言形語尾「－기」

用言、「이다」的語幹、語尾「－았/었－、－（으）시－、－겠－」的語幹＋기			
만나다	見面	만나+**기** → 만나기	見面
마시다	喝	마시+**기** → 마시기	喝
먹다	吃	먹+**기** → 먹기	吃
사람이다	是人	사람이+**기** → 사람이기	是人

❶ 與助詞結合，在句子中當成主語或受語等各種成分來使用。

책 **읽기**가 취미다.	讀書是我的興趣。
이 볼펜은 **쓰기**가 편하다.	這支筆很好寫。
학교에 **가기**가 정말 즐겁다.	去學校真的很快樂。
늘 **건강하시기**를 바랍니다.	希望能常保健康。
비가 **오겠기**에 우산을 샀다.	快要下雨了所以買了雨傘。
연락이 **왔기**에 출석을 했다.	因為接到通知所以出席了。
자기 전에 이를 닦는다.	在睡覺前刷牙。
그녀가 **울기** 시작했다.	她開始哭了起來。
돈을 **벌기** 위해 서울로 갔다.	為了賺錢去了首爾。
그도 술을 **마시기**는 한다.	他也是會喝酒。
혼자이기는 해도 외롭지 않다.	雖然獨自一人但並不寂寞。
그 시인은 **화가이기**도 하다.	那位詩人同時也是位畫家。

❷ 在簡單的筆記、規則、標語或是諺語中當成句終結名詞來使用，以通知他人某種情報或是敘述一般性的事實，在這種情況下不得使用先行語尾「－았/었－、－（으）시－、－겠－」。

아침에 꽃에 물 **주기**.	早上幫花澆水這件事。
개와 **산보하기**.	帶狗散步這件事。
교통 질서 **지키기**.	遵守交通工具這件事。
누워서 떡 **먹기**.	躺著吃糕餅這件事。（比喻輕而易舉）
연 **날리기** 대회.	放風箏大會。

1_ 以下列出的是受到公認的衍生名詞，這種情況下的「－기」並非名詞形語尾，而是被歸類為構成名詞的接尾辭。

보다	看	보＋기	보기	例子
읽다	讀	읽＋기	읽기	讀
듣다	聽	듣＋기	듣기	聽
더하다	加	더하＋기	더하기	加（法）
빼다	減	빼＋기	빼기	減（法）
나누다	除	나누＋기	나누기	除（法）
곱하다	乘	곱하＋기	곱하기	乘（法）
크다	大的	크＋기	크기	大小
밝다	亮的	밝＋기	밝기	亮度
굵다	粗的	굵＋기	굵기	粗細

▷ **듣기**가 **쓰기**보다 어렵다.　　聽力比作文難。

▷ **공부**도 **달리기**도 잘한다.　　不管是唸書還是賽跑都很拿手。

▷ 아직 **말하기**가 서투릅니다.　　還很不擅長說。

▷ 4 **더하기** 5는 9.　　4加5等於9。

▷ 8 **나누기** 2는 4.　　8除以2等於4。

▶▶ 光從字面上看並不能夠分辨「－기」是名詞形或是衍生名詞，判斷方法是①有主語；②有敘述性；③可以被副詞修飾；④能夠與先行語尾結合時即是名詞形，若不符合前述的幾個條件則是衍生名詞。

▶▶ 請參考p.11的「名詞化的接腰詞」。

 1_① 「－（으）ㅁ」代表行為的結果以及既定的事實，因此「既定、事實、過去」的色彩較強；「기」則表示未完成的行為，因此「未完成、非事實、未來」的色彩較強。

② 「－기」通常與쉽다（容易的）、어렵다（困難的）、좋다（好的）、싫다（討厭的）、좋아하다（喜歡）、싫어하다（厭惡）、힘들다（累的）、바라다（祈望）、시작하다（開始）、약속하다（約定）、정하다（決定）等用言一起使用。

▷ 오늘은 학교에 가기 **싫다**.　　今天不想去上學。

▷ 2시에 만나**기**로 **약속했다**.　　約好了兩點見面。

▷ 정직한 사람이**기**를 **바랐다**.　　希望是個正直的人。

③ 「－（으）ㅁ」通常與 분명하다（顯然的）、틀림없다（沒錯）、
알려지다（傳播）、밝혀지다（公開）、알다（了解）、알리다（通知）
、주장하다（主張）、옳다（正確的）、나쁘다（壞的）等用言一起使
用。

▷ 그는 의사임에 **틀림없다**.　　他是醫師沒錯。
▷ 그것이 사실임을 **알았다**.　　了解到那件事的確是事實。
▷ 회의가 끝났음을 **알렸다**.　　通知了會議已經結束的事。

18.5.3 副詞型語尾 | 부사형 어미

副詞型語尾「－게」接在用言的語幹之後，具有將該用言轉變為副詞
語的功能。

語尾	原型		結合＆範例		
－게	아름답다	美麗的	아름답＋게	아름답게	美麗地
	즐겁다	快樂的	즐겁＋게	즐겁게	快樂地
	예쁘다	漂亮的	예쁘＋게	예쁘게	漂亮地
	쉽다	容易的	쉽＋게	쉽게	容易地
	재미있다	有趣的	재미있＋게	재미있게	有趣地
	읽다	讀	읽＋게	읽게	讓讀

▷ 해바라기가 **아름답게** 피었다.　　向日葵開得很美麗。
▷ 해변에서 **즐겁게** 놀았다.　　在海邊快樂地遊玩。
▷ 인형에게 옷을 **예쁘게** 입혔다.　　幫人偶漂亮地穿上衣服。
▷ **쉽게** 설명해 주세요.　　請簡單地說明。
▷ 그 책을 **재미있게** 읽었어요.　　饒富趣味地讀了那本書。
▷ 책을 **읽게** 불을 켜 주세요.　　請開燈好讓人可以看書。

分寫的要領

韓語的句子在書寫時必須分寫（띄어쓰기），所謂分寫是指寫句子時在每個詞語之間空下相當於一個字的空格，作用是方便閱讀以及避免出現語意上的誤解。以下是有關書寫的幾個基本要領。

❶ 前方有助詞須做分寫。

꽃**이**■예쁘다.　　　　　　　　　花很漂亮。

나**보다**■키가■크다.　　　　　　　長得比我高。

❷ 依存名詞須分寫。

아는■**것**이■힘이다.　　　　知識就是力量。

나도■할■**수**■있다.　　　　我也能做。

❸ 表示數量的依存名詞須分寫。

한■개　一個　　　　　　　　차 ■한 ■**대**　一輛車

일천구백구십사■**년**■칠■**월**■십삼■**일**　一九九四年七月十三日

　≫　但是接在阿拉伯數字之後的依存名詞可連起來書寫。

　10개 10個　274번 274號■1446년■10월■9일　1446年10月9日

❹ 書寫數字時以「萬」為單位來分寫。

삼천사백오십육**만**■칠천구백구십팔　3456萬■7998

❺ 補助用言須分寫。

냉면을■먹어■보았다.　　　　試著吃了冷麵。

밥을■다■먹어■버렸다.　　　把飯全部吃掉了。

　≫　但是補助用言在某些情況下也被允許連起來書寫。

　먹어보았다. 試著吃了；　먹어버렸다　吃掉了

❻ 姓與名可連起來書寫，接在姓名之後的稱謂、職稱則須分寫。

이준호 씨（先生）、김민수■선생님（老師）、박미영■사장님（社長）

　≫　但是當有必要區別姓與名時也可以分寫。

　황보남/황보■남, 선우민/선우■민，박미영/박■미영

❼ 姓名以外的專有名詞原則上是以單字為單位進行分寫，但也允許連起來書寫，現在一般是以不書寫居多。

남대문■시장／남대문시장　　　南大門市場

한국■대학교／한국대학교　　　韓國大學

19 終結語尾　종결어미

1 ─구나／는구나　～呢、～啊　　敬語程度 上 中上 中 中下 下

>> 「敬語程度」的「上」代表「하십시오體」（極尊待法）；「中上」代表「해요體（普通尊待法）」；「中」代表「해오體」（普通下待）；「中下」代表「해體（半語）」；「下」則代表「해라體（極下待法）」，關於敬語等級的介紹請參考p.200之後的「聽者敬語」。

形容詞語幹、「이다」的語幹、語尾「─았／었─、─겠─、─（으）시─」＋구나

| 아름답＋**구나** | 真美啊 | 생일＋이＋**구나** | 是生日呢 |
| 피＋었＋**구나** | 開花了呢 | 피＋겠＋**구나** | 要開花呢 |

動詞語幹、語尾「─（으）시─」＋는구나

| 피＋**는구나** | 開花呢 | 잘하＋시＋**는구나** | 真擅長呢 |
| 먹＋**는구나** | 要吃呢 | 기르＋시＋**는구나** | 在培育呢 |

>> 以下所介紹各語尾的連接關係幾乎全部都有在表中列出，但表中仍省略了部分使用機會較少的用法。

❶ 表示說話者在敘述時將焦點放在新得知的事實上，通常用來表現說話者的驚訝或感嘆，但也可以在單純敘述事實或心情時使用。

▸ 강아지가 정말 **귀엽구나**.	小狗真的很可愛呢。
▸ 네가 벌써 **대학생이구나**.	你已經是大學生了呢。
▸ 날씨가 참 **좋았구나**.	天氣非常好呢。
▸ 요즘 아주 **바쁘겠구나**.	最近應該非常忙呢。
▸ 노래를 잘 **부르는구나**.	歌唱得真好呢。
▸ 김치도 잘 **먹는구나**.	也能吃泡菜呢。
▸ 영어를 잘 **하시는구나**.	英語說的真好呢。
▸ 곧 벚꽃이 **피겠구나**.	櫻花應該快開了呢。

▷ 많이 **늦었구나**. 피곤하겠다.   太晚了呢，應該累了吧。

▷ 오늘은 집에서 **쉬고 싶구나**.   今天真想在家休息啊。

❷ 以表示疑問的語調來使用，表示對某個事實進行確認。

▷ 어제 영화 보러 **갔었구나**?   昨天去看了電影啊？

▷ 학교에서 무슨 일이 **있었구나**?   在學校有什麼事發生了啊？

▷ 이 학교 선수인 **모양이구나**?   似乎是這個學校的選手啊？

❸ 在自言自語時使用，以敘述新發現的事實或心情。

▷ **속았구나** 하는 생각이 들었다.   有種「被騙了啊」的感覺。

▷ 뭐가 잘못 **되었구나** 싶었다.   覺得「有什麼地方不對啊」。

 1 「－구나／는구나」可以省略成「－군／는군」來使用，若要表示尊敬則使用「－군요／는군요」。

▷ 비가 많이 **오는군**.   雨下得相當大呢。

▷ 날씨가 **좋군**.   天氣真好呢。

▷ 무슨 일이 **있었군**?   發生了什麼事呢。

▷ 아, 거기 **있었군**.   啊，在那裡啊。

▷ 아기가 참 **예쁘군요**.   孩子非常可愛呢。

▷ 노래를 잘 **부르시는군요**.   歌唱得真好呢。

▷ 후지산이 선명히 **보이는군요**.   富士山看得很清楚呢。

▷ 영화를 보러 **갔었군요**?   去看了電影啊？

▷ 지금쯤 **도착했겠군요**.   現在應該已經到達了呢。

 2 語尾「－구나／는구나」與語尾「－구려／는구려」以及「－구면／는구면」意思相同，這些語尾除了部分老年人仍在使用之外，一般並不常被使用。

▷ 서울은 정말 **춥구려**.   首爾真的很冷啊。

▷ 글씨를 잘 **쓰시는구려**.   字寫得真好啊。

▷ 눈이 **오는구먼**.   在下雪呢。

▷ 날씨가 참 **좋구먼**.   天氣非常好呢。

2 ─군／는군 ～呢、～啊

>> 「─구나／는구나」的縮寫，請參考p.240的「─구나／는구나」。

3 ─군요／는군요 ～呢、～啊

>> 「─군／는군」的禮貌形，請參考p.240的「─구나／는구나」。

4 ─ㄴ다／는다／다 做～、正在～、是～ 敬語程度 上 中上 中 中下 **下**

母音結尾的動詞語幹、ㄹ語幹、語尾「─(으)시─」+ㄴ다			
가+ㄴ다 → 간다	去	숙제하+ㄴ다 → 한다	正在寫作業
만들+ㄴ다 → 만든다	正在製作	쓰시+ㄴ다 → 쓰신다	正在寫

子音結尾的動詞語幹+는다			
먹+는다	正在吃	읽+는다	正在讀

形容詞語幹、「이다」的語幹、語尾「─았／었、─겠─」+다			
덥+다	熱的	먹+었+다	吃了
학생+이+다	是學生	맛있+겠+다	好像好吃

❶ 表示現在的行為、事實、習慣等。

▶ 뭐 하니？ ─ 숙제**한다**.   在做什麼呢？─在寫作業。

▶ 4월에는 벚꽃이 **핀다**.   櫻花在四月開花。

▶ 매일 한 시간씩 **걷는다**.   每天步行一個小時。

▶ 서울은 요즘 아주 **춥다**.   首爾最近非常冷。

▶ 아버지는 **공무원이다**.   爸爸是公務員。

▶ 어머니는 교사가 **아니다**.   媽媽不是老師。

▶ 언니는 지금 집에 **있다**.   姊姊現在在家。

❷ 表示確定的計畫、意志、可確定的未來。

▶ 이번 여름 방학에도 서울에 **간다**.   這個暑假也要去首爾。

▶ 민수는 내년에 대학을 **졸업한다**.   岷秀明年從大學畢業。

③ 連接「－았／었－」，表示過去的行為及狀態。

▷ 올봄에 회사에 취직**했다**.　　　　今年春天開始到公司上班了。

▷ 어제는 눈이 **왔다**.　　　　　　　昨天下了雪。

④ 連接「－겠－」，表示將要做的事、意志或是推測。

▷ 내일 다시 전화하**겠다**.　　　　　明天再打電話。

▷ 일이 바빠서 피곤하**겠다**.　　　　應該因為工作忙碌而感到疲累吧。

>> 請參考p.159之後的「終結型的現在式」。

5 －냐／으냐／느냐　～嗎、～呢　　敬語程度 上 中上 中 中下 下

動詞語幹、「있다／없다」的語幹、語尾「－았／었、－겠－、－(으) 시－」＋느냐

| 가+**느냐** | 要去嗎？ | 있+**느냐** | 在嗎？ |
| 먹+**느냐** | 要吃嗎？ | 좋+았+**느냐** | 曾經好嗎？ |

母音結尾的形容詞語幹、ㄹ語幹、「이다」的語幹＋냐

| 아프+**냐** | 痛嗎？ | 학생+이+**냐** | 是學生嗎？ |
| 멀+**냐** → 머냐 | 遠嗎？ | 얼음+이 아니+**냐** | 不是冰嗎？ |

子音結尾的形容詞語幹＋으냐

| 높+**으냐** | 高嗎？ | 낮+**으냐** | 低嗎？ |

① 表示詢問、反問的意思，主要是用在以較親密的語氣詢問朋友或是晚輩的時候。

▷ 어디 **가느냐**？　　　　　　要去哪裡呢？

▷ 무슨 책을 **읽느냐**？　　　　在讀什麼書呢？

▷ 언제 **왔느냐**？　　　　　　什麼時候來的呢？

▷ 집에 누가 **있느냐**？　　　　有誰在家嗎？

▷ 집이 여기서 **머냐**？　　　　家離這裡遠嗎？

▷ 다리가 **아프냐**？　　　　　腳會痛嗎？

▷ 달걀이 **크냐 작으냐**？　　　蛋是大的呢？還是小的呢？

▶ 이 일을 어떻게 하면 **좋으냐**? 　　 這事要怎麼處理才好？

▶ 내가 왜 안 **가겠느냐**? 　　 我為什麼不去啊？（去啊）

 1 _ 理論上動詞應該與「－느냐」結合，形容詞的子音語幹應該與「－으냐」結合，但實際應用上無論動詞還是形容詞的子音語幹，通常會與「－냐」結合起來使用。

▶ 어디 **가냐**? 　　 要去哪裡呢？

▶ 무슨 책을 **읽냐**? 　　 在讀什麼書呢？

▶ 언제 **왔냐**? 　　 什麼時候來的呢？

▶ 집에 누가 **있냐**? 　　 家裡有誰在呢？

▶ 달걀이 크냐 작냐? 　　 蛋是大的呢？還是小的呢？

▶ 이 일을 어떻게 하면 **좋냐**? 　　 這事要怎麼處理才好？

▶ 내가 왜 안 **가겠냐**? 　　 我為什麼不去啊？（去啊）

 2 _ 「냐/느냐」可以替換成同樣代表詢問之意的語尾「－니」，與「－냐/느냐」相比，「－니」的語氣較為柔和。

▶ 어디 **가니**? 　　 要去哪裡呢？

▶ 밥 **먹었니**? 　　 吃飯了嗎？

▶ 언제가 **좋으니**? 　　 什麼時候才好呢？

▶ 머리가 **아프니**? 　　 頭會痛嗎？

➤➤ 請參考p.248的「－니」。

 3 _ 「－냐/느냐」可以替換成同樣代表詢問之意的語尾「－아/어」。「－아/어」可以對關係較親密的長輩使用，「－냐/느냐」與「－니」則不能對長輩使用。

▶ 어디 **가**? 　　 要去哪裡呢？

▶ 뭐 **해**? 　　 在做什麼呢？

▶ 밥 **먹었어**? 　　 吃飯了嗎？

▶ 언제가 **좋아**? 　　 什麼時候才好呢？

▶ 많이 **아파**? 　　 很痛嗎？

6 ─네/네요　～呢、～啊、～吧　　　**敬語程度** 上 中上 中 中下 下

用言語幹、「─이다」的語幹、語尾「─았/었─、─겠─、─(으)시─」+네

비가 오+네	會下雨啊	키가 크+네	長得很高呢
비가 왔+네	下雨了呢	집이 넓+네	家很寬敞呢
비가 오+겠+네	好像會下雨呢	내일+이+네	是明天呢

❶表示說話者敘述經由本身直接經驗得知的新事實，通常用來表現說話者的驚訝或感嘆，但也可以在單純敘述說話者的想法或心情時使用。

▷ 방이 참 **넓네**.	房間真寬敞。
▷ 음식이 정말 **맛있네**.	餐點真的很好吃呢。
▷ 여긴 물맛이 **좋네**.	這裡的水味道很好呢。
▷ 눈이 많이 **왔네**.	雪積了不少呢。
▷ 노래를 잘 **부르시네**.	歌唱得很好呢。
▷ 기침이 안 **낫네**.	咳嗽沒有好啊。
▷ 내 **차례 (이) 네**.	輪到我了呢。

❷主要接在「─겠─」之後，表示說話者針對自己的推測去徵求對象的同意或詢問對方。

▷ 이거 먹어도 **되겠네**？	這個也可以吃對吧？
▷ 곧 부자가 **되겠네**？	很快就可以變成有錢人對吧？
▷ 내년엔 좀 **한가해지겠네**？	明年應該會稍微清閒點對吧？

❸可以用「─네요」的型態來表示尊敬。

▷ 방이 참 **넓네요**.	房間真寬敞。
▷ 음식이 정말 **맛있네요**.	餐點真的很好吃呢。
▷ 눈이 많이 **왔네요**.	雪積了不少呢。
▷ 기침이 안 **낫네요**.	咳嗽沒有好呢。
▷ 내 **차례네요**.	輪到我了呢。

「－구나／군（요）」與「－네요」的差別

　　「－네（요）」與「－군（요）」同樣是用來對新得知的事實表達驚訝或是感嘆，但「군（요）」是用在說話當時才從他人口中得知過去所發生之事的時候，「－네（요）」則只能用在說話者親身經歷過的事物上。

▷ 여긴 어제 비가 왔어요.　　　　　這裡昨天下了雨。
　 － 아, 그랬**군요**. （○）　　　　－啊，原來是那樣呢。
　 － 아, 그랬**네요**. （×）

7　　－느냐／냐／으냐　　～嗎、～呢

>> 請參考p.243的「냐／으냐／느냐」。

8　　－느가요／ㄴ가요／은가요　　～嗎、～呢、～吧

敬語程度　上　中上　中　中下　下

動詞語幹、「있다／없다」的語幹、語尾 「－았／었－、－겠－、－（으）시－」＋는가요？			
가＋**는가요**？	去嗎？	없＋**는가요**？	沒有嗎？
먹＋**는가요**？	吃嗎？	갔＋**는가요**？	去了嗎？

母音結尾的形容詞語幹、ㄹ語幹、「이다」的語幹、語尾「－（으）시－」＋ㄴ가요？			
나쁘＋ㄴ가요？ → **나쁜가요**？	是壞的嗎？	학생＋이＋ㄴ가요？	是學生嗎？
길＋ㄴ가요？ → **긴가요**？	是長的嗎？	바쁘＋시＋ㄴ가요？	忙嗎？

子音結尾的形容詞語幹＋은가요？			
좁＋**은가요**？	狹窄吧？	넓＋**은가요**？	寬敞吧？

❶ 表示尊敬地詢問對方。

▷ 언제 **떠나는가요**?　　　　　什麼時候出發呢？
▷ 사장님은 오늘 **나오시는가요**?　社長今天是否會來呢？
▷ 어디 **아픈가요**?　　　　　　身體有哪裡不舒服呢？
▷ 입학식이 **어제였는가요**?　　開學典禮是昨天嗎？
▷ 이 학교 **학생인가요**?　　　　是這間學校的學生嗎？
▷ 이건 딸기가 **아닌가요**?　　　這是草莓吧？

① 可用「－는가／ㄴ가」的形式來表現說話者的疑問或疑惑。

▷ 나는 이제 어떻게 **되는가**?　不知道往後我會變得怎麼樣？

▷ 과연 이 약이 내게 **좋은가**?　不知道這種藥對我到底好不好？

▷ 이것이 나의 **운명인가**?　這是否就是我的命運？

② 可使用在報紙或論文之類的文體中，用以提出某個一般性的問題。

▷ 동물은 어떻게 **분류하는가**?　動物是如何分類的？

▷ 지진은 왜 **일어나는가**?　為何會發生地震？

▷ 결혼의 조건은 **무엇인가**?　結婚的條件是什麼？

9　－는다／ㄴ다／다　做～、正在～、是～

>> 請參考p.242的「－ㄴ다／는다／다」。

10　－는데／ㄴ데／은데　～呢、～啊、～喔

敬語程度　上　中上　中　中下　下

動詞語幹、「있다／없다」的語幹、語尾 「－았／었－、－겠－、－(으)시－」＋는데			
잘 마시＋**는데**	真會喝啊	멋있＋**는데**	帥啊
잘 먹＋**는데**	真會吃啊	눈이 오＋겠＋**는데**	要下雪了吧
母音結尾的形容詞語幹、ㄹ語幹、「이다」的語幹、語尾「－(으)시－」＋ㄴ데			
쓰＋ㄴ데 → **쓴데**	好苦啊	미인＋이＋**ㄴ데**	是個美人啊
달＋ㄴ데 → **단데**	好甜啊	이게 아니＋**ㄴ데**	不是這個啊
子音結尾的形容詞語幹＋은데			
꽤 높＋**은데**	相當高啊	꽤 깊＋**은데**	相當深啊

❶ 用來對意外發生的事實表示感嘆，或是在自言自語之類一邊思考一邊說話的時候使用。

▷ 매운 것도 잘 **먹는데**.　辣的東西也很能吃啊。

▷ 이 두부찌개 **맛있는데**.　這豆腐鍋很好吃呢。

▷ 저녁엔 비가 **오겠는데**.　晚上好像會下雨啊。

‣ 반찬이 꽤 **짠데**.　　　　　　　菜肴（配菜）相當鹹啊。

‣ 집이 아주 넓고 **좋은데**.　　　　家裡非常寬敞，真好啊。

② 與「무엇、언제、어디、누구」等疑問代名詞一起使用，表示詢問的意思。

‣ 거기서 뭘 **하는데**？　　　　　在那裡做什麼呢？

‣ 어디로 **가는데**？　　　　　　要去哪裡呢？

‣ 설악산이 얼마나 **높은데**？　　雪嶽山有多高呢？

‣ 생일이 **언제인데**？　　　　　生日是什麼時候呢？

‣ 그 사람이 **누구인데**？　　　　那個人是誰呢？

③ 對說話者無法接受的狀況表示埋怨、說明。

‣ 조금 전까지 여기에 **있었는데**.　到剛剛都還在這裡啊。

‣ 분명히 온다고 **했는데**.　　　　說了要來的啊。

‣ 틀림없이 오늘인데.　　　　　　是今天沒錯啊。

「ー는데／ㄴ데」的敬語是以「ー는데요／ㄴ데요」的形式呈現。

　　‣ 이 두부찌개 **맛있는데요**.　　這豆腐鍋很好吃呢。

　　‣ 집이 아주 넓고 **좋은데요**.　　家裡非常寬敞，真好啊。

　　‣ 어디서 **만나는데요**？　　　　在哪裡見面呢？

　　‣ 생일이 **언제인데요**？　　　　生日是什麼時候呢？

11　| ーㄴ　（做）～嗎？（做）～呢？　　敬語程度 上 中上 中 中下 下 |

用言語幹、「이다」的語幹、語尾「ー았／었ー、ー겠ー、ー（으）시ー」＋ㄴ

언제 오＋니？　什麼時候要來呢？　　그 책 읽＋었＋니？　讀過那本書了嗎？

뭘 먹＋니？　　要吃什麼呢？　　　누가 가＋겠＋니？　　誰要去呢？

맵＋니？　　　辣嗎？　　　　　누구 책＋이＋니？　是誰的書呢？

① 表示詢問的意思，主要是在詢問親友或晚輩的時候使用。

‣ 지금 뭐 **하니**？　　　　　　現在在做什麼呢？

‣ 언제 **왔니**？　　　　　　　什麼時候來的呢？

몇 시에 **오겠니**?	幾點要來呢？
이 김치 **맵니**?	這泡菜辣嗎？
요즘 **바쁘니**?	最近忙嗎？

 1_ 除了「ㄹ」之外在含有終音形容詞的語幹後方也可以使用「-으니」的型態。

| 아빠보다 엄마가 더 **좋으니**? | 媽媽比爸爸更好嗎？ |
| 거기는 얼마나 **깊으니**? | 那裡有多深呢？ |

 2_ 語尾「-느냐」的意思與「-니」相同，但「-니」在語氣上給人的感覺比「-느냐」來得柔和。

지금 뭐 **하느냐**?	現在在做什麼呢？
언제 **왔느냐**?	什麼時候來的呢？
요즘 **바쁘냐**?	最近忙嗎？

 3_ 除了「냐/느냐」之外，語尾「-아/어」的意思也和「-니」相同，「-아/어」可以對關係較親密的長輩使用，但「-냐/느냐」與「-니」不能對長輩使用。

누나, 언제 **와**? (○)	姊姊，什麼時候要來呢？
누나, 언제 **오니**? (×)	
누나, 언제 **오느냐**? (×)	

---

12 ──다/는다/ㄴ다　做~、正在~、是~

>> 請參考p.242的「ㄴ다/는다/다」。

13 ─더구나　（已經）是~啊、（已經）在~喔

敬語程度 │上│中上│中│中下│下│

用言語幹、「이다」的語幹、語尾「-았/었-、-겠-、-（으）시-」+더구나

가+**더구나**	已經去了喔	피+었+**더구나**	已經開了喔
읽+**더구나**	在讀了喔	피+겠+**더구나**	要開了喔
춥+**더구나**	好冷喔	수업중+이+**더구나**	上課中喔

❶使用在說話者回憶過去親身經驗並表示感嘆的時候。

▷ 그 사람 좋은 **사람이더구나**.　　那個人是個好人喔。

▷ 집이 생각보다 **깨끗하더구나**.　　家裡比想像中乾淨喔。

▷ 민수가 많이 **말랐더구나**.　　岷秀相當瘦喔。

▷ 오해를 많이 **했더구나**.　　誤會得相當深喔。

▷ 벌써 벗꽃이 **피었더구나**.　　櫻花已經開了喔。

 1　「－더구다」可以縮寫成「－더군」來使用，敬語則是以「－더군요」的型態來呈現。

▷ 그 사람 좋은 **사람이더군**.　　那個人是個好人喔。

▷ 집이 생각보다 **깨끗하더군**.　　家裡比想像中乾淨喔。

▷ 많이 **말랐더군요**.　　相當瘦喔。

▷ 오해를 많이 **했더군요**.　　誤會得相當深喔。

▷ 벌써 벗꽃이 **피었더군요**.　　櫻花已經開了喔。

 2　「－더구다」可以跟意思幾乎相同的「－더라」以及「－데（요）」互相替換使用。

▷ 그 사람 좋은 **사람이더라**.　　那個人是個好人喔。

▷ 집이 생각보다 **깨끗하더라**.　　家裡比想像中乾淨喔。

▷ 많이 **말랐더라**.　　相當瘦喔。

▷ 오해를 **많이 했데**.　　誤會得相當深喔。

▷ 벌써 벗꽃이 **피었데요**.　　櫻花已經開了喔。

---

⑭ ｜－더군／더군요　（已經）是～啊、（已經）在～喔

>> 請參考p.249的「－더구나」。

⑮ ｜－더라　（已經）是～啊、在～喔　　**敬語程度** 上 中上 中 中下 下

보＋**더라**	在看喔	맛있＋**더라**	很好吃喔
부자＋이＋**더라**	是有錢人喔	왔＋**더라**	已經來了喔
맵＋**더라**	很辣喔	끝나＋겠＋**더라**	已經快結束了喔

❶ 使用在說話者回憶過去親身經驗並表示感嘆的時候。

▷ 수업을 영어로 **하더라**. ⠀⠀⠀⠀是用英語授課喔。
▷ 한국말을 아주 **잘하더라**. ⠀⠀⠀⠀韓語說得非常好喔。
▷ 반찬이 너무 **달더라**. ⠀⠀⠀⠀⠀菜肴太甜喔。
▷ 취직 시험에 **합격했더라**. ⠀⠀⠀⠀已經通過了就職測驗喔。
▷ 그 친구는 딸만 **일곱이더라**. ⠀⠀他光女兒就有七個。
▷ 아무리 들어도 **모르겠더라**. ⠀⠀不管聽幾次都不懂喔。

❷ 與「언제、어디、무엇、누구」等疑問代詞一起使用，用在為了想起過去發生的事而自問自答的時候。

▷ 결혼 기념일이 **언제였더라**？⠀⠀結婚紀念日是什麼時候來著？
▷ 어디서 **만났더라**？⠀⠀⠀⠀⠀⠀在哪裡見過？
▷ 그 사람 이름이 **뭐더라**. ⠀⠀⠀那個人的名字叫什麼來著？
▷ **누구시더라**？⠀⠀⠀⠀⠀⠀⠀⠀是哪位來著？

參考 用法❶的「－더라」可以跟意思幾乎相同的「－더구나」與「－데（요）」互相替換使用。

▷ 수업을 영어로 **하더구나**. ⠀⠀是用英語授課喔。
▷ 그 친구는 딸만 **일곱이데**. ⠀他光女兒就有七個。
▷ 아무리 들어도 **모르겠데**. ⠀不管聽幾次都不懂喔。

---

16 | －던데 ⠀⠀（已經）是～喔、在～喔 ⠀⠀⠀**敬語程度** 上 中上 中 中下 下

흐르＋**던데**	在流動喔	바쁘＋**던데**	在忙喔
불＋**던데**	在吹喔	강이 얼＋었＋**던데**	河流正凍著呢
춥＋겠＋**던데**	好像很冷	중학생＋이＋**던데**	是國中生喔

❶表示說話者說出自己曾經歷過的事實，敬語是「－던데요」。

- 그 말 잘 **달리던데**. 　　　　　　那匹馬很會跑喔。
- 그 칼국수 **맛있던데**. 　　　　　　那裡的刀削麵很好吃喔。
- 제주도는 경치가 **좋던데요**. 　　　濟州島的風景好喔。
- 시골이 많이 **변했던데요**. 　　　　鄉下改變了許多喔。

❷表示一方面說出過去發生過的狀況，一方面期待說話對象的反應。

- 민수? 아까 집에 **가던데**. 　　　　岷秀？剛才回家去了喔。
- 영아는 도서관에 **있던데요**. 　　　英雅在圖書館喔。
- 이발소는 월요일에 **쉬던데**. 　　　理髮店星期一公休喔。

---

17 │ －ㄹ걸/을걸 　　應該～吧、若是～就好了 　敬語程度 上 中上 中 中下 下

母音結尾的用言語幹、ㄹ語幹、「이다」的語幹、「－(으)시－」+ㄹ걸			
안 가+ㄹ걸	不會去吧	만들+ㄹ걸 → **만드**+ㄹ걸	會製作吧
비싸+ㄹ걸	很貴吧	가수+이+ㄹ걸	是歌手吧

子音結尾的用言語幹、語尾「－았/었－」+을걸			
읽+**을걸**	會讀吧	먹+었+**을걸**	吃了吧
많+**을걸**	很多吧	생일이+었+**을걸**	是生日吧

❶表示說話者本身不確定的推測，敬語是「－(으)ㄹ걸요」

- 내 말이 **맞을걸**. 　　　　　　　我說的應該是對的吧。
- 가족이 모두 키가 **클걸**. 　　　　家人的身高應該都很高吧。
- 민수는 시험에 **떨어졌을걸**. 　　岷秀應該落榜了吧。
- 그 아이는 지금 **대학생일걸요**. 　那孩子現在應該是大學生吧。

❷接在動詞後方並使用在自言自語的時候，表示對過去某件事的後悔或遺憾。

- 나도 **따라갈걸**. 　　　　　　　要是我也跟去就好了。
- 집에서 낮잠이나 **잘걸**. 　　　　要是待在家睡午覺就好了。
- 그 때 표를 사 **둘걸**. 　　　　　那時要是有買票就好了。

18 ┃ ―ㄹ게/을게　要做～囉、要～了　　　**敬語程度** 上 中上 中 中下 下

母音結尾的動詞語幹、ㄹ語幹＋ㄹ게			
쓰＋ㄹ게	要寫了	열＋ㄹ게 → 여＋ㄹ게	要開了
가＋ㄹ게	要去了	만들＋ㄹ게 → 만드＋ㄹ게	要製作了

子音結尾的動詞語幹＋을게			
읽＋을게	要讀了	씻＋을게	要洗了
끊＋을게	要戒了	닫＋을게	要關了

❶ 表示說話者在表明自己意思的同時，也對說話對象做出承諾，敬語是「
－（으）ㄹ게요」。

> 청소는 내가 **할게**.　　　　　打掃讓我來囉。
> 내가 한 턱 **낼게**.　　　　　我請客囉。
> 내가 사전을 빌려 **줄게**.　　　我借你辭典囉。
> 서울에 가면 **연락할게요**.　　要是去了首爾就會聯絡。

❷ 表示說話者將自己的想法或意圖告知對方。

> 먼저 **갈게**.　　　　　　　　先走囉。
> 책방에 **다녀올게**.　　　　　去一趟書店。
> 여기서 좀 쉬고 **갈게**.　　　在這裡休息一下在走。

19 ┃ ―ㄹ까/을까　～吧、～嗎　　　　**敬語程度** 上 中上 中 中下 下

母音結尾的用言語幹、ㄹ語幹、「이다」的語幹、「－（으）시―」＋ㄹ까			
마시＋ㄹ까	喝吧	놀＋ㄹ까 → 노＋ㄹ까	玩吧
비싸＋ㄹ까	很貴吧	달＋ㄹ까 → 다＋ㄹ까	很甜吧
누구＋이＋ㄹ까	是誰呢	오＋시＋ㄹ까	要來嗎

❶接在動詞之後，表示提議或詢問對方的意見，敬語是「－（으）ㄹ까요」。

▸ 몇 시에 **만날까**?　　　幾點見面好呢？
▸ 내일 영화 보러 **갈까**?　　明天去看電影好嗎？
▸ 여기서 사진을 **찍을까**?　在這裡照相好嗎？
▸ 같이 **만들까요**?　　　一起做好嗎？
▸ 제가 그것을 **할까요**?　我來做那件事好嗎？

❷表示推測及疑問。

▸ 내일은 날씨가 **갤까**?　　明天會是晴天嗎？
▸ 몇 사람이나 **올까**?　　有多少人會來呢？
▸ 이 치마는 **짧을까**?　　這件裙子算短嗎？
▸ 일이 다 **끝났을까요**?　工作全部結束了嗎？
▸ 저 사람이 **누구일까요**?　那個人是誰呢？

❸使用在報紙及論文等書面體中，用以提出某個一般性的問題。

▸ 그 사건이 왜 **발생했을까**?　那個事件為何會發生呢？
▸ 인생이란 **무엇일까**?　何謂人生？

⑳ 　－ㄹ래/을래　　～喔、～嗎　　　敬語程度 上 中上 中 中下 下

子音結尾的動詞語幹＋을래			
읽＋을래	要讀喔	씻＋을래	要洗喔
먹＋을래?	要吃嗎?	벗＋을래?	要脫嗎?

❶ 表示說話者的意志、意向，敬語是「－（으）ㄹ래요」。

- 아침은 안 **먹을래**. ⋯⋯⋯⋯⋯⋯ 早餐我不吃喔。
- 오늘부터 술을 안 **마실래**. ⋯⋯⋯ 今天開始不再喝酒了。
- 나는 냉면을 **먹을래요**. ⋯⋯⋯⋯ 我要吃冷麵。
- 오늘은 일찍 집에 **갈래요**. ⋯⋯⋯ 今天要早點回家。
- 난 여기서 좀 **쉴래요**. ⋯⋯⋯⋯⋯ 我要在這裡休息一下。

❷ 表示詢問對方的意志或意向。

- 뭐 **마실래**? ⋯⋯⋯⋯⋯⋯⋯⋯⋯⋯ 要喝什麼?
- 그 책을 좀 보여 **줄래**? ⋯⋯⋯⋯ 那本書可以讓我看一下嗎?
- 뭐 **먹을래**? ⋯⋯⋯⋯⋯⋯⋯⋯⋯⋯ 要吃些什麼嗎?
- 어디 **갈래**? ⋯⋯⋯⋯⋯⋯⋯⋯⋯⋯ 要去哪裡呢?
- 영화 **보실래요**? ⋯⋯⋯⋯⋯⋯⋯⋯ 要看電影嗎?
- 몇 시에 **가실래요**? ⋯⋯⋯⋯⋯⋯ 幾點要去呢?

21 ┃ －려고요／으려고요　　**想要～**　　　敬語程度 上 中上 **中** 中下 下

母音結尾的動詞語幹、ㄹ語幹、語尾「－（으）시－」＋려고요			
사＋려고요	想要買	만나＋려고요	想要見面

子音結尾的動詞語幹＋으려고요			
읽＋으려고요	想要讀	먹＋으려고요	想要吃

❶ 表示說話者的意圖。

- 약국에 좀 **가려고요**. ⋯⋯⋯⋯⋯ 想要去藥局。
- 빨래나 **하려고요**. ⋯⋯⋯⋯⋯⋯⋯ 想要洗個衣服。
- 책을 **사려고요**. ⋯⋯⋯⋯⋯⋯⋯⋯ 想要買書。

올해는 이사를 **하려고요**. 　　　今年想要搬家。

마당에 나무를 **심으려고요**. 　　想在庭院裡種樹。

❷ 表示詢問對方意向的意思。

어딜 **가려고요**? 　　　　　想要去哪裡呢？

벌써 집에 **가려고요**? 　　　已經要回家了嗎？

화장실에 **가려고**? 　　　　要去廁所嗎？

뭐 **하시려고**? 　　　　　　要做什麼？

❸ 以反襯的形式使用，表示強烈懷疑的意思。

설마 우리 회사가 **망할려고**? 　　難不成我們公司要倒閉了？

이 산골까지 누가 **찾아오려고**? 　　誰會跑到這種深山裡來？

㉒ | ―ㅂ니까／습니까　　**～嗎、～呢** | 敬語程度 | 上 中上 中 中下 下 |

用言的母音語幹、ㄹ語幹、「이다」的語幹、語尾「-(으)시-」+-ㅂ니까			
오다	來	오+ㅂ니까	옵니까	來嗎
나쁘다	壞的	나쁘+ㅂ니까	나쁩니까	壞嗎

用言的子音語幹、「-았／었-、-겠-」+습니까			
먹다	吃	먹+습니까	먹습니까	吃嗎
좋다	好的	좋+습니까	좋습니까	好嗎

❶ 表示說話者就自己的想法或某個事實、狀態、動作尊敬地詢問說話對象。

언제 **갑니까**? 　　　　　　　什麼時候要去呢？

주말에는 무엇을 **합니까**? 　　　週末要做什麼呢？

주차장이 어디에 **있습니까**? 　　停車場在哪裡呢？

눈이 크고 키가 **작습니까**? 　　眼睛很大而且長得矮嗎？

요즘 건강은 **어떻습니까**? 　　最近健康狀況如何呢？

어디에 **삽니까**?	住在哪裡呢？
무엇을 **만듭니까**?	要製作什麼呢？
바람이 **붑니까**?	會颳風嗎？

누구를 **기다리십니까**?	請問在等誰呢？
언제 **오십니까**?	請問何時能來呢？
요즘 **바쁘십니까**?	最近忙嗎？

이다 (是～) → 이＋ㅂ니까? → 입니까? (是～嗎)

식당이 **어디입니까**?	餐廳在哪裡呢？
저 사람이 **누구입니까**?	那個人是誰呢？
저건 토끼가 **아닙니까**?	那不是兔子嗎？

몇 시에 **도착했습니까**?	幾點到的呢？
무슨 책을 **읽으셨습니까**?	讀了什麼書呢？
시험이 **언제였습니까**?	考試是什麼時候呢？
다시 한 번 보여 **주시겠습니까**?	能不能再讓我看一次呢？

23 ─ ㅂ니다/습니다 　是～　　　敬語程度 | 上 | 中上 | 中 | 中下 | 下 |

用言的母音語幹、ㄹ語幹、「이다」的語幹、語尾「─(으)시─」＋ㅂ니다

보다	看	보＋**ㅂ니다**	**봅니다**	看
빠르다	快的	빠르＋**ㅂ니다**	**빠릅니다**	是快的

用言的子音語幹、「─았/었─、─겠─」＋습니까

읽다	讀	읽＋**습니다**	**읽습니다**	讀
작다	小的	작＋**습니다**	**작습니다**	是小的

❶ 表示說話者尊敬地向說話對象說明自己的想法或某個事實、狀態及動作。

물을 **마십니다**.	喝水。
밥을 **먹습니다**.	吃飯。
매우 **기쁩니다**.	非常高興。

▹ 달이 **밝습니다**.	月亮很亮。
▹ 저는 학교 근처에 **삽니다**.	我住在學校附近。
▹ 그녀는 머리가 **깁니다**.	她的頭髮很長。
▹ 주말에는 집에서 **쉬십니다**.	週末會在家裡休息。
▹ 신문을 **읽으십니다**.	正在看報紙。

이다 (是～) → 이+ㅂ니다→ 입니다 (是～)

▹ 이것은 책**입니다**.	這是書。
▹ 여기는 은행이 **아닙니다**.	這裡不是銀行。
▹ 오늘은 날씨가 **좋았습니다**.	今天的天氣很好（曾經）。
▹ 이번에는 제가 **가겠습니다**.	這次由我去。
▹ 그는 착한 **사람이었습니다**.	他曾是個溫柔的人。

參考　「−ㅂ니다/습니다、−ㅂ니까/습니까」是比較正式的說法，抬高對方地位的程度較高，通常被使用在演講、發表、報告、廣播等公共場合，男性的使用比例高於女性，年長男性的使用比例高於年輕男性，且此種說法會給人較為生硬的感覺，在日常對話中通常會使用較不正式的「−아요/어요」來表現。

>> 請參考p.201、p.202的「하십시오體」、「해요體」。

 −ㅂ시다/읍시다　做～吧、請～　　敬語程度 上 中上 **中** 中下 下

母音結尾的動詞語幹、ㄹ語幹+ㅂ시다				
마시다	喝	마시+ㅂ시다	마십시다	喝吧
열다	打開	여+ㅂ시다	엽시다	打開吧

子音結尾的動詞語幹+읍시다				
앉다	坐	앉+**읍시다**	앉읍시다	坐吧
찍다	拍攝	찍+**읍시다**	찍읍시다	拍攝吧

❶表示邀請或提議對方一起進行某個行動。

▹ 같이 **갑시다**. 　　　　　　　　一起去吧。

▷ 뭐 좀 **먹읍시다**.　　　　　　吃點什麼東西吧。

▷ 한잔하러 **갑시다**.　　　　　　去喝一杯吧。

▷ 가까우니까 걸어 **갑시다**.　　　因為很近就走路去吧。

❷ 用來向說話對象提出要求，或請求對方同意。

▷ 좀 조용히 **합시다**.　　　　　　稍微安靜一點吧。

▷ 서울역까지 **갑시다**.　　　　　請到首爾車站。（搭計程車時）

▷ 하나 더 물어 **봅시다**.　　　　容我再問一個問題吧。

❸ 接在動詞「치다」、「하다」之後，表示提出某個假設的狀況。

▷ 그의 말이 옳다고 **칩시다**.　　就算他的話是對的吧。

▷ 1억 원이 있다고 **합시다**.　　　就算是有一億韓元。

▷ 복권에 당첨되었다고 **칩시다**.　就算是彩券中了獎。

 此種表現只能用在晚輩或關係對等的人身上，不能對長輩使用，男性的使用者多於女性，中年以上的使用者多於年輕人。對於長輩應該使用以下的表現方式。

▷ 같이 **가시겠어요**？　　　一起去好嗎？

▷ 같이 **가시겠습니까**？　　一起去好嗎？

▷ 같이 **가시지요**.　　　　一起去吧。

▷ 같이 **가 주시겠어요**？　　請跟我一起去好嗎？

㉕ ─세요／으세요　　做～（嗎）、請～　　**敬語程度** 上 中上 中 中下 下

用言的母音語幹、ㄹ語幹、「이다」的語幹＋세요				
쓰다	寫	쓰＋세요	쓰세요	請寫
알다	知道	아＋세요？	아세요？	知道嗎？
用言的子音語幹＋으세요				
앉다	坐	앉＋으세요	앉으세요	請坐
찍다	拍攝	찍＋으세요	찍으세요	請拍攝

❶ 表示對說話者的想法、現在的狀態或動作、不久之後將會發生的事實等做出說明。

사장님은 식사를 **하세요**.	社長在用膳。
선생님은 책을 **읽으세요**.	老師正在讀書。
기분이 좋아 **보이세요**.	心情看起來很好。
부모님이 **기뻐하세요**.	父母很高興。
내일 김 박사님이 **오세요**.	明天金博士會光臨。
그분은 **학장님이세요**.	那位是校長。

❷ 表示詢問說話對象。

뭘 **만드세요**?	在製作什麼呢？
몇 시에 **출발하세요**?	幾點出發呢？
내일 시간 **있으세요**?	明天有時間嗎？
누구 (이) **세요**?	是哪位呢？

❸ 接在動詞後方，表示命令或請求的意思。

편의점 앞에 세워 **주세요**.	請在便利商店前面停下來。
여기 **앉으세요**.	請坐在這裡。
여기에 도장을 **찍으세요**.	請在這裡蓋章。

 「－ (으) 세요」是語尾「－ (으) 시－」與「－어요」結合而成的「－ (으) 시어요」的縮寫，因此也可以使用「－ (으) 셔요」。

---

26 ─습니까　～嗎、～呢

>> 請參考p.256的「－ㅂ니까／습니까」

27 ─습니다　是～

>> 請參考p.257的「－ㅂ니다／습니다」。

28 －십시오/으십시오　請～　｜敬語程度｜ 上 中上 中 中下 下

母音結尾的動詞語幹、ㄹ語幹＋십시오				
쓰다	寫	쓰＋**십시오**	쓰십시오	請寫
만들다	製作	만드＋**십시오**	만드십시오	請製作

子音結尾的動詞語幹＋으십시오				
앉다	坐	앉＋**으십시오**	앉으십시오	請坐
찍다	拍攝	찍＋**으십시오**	찍으십시오	請拍攝

❶ 表示尊敬地向對方提出命令或請求，通常使用在會議、發表、報告等正式場合。

▶ 우산을 가져 **가십시오**.　　　請帶傘去。
▶ 이것을 **받으십시오**.　　　請收下這個。
▶ 여기에 **앉으십시오**.　　　請坐這裡。
▶ 너무 좋아하지 **마십시오**.　　　請不要太高興。

❷ 在考試題目等場合表示指示的意思。

▶ 질문에 **대답하십시오**.　　　請回答問題。
▶ 맞는 것을 **고르십시오**.　　　請選出正確答案。

❸ 當成打招呼時的慣用言使用，不帶有命令意味。

▶ 안녕히 **계십시오**.　　　再會。
▶ 안녕히 **주무십시오**.　　　晚安。
▶ 새해 복 많이 **받으십시오**.　　　恭賀新禧。

 1_ 使用帶有請求意味的「－（으）시지요」來取代較為生硬的「－（으）십시오」可以讓語氣變得比較柔和。

▶ 이리 내려 **오시지요**.　　　下來這裡吧。
▶ 이것을 **받으시지요**.　　　請收下這個。

 2_ 日常對話中經常使用較不正式的「－아요/어요、－（으）세요」。

末音節母音是「ㅏ、ㅗ」的用言語幹＋아				
작다	小的	작＋**아**	작아	小的
좋다	好的	좋＋**아**	좋아	好的

末音節不是「ㅏ、ㅗ」的用言語幹、語尾「−았／었−、−겠−」＋어				
먹다	吃	먹＋**어**	먹어	吃
읽다	讀	읽＋**어**	읽어	讀

以「하다」結尾的用言語幹＋여 → 해				
공부하다	唸書	공부하＋**여**	공부해	讀書

❶ 用來敘述事實或說話者的想法，可對晚輩及輩份相等且關係親近的人使用。

▹ 지금 눈이 **와**.	現在正在下雪。
▹ 지금 밥을 **먹어**.	現在正在吃飯。
▹ 이것이 더 **좋아**.	這個更好。
▹ 점심을 못 **먹었어**.	沒得吃中飯。
▹ 곧 비가 **오겠어**.	好像快要下雨了。

❷ 表示詢問說話對象的意思。

▹ 어디 **가**?	要去哪裡呢？
▹ 누가 **와**?	誰要來呢？
▹ 그 사람이 그렇게 **좋아**?	那個人有那麼好（喜歡）嗎？
▹ 어제 뭐 **했어**?	昨天做了什麼呢？

❸ 接在動詞之後，表示命令、請求的意思。

▹ 여기 **앉아**.	坐在這裡。
▹ 빨리 **가**.	快點去。
▹ 같이 **먹어**.	一起吃吧。
▹ 여기서 잠깐만 **기다려**.	在這裡等一下。

1_ 表示尊敬的語尾「-(으)시-」與「-어」結合時會被縮寫成「-(으)셔」來使用。

▶ 할머니가 내일 **오셔**.　　　　奶奶明天會來。
▶ 지금 신문을 **읽으셔**.　　　　現在正在看報紙。

 2_ 以「하다」結尾的用言語幹與「-여」結合後會成為「하+여」，但在一般狀況下通常會使用縮寫形「해」。

>> 詳情請參考p.185的「여不規則變化」。

▶ 나랑 같이 **공부해**.　　　　跟我一起唸書吧。
▶ **미안해**.　　　　抱歉。
▶ 여기는 날씨가 **따뜻해**.　　　　這裡天氣很溫暖。
▶ 뭐 **해**？　　　　在做什麼呢？

 3_ 母音結尾的用言語幹與語尾「-아/어」結合可省略。

>> 詳情請參考p.366的「母音的省略與脫落一覽」。

▶ 가다 → **가**+**아** → 가　　　　去
▶ 오다 → **오**+**아** → 와　　　　來
▶ 건너다 → **건너**+**어** → 건너　跨過
▶ 마시다 → **마시**+**어** → 마셔　喝
▶ 배우다 → **배우**+**어** → 배워　學
▶ 끝내다 → **끝내**+**어** → 끝내　結束

 4_ 與「이다、아니다」結合時是使用「야」的型態。

▶ 저분이 김 선생님**이야**.　　　那位是金老師喔。
▶ 지금 몇 시**야**？　　　　現在是幾點？
▶ 이건 언제 찍은 사진**이야**？　這是什麼時候拍的照片？
▶ 민수 형은 의사**야**？　　　岷秀兄是醫師嗎？
　 아니야, 의사가 아니야.　　不，不是醫師喔。

 5_ 表示禁止之意的動詞「말다」與語尾「-아」結合後不是變成「말아」，而是讓「ㄹ」脫落變成「마」的型態。

▶ 가지 **말아**. (×)　　　　不准去。
▶ 가지 **마**. (○)　　　　不准去。

졸지 **마**.	別打瞌睡
보지 **마**.	不准看。
울지 **마**.	不准哭。

>> 這種「－아／어／여」的句子可以跟用以添加敬意的助詞「요」結合成「－아요／어요／여요」的型態來使用，相關説明請參考p.132的助詞「요」、p.264的語尾「－아요／어요／여요」。

30 －아요／어요／여요　是～　　　　　　敬語程度｜上 中上 中 中下 下｜

末音節母音是「ㅏ、ㅗ」的用言語幹＋아요				
찾다	找	찾＋**아요**	찾아요	找
좋다	好的	좋＋**아요**	좋아요	好

末音節母音不是「ㅏ、ㅗ」的用言語幹、語尾「－았／었－、－겠－」＋어요				
적다	少的	적＋**어요**	적어요	少
읽다	讀	읽＋**어요**	읽어요	讀

| 以「하다」結尾的用言語幹＋여요 → 해요 | | | | |
| 공부하다 | 讀書 | 공부하＋**여요** | 공부**해요** | 讀書 |

❶用來敘述事實或說話者的想法。

나는 도쿄에 **살아요**.	我住在東京。
민수는 지금 밥을 **먹어요**.	岷秀現在正在吃飯。
강물이 **맑아요**.	河水很乾淨。
점심을 못 **먹었어요**.	沒有吃午餐。
곧 비가 **오겠어요**.	好像快要下雨了。

❷表示詢問說話對象的意思。

어디 **살아요**?	住在哪裡呢？
몇 시에 **일어나요**?	幾點起床呢？
그 사람이 그렇게 **좋아요**?	那個人有那麼好（喜歡）嗎？
어제 뭐 **했어요**?	昨天做了什麼呢？

❸ 接在動詞之後，表示命令、請求的意思。

▸ 여기 **앉아요**. 　　　　　　請坐這裡。
▸ 빨리 **와요**. 　　　　　　　請快點過來。
▸ 같이 **먹어요**. 　　　　　　一起吃吧。
▸ 잠깐만 **기다려요**. 　　　　請稍等一下。

 1＿ 表示尊敬的語尾「－（으）시－」與「－어」結合時可縮寫成
「－（으）세요」或「（으）셔요」來使用。

▸ 할머니가 내일 **오세요**. 　　奶奶明天會來。
▸ 지금 신문을 **읽으셔요**. 　　現在正在看報紙。

 2＿ 以「하다」結尾的用言之語幹與語尾「－여요」結合後可成為
「하＋여요」，但在一般狀況下通常會寫略成「해요」。

>> 詳情請參考p.185的「여的不規則變化」。

▸ 나랑 같이 **공부해요**. 　　跟我一起唸書吧。
▸ **미안해요**. 　　　　　　　對不起。
▸ 여기는 날씨가 **따뜻해요**. 　這裡天氣很溫暖。
▸ 뭐 **해요**? 　　　　　　　在做什麼呢？

 3＿ 母音結尾的用言語幹與語尾「－아요／어요」結合時可省略或縮寫。

>> 詳情請參考p.366「母音的省略與脫落一覽」。

▸ 가다 → **가**＋**아요** → 가요 　　去 　　（陽性母音 ㅏ＋아요）
▸ 오다 → **오**＋**아요** → 와요 　　來 　　（陽性母音 ㅗ＋아요）
▸ 건너다 → **건너**＋**어요** → 건너요 　跨過 　（陰性母音 ㅓ＋어요）
▸ 마시다 → **마시**＋**어요** → 마셔요 　喝 　 （陰性母音 ㅣ＋여요）
▸ 배우다 → **배우**＋**어요** → 배워요 　學 　 （陰性母音 ㅜ＋어요）
▸ 끝내다 → **끝내**＋**어요** → 끝내요 　結束 　（陰性母音 ㅐ＋어요）

 4＿ 與「이다、아니다」結合時是使用「에요」的型態，結合後形成「
이에요、아니에요」，當使用在以沒有終音之母音來結尾的名詞後方時，
使用「이에요」的省略形「예요」，「아니에요」可以省略成「아녜요」
來使用。

母音結尾的名詞＋예요	子音結尾的名詞＋이에요

친구＋**예요**	是朋友	학생＋**이에요**	是學生
누구＋**예요**？	是誰？	냉면＋**이에요**	是冷麵

▷ 저분이 김 선생님**이에요**. 　那位是金老師。

▷ 지금 몇 시**예요**? 　現在是幾點呢？

▷ 언제 찍은 사진**이에요**? 　什麼時候拍的照片呢？

▷ 그건 사랑이 **아니에요**. 　那不是愛。

▷ 형은 의사**예요**? 　哥哥是醫師嗎？

　아녜요, 공무원**이에요**. 　不是，是公務員。

▷ 오늘이 생일이 **아녜요**? 　今天不是生日嗎？

 5_ 表示禁止之意的動詞「말다」與「－아요」結合後並未遵守「ㄹ」遇上「ㅈ，ㄷ，아」不變化規則，變成「말아요」，而是讓「ㄹ」脫落變成「마요」的型態。

▷ 가지 **말아요**. (×) 가지 **마요**. (○) 　不准去。

▷ 졸지 **마요**. 　不准打瞌睡。

▷ 보지 **마요**. 　不准看。

▷ 울지 **마요**. 　不准哭。

≫ 有的文法書將「마요」視為「말아요」的縮寫，且將「말아요」形也視為合乎規則的用法。而在實際生活中，「말아요／마요」這兩者都經常被使用於日常對話，也有人主張「말아요」被使用的頻率更高於「마요」。

31 ─아라／어라／여라 　**給我～、要～（命令）** 　敬語程度 上 中上 中 中下 **下**

末音節母音是「ㅏ、ㅗ」的動詞語幹＋아라			
타＋**아라**→ 타라	搭	앉＋**아라**	坐下
보＋**아라**→ 봐라	看	찾＋**아라**	找

末音節母音不是「ㅏ、ㅗ」的動詞語幹＋어라			
마시＋**어라**→ 마셔라	喝	먹＋**어라**	吃
바꾸＋**어라**→ 바꿔라	換	읽＋**어라**	讀

以「하다」結尾的動詞語幹＋여라 → 해라

공부하＋**여라** → 공부**해라**　　　讀書　　　운동**해라**　　　運動

① 表示命令的意思，使用於晚輩或朋友等關係較親近的對象。

저기 좀 **봐라**.	看一下那邊。
천천히 **먹어라**.	慢慢吃。
숙제 좀 도와 **줘라**.	幫我做一下作業。
노래 한곡 **불러라**.	唱一首歌。

② 接在形容詞之後，表示說話者的情緒、感想或感嘆。

아이고, **무서워라**.	啊，好可怕。
아, **행복해라**.	啊，好幸福啊。
달도 **밝아라**.	月亮也很亮啊。

 1_ 理論上動詞「가다（去）」是與命令型語尾「－거라」結合成「가거라」，動詞「오다（來）」是與命令型語尾「－너라」結合成「오너라」來使用，但在表示命令句時可與「－아라」結合，以「가아라 → 가라、오아라 → 와라」的形式來使用。

| 천천히 놀다가 **가라**. | 給我慢慢玩後回去吧。 |
| 지금 곧 정문 앞으로 **와라**. | 馬上給我到正門前面來。 |

 2_ 表示禁止之意的動詞「말다」與命令型語尾「－아라」結合後不是變成「말아라」，而是讓「ㄹ」脫落變成「마라」的型態，一般用在口語，直接引用。

가지 **말아라**. （×） 가지 **마라**. （○）	不准去。
보지 **마라**.	不准看。
울지 **마라**.	不准哭。

➤➤ 有的文法書將「마라」視為「말라」的縮寫，且將「말라」形也視為合乎規則的用法，常在書面體上，間接引用時使用。

보지 마라 （口語命令）	別看。
그는 "너는 보지 마라"라고 했다.	他要你別看。（直接引用）
보지 말라 （書面體命令）	別看。
그는 너에게 보지 말라고 했다.	他要你別看。（間接引用）

參考 3_ 母音以아／어結尾的用言語幹與語尾「－아라／어라」結合時會發生省略。

>> 詳情請參考p.366的「母音的省略與脫落一覽」。

- 가다 → **가＋아라** → 가라　去（命令）。
- 오다 → **오＋아라** → 와라　來（命令）。
- 건너다 → **건너＋어라** → 건너라　跨過來（命令）。
- 마시다 → **마시＋어라** → 마셔라　喝（命令）。
- 배우다 → **배우＋어라** → 배워라　學（命令）。
- 끝내다 → **끝내＋어라** → 끝내라　結束（命令）。
- 하다 → **하＋여라** → 해라　做（命令）。

32 －야　**是～喔**

>> 請參考p.262的「－아／어／여」。

33 －아요／어요／여요　**是～**

>> 請參考p.264的「－아요／어요／여요」。

34 －어라　**命令做～**

>> 請參考p.266的「－아라／어라／여라」。

35 －예요／이에요　**是～**

>> 請參考p.264「－아요／어요／여요」參考4。

36 －으려고요　**想要～**

>> 請參考p.255的「－려고요／으려고요」。

37 －은가요　**～嗎、～呢**

>> 請參考p.246的「－는가요／ㄴ가요／은가요」。

38 －은데　～呢、～啊、～喔

>> 請參考p.247的「－는데／ㄴ데／은데」。

39 －읍시다　～吧、請～

>> 請參考p.258的「－ㅂ시다／읍시다」。

40 －으세요　請～、做～（嗎）

>> 請參考p.259的「－세요／으세요」。

41 －으십시오　請～

>> 請參考p.261的「－십시오／으십시오」。

42 －을걸　應該～吧、若是～就好了

>> 請參考p.252的「－ㄹ걸／을걸」。

43 －을게　要做～囉、要～了

>> 請參考p.253的「－ㄹ게／을게」。

44 －을까　～吧、～嗎

>> 請參考p.253的「－ㄹ까／을까」。

45 －을래　～喔、～嗎

>> 請參考p.254的「－ㄹ래／을래」。

46 －이에요／예요　是～

>> 請參考p.264「－아요／어요／여요」的參考4。

47 ─입니까 是～嗎

>> 請參考p.256的「─ㅂ니까/습니까」。

48 ─입니다 是～

>> 請參考p.257的「─ㅂ니다/습니다」。

49 ─자 ～吧 | 敬語程度 | 上 | 中上 | 中 | 中下 | 下 |

動詞語幹＋자			
가＋**자**	去吧	먹＋**자**	吃吧
마시＋**자**	喝吧	만들＋**자**	製作吧
타＋**자**	搭吧	걷＋**자**	走吧

❶ 表示請求、提議的意思。

▷ 같이 영화 보러 **가자**.　　　一起去看電影吧。

▷ 술이나 **마시자**.　　　喝些酒吧。

▷ 같이 생각해 **보자**.　　　一起想想看吧。

▷ 날씨가 좋으니까 **걷자**.　　　天氣很好所以用走的吧。

❷ 用在答應對方的要求，以及自己提出某個要求或尋求對方同意的時候。

▷ 같이 놀자. - 그래, **놀자**.　　　一起玩吧。 ——好，一起玩吧。

▷ 걸어 갈까? - 그렇게 **하자**.　　　走路去嗎？ ——就那麼做吧。

▷ 좀 조용히 **하자**.　　　安靜一點。

▷ 좀 천천히 **읽자**.　　　稍微讀慢一點。

▷ 미안하지만 돈 좀 **빌리자**.　　　不好意思，借點錢給我吧。

▷ 나도 좀 **이야기하자**.　　　也讓我說幾句話。

▷ 나도 좀 **먹자**.　　　也讓我吃點吧。

❸在句子的開頭用來提出某個論點。

▷ 먼저 하나의 예를 들어 **보자**.　　　首先讓我們舉一個例子吧。

▷ 젊은이들의 취향을 분석해 **보자**.　　試著分析年輕人的喜好吧。

▷ 일본의 만화에 대해 말해 **보자**.　　來談談日本的漫畫吧。

❹接在動詞「치다、하다」之後，以「－고 치다、－고 하다」的形式表示假定的意思。

▷ 복권에 당첨되었다고 **치자**.　　　　假設彩券中了獎。

▷ 굉장한 미인이 있다고 **하자**.　　　　假設有一個大美女。

▷ 네가 챔피언이라고 **치자**.　　　　　假設你是冠軍。

 在一些例外的狀況下，也可以接在形容詞之後表示請求的意思。

　　▷ 어떤 일이 있더라도 **냉정하자**.　　不管發生什麼都要保持冷靜。

　　▷ 좀 더 **부지런하자**.　　　　　　　再勤勞一點吧。

　　▷ 좀 더 **충실하자**.　　　　　　　　再忠實一點吧。

50 ─지（요）　　～對吧、～吧、～喔　　敬語程度 上 中上 中 中下 下

> 用言語幹、「이다」的語幹、
> 語尾「－았다／었다－、－겠－、－（으）시－」＋지（요）

참 좋＋**지**　　　　非常好對吧　　　달＋겠＋**지**？　　很甜吧？

같이 가＋**지**　　　一起去啦。　　　맛있＋**지**？　　好吃吧？

언제 오＋시＋**지**？　什麼時候來的呢？　학생＋이＋**지**？　是學生吧？

❶表示說話者的想法、判斷及意志。

▷ 매년 이맘때는 아주 **바쁘지**.　　　每年這個時期都非常忙喔。

▷ 아무도 안 올지도 **모르지**.　　　　也許誰都不會來。

▷ 여름엔 냉면이 **최고지요**.　　　　　夏天吃冷麵最好。

▷ 이 정도면 **되겠지**.　　　　　　　　若是這種程度的話就行了吧。

▷ 언젠가는 **만나겠지요**.　　　　　　總有一天會見面吧。

▷ 할 사람이 없으면 내가 **하지**.　　　沒有人要做的話就由我來做囉。

▷ 그 정도라면 내가 빌려 **주지**.　　　只要那麼多的話我借給你。

❷使用在疑問句中，表示詢問以及尋求對方的確認或同意。

> 왜 아무도 안 **오지**? 　　　　　為什麼沒有人來呢？
> 몇 시에 **만나지**? 　　　　　　幾點見面呢？
> 날씨가 꽤 **덥지**? 　　　　　　天氣挺熱的對吧？
> 밖은 **춥겠지**? 　　　　　　　外面應該很冷吧？
> 그 소설 **재미있지요**? 　　　　那本小說很有趣吧？
> 어젯밤에 비가 많이 **왔지**? 　　昨晚下了很多雨對吧？
> 몇 살**이지요**? 　　　　　　　幾歲呢？

❸表示婉轉的命令或請求。

> 이걸로 해 **보지**. 　　　　　　用這個試試看。
> 한 잔 더 **마시지**. 　　　　　　再喝一杯。
> 많이 벌었으니까 한잔 **사지**. 　　既然賺了不少錢就請我喝一杯吧。
> 피곤할 테니까 좀 **쉬지**. 　　　應該很累吧，休息一下吧。
> 한잔하고 **가지요**. 　　　　　去喝一杯吧。
> 같이 영화나 보러 **가시지요**. 　一起去看場電影吧。

❹說話者向對方敘述已知道的事時使用，有再次確認的意思。

> 대학 때 인기가 **있었지**. 　　　大學時代很受歡迎喔。
> 민수한테서 한국어를 **배웠지**. 　向岷秀學了韓語喔。
> 옛날에는 **부자였지요**. 　　　以前是有錢人。

 敬語是與助詞「요」結合而成「－지요」，「－지요」在對話中通常會省略
成「－죠」來使用。

> 아기가 **귀엽지**? 　　　　　孩子很可愛吧？
> 아기가 **귀엽지요**? 　　　　孩子很可愛吧？
> 아기가 **귀엽죠**? 　　　　　孩子很可愛吧？
> 이게 **얼마죠**? 　　　　　　這個要多少錢呢？
> 같이 **가시죠**. 　　　　　　一起去吧。
> 누구 **시죠**? 　　　　　　　是哪位？

韓語的標點符號包括以下幾種。

標點符號		名稱	備註（中文名稱）
마침표 [終止符]	.	온점	句號（使用於橫書）
	˚	고리점	句號（使用於直書）
	?	물음표	問號
	!	느낌표	驚嘆號
쉼표 [休止符]	,	반점	逗號（使用於橫書）
	、	모점	使用於直書，逗號
	·	가운뎃점	間隔號
	:	쌍점	冒號
	/	빗금	斜線
따옴표 [引用符]	" "	큰따옴표	雙引號（使用於橫書）
	『 』	겹낫표	雙引號（使用於直書）
	' '	작은따옴표	單引號（使用於橫書）
	「 」	낫표	單引號（使用於直書）
묶음표 [括弧符]	( )	소괄호	小括號 or 半型圓括號
	{ }	중괄호	中括號 or 花括號
	[ ]	대괄호	大括號 or 方括號
이음표 [連結符]	—	줄표	破折號
	‐	붙임표	連字號
	~	물결표	波紋號
드러냄표 [顯在符]	˙ , ˚	드러냄표	強調重點部分，橫書時寫在字的上方，直書時寫在字的右邊。
안드러냄표 [潛在符]	××, ○○	숨김표	隱字符
	□	빠짐표	缺字符、空格
	……	줄임표	刪節號

20 連結語尾 연결어미

① ─거나　〜或、不管〜

마시＋**거나**	或喝	싸＋**거나**	不管便不便宜
읽＋**거나**	或讀	무엇＋이＋**거나**	不管是什麼
하＋시＋**거나**	或做	잘 모르＋겠＋**거나**	或不熟悉

❶表示選擇、列舉或並列。

▷ 수영을 **하거나** 조깅을 **하거나** 하는 게 좋아요.
　不論是去游泳或是慢跑都不錯。
▷ 연락은 메일 **주시거나** 전화를 하세요.
　請用電子郵件或電話聯絡。
▷ 쉬는 날에는 친구를 **만나거나** 영화를 보러 가요.
　假日會跟朋友見面或是去看電影。
▷ 휴일에는 청소를 **하거나** 빨래를 **하거나** 음악을 **듣거나** 한다.
　假日會打掃、洗衣服或聽音樂。

❷與「무엇、누구、어디、언제」等疑問代名詞一起使用，表示讓步或不堅持的意思。

▷ **무엇**을 **하거나** 열심히 해라.　　　　　不管做什麼都盡力去做（命令）。
▷ **누구**를 **만나거나** 웃는 얼굴로 인사를 한다.　不管遇到誰都要笑臉迎人。
▷ **어디**를 **가거나** 컴퓨터를 가지고 간다.　　不管去哪裡都帶著電腦。

❸ 表示同時選擇兩個以上相對立的事物。

▷ **싸거나 비싸거나** 한 개만 사 가자.
不管便宜還是貴都去買一個吧。
▷ 잠을 **자거나** 놀러 **가거나** 마음대로 해라.
不管要睡覺還是去玩都隨你高興。
▷ 여기서는 부자 **이거나** 가난한 사람**이거나** 상관없다.
在這裡不管是有錢人還是窮人都無所謂。
▷ 기다리**거나** 말**거나** 내버려 두자.
要等不等，都別管了。
▷ 믿**거나** 말**거나** 이런 우스갯소리가 있다.
不管你相不相信，就是有這麼好笑的事。

 「-거나」可以替換成「-든지」。

▷ 연락은 메일 주시**든지** 전화를 하세요. 請用電子郵件或電話聯絡。
▷ 무엇을 하**든지** 열심히 해라. 不管做什麼都要努力去做（命令）。
▷ 기다리**든지** 말**든지** 마음대로 해라. 要等不等，隨你便。

❷ 　-게　～得、讓～、～地

用言語幹＋게			
오＋게	讓～來	빠르＋게	使之快
재미있＋게	使之有趣	밝＋게	使之亮

❶ 接在動詞、「있다、없다」之後，表示做為後續動作之目的或基準的事物，可以替換成「-도록」。

▷ 밖을 **내다보게** 창문 좀 열어라. 打開窗戶好讓人可以看見外面。
▷ 비 안 **맞게** 빨리 빨래를 걷어라. 別讓雨淋了，快把（衣服）收下來。
▷ 지진에 무너지지 **않게** 집을 지어야 한다.
必須把房子蓋的不會被地震震倒才行。

▸ 아기가 깨지 **않게** 조용히 들어갔다.
在不吵醒孩子的情況下靜靜地走了進去。

❷接在形容詞及部分的動詞之後，表示後續動作或狀態的程度、方式等。

▸ 머리를 **길게** 길렀다.　　　　　　　留長了頭髮。
▸ **짧게** 잘라 주세요.　　　　　　　　請剪短。
▸ 칠판에 글씨를 **크게** 썼다.　　　　　把字大大地寫在黑板上。
▸ 목이 **터지게** 외쳤다.　　　　　　　叫到幾乎把喉嚨叫破了。

❸以「－게도」的形式連接表示說話者所下之判斷的「놀랍다（令人驚訝的）、다행스럽다（幸運的）、불행하다（不幸的）、슬프다（傷心的）、이상하다（奇怪的）」等形容詞，表示說話者對後續所說事實的感想。

▸ **놀랍게도** 그 소문은 사실이었다.
令人驚訝地，那個傳聞是事實。
▸ **이상하게도** 회사에 아무도 보이지 않았다.
不可思議地，公司裡一個人都沒有。
▸ **다행스럽게도** 졸업을 하고 곧 취직을 할 수 있었다.
幸運地在畢業之後馬上找到了工作。

 1_ 以「－게하다」的形式，表示使役。

>> 請參考p.213的「－게 하다」。

▸ 아이에게 피아노를 배우**게 했다**.　　讓孩子學了鋼琴。
▸ 언니에게 빵을 사 오**게 했다**.　　　讓姊姊買了麵包過來。

 2_ 以「－게 되다」的形式，表示被動或被動狀況的發生。

>> 請參考p.210的「－게 되다」。

▸ 둘은 서로 사랑하**게 되었다**.　兩人相愛了。
▸ 내년에 유학을 가**게 되었다**　明年將會去留學。

3 ─고 　～而～、先～、然後～

> 用言語幹、「이다」的語幹、語尾「─았/었─、─겠─、─(으)시─」+고

보+고	看	높+고	高
입+고	穿	좋+고	好
먹+고	吃	사전+이+고	辭典

❶ 表示兩個以上的動作、狀態或事實並列。

▷ 열도 나고 목도 아프다.	發燒而且喉嚨痛。
▷ 영화도 보시고 술도 드셨다.	看了電影還喝了酒。
▷ 그녀는 눈도 크고 아름답다.	她眼睛大人又漂亮。
▷ 이것은 빵이고 그것은 떡이다.	這是麵包那是糕點。
▷ 떡도 먹었고 고기도 먹었다.	吃了糕點也吃了肉。

❷ 接在動詞之後，表示在時間上早於後續的動作，可以替換成「─고서」及「─고 나서」。

▷ 세수를 하고 밥을 먹었다.	先洗臉然後吃了飯。
▷ 목욕을 하고 잤다.	先洗澡然後就睡了。
▷ 그와 헤어지고 술만 마신다.	與他分手之後就一直喝酒。

❸ 表示在維持前一個動作之狀態或結果的情況下開始後續的動作，可以替換成「─고서」。

▷ 지하철을 타고 가자.	搭地下鐵去吧。
▷ 안경을 벗고 책을 읽는다.	摘下眼鏡看書。
▷ 옷을 입고 잤다.	穿著衣服睡著了。

❹ 表示幾個相對立的事物並列。

▷ 길고 짧은 것은 대 봐야 안다.	長短要量了才知道。
▷ 크고 작은 배들이 떠 있었다.	大大小小的船漂浮著。
▷ 싸고 비싼 것은 문제가 아니다.	價錢高低不是問題。

1_ 能夠連接主動詞的語幹與補助動詞。

>> 請參考p.37～41的補助動詞、p.45的補助形容詞。

▷ 책을 읽고 있다. 　　　　　正在讀書。

▷ 그 얘기를 듣고 웃고 말았다. 聽到那件事之後笑了出來。

▷ 영화를 보고 싶다. 　　　　想要看電影。

 2_ 部分的形容詞可以用「～고～（으）ㄴ」的形式重疊起來表示強調。

▷ 길고 긴 세월 　　　　　　漫長的歲月。

▷ 넓고 넓은 바다 　　　　　廣闊的海。

▷ 멀고 먼 나라 　　　　　　遙遠的國度。

---

4 │ -고는　～之後、說是～、會～

> 動詞的語幹、語尾「-（으）시-」+고는

| 일기를 쓰+**고는** | 寫日記之後 | 먹+**고는** 하다 | 常吃 |
| 말하+**고는** | 說話之後 | 보+**고는** 하다 | 常看 |

❶「-고」的強調形，可單純表示時間上的前後關係，也可表示後續動作、狀態的前提。

▷ 밥을 먹**고는** 나가 버렸다. 　　吃了飯之後就出去了。

▷ 잘못하**고는** 책임을 지지 않는다. 犯錯之後不負責任。

▷ 안 만나기로 하**고는** 또 만난다. 說好不見面但還是照樣見面。

▷ 술의 힘을 빌리지 않**고는**…. 　不藉酒力的話…。

❷ 以「-고는 하다」的形式使用，表示通常、經常性的動作。

▷ 가끔 책방에 들르**고는** 한다. 　通常會去書店。

▷ 하루에 두 번 전화를 하**고는** 한다. 一天通常會打兩通電話。

▷ 큰 소리로 책을 읽으시**고는** 했다. 通常會用很大的聲音來唸書。

 「-고는」可以省略成「-곤」來使用。

▷ 한 시간씩 산책을 하시**곤** 했다. 每隔一小時通常會散步一次。

▷ 민수가 자주 놀러 오**곤** 한다.　岷秀經常來玩。

5 | －고도　就算～、即使～、～而～

用言語幹＋고도			
마시＋**고도**	就算喝	기쁘＋**고도**	美麗
먹＋**고도**	就算吃	깊＋**고도**	深

❶表示與前面的內容互相對立，或是連續列出幾個不同的特性。

▷ 그것은 돈을 주**고도** 못 산다.　　那個就算給錢也買不到。
▷ 잘못하**고도** 사과를 하지 않는다.　即使犯了錯也不道歉。
▷ 슬프**고도** 아름다운 사랑 이야기.　悲傷而美麗的愛情故事。
▷ 가깝**고도** 먼 이웃나라.　　似近實遠的鄰國。

6 | －고서　先～、然後～、自從～

動詞語幹＋고서			
사＋**고서**	買了之後	만나＋**고서**	見面之後
닫＋**고서**	關閉之後	듣＋**고서**	聽了之後

❶「－고」的強調形，接在動詞之後表示在時間上先於後續的動作，可以替換成「－고」與「－고 나서」。

▷ 저녁을 먹**고서** 다시 나갔다.　　吃了晚餐之後又出門了。
▷ 목욕을 하**고서** 잤다.　　洗澡後就睡了。
▷ 손을 씻**고서** 밥을 먹어라.　　先洗手再吃飯（命令）。

❷表示理由、原因或根據。

▷ 그와 헤어지**고서** 술만 마신다.　自從和他分手之後就老是喝酒。
▷ 그 말을 듣**고서** 무척 기뻐했다.　聽到那件事之後非常高興。
▷ 약을 먹**고서** 감기가 나았다.　　吃了藥之後感冒就好了。

❸表示在維持前一個動作之狀態或結果的情況下開始後續的動作，可以替換成「－고」。

> 빨간 모자를 쓰**고서** 나갔다.   戴上紅帽子出門了。
> 창문을 열**고서** 청소를 한다.   打開窗戶打掃。
> 차를 몰**고서** 나갔다.   開車出門了。

❹若要強調前後內容屬對立關係的話可使用「－고서도、－고서는」。

> 알**고서** 모른다고 한다.   明明知道卻說不知道。
> 먹**고서** 안 먹은 체했다.   明明吃過卻裝作沒吃過。

---

7   **－ㄴ데／는데／은데**   因為～、結果～、但是～、卻～

動詞語幹、「ㄹ」語幹、語尾「－았／었－、－겠－、－(으)시－」、「있다／없다」的語幹＋는데			
쓰＋**는데**	在寫	읽＋**는데**	在讀
집에 있＋**는데**	在家	먹＋었＋**는데**	吃了

母音結尾的形容詞語幹、「ㄹ」語幹、「이다」的語幹＋ㄴ데			
쓰＋**ㄴ데**→ 쓴데	苦的	길＋**ㄴ데**→ 긴데	長的
차＋**ㄴ데**→ 찬데	冷的	학생＋이＋**ㄴ데**→ 학생인데	是學生

子音結尾的形容詞語幹＋은데			
좋＋**은데**	好的	넓＋**은데**	寬的
높＋**은데**	高的	작＋**은데**	小的

❶指出背景以及狀況。

> 비가 오겠 **는데** 어떻게 할까요？   好像會下雨，怎麼辦？
> 편의점에 가**는데** 필요한 거 있어？   我要去超商，有什麼要買的嗎？
> 엄마 생일**인데** 뭘 사면 좋을까？   媽媽的生日到了，該買什麼才好？

밥을 먹**는데** 전화가 왔다. 　　　正在吃飯的時候，有電話打來了。

일본에서 왔**는데** 잘 부탁합니다. 　　我來自日本，請多指教。

② 指出理由以及根據。

오늘은 바**쁜데** 내일 만날까? 　　今天很忙，明天見好嗎？

이 옷 작**은데** 바꿔 주세요. 　　　這件衣服太小，請換一件給我。

더**운데** 에어컨을 켜자. 　　　　太熱了，開冷氣吧。

비가 오**는데** 우산을 사자. 　　　下雨了，買把傘吧。

③ 表示對立的結果及狀況，或是對照的事實。

봄**인데** 바람이 아직 차다. 　　　　春天了，風卻還是很冷。

공부는 하**는데** 좀처럼 성적이 안 오른다. 有唸書，但成績沒有進步。

밥을 많이 먹었**는데** 벌써 배가 고프다. 吃了很多飯，但肚子已經餓了。

추**운데** 코트도 입지 않고 나갔다. 　　很冷卻連外套也沒穿就出去了。

---

8 | **-나／으나**　　雖然~、但是~、無論~

母音結尾的用言語幹、「ㄹ」語幹、「이다」的語幹、語尾「-(으)시-」+나

| 모이+**나** | 雖然集合 | 만들+**나**→ 만드나 | 雖然製作 |
| 비싸+**나** | 雖然貴 | 학생+이+**나** | 雖然是學生 |

子音結尾的用言語幹、語尾「-았/었、-겠-」+으나

| 읽+**으나** | 雖然讀 | 먹+었+**으나** | 雖然吃了 |
| 좋+**으나** | 雖然好 | 피+겠+**으나** | 雖然像是要開花 |

① 用來敘述與之前提出的事物互相對立的內容，可以替換成語尾「-지마는、-지만」。

비는 오**나** 바람은 불지 않는다. 　　雖然下雨，但沒有颱風。

품질은 좋으**나** 값이 비싸다. 　　　雖然品質好，但價格貴。

▷ 술집에 갔**으나** 술은 안 마셨다.　　雖然去了酒吧，但沒有喝酒。

▷ 눈은 오겠**으나** 춥지는 않겠다.　　雖然會下雪但不會冷。

▷ 동생은 재수생**이나** 놀기만 한다.　　弟弟是重考生，但卻老是在玩。

❷ 將帶有反對意思的動詞、形容詞以「～（으）나～（으）나」的形式加以列舉，表示無論狀況如何變化都會產生同樣的結果或行動。

▷ 좋**으나** 싫**으나** 해야 한다.　　無論喜不喜歡都非做不可。

▷ 자**나** 깨**나** 걱정뿐이다.　　不分晝夜不停地在擔心。

▷ 죽**으나** 사**나** 같은 운명이다.　　無論是生是死都是相同命運。

❸ 接在動詞之後，並與疑問詞「무엇、어느、어디」等一起使用，表示不管在哪種場合都出現相同的狀況。

▷ **무엇**을 먹**으나** 다 맵다.　　不管吃什麼全都是辣的。

▷ **어디**를 가**나** 사람들이 친절하다.　　不管走到哪人們都很友善。

▷ **누구**를 만나**나** 같은 얘기를 한다.　　不管遇到誰都說相同的話。

參考 部分的形容詞可以透過「～（으）나～（으）ㄴ」的形式來強調該狀態。

　▷ **머나 먼** 길　　　　　　　遙遠的路。

　▷ **기나 긴** 세월　　　　　　漫長的歲月。

　▷ **크나 큰** 스승의 은혜　　　浩瀚的師恩。

9 │ **－느니** 　 比起～、與其～

動詞語幹、「ㄹ」語幹、語尾「－（으）시－」、「－았다／었다」的語幹＋느니

　　그런 강의를 듣＋느니　　　　　　　比起聽那種課

　　그런 회사에 취직하＋느니　　　　　比起去那種公司上班

❶ 表示相較於先前提出的狀況或動作，後續的狀況或動作比較好的意思。經常與「차라리（倒不如）」、「아예（乾脆）」等副詞語一起使用，此時說話者對於後續的狀況或行為同樣是感到不滿。

▷ 이렇게 사느니 차라리 죽는 게 낫겠다.

　與其這樣活下去，倒不如死了更好。

▷ 그런 사람과 결혼하느니 차라리 혼자 살겠다.

　與其跟那種人結婚，不如一個人生活。

▷ 그냥 앉아 있느니 직접 찾아가는 게 좋겠다.

　與其呆坐，不如直接去拜訪還比較好吧。

❷ 以「－느니만 못하다」的形式來強調後續的狀況或動作會比較好。

▷ 이렇게 사는 것은 죽느니만 못하다.

　像這樣活下去還不如死了算了。

▷ 그런 사람과 결혼하는 것은 혼자 사느니만 못하다.

　與其跟那種人結婚還不如一個人生活算了。

 可以用「－느니보다 (는)」的形式來強調「－느니」。

　▷ 이렇게 사느니보다 (는) 차라리 죽는 게 낫겠다.

　　與其像這樣活下去，死了也許還比較好。

　▷ 그런 사람과 결혼하느니보다 (는) 차라리 혼자 살겠다.

　　與其跟那種人結婚，我寧願一個人生活。

10 －느니²　又是～又是～、有的～有的～

動詞語幹、「ㄹ」語幹、語尾「－았/었－、－겠－、－(으) 시－」、
「있다/없다」的語幹＋느니

❶ 以「～느니～느니」的形式來列舉出數個互相對立的想法或意見。

▷ 여행을 가느니 마느니 말도 많다.　　有的說要去旅行有的說不去，意見真多。

▷ 돈이 있느니 없느니 하면서 시끄럽다.　有的說有錢有的說沒錢，吵死了。

▷ 그 사전이 좋으니 나쁘니 모두 생각이 달랐다.

　那本辭典有人說好有人說不好，大家的意見都不同。

▷ 잘했느니 못했느니 말이 많다.　　有的說得好有的說不行，話真多。

▷ 가겠느니 안 가겠느니 변덕이 심하다. 又說要去又說不去，真善變。

≫ 若是形容詞則是使用「－(으) 니－(으) 니」的形式，請參考p.285的「－니/으니」

11 －느라　因為～、為了～

　　　　　　　　　　　　　　　　　　>> 「－느라고」的省略形。

12 　－느라고　因為～、為了～

動詞語幹、語尾「－（으）시－」＋느라고

| 자＋느라고 | 因為睡 | 이야기하＋느라고 | 因為說 |
| 뛰＋느라고 | 因為跑 | 먹＋느라고 | 因為吃 |

❶ 表示原因或理由，主要是在為否定的結果做辯解或是說明理由時使用。

▸ 일을 하**느라고** 신문 볼 시간도 없다.
　因為在工作所以連看報紙的時間都沒有。

▸ 시험 공부를 하**느라고** 점심도 못 먹었다.
　為了準備考試連午餐也沒辦法吃。

▸ 책을 읽**느라고** 누가 온 줄도 몰랐다.
　因為在看書連有人來了都不知道。

❷ 表示目的。

▸ 학비를 버**느라고** 매일 밤 늦게까지 아르바이트를 한다.
　為了賺學費每天都打工到深夜。

▸ 아이를 공부시키**느라고** 학교 근처로 이사를 했다.
　為了讓孩子讀書而搬家到了學校附近。

 「－느라고」可以省略成「－느라」來使用。

▸ 일을 하**느라** 바빴다.　　　 為了工作而忙碌。
▸ 숙제를 하**느라** 정신이 없다.　為了寫作業而昏頭轉向。

13 　－는데／ㄴ데／은데　因為～、結果～、但是～、卻～

　　　　　　　　　　　　　　　　>> 請參考p.280的「－ㄴ데／는데／은데」。

14 ─니/으니　因為～、所以～、結果～、當～就～

> ### 母音結尾的用言語幹、「ㄹ」語幹、「이다」的語幹、語尾「─（으）시─」+니
>
> | 잠을 안 자+니 | 因為沒睡 | 날씨가 나쁘+니 | 因為天氣不好 |
> | 집이 멀+니 → 머+니 | 因為家很遠 | 생일+이+니 | 因為是生日 |
>
> ### 子音結尾的用言語幹、語尾「─았/었─、─겠─」+으니
>
> | 방이 넓+으니 | 因為房間很大 | 먹+었+으니 | 因為吃了 |
> | 책만 읽+으니 | 因為老是讀書 | 비가 오+겠+으니 | 因為快下雨了 |

❶ 表示理由或判斷的根據。

▷ 돈이 없으니 갈 수 없다.	因為沒錢所以不能去。
▷ 오늘은 바쁘니 내일 만나자.	今天很忙所以明天見吧。
▷ 사진을 보니 고향 생각이 난다.	看到照片就想起故鄉。
▷ 그렇게 먹었으니 배탈이 나지.	那樣吃所以才會拉肚子。
▷ 일요일이니 늦잠을 자도 된다.	因為是星期天所以賴床也沒關係。

❷ 表示後續狀況的前提。

▷ 서울에 도착하니 네 시였다.	到達首爾時是四點。
▷ 정신을 차리고 보니 내 방이었다.	回過神來發現是自己的房間。
▷ 집에 가니 아무도 없었다.	回到家卻發現沒有人在。

❸ 以「─（으）니─（으）니」的形式使用，以列舉出幾個對立的話題、想法或意見。

▷ 사전이 좋으니 나쁘니 말이 많다.	有的說辭典好有的說辭典不好，意見真多。
▷ 키가 크니 작으니 하고 떠들었다.	為了長得高或長得矮而吵鬧。
▷ 진짜니 가짜니 하지만….	說到真貨跟假貨…。

>> 若是動詞則使用「─느니─느니」的形式，請參考p.283 ❿「─느니」²。

 ❶、❷ 的「─（으）니」可以替換成「─（으）니까」。

| ▷ 바쁘니까 내일 만나자. | 因為忙所以明天見吧。 |
| ▷ 집에 가니까 아무도 없었다. | 回到家卻發現沒有人在。 |

15 　－니까／으니까　因為～、所以～、結果～、當～就～

| 비가 오+**니까** | 因為下雨 | 머리가 기+**니까** | 因為頭髮很長 |
| 발이 아프+**니까** | 因為腳痛 | 일요일+이+**니까** | 因為是星期天 |

| 너무 웃+**으니까** | 因為笑過頭 | 밥은 먹+었+**으니까** | 因為吃了飯 |
| 강이 깊+**으니까** | 因為河水很深 | 비가 오+겠+**으니까** | 因為快要下雨了 |

❶ 表示理由或判斷的根據。

▷ 돈이 없**으니까** 갈 수 없다.　　　因為沒錢所以不能去。

▷ 오늘은 바쁘**니까** 내일 만나자.　　今天很忙所以明天見吧。

▷ 사진을 보**니까** 고향 생각이 난다.　看到照片就想起故鄉。

▷ 그렇게 먹**으니까** 배탈이 나지.　　那樣吃所以才會拉肚子。

▷ 휴일**이니까** 늦잠을 자도 된다.　　因為是假日所以賴床也沒關係。

▷ 그 영화는 봤**으니까** 다른 것을 보자.　那個電影看過了，所以看別的吧。

❷ 表示後續狀況的前提。

▷ 한국에 도착하**니까** 네 시였다.　　到達韓國時已是四點。

▷ 정신을 차리고 보**니까** 병원이었다.　回過神來發現是醫院。

▷ 집에 가**니까** 아무도 없었다.　　　回到家卻發現沒有人在。

▷ 자세히 보**니까** 아는 사람이었다.　仔細一看是認識的人。

參考　「－（으）니까」是「－（으）니」的強調形，可替換成「－（으）니」。

▷ 바쁘**니** 내일 만나자.　　　　　因為忙所以明天見吧。

▷ 집에 가**니** 아무도 없었다.　　　回到家卻發現沒有人在。

▷ 비가 오겠**으니** 빨래를 걷어라.　快下雨了，去把洗衣物收下來。

⑯ ─다가　原本～、～到一半、～而～、先～

用言語幹、語尾「－았/었－、（으）시－」＋다가			
하＋**다가**	正做到一半	춥＋**다가**	原本冷
걷＋**다가**	走到一半	먹＋었＋**다가**	先吃
오＋시＋**다가**	來的途中	날씨가 좋＋았＋**다가**	天氣原本很好

>> 關於助詞「－다가」請參考p.95。

❶表示某個動作或狀態的中斷或轉換。

▸ 비가 오**다가** 눈이 온다.　　　　雨下到一半下雪了。
▸ 책을 읽**다가** 산보를 했다.　　　書讀到一半去散步了。
▸ 하늘이 맑**다가** 흐려졌다.　　　天空原本晴朗，忽然變陰天。
▸ 길을 가**다가** 친구를 만났다.　　走在路上碰到了朋友。

❷表示後續狀況的原因或根據。

▸ 졸면서 운전하**다가** 사고를 냈다.　邊打瞌睡邊駕駛而引起了事故。
▸ 놀기만 하**다가** 시험에 떨어졌다.　因為老是在玩而沒考上。
▸ 술을 먹**다가** 막차를 못 탔다.　　因為喝酒而沒能搭上末班車。

❸與表示過去的先行語尾結合成「－았/었/였＋다가」的形式，表示前一個動作結束後接著開始新的動作。

▸ 회사에 들렀**다가** 가겠다.　　　先去公司然後過去。
▸ 냉면을 먹었**다가** 배탈이 났다.　吃了冷麵之後就拉肚子了。
▸ 창문을 열었**다가** 곧 닫았다.　　打開窗戶之後又立刻關上。

 1_① 主要是將對立的動詞以「～다가～다가　하다」的形式列出，表示兩個以上的動作反覆進行。

▸ 영화를 보고 울**다가** 웃**다가** **했다**.　　看著電影又哭又笑。
▸ 전철이 가**다가** 서**다가** **했다**.　　　　電車走走停停。
▸ 요즘은 날씨가 춥**다가** 덥**다가** 변덕이 심**하다**.
　最近天氣忽冷忽熱，變化劇烈。

② 使用相同的動詞構成「～다가～다가」的型態，強調動作的持續進行。

- **참다가 참다가** 한 마디 했다.　　　不斷忍耐到最後說了一句話。
- **하다가 하다가** 결국 포기했다.　　　一直持續在做，但終究是放棄了。

③ 以「－다가 못하여、－다 못해」的形式表示某個動作或狀態已超出限度而無法繼續維持下去，意同「無法完全～、超出～」。

- 거절하**다 못해** 하나 샀다.　　　因為拒絕不了而買了一個。
- 참**다가 못해** 울음을 터트렸다.　　　忍不住哭了出來。
- 배가 고프**다가 못해** 아프다.　　　肚子餓到了會痛的程度。

④ 以「－다가 말다/그만두다/그치다」的形式表示某個動作或狀態在進行過程中遭到中斷。

- 숙제를 하**다가 말았다**.　　　功課寫到一半停了下來。
- 일을 하시**다가 그만두셨다**.　　　工作做到一半辭職了。
- 비가 오**다가 그쳤다**.　　　原本在下雨，但下到一半停了。

⑤ 以「－다가 보니（까）、－다가 보면」的形式表示在動作過程中發現新的事實，或是出現新的狀態。

- 만나**다가 보니까** 좋아하게 됐다.　　　見著見著喜歡上了對方。
- 애기를 듣**다가 보니** 화가 났다.　　　聽著聽著生氣了起來。
- 하**다가 보면** 익숙해질 거야.　　　做著做著就會漸漸習慣的。

⑥ 「－다가」可以省略成「－다」來使用。

- 눈이 오**다** 그쳤다.　　　雪下著下著停了。
- 공부를 하**다** 음악을 들었다.　　　讀到一半時聽了音樂。
- 영화를 보고 울**다** 웃**다** 했다.　　　看著電影又哭又笑。

⑦ 用法❶、❷的「－다가」可以替換成「－다가는」來表示強調，「－다가는」則可以省略成「－다간」來使用。

- 그렇게 놀기만 하**다가는** 졸업이 힘들 거야.
  像那樣只顧著玩會很難畢業的。
- 졸면서 운전을 하**다가는** 사고를 내고 말았다.
  因為邊打盹邊開車終於發生車禍。

17 ─다가는 要是～、～而～

>> p.287「─다가」的強調形。

18 ─다면／ㄴ-다면／는다면 若是～、要是～、要說是～

形容詞語幹、語尾「─았／었─、─겠─」+다면			
편리하+**다면**	若是方便	먹+었+**다면**	若是吃了
맵+**다면**	若是辣	가+겠+**다면**	若是要去

母音結尾的動詞語幹、「ㄹ」語幹、語尾「─（으）시─」+ㄴ다면			
공부하+ㄴ**다면**	若是讀書	만드+ㄴ**다면**	若是製作
그리+ㄴ**다면**	若是畫	하+시+ㄴ**다면**	若是做

子音結尾的動詞語幹+는다면			
읽+**는다면**	若是讀	먹+**는다면**	若是吃

>> 與「이다、아니다」的結合請參考p.295的「─라면」。

❶ 表示假設條件。

너처럼 건강하**다면** 좋겠다.	像你一樣健康就好了。
돈만 많**다면** 해 보고 싶다.	要是有很多錢的話就想試試看。
비만 그친**다면** 곧 가겠다.	只要雨停就馬上去。
그걸 보았**다면** 기절했을 것이다.	要是看到那個應該會昏倒吧。
그렇게 하겠**다면** 마음대로 해라.	想那樣做的話請便。

參考 ｜ 若重複使用相同的形容詞則代表雖然說話者本身不肯定，但可以讓步
並接受肯定的結果。

멀다면 먼 곳이다.	要說遠的話倒也算是挺遠的地方。
가깝다면 가까운 친척이다.	要說近的話倒也算是近親。
행복하다면 행복한 생활이다.	要說幸福的話倒也算是幸福的生活。
당연하다면 당연한 결과.	要說當然的話倒也算是當然的結果。

參考 2_ 「-다고 하면、-ㄴ/는다고 하면」的省略形也以
「-다면、-ㄴ/는다면」的形式被使用。

▷ 가겠**다면** 같이 가자.　　　　若是要去就一起去吧。
▷ 안 먹는**다면** 어떻게 하지?　要說不吃的話該怎麼辦?
▷ 지금 온**다면** 마중하러 갈게.　若是現在要來我就去迎接。

19 　-더라도　　不管～、就算～、即使是～

用言語幹、「이다」的語幹、語尾「-았/었-、-(으)시-」+더라도

뭘 먹+**더라도**　　　不管吃什麼　　　왔+**더라도**　　　即使來了

피곤하+**더라도**　　即使累了　　　오늘+이+**더라도**　　即使是今天

❶ 表示假設或讓步的意思。

▷ 화가 나**더라도** 참아라.　　　　　就算生氣也要忍耐(命令)。
▷ 비가 오**더라도** 가겠어요.　　　　即使下雨也要去。
▷ 값이 비싸**더라도** 살 수밖에 없다.　就算貴也非買不可。
▷ 힘들**더라도** 끝까지 노력해라.　　就算辛苦也要努力到最後(命令)。
▷ 뭘 하**더라도** 열심히 한다.　　　　不管做什麼都全力以赴去做。

 參考 1_ 語尾「더라도」與「-아도/어도」意思相近,但「-더라도」比「
-아도/어도」更強調讓步的意思。

▷ 먹기 싫**어도** 먹어라.　　　　　就算不想吃也得吃(命令)。
▷ 화가 나**도** 참아라.　　　　　就算生氣也得忍耐(命令)。
▷ 무슨 일이 있**어도** 지각하지 마라.　不管有什麼事都不准遲到(命令)。

 參考 2_ 「-더라면」是用來假設過去發生之事的語尾,與「-았/었-」結
合之後可用來做出與過去事實相反的假設,或是表達後悔之意。

▷ 비가 안 왔**더라면** 갔을 거야.　要是沒下雨的話就會去的。
▷ 일찍 만났**더라면** 좋았을 텐데.　要是早點相遇的話就好了。
▷ 돈이 있었**더라면** 샀을 거예요.　要是有錢的話就會買的。

20 ─도록 ～為止、～的程度、以～、為了～

動詞語幹、部分的形容詞語幹、語尾「─ (으) 시─」+도록

| 일찍 가+**도록** | 為了快點去 | 눈물이 나+**도록** | 掉眼淚的程度 |
| 늦지 않+**도록** | 為了不要遲到 | 목이 쉬+**도록** | 喉嚨嘶啞程度 |

❶ 接在動詞及部分的形容詞之後，表示目的或基準。

▷ 사고가 나지 않**도록** 조심했다.   為了不讓意外發生而小心。

▷ 5시에 깨우**도록** 부탁했다.   拜託人在五點叫醒。

▷ 합격하**도록** 열심히 공부하겠다.   為了上榜而努力讀書。

▷ 보기 쉽**도록** 크게 써 주세요.   請寫大一點以方便閱讀。

❷ 接在動詞之後表示程度。

▷ 목이 터지**도록** 응원을 했다.   聲援到喉嚨都要嘶裂了。

▷ 입에 침이 마르**도록** 말했다.   說到口乾舌燥（口水都乾了）。

▷ 죽**도록** 사랑했다.   愛得要死。

▷ 눈물이 나**도록** 기뻤다.   高興到湧出眼淚。

❸ 表示時間上的界限。

▷ 12시가 되**도록** 안 돌아온다.   到十二點為止都還沒有回來。

▷ 한 달이 지나**도록** 연락이 없다.   過了一個月了都沒有聯絡。

▷ 밤새**도록** 술을 마셨다.   喝酒喝到天明。

 1_ 與「하다」一起使用是使役的意思，可以替換成「─게 하다」。

▷ 친구를 집에 묵**도록** 했다.   讓朋友在家過夜。

▷ 동생에게 방을 청소하**도록** 했다.   讓弟弟打掃房間。

▷ 거기는 민수한테 가**도록** 했다.   讓岷秀到那裡去。

 2_ 「하다」可用命令型或請求型來使用，表示命令或請求的意思。

▷ 여기선 흡연을 삼가**도록** 해라.   在這裡不要抽煙（命令）。

▷ 오늘은 일찍 쉬**도록** 하자.   今天早點休息吧。

3_ 當成終結語尾使用，表示命令的意思。

▷ 끝나는 대로 보고하**도록**. 一結束就要報告。
▷ 건물 내에서는 흡연을 삼가**도록**. 在室內請勿吸菸。
▷ 단어는 사전을 찾아보**도록**. 單字請用辭典來查。

21 ─든지 　～或～、無論～

用言語幹、語尾「─았／었─、─（으）시─」＋든지

부르＋든지	唱歌或	언제 자＋든지	無論什麼時候睡
먹＋든지	吃或	사장이 되었＋든지	成了社長或

>> 關於助詞「─든지」請參考p.100。

❶ 表示選擇的意思。

▷ 메일을 보내**든지** 전화를 해라. 寄電子郵件或打電話（命令）。
▷ 친구를 만나**든지** 영화를 볼 거야. 打算去見朋友或看電影。
▷ 그곳 음식은 맵**든지** 짜요. 那裡的食物不是辣就是鹹。
▷ 여행을 갔**든지** 출장을 갔을 거야. 不是去旅行就是去出差吧。

❷ 與疑問代名詞「무엇、누구、언제、어디、어떻게」一起使用，表示讓步、不堅持的意思，也可以使用「～든지 간에」的型態。

▷ **누구**를 사랑하**든지** 관심 없다. 不管愛誰我都沒興趣。
▷ **무엇**을 하**든지** 열심히 한다. 無論做什麼都認真去做。
▷ **어떻게** 하**든지** 유학을 가고 싶다. 無論如何都想去留學。
▷ **언제** 오**든지** 간에 괜찮다. 不管什麼時候來都沒關係。

❸ 以「～든지～든지」的形式使用，表示從對立的兩個事物中選出任何一個都沒關係的意思。

▷ 공부하**든지** 놀**든지**…. 不管要讀書還是要玩…。
▷ 먹**든지** 말**든지**…. 不管要吃還是不吃…。
▷ 싸**든지** 비싸**든지** 사 가자. 不管貴不貴都買吧。

1_ 「－든지」可以替換成語尾「－든가、－거나」。

▸ 음식은 보통 맵**든가** 짜요. 　　食物一般來說不是辣就是鹹。
▸ 오**든가** 말**든가** 마음대로 해라. 　要來不來隨便你。
▸ 오**거나** 말**거나** 마음대로 해라. 　要來不來隨便你。

 2_ 用法❷、❸可以省略成「－든」的型態。

▸ 어딜 가**든** 네 자유다. 　　　要去哪裡是你的自由。
▸ 어떻게 하**든** 돈을 벌고 싶다. 　無論如何都想賺錢。

㉒ －듯 (이)　　如同～、彷彿～

用言語幹、「이다」的語幹、語尾「－았／었－、－겠－、－ (으) 시－」+듯이

| 춤을 추+**듯이** | 如同跳舞 | 바다가 깊+**듯이** | 如同海之深 |
| 잠을 자+**듯이** | 如同睡覺 | 보아 왔+**듯이** | 如同所見 |

❶ 表示句子後的內容與句子前的內容相似。

▸ 침대에 쓰러지**듯이** 누웠다. 　　如同癱了般躺在床上。
▸ 술을 물 마시**듯이** 한다. 　　　像喝水般地喝酒。
▸ 너도 알고 있**듯이** 회사 사정이 별로 좋지 않다.
　如同你所知道的，公司的狀況並不好。
▸ 전에도 이야기했**듯이** 그만한 인물도 없다.
　如同前面所說的，沒有像樣的人物。
▸ 사람마다 성격이 다르**듯이** 나라마다 문화가 다르다.
　如同每個人個性不同，每個國家的文化也不一樣。

❷ 經常用來當成慣用的比喻表現。

▸ 돈을 물 쓰**듯이** 쓴다. 　　　花錢如流水。
▸ 비 오**듯이** 땀이 난다. 　　　揮汗如雨。
▸ 이 잡**듯이** 찾는다. 　　　　像抓跳蚤式搜尋（地毯式搜索）。
▸ 불 보**듯이** 뻔하다. 　　　　像看火般明顯（明若觀火）。

─ㄹ수록／을수록　越～、越是～

> ## 母音結尾的用言語幹、「ㄹ」語幹、「이다」的語幹、語尾「─（으）시─」＋ㄹ수록

보면 보＋ㄹ수록　　　　越看　　　멀면 머＋ㄹ수록　　　　越遠

잘 아는 사람＋이＋ㄹ수록　　　　　　　越是熟悉的人

> ## 子音結尾的用言語幹＋을수록

벼는 익＋을수록　　　　　稻穀越是成熟

나이가 많＋을수록　　　　　年紀越大

❶表示一方的狀況或程度與另一方的狀況或結果成正比增加的意思。

▷ 그 때 일은 생각**할수록** 가슴이 아파요. 那時候的事越想心就越痛。

▷ 소득이 감소**할수록** 자는 시간이 늘어난다.
所得越是減少，睡覺的時間越是增加。

▷ 반죽에 거품이 많**을수록** 빵이 부드러워진다.
麵糰裡的氣泡越多，麵包就越柔軟。

▷ 인기가 많은 사람**일수록** 바빠서 만나기 힘들다.
越是受歡迎的人越是忙，很難見到面。

❷以「─（으）면（으）ㄹ수록」的形式表示原本程度更上一層樓之意。

▷ 공부는 **하면 할수록** 어려운 것 같다. 讀書這件事似乎是讀得越多越困難。

▷ 돈이 **많으면 많을수록**…. 　　　　金錢越多越…。

▷ **빠르면 빠를수록** 좋아요. 　　　　越快越好。

▷ 머리가 **길면 길수록**…. 　　　　頭髮越長越…。

「이다、아니다」的語幹＋라도			
나＋（이）＋**라도**	即使是我	밥＋이＋**라도**	即使是飯
친구＋（이）＋**라도**	即使是朋友	네가 **아니**＋**라도**	即使不是你

➤➤ 「이다」的語幹「이」在母音結尾的名詞後方通常可省略。

　　나＋**이**＋라도 → 나＋라도／친구＋**이**＋라도 → 친구＋라도

❶ 接在「이다、아니다」後方，表示假設性的讓步。

▸ 아무리 작은 일**이라도** 오래 기억에 남는 것이 있다.

　不管是多微不足道的事都有可能長存記憶裡。

▸ 내가 너**라도** 그렇게 했을 거야.　　　換做我是你應該也會那麼做。

▸ 이 문제는 천재**라도** 풀 수 없다.　　　這個問題即使是天才也解不開。

▸ 성격만 좋으면 미인이 **아니라도** 좋다.　只要個性好，就算不是美女也沒關係。

▸ 그 남자가 부자가 **아니라도** 괜찮다.　　他即使不是有錢人也沒關係。

㉕ ─라면　若是～、要是～

「이다、아니다」的語幹＋라면			
배추＋（이）＋**라면**	若是白菜	쌀＋이＋**라면**	若是米
사과＋（이）＋**라면**	若是蘋果	네가 **아니**＋**라면**	若不是你

「이다」的語幹「이」在母音結尾的名詞後方通常可省略。

배추＋**이**＋라면 → 배추라면／사과＋**이**＋라면 → 사과＋라면

❶ 接在「이다、아니다」之後，表示假設的條件。

▸ 너**라면** 믿을 수 있다.　　　　　　　若是你就可以相信。

▸ 싸고 좋은 물건**이라면** 사겠다.　　　要是物美價廉的東西就會買。

▸ 지금**이라면** 얼마든지 살 수 있을 텐데. 要是現在的話不管多少都能買的。

▸ 아이들만 **아니라면** 안 갈 것이다.　　要不是因為孩子的事，就不會去的。

26

─러／으러　為了～

母音結尾的動詞語幹、「ㄹ」語幹、語尾「─（으）시─」＋러			
공부하＋러	為了讀書	놀＋러	為了玩
술을 마시＋러	為了喝酒	식사하＋시＋러	為了用餐

子音結尾的動詞語幹＋으러			
밥을 먹＋으러	為了吃飯	돈을 찾＋으러	為了領錢
책을 읽＋으러	為了讀書	고기를 잡＋으러	為了抓魚

❶表示移動的目的，通常會跟表示移動的動詞「가다、오다、나가다、나오다、들어오다、들어가다」等一起使用。

▷ 책을 빌리러 도서관에 간다.　　為了借書去圖書館。
▷ 밥 먹으러 가자.　　去吃飯吧。
▷ 영화 보러 극장에 갔다.　　為了去看電影到了戲院。
▷ 돈을 찾으러 은행에 간다.　　為了領錢去了銀行。
▷ 일요일인데 뭘 하러 왔어 ?　　星期天卻來做什麼？

─려고／으려고　為了～、想要～、快要～

母音結尾的動詞語幹、「ㄹ」語幹、語尾「─（으）시─」＋려고			
공부하＋려고	想讀書	떡을 만들＋려고	想做糕點
옷을 사＋려고	想買衣服	언제 가시＋려고	隨時想去

子音結尾的動詞＋으려고			
먹＋으려고	想吃	찾＋으려고	想找
찍＋으려고	想拍攝	잊＋으려고	想忘記

❶表示意圖。

▷ 옷을 사려고 백화점에 갔다.　　想買衣服去了百貨公司。
▷ 교사가 되려고 공부한다.　　想成為老師而讀書。

- 너한테 주**려고** 꽃을 사 왔다.　　　買了花想要送給你。
- 졸업하면 곧 취직하**려고** 한다.　　畢業就想找工作。
- 틈만 있으면 자**려고** 한다.　　　　只要一有空就想睡。

② 接在不及物動詞之後，表示即將要開始的動作或狀態變化，主語一般是使用無情名詞。

- 배가 떠나**려고** 한다.　　　　　　船快要出港了。
- 비가 오**려고** 한다.　　　　　　　快要下雨了。
- 벌써 꽃이 피**려고** 하네.　　　　　花已經要開了喔。
- 날이 새**려고** 한다.　　　　　　　就快要破曉了。

28 　―려면／으려면　**要是~、為了~**

母音結尾的動詞語幹、「ㄹ」語幹、語尾「-（으）시-」+려면			
이기+**려면**	為了獲勝	만들+**려면**	為了製作
익숙해지+**려면**	為了習慣	쓰시+**려면**	為了下筆

子音結尾的動詞語幹+으려면			
먹+**으려면**	為了吃	찾+**으려면**	要是想找
잡+**으려면**	為了捉住	잊+**으려면**	要是想忘記

① 假設某種意圖存在的意思。

- 아버지를 만나시**려면** 내일 오전 중에 오세요.
  要是想見父親的話請在明天上午來。
- 급행을 타**려면** 여기서 기다리세요.
  要搭快車的話請在這裡等候。
- 유학을 가**려면** 공부를 열심히 해야 한다.
  如果打算去留學就得拚命用功讀書才行。

② 假設接下來將發生某件事的意思。

- 배가 떠나**려면** 한 시간쯤 더 기다려야 한다.
  船出港還得再等大約一個小時才行。

▸ 서울에 도착하**려면** 세 시간쯤 걸린다. 到首爾要花三個小時左右。

㉙ ─며／으며　～而～、一邊～、～的同時

> **母音結尾的用言語幹、「ㄹ」語幹、「이다」的語幹、語尾「─（으）시─」＋며**

노래를 부르**＋며**	一邊唱歌	만들**＋며**	一邊製作
맥주를 마시**＋며**	一邊喝啤酒	교사＋이**＋며**	一方面是老師

> **子音結尾的用言語幹、語尾「─았／었─、─겠─」＋으며**

먹＋**으며**	一邊吃	사랑했＋**으며**	又愛
키가 작＋**으며**	長得矮	비가 오겠＋**으며**	看來會下雨

❶ 表示兩個以上的動作或狀態並列，可以替換成語尾「─고」。

▸ 나는 학교에 다니**며** 형은 회사에 다닌다.　　我上學，而哥哥上班。

▸ 그것을 누가 했**으며** 언제 했는지 가르쳐 주세요.
請告訴我那是誰做的，又是什麼時候做的。

▸ 그 집 사람들은 모두 친절하**며** 사교적이다.　那家人全都即親切又好客。

▸ 친구는 키가 크**며** 날씬하다.　　　　　　　朋友長得高而且身材苗條。

▸ 그는 시인**이며** 소설가이다.　　　　　　　他是詩人，同時也是個小說家。

❷ 表示兩個動作、狀態同時進行，可以替換成語尾「─（으）면서」。

▸ 졸**며** 강의를 들었다.　　　　　　　一邊打瞌睡一邊聽課。

▸ 그녀는 미소를 지**으며** 말했다.　　　她一邊面帶笑容一邊說話。

▸ 밥을 먹**으며** 신문을 본다.　　　　　一邊吃飯一邊看報紙。

▸ 라디오를 들**으며** 일을 했다.　　　　一邊聽廣播一邊工作。

─면／으면　〜的話、若是〜、要是〜

母音結尾的用言語幹、「ㄹ」語幹、「이다」的語幹、語尾「─（으）시─」＋면

| 거울을 보＋**면** | 看鏡子的話 | 울＋**면** | 哭的話 |
| 차를 마시＋**면** | 喝茶的話 | 주말＋이＋**면** | 週末的話 |

子音結尾的用言語幹、語尾「─았／었─」＋으면

| 먹＋**으면** | 吃的話 | 좋았＋**으면** | 可以的話 |
| 씻＋**으면** | 洗的話 | 태어났＋**으면** | 出生的話 |

❶ 表示條件或假設。

▷ 봄이 오**면** 꽃이 핀다.　　　　春天一來花就會綻放。
▷ 책만 읽**으면** 잠이 온다.　　　一唸書就想睡覺。
▷ 부지런히 일하**면** 성공한다.　　勤奮地工作就會成功。
▷ 마음에 들**면** 가져 가라.　　　若是喜歡就拿走吧。
▷ 시간이 없**으면** 다음에 만나자.　要是沒有時間就下次見吧。
▷ 며칠 있**으면** 설이다.　　　　　再過幾天就是新年。
▷ 다 모였**으면** 출발하자.　　　　大家都到了的話就出發吧。
▷ 내년**이면** 졸업할 거예요.　　　明年就會畢業了。
▷ 주말**이면** 늘 산에 갔다.　　　　週末總是到山上去。
▷ 비가 오**면** 소풍을 못 간다.　　要是下雨就不能去遠足。
▷ 복권에 당첨되**면** 한 턱 낼게.　彩券要是中獎就請客。

❷ 表示後續內容的根據。

▷ 밥을 잘 먹는 것을 보**면** 병이 좀 나은 모양이다.
　從飯吃得很多這點來看，病似乎好了一些。
▷ 웃으면서 이야기하는 것을 보**면** 둘은 사이가 좋은 것 같다.
　從邊笑邊講話這點來看，兩個人似乎很要好。
▷ 애기를 듣고 보**면** 그도 그렇게 나쁜 사람은 아니다.
　從聽到的來看，他也不是什麼壞人。

❸ 和舉例說明的句子一起使用，表示對後續內容的說明。

- ▷ 일반적으로 말하**면** 그렇다.　　　　　　一般來說是那樣沒錯。
- ▷ 예를 들**면** 이렇다.　　　　　　　　　　舉例來說像這樣。
- ▷ 한마디로 요약하**면** 다음과 같다.　　　　簡單來說如下。
- ▷ 바꿔 말하**면** 그도 약한 사람이었다는 것이다.　換句話說他也是個弱者。

 1_ 主要是以「－았/었으면　하다/좋겠다」的形式使用，表示希望或願望。

- ▷ 돈이 많**았으면 좋겠다.**　　　　要是有很多錢的話就好了。
- ▷ 비가 왔**으면 좋겠다.**　　　　　要能下雨就好了。
- ▷ 좀 쉬**었으면 한다.**　　　　　　想要休息一下。
- ▷ 꼭 합격**했으면 한다.**　　　　　希望一定要上榜。

 2_ 「－으면 안 되다」的型態

➤➤ 請參考p.340。

---

31 | －면서／으면서　一邊～、～的同時、又～又～、卻～

母音結尾的用言語幹、「ㄹ」語幹、「이다」的語幹、語尾「－(으) 시－」＋면서

| 보＋**면서** | 一邊看 | 울＋**면서** | 一邊哭 |
| 마시＋**면서** | 一邊喝 | 교사＋이＋**면서** | 一方面是老師 |

子音結尾的用言語幹、語尾「－았/었－」＋으면서

| 웃＋**으면서** | 一邊笑 | 들＋**으면서** | 明明在聽 |
| 씻＋**으면서** | 一邊洗 | 알고 있＋**으면서** | 明明知道 |

❶ 表示兩個以上的動作同時進行的意思。

- ▷ 음악을 들**으면서** 공부를 한다.　　一邊聽音樂一邊讀書。
- ▷ 뉴스를 보**면서** 밥을 먹는다.　　　一邊看新聞一邊吃飯。
- ▷ 노래를 하**면서** 일을 합니다.　　　一邊唱歌一邊工作。
- ▷ 운전을 하**면서** 음악을 듣는다.　　一邊開車一邊聽音樂。
- ▷ 걸**으면서** 단어를 외운다.　　　　一邊走一邊背單字。

❷表示兩個以上的狀態、事實同時出現的意思。

▶ 내일은 흐리**면서** 바람이 강하게 불겠습니다.　明天是陰天且會吹強風。

▶ 이 옷은 부드러우**면서** 가볍다.　這件衣服又軟又輕。

▶ 그의 성격은 밝으**면서** 적극적이다.　他的個性又開朗又積極。

▶ 이것은 품질이 좋**으면서** 싸다.　這一個品質好又便宜。

▶ 엄마는 간호사**이면서** 주부이다.　媽媽是護士也是家庭主婦。

❸表示兩個以上的動作或狀態處於對立關係。

▶ 알**면서** 모르는 척한다.　明明知道卻裝作不知道。

▶ 자기는 놀**면서** 남에게 시킨다.　自己老是在玩卻叫別人做事。

▶ 그 집은 맛이 없**으면서** 값이 비싸다.　那家店明明難吃卻很昂貴。

▶ 자기가 바보**이면서** 남을 바보라고 한다.　明明自己是笨蛋卻叫別人笨蛋。

32 ―므로／으므로　由於～、因此～

母音結尾的用言語幹、「ㄹ」語幹、「이다」的語幹、語尾「―（으）시―」＋므로

모자라＋**므로**	由於不夠	머리가 길＋**므로**	由於頭髮很長
따뜻하＋**므로**	由於溫暖	어른＋이＋**므로**	由於是大人

子音結尾的用言語幹、語尾「―았／었―、―겠―」＋으므로

먹＋**으므로**	由於要吃	오＋겠＋**으므로**	由於要來
높＋**으므로**	由於高	9월＋이＋었＋**으므로**	由於是九月

❶表示原因、理由及根據，主要使用在書面語、發表、演講等場合。

▶ 상대는 힘이 센 선수**이므로** 조심해야 한다.
由於對手是力氣大的選手，必須注意才行。

▶ 그는 성실하**므로** 꼭 성공할 것이다.
由於他很老實，一定會成功的。

▷ 성적이 우수하**므로** 이 상장을 드립니다.　由於成績優秀故致贈這份獎狀。

▷ 그는 부산 출신**이므로** 사투리가 있다.　他是釜山人，因此說話有腔調。

 「－（으）므로」不使用在命令及請求的表現句，命令及請求表現須搭配「－（으）니、－（으）니까」來使用。

▷ 비가 **오므로**（×）／**오니까**（○）택시를 탑시다.
在下雨所以搭計程車吧。

▷ 맛이 **없으므로**（×）／**없으니까**（○）먹지 마세요.
很難吃所以請不要吃。

㉝　－아／어／여　然後～、～得、～而～、因為～、所以～

末音節母音是「ㅏ、ㅗ」的用言語幹＋아			
찾＋**아**	找	만나＋**아**	見面
만나			
좋＋**아**	好的	오＋**아**	來
와			

末音節母音不是「ㅏ、ㅗ」的用言語幹＋어			
적＋**어**	少的	마시＋**어**	喝
마셔			
열＋**어**	打開	바꾸＋**어**	換
바꿔			

以「하다」結尾的用言語幹＋여 → 해		
공부하＋**여** → 공부해	唸書	일하**여** ➡ 일해　工作

≫ 有關結合的詳情請參考p.162～p.165的「過去式的結合」、p.366的「母音的省略與脫落一覽」。

❶ 接在動詞之後，表示動作在時間上的前後關係，或是動作的狀態、結果仍然持續的意思。

▷ 옷을 **벗어** 세탁기에 넣었다.　脫掉衣服放進了洗衣機。

▷ 일찍 **일어나** 조깅을 했다.　早起去慢跑了。

▷ 사진을 **찍어** 앨범을 만들었다.　拍照後做成了相本。

▷ 친구를 **만나** 술을 마셨다.　跟朋友見面然後喝了酒。

▹ 벤치에 **앉아** 책을 읽고 있다.   正坐在長凳上讀書。

② 表示原因或理由。

▹ 눈이 **와** 길이 미끄럽다.   下雪路滑。

▹ 바람이 많이 **불어** 춥다.   因為風很大而冷。

▹ 김치가 너무 **매워** 못 먹겠다.   泡菜太辣而沒辦法吃。

▹ 물이 **깊어** 건너지 못한다.   水深無法渡過。

▹ 물건이 **좋아** 샀다.   東西很好所以買了。

③ 使用在「가다、보다、주다、두다、버리다、있다」等動詞前方，在添加某個動作或意思的情況下連接主動詞與補助動詞。

>> 請參考p.37的「補助動詞」。

▹ 더워서 꽃이 **시들어** 간다.   天氣熱讓花漸漸枯萎。

▹ 치마 저고리를 **입어** 보았다.   試著穿了韓服。

▹ 문을 **닫아** 주세요.   請關上門。

▹ 동생이 빵을 다 **먹어** 버렸다.   弟弟把麵包全部吃掉了。

▹ 민수는 현관 앞에 **서** 있다.   岷秀站在玄關前面。

▹ 이 단어를 꼭 **외워** 두세요.   這個單字請務必背下來。

▹ 더우니 문을 **열어** 놓아라.   天氣很熱所以把門開著（命令）。

▹ 오랫동안 **사귀어** 왔다.   長期交往下來。

 參考 「-아」可以替換成「-아서」。   >> 請參考p.304的「-아서／어서」。

34 　-아도／어도／여도　　就算～、即使～、不管～

末音節母音是「ㅏ、ㅗ」的用言語幹＋아도

末音節母音不是
「ㅏ、ㅗ」的用言語幹、「이다」的語幹、語尾「-았／었-」＋어도

以「하다」結尾的用言語幹＋여도➡해도

>> 關於結合的詳情請參考p.162～p.165的「過去式的結合」、p.366的「母音的省略與脫落一覽」。

❶表示假設或讓步

▸ 아무리 먹**어도** 배가 안 부르다.   不管吃了多少都不飽。

▸ 비가 **와도** 출발하겠다.   即使下雨也要出發。

▸ 그는 키는 작**아도** 힘은 세다.   他長得雖矮但力氣很大。

▸ 열심히 일**해도** 생활이 나아지지 않는다.   雖然拚命工作生活卻沒有改善。

▸ 그와는 결혼했**어도** 곧 헤어졌을 것이다.   就算和他結婚也會很快分手的。

❷表示根據。

▸ 안경만 보**아도** 누구인지 안다.   光看眼鏡就知道是誰。

▸ 목소리만 들**어도** 알 수 있다.   就算只聽聲音也知道。

▸ 그 당시만 **해도** 천연색 사진이 없었다.   當時沒有彩色照片。

❸以「－아도 되다／좋다／괜찮다」的形式表示許可或容許的意思。

▸ 굳이 서울이 아니**어도** 된다.

　即使不是首爾也沒關係（並非非要首爾不可）。

▸ 입어 봐**도** **돼요**?   可以穿穿看嗎？

▸ 질문을 해도 **좋습니다**.   可以問問題沒關係。

▸ 담배 피워도 **괜찮아요**?   可以抽菸嗎？

▸ 혼자**여도** 좋은 카페.

　一個人（待起來的感覺）也不錯的咖啡廳。

 「－아도」可以替換成「－더라도」，在「이다／아니다」則可以替換成「－라도」。

　　　　　　　　　　　　　　　 ➤➤ 請參考p.290的「－더라도」、p.295的「－라도」。

③⑤ | －아서／어서／여서 　～而～、因為～、所以～

> 末音節母音是「ㅏ、ㅗ」的用言語幹＋아서
>
> 末音節母音不是「ㅏ、ㅗ」的用言語幹、「이다」的語幹＋어서
>
> 以「하다」結尾的用言語幹＋여서➡해서

➤➤ 關於結合的詳情請參考p.162～p.165的「過去式的結合」、p.366的「母音的省略與脫落一覽」。

❶ 接在動詞之後，表示動作在時間上的前後關係，或是動作的狀態、結果仍然持續的意思。

아침에 일어나**서** 조깅을 한다.	早上起床去慢跑。
우체국에 가**서** 소포를 부쳤다.	去郵局寄了包裹。
친구를 만나**서** 술을 마셨다.	跟朋友見面然後喝了酒。
돈을 모아**서** 유학을 가겠다.	打算存錢去留學。
여기에 앉아**서** 기다리세요.	請坐在這裡等候。

❷ 表示原因或理由。

민수는 약속이 **있어**서 나갔다.	岷秀因為有約而出門了。
늦**어서** 미안합니다.	不好意思遲到了。
길이 좁**아서** 불편하다.	因為路很窄而不方便。
고등학생이**어서** 술을 못 마신다.	因為是高中生所以不能喝酒。
친한 친구**여서** 자주 만난다.	因為是好朋友所以經常見面。

 1_ 「－아서」可以替換成「－아」。

>> 請參考p.302的「－아／어／여」。

 2_ 「－아서」與「－고」的比較。

在表示時間上的前後關係時，「－아서」與「－고」由於意思相近，使用上很容易出現混淆，兩者的差別在於①「－아서」使用在先前的動作與後續動作之間有密切關係的狀況下，此時若先前的動作不存在，後續動作就無法成立；②「－고」使用在先前的動作與後續動作沒有關連性的狀況下，此時的句子單純只是表現時間上的前後關係。

① 친구와 만나**서** 영화를 보았어요.

「跟朋友見面，然後和朋友一起去看了電影」的意思。

② 친구와 만나**고** 영화를 보았어요.

「跟朋友見面，然後在無關於那位朋友的情況下去看了電影」的意思。

 3_ 「－아서」與「－니까」的比較

「－아서」與「－（으）니까」都是表示理由、原因及根據的語尾，但①「－아서」不能用於命令句以及請求句，也不能用在語尾「－았－、－겠－」後方；②「－（으）니까」則不能用來表示與自己的情緒或狀況有關的理由。

① ▷ 늦었**으니까** 빨리 가자. (○)　　　遲到了所以快點去吧。

　　늦**어서** 빨리 가자. (×)

　▷ 시험이 있**으니까** 공부해**라**. (○)　　有考試所以去唸書（命令）。

　　시험이 있**어서** 공부해**라**. (×)

② 　배가 아프**니까** 못 갔어요. (×)

　▷ 배가 아파**서** 못 갔어요. (○)　　　肚子痛而沒辦法去。

 4_ 當與「이다、아니다」結合的時候，可以替換成同樣表示理由、根據的語尾「－라서」，在日常生活中「－라서」比「－아서」更常使用。

　▷ 고등학생이**라서** 술을 못 마신다.　　因為是高中生所以不能喝酒。

　▷ 친한 친구**라서** 자주 만난다.　　　　因為是好朋友所以經常見面。

　▷ 혼자가 아**니라서** 행복하다.　　　　因為不是孤單一人所以很幸福。

---

36 ── **－아야／어야／여야　正因為～、要是～、若是～才**

末音節母音是「ㅏ、ㅗ」的用言語幹＋아야
末音節母音不是「ㅏ、ㅗ」的用言語幹＋어야
以「하다」結尾的用言語幹＋여야　➡　해야

>> 關於結合的詳情請參考p.162～p.165的「過去式的結合」、p.366的「母音的省略與脫落一覽」。

❶ 表示對於後續的狀況來說是重要的條件。

　▷ 먹**어야** 산다.　　　　　　　　要吃才能活。

　▷ 날씨가 좋**아야** 소풍을 간다.　　天氣要好才能去遠足。

　▷ 연습을 해**야** 발음도 좋아진다.　正因為有練習所以發音才會變好。

　▷ 너도 갔**어야** 재미있었을 텐데.　要是你也去的話一定會很好玩的。

❷ 以「－아야　하다、아야　되다」的形式表示理當要做的事，或是無論如何都必須去做的狀況。

　▷ 매일 기침 약을 먹**어야** 한다.　　每天都得吃咳嗽藥才行。

　▷ 취직자리를 찾**아야** 했다.　　　　必須找工作才行。

　▷ 이름과 주소를 써**야** 된다.　　　　必須寫下姓名跟地址才行。

　▷ 내일까지 신청을 해**야** 된다.　　　得在明天之前申請才行。

❸ 主要是與「아무리」一起使用在否定句中，表示就算某個假定的事實發生，結果依然沒有意思，此時「－아야」可以替換成「－아도」。

▸ 아무리 울**어야** 소용없다.　　　再怎麼哭也沒有用。

▸ 아무리 좋**아야** 제 집만 할까?　　再怎麼好會像自己的家好嗎？

▸ 아무리 봐**야** 무엇인지 모르겠다.　再怎麼看也看不出個所以然。

37　－어／아／여　然後～、～得、～而～、因為～、所以～

>> 請參考p.302的「－어／아／여」。

38　－어도／아도／여도　就算～、即使～、不管～

>> 請參考p.303的「－어도／아도／여도」。

39　－어서／아서／여서　～而～、因為～、所以～

>> 請參考p.304的「－어서／아서／여서」。

40　－어야／아야／여야　正因為～、要是～、若是～才

>> 請參考p.306的「－어야／아야／여야」。

41　－으나　雖然～、但是～、無論～

>> 請參考p.281的「－나／으나」。

42　－으니　因為～、所以～、結果～、當～就～

>> 請參考p.285的「－니／으니」。

43　－으니까　因為～、所以～、結果～、當～、就～

>> 請參考p.286的「－니까／으니까」。

44 一으러　去～、為了～

>> 請參考p.296的「－러／으러」。

45 一으려고　為了～、想要～、快要～

>> 請參考p.296的「－려고／으려고」。

46 一으려면　要是～、為了～

>> 請參考p.297的「－려면／으려면」。

47 一으며　而～、一邊～、～的同時

>> 請參考p.298的「－며／으며」。

48 一으면　就～、若是～、要是～

>> 請參考p.299的「－면／으면」。

49 一으면서　一邊～、～的同時、又～又～、卻～

>> 請參考p.300的「－면서／으면서」。

50 一으므로　由於～、因此～

>> 請參考p.301的「－므로／으므로」。

51 一은데　因為～、結果～、明明～、卻～

>> 請參考p.280的「－ㄴ데／은데／는데」。

52 一을수록　越～、越是～

>> 請參考p.294的「－ㄹ수록／을수록」。

53 　一자　　一～就～、一旦～、同時～

動詞語幹＋자			
보내+**자**	一旦寄了，就	옷을 벗+**자**	一脫衣服，就
들어가+**자**	一進去，就	창문을 열+**자**	一打開窗戶，就

❶ 接在動詞之後，表示前一個動作結束之後馬上發生後續的動作。

▷ 문을 열**자** 고양이가 들어왔다.　　　　一打開門貓就進來了。
▷ 밤이 되**자** 거리는 조용해졌다.　　　　一入夜街道就靜了下來。
▷ 엄마를 보**자** 울음을 터뜨렸다.　　　　一看到媽媽就哭了出來。
▷ 서울역에 도착하**자** 눈이 내리기 시작했다.　一到首爾車站就開始下雪了。

❷ 接在動詞之後，表示前一個狀況是後續狀況的原因或動機。

▷ 불이 나**자** 소방차가 달려왔다.　　　　一發生火災消防車就趕來了。
▷ 장난감을 받**자** 아주 좋아했다.　　　　一拿到玩具就喜歡了。
▷ 그 말을 하**자** 모두 놀란 표정을 지었다.
　一說起那件事大家都露出了驚訝的表情。

❸ 接在「이다」之後，表示同時具有兩個性質。

▷ 그는 과학자**이자** 소설가이다.　　　　他是科學家，同時也是小說家。
▷ 그것은 우리의 책임**이자** 의무이다.　　那是我們的責任，同時也是義務。

 以「－아 보았자（～就算試著）」的形式表示不管怎麼做都無意思的意思。

▷ 해 **봤자** 결과는 마찬가지다.　　　　就算做了結果還是一樣。
▷ 말해 **봤**자 입만 아프다.
　就算說了也只是討嘴痛而已。（說了也是白說）

54 −자마자　一〜就〜（瞬間）

動詞語幹＋자마자			
내리＋**자마자**	一下來就	열＋**자마자**	一打開就
보＋**자마자**	一看見就	듣＋**자마자**	一聽見就

❶表示在先前的動作、狀況發生後，立刻發生後續的動作或狀況。兩者在時間上的間隔極短，幾乎可視為同時發生。

▷ 밥을 먹**자마자** 나갔다.　　　　吃過飯後就出門了。
▷ 집에 오**자마자** 샤워를 했다.　　到家之後就洗了澡。
▷ 만나**자마자** 말다툼을 했다.　　一見面就吵架。
▷ 회의가 끝나**자마자** 가버렸다.　會議一結束就離開了。

 1_「−자마자」與「−자」的比較

「−자」屬於書面體的表現方式，有表示事情的結果，後面連接的句子須為過去式，無法連接命令句或是請求句；「−자마자」屬口語的表現方式，可連接過去、現在、未來等時態以及命令與請求句。

▷ 밥을 먹**자** 나갔다.　　　　　吃過飯後就出門了。
▷ 집에 오**자** 샤워를 했다.　　到家後就洗了澡。
▷ 졸업하**자마자** 여행 가자.　　畢業之後就去旅行吧。
▷ 일어나**자마자** 물을 마셔라.　起床之後就去喝水（命令）。

 2_「−자마자」與「−는 대로」的比較

「−자마자」與「−는 대로」在意思上相當接近。「−는 대로」代表前一個動作發生後，在該動作持續的過程中發生相關的後續動作，不可使用於過去的狀況或偶然發生的狀況；「−자마자」在描述後續動作與前一個動作沒有明顯關聯的偶然情形，或是描述過去的狀況時也能使用。

▷ 도착하**는 대로** 전화할게. （○）　　　　一抵達我會打電話給你喔。
▷ 도착하**자마자** 전화할게. （○）　　　　一到就打電話給你喔。
▷ 역에 내리**자마자** 비가 내리기 시작했다. （○）　一到車站就開始下雨了。
　역에 내리**는 대로** 비가 내렸다. （×）

55 | －지　是～而不是～

用言語幹、「이다」的語幹、語尾「－았/었－、－(으) 시－」＋지

아침에 밥을 먹+**지** 빵은 안 먹는다. 　　　　早上要吃飯而不是吃麵包

돌이+**지** 보석이 아니다. 　　　　　　　是石頭而不是寶石

스스로 갔+**지** 억지로 간 게 아니다. 　　　是自己要去的，不是勉強去的

❶ 以對等形式連接兩個對立的狀況，用來肯定其中一方，並否定其他狀況。

▷ 여름에 바다에 **가**지 산에는 안 간다. 夏天要去海邊而不是山上。

▷ 자기가 하**지** 왜 남에게 시킬까?　　自己做就好了，為什麼要叫別人做呢?

▷ 이건 밤이**지** 도토리가 아니다.　　這是栗子而不是橡實。

❷ 用在補助用言「않다、못하다、말다」等的前方，表示否定或禁止某個動作及狀態。

▷ 나는 김치를 먹**지** 않는다.　　　　我不吃泡菜。

▷ 별로 피곤하**지** 않다.　　　　　　不怎麼累。

▷ 술은 마시**지** 못한다.　　　　　　不會喝酒。

▷ 늦잠 자**지** 마세요.　　　　　　　請不要睡過頭。

56 | －지마는　雖然～、但是～、既～又～

>> 請參考57的「－지만」，「－지만」是「－지마는」的縮寫。

57 | －지만　雖然～、但是～、既～又～

用言語幹、「이다」的語幹、語尾「－았/었－、－겠－、－(으) 시－」＋지만

춥+**지만**	雖然冷	바쁘+겠+**지만**	雖說可能很忙
비도 왔+**지만**	雖然也下了雨	돈도 돈+이+**지만**	雖說錢也是錢

❶ 表示將互相對立的內容或是關係較淺的事物互相對比。

▸ 눈은 오**지만** 춥지는 않다.	雖然下雪但並不冷。
▸ 한국어는 어렵**지만** 재미있다.	韓語很難但很有趣。
▸ 나이는 먹었**지만** 마음은 젊다.	年紀雖大，但心理年輕。
▸ 흐렸**지만** 비는 안 온다.	雖然多雲但沒有下雨。
▸ 너는 좋겠**지만** 나는 별로다.	你覺得好，但我覺得還好。
▸ 김치는 먹**지만** 별로 안 좋아한다.	泡菜吃是吃，但不是特別喜歡。
▸ 감기약을 먹었**지만** 잘 안 낫는다.	吃了感冒藥，但沒有好轉。
▸ 나는 재수생**이지만** 여자 친구는 대학생이다.	我是重考生，但她是大學生。

❷ 表示前一句加上後一句，單純只是將兩件事物連接起來。

▸ 시간도 없**지만** 돈도 없다.	既沒有時間又沒有錢。
▸ 야구도 좋아하**지만** 축구도 좋아한다.	既喜歡棒球又喜歡足球。
▸ 이 가게는 값도 싸**지만** 물건도 좋다.	這家店價錢便宜品質又好。
▸ 그는 공부도 잘하**지만** 운동도 잘한다.	他很會讀書也擅長運動。

❸ 表示以某個事實做為前提，之後連接主題。

▸ 미안하**지만** 이 가방 좀 들어 줄래? 　　　抱歉，方便拿一下這包包嗎？

▸ 아까도 말했**지만** 이 일은 내일까지 끝내야 합니다.
　剛剛我也說了，這件事必須在明天之前完成才行。

▸ 믿기지 않겠**지만** 그의 말은 사실이다. 　你可能不相信，但他說的是事實。

▸ 실례**지만** 길 좀 묻겠습니다. 　　　　　不好意思，想問一下路。

關於語基

　　「語基」是一種用來說明韓語用言變化的方法，「語基」一詞原本是指形成一個單字的根本要素（部分），本書將之轉換成一種解釋韓語用言變化的方法。在韓國「語基」一詞並不普遍，亦從不被使用在語言教育上。以下是語基的規則。

類別	母音語幹	子音語幹	終結語尾
第Ⅰ語基	是指單字（原型）中的「－다」給摘除掉的部分，一般能配合「Ⅰ-다」、「Ⅰ－고」、「Ⅰ－겠－」接續方式表現。		
	보－　　주－　　받－　　읽－		－다, －고, －겠－
第Ⅱ語基	母音語幹與第Ⅰ語基相同，子音語幹則在第Ⅰ語基之後加上「으」，以「Ⅱ－니까」、「Ⅱ－면」、「Ⅱ－시－」等形式表示。		
	보－　　주－　　받으－　　읽으－		－니까, －면, －시－
第Ⅲ語基	語幹的末音節母音若是「ㅏ」或「ㅗ」，則在第Ⅰ語基之後加上「아」；若是「ㅏ」或「ㅗ」以外的母音，則在第Ⅰ語基之後加上「어」便形成第Ⅲ語基，以「Ⅲ－요」、「Ⅲ－서」、「Ⅲ－ㅆ－」等形式表示。		
	보아－　주어－　받아－　읽어－		－요, －서, －ㅆ－
範例	보다（看）、주다（給）、읽다（讀）、받다（接受）…		

　　以下是針對語基的說明：基本形（原型）及語幹無論有無終音皆可結合的型態及語尾群稱為第Ⅰ語基；需根據有無終音來決定是否加上「－으」的型態及語尾群稱為第Ⅱ語基；與「－아、－어」開頭的語尾群相結合的型態則歸類於第Ⅲ語基之活用型態。語基的特徵在於採用特定的形式來表現，以表中的「받으－、보아－、읽어－」為例，從語幹一直到語尾的「－으－、－아－、－어－」為止的部分都被視為語幹，另一方面語尾則是去除「－으－、－아－、－어－」之後的「－니까、－면、－서、－ㅆ－」等部分。

　　語基理論要求學習者去注意①用言的語幹是母音語幹或是子音語幹，也就是有無終音；②語幹末音節的母音是「ㅏ、ㅗ」或是其他母音。就這兩點來說，語基理論與不採用語基理論的教學方式並沒有太大的不同。

21 慣用表現　관용표현

韓語中經常出現將依存名詞及一部分自立名詞結合用言及語尾,當成終結語尾或是連結語尾來使用的情形。以下將列出主要的相關句型並加以說明。

21.1 由依存名詞構成的慣用表現

1 | -（으）ㄴ 것 같다　好像～、好像會～ |

動詞語幹＋는 것 같다	用言語幹＋（으）ㄴ 것 같다
用言語幹＋（으）ㄹ 것 같다	名詞語幹＋이＋ㄴ/ㄹ 것 같다

❶ 表示說話者本身的推測。

▷ 비가 오는 **것 같다**.（現在）　　好像在下雨。
▷ 비가 **온 것 같다**.（過去）　　好像下過雨了。
▷ 비가 **올 것 같다**.（未來）　　好像會下雨。
▷ 서울은 추**운 것 같다**.（現在）　首爾好像很冷。
▷ 내일은 추워**질 것 같다**.（未來）　明天好像會很冷。

2 | -（으）ㄹ 거예요　好像會～、應該～、打算～ |

用言語幹＋（으）ㄹ 거예요／（으）ㄹ 것입니다／（으）ㄹ 겁니다／（으）ㄹ 것이다

名詞＋이＋ㄹ 거예요／ㄹ 것입니다／ㄹ 겁니다ㄹ／것이다

❶ 表示推測。

▷ 내일 비가 **올 거예요**.　　明天好像會下雨吧。
▷ 한 시간 후에 도착**할 거예요**.　好像會在一小時後到達。

② 表示意志。

▷ 나는 내일 출발**할 거예요**.　　　我打算明天出發。
▷ 무엇을 먹**을 거예요**?　　　你要吃什麼呢?

3 ┌─ **─(으)ㄹ 건가요?　打算～嗎?、要～嗎?** ─┐

動詞語幹+(으)ㄹ 건가요? → 是「─(으)ㄹ 것인가요?」的縮寫

① 表示詢問對方的意思或計畫。

▷ 뭘 하**실 건가요**?　　　你打算做什麼呢?
▷ 언제 서울에 **갈 건가요**?　　什麼時候要去首爾呢?

4 ┌─ **─(으)ㄹ 것이 아니라　不～而是～** ─┐

動詞語幹+(으)ㄹ 것이 아니라	動詞語幹+는 것이 아니라
動詞語幹+(으)ㄴ 것이 아니라	形容詞語幹+(으)ㄴ 것이 아니라

① 用來否定前面的內容,同時強調後面的內容。

▷ 차를 마**실 것이 아니라** 밥을 먹자.　不要喝茶,來吃飯吧。
▷ 서 있**을 것이 아니라** 저기에 앉자.　不要站著,坐那裡吧。
▷ 슬**픈 것이 아니라** 외로워서 운다.　不是因為悲傷而是因為寂寞而哭。

5 ┌─ **─(으)ㄹ 겸　～兼～** ─┐

動詞語幹+(으)ㄹ 겸/(으)ㄹ 겸해서

① 表示兩個以上的動作或行為同時進行。

▷ 운동도 **할 겸** 회사까지 걸어다닌다. 順便運動走路到公司。
▷ 옷도 **살 겸** 친구와 식사도 **할 겸** 백화점에 갔다.
　　想買衣服順便跟朋友吃飯而去了百貨公司。

6 ｜ －（으）ㄴ 김에　順便～、趁著～

動詞語幹＋（으）ㄴ 김에	動詞語幹＋는 김에

❶ 表示利用某件事發生的機會去做其他事。

▷ 지나가는 **김에** 들렀다.　　　　經過時聽到的。

▷ 취**한 김에** 한 마디 했다.　　　趁著酒意說了一句話。

7 ｜ －나름이다　依～而定

名詞＋나름이다	動詞語幹＋기 나름이다

❶ 表示依照該內容的不同可能導致不同的結果。

▷ 어떻게 할 건가는 사람 **나름이다.**　會怎麼做是因人而異。

▷ 말하**기 나름**에 따라 달라진다.　會根據說法而不同。

8 ｜ －（으）ㄹ 따름이다　只是～而已

用言語幹＋（으）ㄹ 따름이다	名詞＋이＋ㄹ 따름이다

❶ 表示除此之外別無其他。

▷ 그저 할 일만 **할 따름이다.**　　只是做該做的事而已。

▷ 그냥 물어 보았**을 따름이다.**　　只是問看看而已。

9 ｜ －（으）ㄴ 대로　照著～去～、～之後馬上～

動詞語幹＋는 대로	動詞語幹＋（으）ㄴ 대로

動詞語幹＋（으）ㄹ 대로

❶ 表示「根據～」、「依照～」的意思。

▷ 말씀하**신 대로** 하겠습니다.　　會照您所說的去做。

▷ 마음 먹은 **대로** 되지 않는다. 　事情發展不如預期。

❷ 以「−는 대로」的形式使用，表示「某件事發生之後馬上～」的意思。

▷ 일이 끝나는 **대로** 가겠습니다. 　工作結束之後馬上去。
▷ 돈이 생기는 **대로** 써 버린다. 　有錢就花光。

參考 ① 以「−（으）ㄹ 대로 −아서／어서」的形式使用，表示某個狀態非常嚴重的意思。

　▷ 지칠 **대로** 지쳐서 누가 건드리기만 해도 쓰러질 것 같았다.
　　非常的累，累到別人隨便一碰就會昏倒似的。
　▷ 신발이 닳을 **대로** 닳아서 구멍이 났다. 　鞋子已經磨到破洞了。

　② 以「−는／은−대로」的形式使用，表示「分別～、各自～」的意思。

　▷ **틀린 것은 틀린 것대로** 정리해라.
　　將錯就錯來整理吧（命令）。
　▷ **바다는 바다대로** 좋고 산은 산대로 좋다.
　　海有海的優點，山有山的優點。

⑩ **−（으）ㄴ 대신** 　**代價是～、取而代之的是～、而是～**

動詞語幹＋는 대신	動詞語幹＋（으）ㄴ 대신
形容詞語幹＋（으）ㄴ 대신	名詞＋대신

❶ 表示針對前文內容的代價，及以之換取的東西。

▷ 값이 비**싼 대신**에 질이 좋다. 　價格昂貴，代價是品質好。
▷ 오늘 쉬는 **대신**에 토요일에 일한다. 　今天休假，代價是星期六要工作。

❷ 以「名詞＋대신」的形式使用，表示代理其他的人或物。

▷ 엄마 **대신** 언니가 와 주었다. 　姊姊代替媽媽來了。
▷ 물 **대신** 맥주를 마셨다. 　喝啤酒代替水。

－는 동안에　在～的期間

動詞語幹＋는 동안에

❶表示某個動作持續進行的期間。

▷ 그를 기다리**는 동안** 책을 읽었다.　在等他的期間讀了書。

▷ 일하**는 동안** 한 마디도 안 했다.　工作期間一句話也沒有說。

⑫ **－（으）ㄹ 둥 말 둥　好像～又好像～、是～還是～**

限 動詞語幹＋는 둥 마는 둥	困 動詞語幹＋（으）ㄹ 둥 말 둥

❶表示處於可能是這樣也可能是那樣的曖昧狀態下。

▷ 비가 **올 둥 말 둥** 하다.　要來不來的雨。

▷ 밥을 먹**는 둥 마는 둥** 하고 나왔다.　飯好像吃了，又好像沒吃就出來了。

⑬ **－다는 둥 －다는 둥　又是～又是～**

動詞語幹、語尾「－（으）시－」＋ㄴ다는 둥／는다는 둥

形容詞語幹、語尾「－았／었－、－겠－」＋다는 둥

❶以間接引用的形式表示「又是這樣又是那樣」的意思。

▷ 어려웠**다는 둥** 쉬웠**다는 둥**….　好像很難又好像很簡單…。

▷ 반찬이 짜**다는 둥** 쓰**다는 둥**….　菜餚有的鹹有的苦…。

⑭ **－（으）ㄴ 듯이　彷彿～、像～似的**

用言語幹＋（으）ㄴ 듯이	動詞語幹＋는 듯이
動詞語幹＋（으）ㄹ 듯이	名詞＋이＋ㄴ 듯이

❶表示虛假的動作及狀態。

▹ 누구한테나 친**한 듯이** 행동한다.　　表現得像是跟誰都很好似的。

▹ 자못 바**쁜 듯이** 뛰어다닌다.　　好像很忙似地跑來跑去。

② 以「動詞＋（으）ㄹ 듯이」的形式表示對未來的推測。

▹ 비가 **올 듯이** 흐려 있다.　　陰陰的得像是要下雨。

▹ 다시는 안 만**날 듯이** 돌아섰다.　　再也不見面似地轉過身去。

---

⑮ ─（으）ㄹ 듯 말 듯하다　　**好像～但又沒有～**

現 動詞語幹＋는 듯 마는 듯하다	過 動詞語幹＋（으）ㄴ 듯 만 듯하다
困 動詞語幹＋（으）ㄹ 듯 말 듯하다	

● 表示前文中的動作沒有完全實現的意思。

▹ 비가 **올 듯 말 듯**하다.　　雨好像會下，又好像不會下。

▹ 비가 **오는 듯 마는 듯**하다.　　雨似下非下的。

▹ 비가 **온 듯 만 듯**하다.　　雨要下不下的。

---

⑯ ─（으）ㄹ 듯하다　　**好像～**

過 用言語幹＋（으）ㄴ 듯하다	現 動詞語幹＋（으）는 듯하다
困 用言語幹＋（으）ㄹ 듯하다	名詞＋이＋ㄴ 듯하다

● 表示推測之意，亦可替換成「─（으）ㄴ／는／（으）ㄹ 것 같다」。

▹ 비가 **오는 듯**하다.　　好像正在下雨。

▹ 비가 **온 듯**하다.　　好像下過雨。

▹ 비가 **올 듯**하다.　　好像要下雨了。

▹ 그는 기분이 좋**은 듯**하다.　　他的心情好像很好。

▹ 바지가 나한테는 작**을 듯**하다.　　褲子對我來說好像太小了。

>> 依存名詞「듯、척、체、만、뻔」等與「─하다」結合所形成的「─듯하다、─척하다／체하다、─만하다、─뻔하다」等屬於補助用言。

17 ─ (으) ㄹ 리가 없다／있다　不可能～／有可能

用言語幹＋ (으) ㄹ 리가 없다	用言語幹＋ (으) ㄹ 리가 있어？

❶ 表示不可能、沒有發生某種動作或是狀況的道理。

▸ 그 애가 거짓말을 **할 리가 없다**.　那孩子沒有說謊的道理。

▸ 그 날을 잊**을 리가 있겠어**？　有可能忘記那一天嗎？

18 ─ (으) ㄴ 만큼　～的程度、因為～、所以～

過 用言語幹＋ (으) ㄴ 만큼	現 動詞語幹＋는 만큼
困 用言語幹＋ (으) ㄹ 만큼	名詞＋이＋ㄴ 만큼

❶ 表示與前文內容成正比或是程度相近。

▸ 먹**는 만큼** 살이 찐다.　吃多少胖多少。

▸ 나이가 많**은 만큼** 경험도 많다.　經驗隨年紀增長。

▸ 그동안 참**을 만큼** 참았다.　那段期間能忍多少都忍下來了。

❷ 表示理由或根據。

▸ 시간이 이**른 만큼** 좀 기다리자.　時間還早所以再等一下吧。

▸ 입원까지 **한 만큼** 낫는 데 시간이 걸릴 것 같다.

病嚴重到要住院了，看來要花很長時間才能康復。

19 ─는 바람에　因為～、所以～

動詞語幹＋는 바람에

❶ 表示不滿、失誤的原因以及理由。

▸ 버스를 잘못 타**는 바람에** 늦있다.　因為搭錯公車所以遲到了。

▸ 여자 친구가 갑자기 화를 내**는 바람에** 당황했다.

女朋友突然生氣而不知所措。

⑳ ― (으) ㄹ 바에는　**與其~不如~、既然~**

動詞語幹＋ (으) ㄹ 바에는／ (으) ㄹ 바에야

❶ 表示拒絕前文的內容，並選擇後續句子的內容。

▷ 그 남자랑 결혼**할 바에는** 차라리 혼자 살겠다.

　與其和他結婚，不如一個人生活。

▷ 이렇게 **살 바에야** 차라리 이민 가는 게 낫겠다.

　與其這樣過日子，還不如移民好了。

㉑ ― (으) ㄹ 뻔하다　**差點就~、幾乎~**

動詞語幹＋ (으) ㄹ 뻔하다

❶ 表示某件事幾乎要發生的狀態。

▷ 비행기를 놓**칠 뻔했다**.　　　差點就趕不上飛機了。

▷ 약속 시간에 늦**을 뻔했다**.　　差點就趕不上約好的時間了。

㉒ ― (으) ㄹ 뿐이다　**就只是~**

動詞語幹＋ (으) ㄹ 뿐이다

❶ 表示沒有其他可能性或選擇，只限定單一事物的意思。

▷ 이해해 주기를 바**랄 뿐이다**.　　只希望你能瞭解。

▷ 지시에 따**랐을 뿐이다**.　　　　只是遵從指示而已。

㉓ ― (으) ㄹ 뿐만 아니라　**不只是~而且~**

用言語幹＋ (으) ㄹ 뿐만 아니라　　　名詞＋이＋ㄹ 뿐 (만) 아니라

❶ 表示在某個狀況或事物上再添加某個狀況或事物。

- 반찬이 **매울 뿐만** 아니라 짜다.　　菜餚不只是辣而且還很鹹。
- 눈이 **올 뿐만 아니라** 아주 춥다.　　不僅下雪而且還很冷。

㉔ — (으)ㄹ 수 있다／없다　能夠／不能～、會／不會～

動詞語幹＋ (으)ㄹ 수 있다／없다

❶ 表示可能性或是能力。

- 영어를 조금 할 **수 있다**.　　會說一點英語。
- 그의 말은 믿**을 수 없다**.　　他的話不能相信。

㉕ — (으)ㄹ 수밖에 없다　只能～

用言語幹＋ (으)ㄹ 수밖에 없다

❶ 表示沒有其他方法或是可能性。

- 우리가 참**을 수밖에 없어요**.　　我們就只能夠忍耐。
- 맛이 없지만 먹**을 수밖에 없다**.　　雖然不好吃但也只能吃了。

㉖ — (으)ㄴ 적이 있다／없다　曾經／不曾～

動詞語幹＋ (으)ㄴ 적이 있다／없다

❶ 表示經驗。

- 나는 경주에 가 **본 적이 없다**.　　我不曾去過慶州。
- 그 사람을 한 번 **만난 적이 있다**.　　我曾經見過那個人一次。

㉗ — (으)ㄹ 줄 알다／모르다　能夠～、會～

動詞語幹＋ (으)ㄹ 줄 알다／모르다

①與「알다、모르다」一起使用，表示方法或是能力。

▷ 김치 담글 줄 알아요?　　　　你會醃泡菜嗎？

▷ 아직 운전**할 줄 모른다.**　　　還不會開車。

▷ 아무 것도 **할 줄 모른다.**　　什麼都不會。

---

28 ─ (으) ㄴ 줄 알다/모르다　**以為～、沒想到～**

過 用言語幹＋(으)ㄴ 줄 알다/모르다	現 動詞語幹＋ー는 줄 알다/모르다
困 用言語幹＋(으)ㄹ 줄 알다/모르다	名詞＋이＋ㄴ/ㄹ 줄 알다/모르다

①與「알다、모르다」一起使用，表示事實與狀態，或是期待與預測。

▷ 이렇게 더**운 줄 몰랐다.**　　　沒想到這麼熱。

▷ 눈이 오**는 줄 몰랐다.**　　　　沒想到在下雪。

▷ 그 사람은 결혼**한 줄 알았다.**　我以為他結婚了。

▷ 민수가 오늘 **올 줄 알았다.**　　我以為岷秀今天要來。

---

29 ─ (으) ㄴ 지　**從～之後**

動詞語幹＋(으)ㄴ 지

①表示時間的經過。

▷ 그녀를 만**난 지** 일 년이 되었다.　和她交往一年了。

▷ 결혼**한 지** 얼마나 되었어요?　　結婚多久了？

---

30 ─ (으) 려던 참이다　**正要～的時候**

動詞語幹＋(으) 려던 참이다

①表示正意圖做某件事的那一刻又或是那一瞬間。

▷ 지금 나가**려던 참이었다.**　　正要出門的時候。

▷ 막 먹**으려던 참이다.**　　　　正打算要吃的時候。

31

ㅡ (으) ㄴ 채　～著

動詞語幹＋ (으) ㄴ 채

❶表示在維持前一個動作、狀態的情況下進行後續的動作。

▷ 불을 켜 놓은 **채로** 누워 있었다.　　開著燈躺下了。
▷ 옷을 입은 **채로** 물에 들어갔다.　　穿著衣服下水了。

32 ㅡ (으) ㄴ 척하다　裝作～

>> 與 33 的「ㅡ (으) ㄴ 체하다」意思相同。

33 ㅡ (으) ㄴ 체하다　裝作～

用言語幹＋ (으) ㄴ 체하다	動詞語幹＋는 체하다	名詞＋이＋ㄴ 체하다

❶表示裝模作樣的態度或動作，與「 (으) ㄴ 척하다」意思相同。

▷ 알고도 모르는 **체한다**.　　雖然認識卻裝作不認識。
▷ 일부러 기분 좋은 **체했다**.　　故意裝作心情很好。
▷ 듣고도 못 들은 **척했다**.　　明明聽得見卻裝作聽不見。

34 ㅡ (으) ㄹ 테니까　因為～所以～、應該會～所以～

用言語幹＋ (으) ㄹ 테니까	名詞＋이＋ㄹ 테니까

❶表示說話者的意志。

▷ 내가 읽을 **테니까** 잘 들어라.　　我來讀，仔細聽好（命令）。
▷ 내가 할 **테니까** 좀 쉬세요.　　我來做，請休息一下吧。

❷表示說話者的推測。

▷ 합격할 **테니까** 걱정하지 마.　　會上榜的，所以不要擔心。
▷ 추울 **테니까** 장갑을 가져 가라.　　會很冷的，帶手套去（命令）。

㉟ ─(으)ㄹ 테면 既然想～、既然打算～

動詞語幹＋(으)ㄹ 테면

❶ 重複使用同一動詞，以後續內容為條件來表示對方的意圖或想法，後續句子的內容主要是對於說話對象的指示。

> ▸ 갈 테면 가라.　　　　　　　　想去的話就去吧。
> ▸ 점심을 먹을 테면 같이 먹자.　既然要吃午餐就一起吃吧。

㊱ ─(으)ㄹ 텐데 應該～、好像～

用言語幹＋(으)ㄹ 텐데	名詞＋이＋ㄹ 텐데

❶ 表示推測出的狀況。

> ▸ 비가 올 텐데 우산을 가지고 가라.　好像要下雨了，把傘帶去（命令）。
> ▸ 요즘 바쁠 텐데 쉬어도 괜찮아?　最近應該很忙才對，休假也沒關係嗎？

㊲ ─(으)ㄴ 편이다 算是～

形容詞語幹＋(으)ㄴ 편이다	動詞語幹＋는 편이다

❶ 表示接近或屬於某個大類別。

> ▸ 형은 좀 뚱뚱한 편이에요.　哥哥算是有點胖的。
> ▸ 그 여자는 잘 우는 편이에요.　她算是愛哭的。

㊳ ─는 한 在～的限度內、在～的情況下

動詞語幹＋는 한

❶ 表示後續動作或狀態的前提及條件。

> ▸ 사정이 허락하는 한 출석하겠다.　情況允許的話我會出席。
> ▸ 내가 도울 수 있는 한 돕겠다.　我幫的上忙就會幫。

21.2 由自立名詞構成的慣用表現

㉟ －는 가운데 ～之中、一邊～、趁著～

動詞語幹＋는 가운데

❶表示某個動作或事物的背景、狀況持續存在的期間。

▷ 비가 오는 **가운데** 출발했다. 　　　在雨中出發了。

▷ 우리는 서로 돕는 **가운데** 평화롭게 살아 왔다.
　 我們在互相幫助之下過著和睦的生活。

㊵ －는 길에 順便～、在～途中

動詞語幹＋는 길에

❶主要接在「가다、오다」之後，表示「在往來的途中或趁著往來的機會」的意思。

▷ 집에 가는 **길에** 서점에 들렀다. 　　回家的途中去了趟書店。

▷ 병원에 가는 **길에** 우연히 고등학교 때 친구를 만났다.
　 去醫院的途中巧遇高中時代的朋友。

㊶ －는 길이다 正在～的時候、正在～的途中

動詞語幹＋는 길이다

❶表示某個動作正在進行的過程中，或是過程中的某一瞬間。

▷ 어디 가는 **길이에요**? 　　　　　現在要去哪裡呢？

▷ 지금 영화 보러 가는 **길이에요**. 　現在是在要去看電影的路上。

㊷ －(으)ㄴ 끝에 ～到最後、結果～

動詞語幹＋(으)ㄴ 끝에

① 表示動作的結果。

▷ 오랫동안 생각**한 끝에** 결정을 했다. 經過長時間的思考，最後決定了。

▷ 여기저기 헤**맨 끝에** 찾아냈다. 到處迷路之下最後找到了。

43 〔 一（으）ㄹ 때 ～的時候、～的情況下 〕

用言語幹＋（으）ㄹ 때	用言語幹＋았／었－＋을 때

① 表示動作發生的瞬間、期間或狀況。

▷ 부산에 **갈 때** 배를 타고 갔다. 去釜山的時候是搭船去的。

▷ 어렸**을 때** 서울에 살았었다. 小時候曾住在首爾。

44 〔 一（으）ㄴ 모양이다 ～的樣子、好像～、似乎～ 〕

過 動詞語幹＋（으）ㄴ 모양이다	現 動詞語幹＋는 모양이다
形容詞語幹＋（으）ㄴ 모양이다	困 用言語幹＋（으）ㄹ 모양이다

① 表示推測。

▷ 비가 **온 모양이다**. 好像下雨了。

▷ 비가 **오는 모양이다**. 好像在下雨。

▷ 비가 **올 모양이다**. 好像要下雨。

▷ 요즘 아주 바**쁜 모양이다**. 最近好像很忙的樣子。

▷ 거기는 음식 맛이 좋**은 모양이다**. 那裡的餐點好像很好吃。

45 〔 一는／은 물론（이고） ～當然不用說、別說 〕

名詞＋는／은 물론（이고）

① 表示前面的名詞對於句子所描述的狀況來說是理所當然的。

▷ 김치**는 물론** 찌개도 잘 먹는다. 泡菜當然不用說，鍋類也很能吃。

▷ 축구**는 물론** 야구도 좋아한다. 足球當然不用說，棒球也很喜歡。

▷ 가족은 물론 친구들도 다 모였다.
　　家人當然不用說，朋友們也全都集合了。

　　▷ 낮에는 물론 밤에도 일하러 간다.　　白天當然不用說，晚上也要去工作。

46　－（으）ㄴ 반면에　　相對地～、反過來說～

週 動詞語幹＋（으）ㄴ 반면에	現 動詞語幹＋는 반면에
形容詞語幹＋（으）ㄴ 반면에	名詞＋이＋ㄴ 반면에

❶ 表示相反的事實。

　　▷ 고민이 많은 반면 (에) 즐거움도 많다.　　煩惱很多，相對地樂趣也很多。

　　▷ 공부는 못하는 반면 운동은 잘한다.　　功課不好，相反地運動則是很擅長。

47　－（으）ㄴ 법이다　　總是～、應當～

形容詞語幹＋（으）ㄴ 법이다	動詞語幹＋는 법이다

❶ 表示某個動作或狀態是「理所當然」的。

　　▷ 자유란 책임이 따르는 법이다.　　自由總是伴隨著責任。

　　▷ 아이들은 부모를 닮는 법이다.　　孩子總是長得像父母。

48　－는 법이 없다　　從不～、從未～

動詞語幹＋는 법이 없다／있다

❶ 表示習慣上絕不會去做某件事的意思。

　　▷ 그는 아무리 급해도 서두르는 법이 없다.
　　他不管在多緊急的情況下都不會著急。

　　▷ 그녀는 약속 시간을 지키는 법이 없다.　　她從未遵守約定的時間。

　　▷ 그 아이는 혼자서 노는 법이 없다.　　那孩子從來不會一個人玩。

49 ― (으) ㄹ 생각이다　打算～

動詞語幹＋ (으) ㄹ 생각이다

❶ 表示意圖。

▷ 다음 주에 떠**날 생각이다**.　　打算下個星期離開。
▷ 좀 더 공부해 **볼 생각이다**.　　打算再多讀點書。

50 ― (으) ㄴ 셈이다　等於～、相當於～、算是

　過 動詞語幹＋ (으) ㄴ 셈이다　　　現 動詞語幹＋는 셈이다

　　名詞＋이＋ㄴ 셈이다

❶ 表示與某個動作或狀況相同或相似的意思。

▷ 오늘 일은 다 끝**난 셈이다**.　　今天的工作算是全部結束了。
▷ 서울에 거의 다 **온 셈이다**.　　幾乎已經到首爾了。

51 ― (으) ㄴ 셈 치고　當作～

　過 動詞語幹＋ (으) ㄴ 셈 치다　　　現 動詞語幹＋는 셈 치다

❶ 表示推測或假設。

▷ 속**는 셈 치고** 사 볼까?　　就當作被騙要買嗎?
▷ 빌려준 돈은 잃어버**린 셈 치고** 잊기로 했다.
　　把借你的錢當作是弄丟了決定忘了它。

52 ― (으) ㄴ 일이 있다/없다　曾經～/不曾～

動詞語幹＋ (으) ㄴ 일이 있다/없다

❶ 表示經驗。

▷ 그 사람을 한 번 만**난 일이 있다.**　　曾經見過那個人一次。

▷ 한 번도 눈이 내**린 일이 없다.**　　連一次也沒有下過雪。

53　─는 일이 있다／없다　可能～／不可能～

> 動詞語幹＋는 일이 있다／없다

❶表示某個動作或狀態可能（或不可能）發生。

▷ 이런 일에 화를 내는 **일이 없다.**　　不可能為了這種事而生氣。

▷ 먼저 전화를 거는 **일이 없다.**　　不可能先打電話。

54　─（으）ㄹ 지경이다　～的程度、幾乎～、快要～

> 用言語幹＋（으）ㄹ 지경이다

❶表示接近極限的狀況或是程度。

▷ 빚이 많아서 죽**을 지경이다.**　　負債多到要命的地方。

▷ 너무 먹어서 배가 터**질 지경이다.**　　吃太多害得肚子幾乎要脹破了。

55　─는 탓에　因為～

動詞語幹＋는 탓에	用言語幹＋（으）ㄴ 탓에

❶主要用來在否定句中表示原因。

▷ 가난**한 탓에** 대학을 못 갔다.　　由於貧窮而無法上大學。

▷ 직장에 다니**는 탓에** 낮에는 시간이 없다.　　由於在上班所以白天沒有時間。

56　─는 통에　因為～

> 動詞語幹＋는 통에

① 表示原因或根據。

▸ 옆에서 큰 소리로 떠드**는 통에** 책을 읽을 수가 없다.
　旁邊的人大聲吵鬧，害得我不能讀書。

▸ 바빠서 서두르**는 통에** 지갑을 두고 나왔다.　　急忙之間忘了帶錢包出門。

57 ─ (으) ㄴ 후에　~之後

動詞語幹＋ (으) ㄴ 후에 → 可以替換成─은 다음에／─은 뒤에

▸ 일이 끝**난 후에** 한잔했다.　　工作結束之後喝了一杯。
▸ 대학을 졸업**한 후에** 유학을 갔다.　大學畢業之後去留學了。

21.3 由名詞形語尾「기」構成的慣用表現

58 ─기가 무섭게　在~的瞬間、一~就~

動詞語幹＋기가 무섭게 ＝ 動詞語幹＋기가 바쁘게

① 用來強調「某件事結束之後馬上~」的意思。

▸ 수업이 끝나**기가 무섭게** 화장실로 달려갔다.　　一下課就往廁所衝去。
▸ 얼굴을 보**기 (가) 무섭게** 돈부터 달라고 했다.　一見面就開口說要錢。

59 ─기가 쉽다　容易~

動詞語幹＋기가 쉽다

❶表示出現某種狀態、狀況的可能性很高。

▸ 자칫하면 감정에 흐르기 (가) 쉽다.　　弄不好很容易感情用事。

▸ 운동이 부족하면 살이 찌기 쉽다.　　運動不夠的話容易發胖。

60 一기 나름이다　根據～、看～

動詞語幹＋기 나름이다

❶表示事物的發展是根據人的意向或做法來決定的意思。

▸ 공부도 하기 나름이다.　　　　唸書也要看方法。

▸ 모든 건 생각하기 나름이다.　　一切都是根據想法來決定。

61 一기는요　什麼～、竟然說～

用言語幹＋기는/기는요

❶對於對方說的話表示輕微的否定或反對。

▸ 한국말 잘하시네요. — 잘하기는요. 아직 많이 서툴러요.
　韓語說得真好呢。　－什麼說得真好，還很不流利。

▸ 요리를 잘하기는요. 라면도 못 끓이는데요.
　什麼很會做菜，連泡麵也不會煮。

62 一기는커녕　別說是～

用言語幹＋기는커녕　　　　　　>> 請參考p.138的「名詞＋는커녕」。

❶藉由否定句子前半部的內容來強調後半部的內容。

▸ 비가 오기는커녕 구름 한 점 없다.　別說是下雨，連一片雲都沒有。

▸ 행복하기는커녕 싸움만 한다.　　　別說是幸福，根本一直在吵架。

63

―기는 하다　是～但～

用言語幹＋기는 하다／기는 하지만

❶表示對於句子前半部的內容部分認同而部分否定，或表示不滿足的意思，有時會像「먹긴는 먹다」這樣，使用同樣的用言來代替「하다」。

▷ 비가 오기는 하지만 많이 오지는 않아요.　　　是有在下雨，但沒有下太多。

▷ 그 여배우는 예쁘기는 하지만 별로 개성이 없어요.
那位女演員漂亮歸漂亮，但沒什麼特色。

▷ 고기를 먹기는 먹지만 그다지 좋아하지는 않아요.
肉是有在吃，但不是很喜歡。

―기도 하고―기도 하다　～或～、有的～有的～

用言語幹＋기도 하고～기도 하다

❶表示某些動作、狀態輪流發生。

▷ 연속극을 보면서 울기도 하고 웃기도 한다.　　　看著連續劇又哭又笑的。

▷ 기말 시험은 과목에 따라 어렵기도 하고 쉽기도 했다.
期末考依科目的不同有的難有的簡單。

―기 때문에　因為～、所以～

用言語幹＋기 때문에

❶表示原因。

▷ 맵기 때문에 김치는 안 먹는다.　　　因為會辣所以不吃泡菜。

▷ 바쁘기 때문에 좀처럼 못 만난다.　　　因為忙碌而不容易見面。

▷ 눈이 왔기 때문에 등산을 안 갔다.　　　因為下雪而沒有去爬山。

㊻ ―기로 하다　決定～

動詞語幹+기로 하다 → ―기로+결심하다/결정하다/약속하다

❶ 表示決定或約好要進行某個行為。

▷ 내일 만나**기로 했다**.　　　　　　決定在明天見面。
▷ 오늘부터 담배를 끊**기로 했다**.　　決定從今天開始戒煙。

㊼ ―기를 바라다　希望～

用言語幹+기를 바라다/기 바라다

❶ 表示希望或期待。

▷ 좋은 사람을 만나**기를 바란다**.　希望能遇見好人。
▷ 모든 일이 잘 되**기를 바란다**.　　希望一切能順利進行。
▷ 폭풍이 빨리 멈추**기를 바랐다**.　希望風暴能趕緊停止。

㊽ ―기 마련이다　應當～、總是～

用言語幹+기 마련이다　　　　　　　　>> 可以替換成「―게 마련이다」。

❶ 表示變成那樣是理所當然的，或是應當會變成那樣的意思。

▷ 뭐든지 처음엔 어렵**기 마련이다**.　不管什麼事一開始總是困難的。
▷ 봄이 되면 꽃이 피**기 마련이다**.　春天到了就會開花。
▷ 돈이 있으면 쓰**게 마련이다**.　　有錢自然會花掉。
▷ 사람은 누구나 늙**게 마련이다**.　只要是人不管是誰都會變老。

㊾ ―기만 하다　老是～、只是～

用言語幹+기만 하다

❶接在動詞之後，表示集中精神去進行某種特定行為的意思。

▷ 아이는 그저 울**기만 해요**.   孩子只是一直哭。

▷ 놀**기만 하고** 공부를 안 한다.   老是在玩而不唸書。

❷接在形容詞之後，表示不受其他狀況影響而維持某個狀態的意思。

▷ 딸아이가 공부는 못해도 귀엽**기만 하다**.
女兒就算功課不好，只要可愛就好了。

▷ 결혼 생활이 행복하기는커녕 힘들**기만 하다**.
新婚生活別說是幸福，根本就只有痛苦而已。

70 ─기 시작하다   **開始～**

動詞語幹＋기 시작하다

▷ 잠자코 밥을 먹**기 시작했다**.   默默地開始吃飯了。

▷ 아침부터 눈이 내리**기 시작했다**.   從早上就開始下雪了。

71 ─기 위해 (서) ／위한   **為了～**

動詞語幹＋기 위해서／위해／위하여／위한

❶表示目的或意圖。

▷ 친구를 만나**기 위해서** 나갔다.   為了和朋友見面而出門了。

▷ 표를 사**기 위해** 한 시간이나 기다렸다.   為了買票等了一個小時。

▷ 대학원에서 교통사고를 줄이**기 위한** 방법을 연구하고 있다.
研究院正在研究減少交通事故的方法。

▷ 그녀의 살을 빼**기 위한** 노력이 눈물겨울 정도다.
她為了減肥所做的努力簡直是賺人熱淚。

72 ─기 일쑤이다　經常〜

動詞語幹＋기 일쑤이다

❶表示某件事經常發生的意思。

▷ 집이 가까운데 지각하**기 일쑤이다.**　家在附近卻經常遲到。

▷ 그녀는 툭하면 울**기 일쑤이다.**　她經常動不動就哭。

73 ─기 전에　在〜之前

動詞語幹＋기 전에

▷ 떠나**기 전에** 한번 만나고 싶다.　想在出發前見一面。

▷ 자**기 전에** 이를 닦자.　睡覺前刷個牙吧。

74 ─기 짝이 없다　無比〜、極為〜

形容詞語幹＋기 짝이 없다

❶接在形容詞之後，表示程度或是狀態已達到極限的意思，意同「無比〜、極為〜」。

▷ 김 선생님이 돌아가셨다는 소식을 들으니 슬프**기 짝이 없다.**
　聽到金老師過世的消息之後極為傷心。

▷ 5년 만에 어머니를 만나니 기쁘**기 짝이 없다.**
　見到五年不見的媽媽之後無比高興。

21.4 其他慣用表現

75 ─고말고요　正是～、當然～

用言語幹、「이다」的語幹＋고말고요

① 對於對方的問題說說法表示強烈同意時使用。

▷ 정말**이고말고요**.　　　　　　當然是真的。

▷ 가**고말고요**.　　　　　　　　當然要去。

76 ─고 보니　試著～之後、～之後

動詞語幹、「이다」的語幹＋─고 보니／─고 보면

① 表示「某個動作或狀態發生後的結果」的意思。

▷ 그 말을 듣**고 보니** 이해가 됐다.　聽了那些話之後就懂了。

▷ 그를 만나**고 보면** 알 거예요.　試著見他一面就會知道。

77 ─고자 하다　想要～、打算～

動詞語幹＋고자 하다

① 表示意圖、希望。

▷ 내년에는 결혼을 하**고자 한다**.　明年想要結婚。

▷ 그 일에 최선을 다하**고자 한다**.　會盡力把那件事做到最好。

78 ─（으）ㄴ가 보다　好像～

形容詞語幹＋（으）ㄴ가 보다	動詞語幹＋는가 보다

① 表示說話者的想法或推測。

▷ 집이 넓은**가 보다**. 　　　　　　家好像很寬敞。

▷ 누가 오는**가 보다**. 　　　　　　好像有誰要來。

▷ 민수는 벌써 집에 갔**는가 보다**. 　岷秀好像已經回家了。

79 ─ (으) ㄴ 데다가 　**不僅~**

過 動詞語幹＋ (으) ㄴ 데다가	現 動詞語幹＋는 데다가
形容詞語幹＋ (으) ㄴ 데다가	名詞語幹＋ (이) ㄴ 데다가

❶表示在前一個狀態之上添加其他的狀態或動作，讓原本的程度進一步提高。

▷ 그 아이는 공부도 잘하**는 데다가** 운동도 잘한다.

那孩子不僅功課好，而且還擅長運動。

▷ 눈이 **온 데다가** 날씨가 추워서 길이 매우 미끄러웠다.

不僅下了雪而且很冷，因而道路非常滑。

80 ─나 마나 　**用不著~、不管有沒有~**

用言語幹＋나 마나

❶表示無論在什麼樣的情況下後續的結果或行動都相同。

▷ 보**나 마나** 아직도 자고 있을 거야. 　　不用看也知道一定還在睡。

▷ 들**으나 마나** 한 소리는 하지 마세요. 　請不要說那種聽不聽都沒差的話。

▷ 그 여자는 화장을 하**나 마나** 마찬가지다. 　她不管有沒有化妝都一樣。

81 ─나 보다 　**好像~**

動詞語幹、語尾「─았／었─」＋나 보다

→ ─ (으) ㄴ／는 것 같다、 (으) ㄴ／는 듯하다、 (으) ㄴ／는 모양이다

❶表示推測。

▷ 밖에 비가 오**나 봐요**.　　　　外面好像在下雨。

▷ 책을 많이 읽었**나 보다**.　　　好像讀了很多書。

⑧² ─아／어／여서 그런지　**或許是因為～**

用言語幹＋아／어／여서 그런지＝아／어／여서인지

❶表示說話者無法確實斷定原因或理由是什麼。

▷ 구두가 작**아서 그런지** 발이 아프다.

或許是因為鞋子太小的關係，腳會痛。

▷ 비가 와**서 그런지** 극장에는 사람들이 많지 않았다.

或許是因為下雨的關係，戲院裡的人不多。

▷ 민수는 피곤**해서인지** 수업중에 졸고 있었다.

或許是因為疲勞的關係，岷秀在課堂上打瞌睡。

⑧³ ─아／어／여서는 안 되다　**不可以～**

>> 請參考p.340的「─으면 안 되다」。

⑧⁴ ─으면 되다　**只要～就好**

用言語幹＋으면 되다	名詞語幹＋（이）면 되다

❶表示只要進行某個動作或達到某個狀態就足夠的意思。

▷ 열 시까지 가**면 됩니다**.　　　只要在十點之前到就好。

▷ 몇 시에 전화하**면 돼요**?　　　該在幾點打電話才好呢？

▷ 시험 전에 이 책을 읽**으면 된다**.　考試前只要看這本書就好。

▷ 물이 이 정도로 뜨거우**면 돼**.　水熱到這個程度就好。

▷ 몇 사람이**면 돼요**?　　　　　要幾個人才可以呢？

85

─ （으） 면 안 되다　不可以～

用言語幹＋（으）면 안 되다

❶表示禁止或限制的意思。

▷ 수업중에 졸**면 안 된다**.　　　　課堂上不可以打瞌睡。

▷ 쓰레기를 버리**면 안 된다**.　　　　不可以丟垃圾。

▷ 회의에 늦**으면 안 된다**.　　　　開會不可以遲到。

 可以替換成「─아／어서는 안 되다」，但一般對話時通常會使用「─으면
안 되다」。「─아／어서는 안 되다」有強調「禁止」的意思，主要使用在
需要強烈提醒或是警告對方的時候。

▷ 쓰레기를 버려**서는 안 된다**.　　不可以丟垃圾。

▷ 휴대전화를 사용해**서는 안 된다**.　不可以使用行動電話。

▷ 회의에 늦**어서는 안 돼요**.　　　開會不可以遲到。

─잖아 （요）　　～不是嗎、～嘛

用言語幹＋잖아 （요）	名詞＋（이）잖아 （요）

❶表示向對方確認某個狀況，或是更正對方的說法。

▷ 저기 있**잖아요**.　　　　　　在那裡不是嗎。

▷ 내가 어렵다고 말했**잖아**.　　我不是說過很難嗎。

▷ 이 영화 전혀 재미없**잖아**.　　這部電影一點都不好看嘛。

▷ 이거 가짜**잖아**.　　　　　　這是假貨嘛。

第 **5** 章

發音的規則

22 母音與子音　모음과 자음

韓語音韻的音素可以分成母音與子音兩大類，由21個母音以及19個子音所構成。

母音 （21個）	ㅏ, ㅑ, ㅓ, ㅕ, ㅗ, ㅛ, ㅜ, ㅠ, ㅡ, ㅣ ㅐ, ㅒ, ㅔ, ㅖ, ㅘ, ㅙ, ㅚ, ㅝ, ㅞ, ㅟ, ㅢ
子音 （19個）	ㄱ, ㄴ, ㄷ, ㄹ, ㅁ, ㅂ, ㅅ, ㅇ, ㅈ, ㅊ, ㅋ, ㅌ, ㅍ, ㅎ ㄲ, ㄸ, ㅃ, ㅆ, ㅉ

22.1 母音體系 | 모음

母音可以分成兩類，分別是發音過程中嘴唇的形狀及舌頭的位置固定不變，從頭到尾發音皆相同的「單母音」；以及舌頭的位置在發音過程中改變，使得發出的聲音先後不同的「複母音」。

1 單母音 | 단모음

韓語的單母音有10個（ㅏ、ㅓ、ㅗ、ㅜ、ㅡ、ㅣ、ㅐ、ㅔ、ㅚ、ㅟ），根據舌頭位置的前後、舌頭的高低（張嘴的程度）、嘴唇的形狀（圓嘴或平嘴）等三個基準，可以分成前舌母音與後舌母音、低母音‧中母音‧高母音、展唇母音與圓唇母音。

舌頭的前後／嘴唇形狀 舌頭的高低（開口度）	前舌母音		後舌母音	
	展唇	圓唇	展唇	圓唇
高母音（閉母音）	ㅣ	ㅟ	ㅡ	ㅜ
中母音（半閉母音）	ㅔ	ㅚ	ㅓ	ㅗ
低母音（開母音）	ㅐ		ㅏ	

>> 語音學中也有將母音分為前、中、後母音三大類的分類方法，此時「ㅡ、ㅓ、ㅏ」被歸類為中母音。但從音韻論的需求來看，前舌與非前舌的分類已足以辨別各母音的意思，因此並不另設中舌母音這個類別。

複母音包括舌頭的位置從「ㅣ」開始的「ㅑ、ㅕ、ㅛ、ㅠ、ㅒ、ㅖ」；從「ㅗ/ㅜ」開始的「ㅘ、ㅙ、ㅝ、ㅞ」；以及從「ㅡ」開始並以「ㅣ」結尾的「ㅢ」，韓語共有11個複母音。

從「ㅣ」開始（前複母音）	ㅑ, ㅕ, ㅛ, ㅠ, ㅒ, ㅖ
從「ㅗ/ㅜ」開始（圓唇複母音）	ㅘ, ㅙ, ㅝ, ㅞ
從「ㅡ」開始	ㅢ

 1_「ㅟ/ㅚ」的發音

　　「ㅟ/ㅚ」原則上是依照單母音的規則發音，但有鑑於「ㅟ/ㅚ」實際上多被發音成〔wi〕及〔we〕，標準發音法亦容許這兩個母音以複母音的方式發音。

 2_ 複母音發音的例外

在幾個例外的狀況下，標準發音法允許複母音發音成單母音。

① 表示用言變化形的「ㅕ、ㅉ、ㅊ」發音成「ㅓ、ㅉ、ㅊ」。

▹ 가져〔가저〕（拿）　　▹ 쪄〔쩌〕（蒸）
▹ 다쳐〔다처〕（受傷）

② 「예、례」之外的「ㅖ」也可發音成「ㅔ」。

▹ 시계〔시계〕時計（時鐘）　▹ 지혜〔지혜〕（智慧）
▹ 연계〔연계〕（聯繫）

③ 初聲是子音音節中的「ㅢ」發音成「ㅣ」。

▹ 무늬〔무니〕（花紋）　▹ 희망〔히망〕（希望）
▹ 유희〔유히〕（遊戲）

④ 「의」出現在第一音節要發「의」，如의사「의사」（醫師）；當所有格時「의」可發成「ㅔ」其他情況發「ㅣ」。

▹ 주의〔주이〕（注意）　▹ 협의〔혀비〕（協議）
▹ 우리의〔우리에〕（我們的）　▹ 나라의〔나라에〕（國家的）

韓語共有19個子音，分類的方法包括根據發音部位的調音位置分類法；根據發音方法的調音方法分類法；以及根據聲帶是否振動來分類。

子音 （19個）	ㄱ, ㄴ, ㄷ, ㄹ, ㅁ, ㅂ, ㅅ, ㅇ, ㅈ, ㅊ, ㅋ, ㅌ, ㅍ, ㅎ ㄲ, ㄸ, ㅃ, ㅆ, ㅉ

1 調音位置分類法 | 조음 위치

唇音（雙唇音） 입술소리 (양순음)	吐出的空氣接觸雙唇所發出的音。 ㅂ、ㅃ、ㅍ、ㅁ
齦音（舌尖音） 치조음 (혀끝소리)	利用牙齦及上齒與舌尖間之空隙來調節的音。 ㄷ、ㄸ、ㅌ、ㅅ、ㅆ、ㄴ、ㄹ
硬顎音（顎音） 경구개음 (구개음)	利用舌面與硬顎來調節的音。 ㅈ、ㅉ、ㅊ
軟顎音 연구개음	利用後舌根與軟顎間之空隙來調節的音。 ㄱ、ㄲ、ㅋ、ㅇ
聲門音（喉音） 목청소리 (후음)	利用左右聲帶間之空隙來調節的音。 ㅎ

2 調音方法分類法 | 조음 방법

爆破音（塞音） 파열음	先停止從肺中呼出空氣，之後突然吐氣所發出的音。 ㅂ、ㅃ、ㅍ、ㄷ、ㄸ、ㅌ、ㄱ、ㄲ、ㅋ
擦音 마찰음	縮窄聲門、咽喉、口腔內的通道，使通過口腔吐出的空氣與之摩擦所發出的音。 ㅅ、ㅆ、ㅎ

塞擦音 파찰음	先停止從肺中呼出空氣，之後緩慢吐氣並引起摩擦所發出的音，同時具有破裂音與摩擦音的性質。 ㅈ、ㅉ、ㅊ
鼻音 비음	吐出的空氣通過鼻腔，伴隨鼻腔共鳴所發出的音。 ㄴ、ㅁ、ㅇ
柔音 유음	舌尖輕彈牙齦（彈舌音），或是在舌尖接觸牙齦的情況下吐氣，使空氣從舌尖兩側通過（舌側音）所發出的音。 ㄹ

③ **有聲音與無聲音** | 울림소리 (유성음) / 안울림소리 (무성음)

　　子音根據聲帶是否振動，可分為聲帶有發聲的有聲音與聲帶沒有發聲的無聲音。母音一律屬於有聲音，子音則只有「ㄴ、ㄹ、ㅁ、ㅇ」屬於有聲音，其他則全部屬於無聲音。

【子音分類表】

類別			雙唇音	齦音	硬顎音	軟顎音	聲門音
無聲音	爆破音	平音	ㅂ	ㄷ		ㄱ	
		激音	ㅍ	ㅌ		ㅋ	
		硬音	ㅃ	ㄸ		ㄲ	
	擦音	平音		ㅅ			ㅎ
		硬音		ㅆ			
	塞擦音	平音			ㅈ		
		激音			ㅊ		
		硬音			ㅉ		
有聲音	鼻音		ㅁ	ㄴ		ㅇ	
	柔音			ㄹ			

1_ 平音、激音、硬音|예사소리 (평음)、거센소리 (격음)、된소리 (경음)

　　「平音」是保持口腔內部的鬆弛狀態，以較弱的力量發出的音；「激音」是加入了「h」音，以較強的吐氣發出的音；「硬音（濃音）」是緊縮喉嚨，在關閉聲門的情況下發出的音。

 2_ 子音「ㅇ」的發音

　　「ㅇ」只使用於終音，出現在初聲時因為沒有音價而不發音。「아」之類的音節之所以添加「ㅇ」只是為了符合音節的形式，實際上這類音節是屬於只有母音的音節。

22.3 音節的構造 | 음절

　　音韻是能夠區別意思的最小語音單位，相對的音節則與語句的意思無關，每個能夠被發出獨立聲音的聲音單位即稱為音節。韓語中形成音節的方法包括下列四種。

音節的構造	範例
單獨母音	아、오、우、이、에、와、위…
母音＋子音	아[a] ＋ ㄴ[n]＝안[an], 이[i] ＋ ㄹ[l]＝일[il], 오[o] ＋ ㅁ[m]＝옴[om]…
子音＋母音〔初聲〕＋〔中聲〕	ㄱ[k] ＋ ㅏ[a]＝가[ka], ㄴ[n] ＋ ㅗ[o]＝노[no], ㄹ[r] ＋ ㅜ[u]＝루[ru], ㅁ[m] ＋ ㅣ[i]＝미[mi]…
子音＋母音＋子音〔初聲〕＋〔中聲〕＋〔終音〕	ㄱ[k] ＋ ㅣ[i] ＋ ㅁ[m]＝김[kim], ㅂ[p] ＋ ㅏ[a] ＋ ㅂ[p]＝밥[paᵖ], ㅅ[s] ＋ ㅏ[a] ＋ ㄴ[n]＝산[san]…

 1_ 組成音節的限制

① 初聲|초성 (첫소리)：在「子音＋母音＋子音」的組合中，出現在最前方的子音稱為初聲。因音節頭迴避「ㄹ」的現象除了「ㄹ〔l〕」與「ㅇ〔ŋ〕」之外所有的子音都可以為初聲，但也有使用「ㄹ」做為初聲的外來語存在。

▶ 라일락（lilac，紫丁香）　　　　▶라디오（radio，廣播）

❷中聲｜중성（가운뎃소리）：在「子音＋母音＋子音」的組合中，出現在中央的母音稱為中聲，韓語的21個母音全都可以為中聲。

❸終音｜종성（끝소리）：在「子音＋母音＋子音」的組合中，出現在最後的子音稱為終音，只有7個子音可以當終音使用。

▶ 代表音：ㄱ、ㄴ、ㄷ、ㄹ、ㅁ、ㅂ、ㅇ

2_ 音節表｜음절표

　　將韓語字母的子音與母音互相組合，並將結合而成的音節文字按照一定順序排列所形成的表稱為音節表。音節表從以前就被當成韓語的初學教材，傳統上被稱為反切表（반절표），又稱為韓文字母表（한글표）。音節表一般是由14個基本子音（另含5個複合母音）以及10個基本母音所構成。

	ㄱ	ㄴ	ㄷ	ㄹ	ㅁ	ㅂ	ㅅ	ㅇ	ㅈ	ㅊ	ㅋ	ㅌ	ㅍ	ㅎ	ㄲ	ㄸ	ㅃ	ㅆ	ㅉ
ㅏ	가	나	다	라	마	바	사	아	자	차	카	타	파	하	까	따	빠	싸	짜
ㅑ	갸	냐	댜	랴	먀	뱌	샤	야	쟈	챠	캬	탸	퍄	햐	꺄	땨	뺘	쌰	쨔
ㅓ	거	너	더	러	머	버	서	어	저	처	커	터	퍼	허	꺼	떠	뻐	써	쩌
ㅕ	겨	녀	뎌	려	며	벼	셔	여	져	쳐	켜	텨	펴	혀	껴	뗘	뼈	쎠	쪄
ㅗ	고	노	도	로	모	보	소	오	조	초	코	토	포	호	꼬	또	뽀	쏘	쪼
ㅛ	교	뇨	됴	료	묘	뵤	쇼	요	죠	쵸	쿄	툐	표	효	꾜	뚀	뾰	쑈	쬬
ㅜ	구	누	두	루	무	부	수	우	주	추	쿠	투	푸	후	꾸	뚜	뿌	쑤	쭈
ㅠ	규	뉴	듀	류	뮤	뷰	슈	유	쥬	츄	큐	튜	퓨	휴	뀨	뜌	쀼	쓔	쮸
ㅡ	그	느	드	르	므	브	스	으	즈	츠	크	트	프	흐	끄	뜨	쁘	쓰	쯔
ㅣ	기	니	디	리	미	비	시	이	지	치	키	티	피	히	끼	띠	삐	씨	찌

① 上述的音節表由19個子音×10個母音，總計190個（19×10）音節文字所組成，此外19個子音與11個複合母音共可以組成209個（19×11）個音節文字，由此可知沒有終音的音節文字（開音節）共有399個（190個＋209個）。

② 這399個音節文字可進一步與16個單韻尾（19個子音中的「ㄸ、ㅃ、ㅉ」不可當成終音使用）以及11個雙韻尾音組合成399×（16＋11）＝10,773個帶有終音的文字（閉音節），沒有終音的文字（399個）與有終音的文字（10,773個）合計共有11,172個。這些音節文字並沒有全部被使用，實際被用來組成韓語字詞的音節文字約有2350個。

韓語的母音四邊形

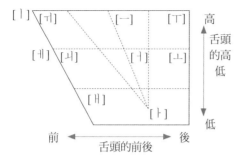

　　母音四邊形是以圖表標示出母音發音時舌頭在口腔中最高點的位置，透過母音四邊形找出母音與舌頭高低以及舌頭位置的關係。

韓語子音的發音器官圖

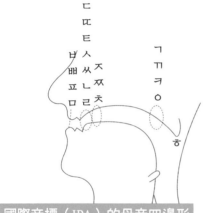

　　子音的發音器官圖是以圖表標示出子音發音時在口腔中的調音點位置，透過子音發音器官圖可以看出發出子音之調音點的所在位置。

國際音標（IPA）的母音四邊形

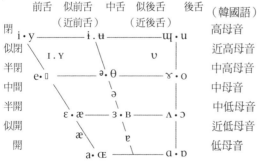

　　國際音標（IPA）透過調音時口部的張開程度，以及舌頭的前後與高低位置來對母音音標進行分類，並將母音音標以左圖的方式標示成圖表。以「e」音標為例，從圖中可以看出該音標屬於半閉前（中高）非圓唇母音。

>> 兩個音標並列的情況下，左邊的音標屬於非圓唇母音，右邊的音標屬於圓唇母音。

國際音標（IPA）標示法

　　關於國際音標對韓語母音及子音的標示法，目前並沒有統一的規則，不同的學者及教材所使用的標示法不盡相同，下表所列出的是習慣上各母音以及子音所對應的標示法。

❶ 母音的IPA標示法

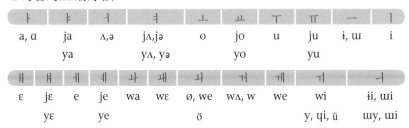

ㅏ	ㅑ	ㅓ	ㅕ	ㅗ	ㅛ	ㅜ	ㅠ	ㅡ	ㅣ
a, ɑ	ja	ʌ, ə	jʌ, jə	o	jo	u	ju	ɨ, ɯ	i
	ya		yʌ, yə		yo		yu		

ㅐ	ㅒ	ㅔ	ㅖ	ㅘ	ㅙ	ㅚ	ㅝ	ㅞ	ㅟ	ㅢ
ɛ	jɛ	e	je	wa	wɛ	ø, we	wʌ, w	we	wi	ii, ɯi
	yɛ		ye			ö			y, ɥi, ü	ɯy, ɯi

> 「ㅓ」發短音時以後舌母音〔ɑ〕標示，發長音時則以中舌母音〔ə〕標示，但最近有越來越多原本標示〔ʌ〕的音改以〔ə〕標示。

> 「ㅡ」是以中舌中母音〔ɨ〕或是後舌母音〔ɯ〕來標示，其中又以標示〔ɯ〕的情況較為多見。會出現〔ɨ〕與〔ɯ〕兩種標記混用的情形，一方面是因為「ㅡ」在音韻論中被歸類為後舌母音，在語音學中則被歸類為中舌母音；另一方面則是因為「ㅡ」的調音點正好位在中舌母音與後舌母音之間。

> 半母音「j」經常被「y」記號取代。

❷ 子音的IPA標示法

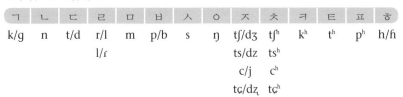

ㄱ	ㄴ	ㄷ	ㄹ	ㅁ	ㅂ	ㅅ	ㅇ	ㅈ	ㅊ	ㅋ	ㅌ	ㅍ	ㅎ
k/g	n	t/d	r/l	m	p/b	s	ŋ	tʃ/dʒ	tʃʰ	kʰ	tʰ	pʰ	h/ɦ
			l/ɾ					ts/dz	tsʰ				
								c/ɟ	cʰ				
								tɕ/dʑ	tɕʰ				

>> 有標示斜線的部分，斜線左側是無聲子音，斜線右側是有聲子音。

ㄲ	ㄸ	ㅃ	ㅆ	ㅉ
kʼ	tʼ	pʼ	sʼ	tʃ,ts , cʼ
kˀ	tˀ	pˀ	sˀ	tʃˀ, tɕˀ

> 柔音「ㄹ」根據所處的環境有〔l〕、〔r〕兩種標示法，其中以〔r〕較為常見。
> 破擦音「ㅈ」的標示法多為〔tʃ〕，但近來以〔c〕來標示的情況也逐漸增加。
> 硬音較少使用聲門關閉記號〔ˀ〕，通常是像〔kʼ、tʼ、pʼ、sʼ、tʃ〕這樣加上〔ʼ〕記號來標示。

23 發音規則

발음규칙

　　音韻在特定環境下產生變化的現象稱為音韻變化。韓語的音韻變化不但十分複雜，且在大多數的情況下都是以變化前的型態來標示，因此經常出現單字的拼法與發音不同的情形，所以若要學習正確的韓語發音，首先就必須對音韻變化有正確的了解。

　　音韻在變化時有一定的規則（音韻規則）存在，韓語的音韻規則包括①音節之終音改變的「末音法則」；②一個音韻變化成另一個性質相近之音韻的「同化規則」；以及③兩個音韻簡縮成一個音韻或其中一個音韻脫落的「省略」及「脫落」規則。

23.1 音節的終音規則 | 음절의 끝소리 (종성) 규칙

1 單韻尾的發音 | 홀받침

　　終音規則是指出現在終音的子音必定是發音成「ㄱ、ㄴ、ㄷ、ㄹ、ㅁ、ㅂ、ㅇ」這七個子音中的某一個，這七個子音被稱為「代表音」，其餘的子音出現在終音時必須變化成這七個子音中的某一個。

代表音		拼字時的子音	範例
ㄱ	[k]	ㄱ／ㅋ ㄲ	국[국] 湯　밖[박] 外　부엌[부억] 廚房
ㄴ	[n]	ㄴ	눈[눈] 眼睛　돈[돈] 錢
ㄷ	[t]	ㄷ／ㅌ ㅅ ㅆ ㅈ ㅊ ㅎ	끝[끋] 結束　옷[온] 衣服　낮[낟] 白天 꽃[꼳] 花　히읗[히은] ㅎ
ㄹ	[l]	ㄹ	물[물] 水　팔[팔] 臂
ㅁ	[m]	ㅁ	김[김] 海苔　봄[봄] 春天
ㅂ	[p]	ㅂ／ㅍ	밥[밥] 飯　잎[입] 葉
ㅇ	[ŋ]	ㅇ	방[방] 房間　안경[안경] 眼鏡

>> 由兩個相同字母構成的終音「ㄲ、ㅆ」被稱為雙末音「쌍받침」，用以跟由兩個不同子音所構成的雙韻尾「겹받침」做區別。由於是複合子音中的一個字母，因此被歸類為單韻尾。

2 雙韻尾的發音 | 겹받침

在拼字時共有11個雙韻尾可以出現在終音，但雙韻尾的兩個子音無法同時發音，當出現在語末或是子音前方時只有其中一個子音會被發音。

左側子音被發音的終音	右側子音被發音的終音
ㄳ、ㄵ、ㄶ、ㄼ、ㄽ、ㅀ、ㄾ、ㅄ	ㄺ、ㄿ、ㄻ

代表音		拼字時的子音	範例
ㄱ	[k]	ㄳ ㄺ	삯[삭] 租金　읽다[익따] 讀
ㄴ	[n]	ㄵ ㄶ	앉다[안따] 坐　많다[만타] 多的
ㄹ	[l]	ㄼ ㄽ ㄾ ㅀ	여덟[여덜] 八　잃다[일타] 遺失 외곬[외골] 一昧　핥다[할따] 舔
ㅁ	[m]	ㄻ	젊다[점따] 年輕的
ㅂ	[p]	ㅄ ㄿ	값[갑] 價錢　읊다[읍따] 朗誦

 1_ 雙韻尾的例外

① 終音「ㄺ」在語尾「고」前方是發左側的「ㄹ」音。

▷ 맑고[말꼬] 晴朗　　▷ 읽고[일꼬] 讀

② 밟다（踩）、넓죽하다（平坦的）、넓죽하다（扁平）是發終音「ㄼ」右側的「ㅂ」音。

▷ 밟다[밥따]　　▷ 넓적하다[넙쩌카다]
▷ 넓죽하다[넙쭈카다]

 2_ 七個代表音「ㄱ、ㄴ、ㄷ、ㄹ、ㅁ、ㅂ、ㅇ」之中屬於爆破音的「ㄱ、ㄷ、ㅂ」在終音的時候不向外爆破，而是發生內破化（내파화），此種現象稱為「不破音化（불파음화）」。受到不破音化的影響，「ㄱ」與「ㅋ、ㄲ」、「ㄷ」與「ㅌ、ㅅ、ㅆ、ㅈ、ㅊ」、「ㅂ」與「ㅍ」分別只發「ㄱ」、「ㄷ」、「ㅂ」，區分這些字母的語音要素亦隨之消失，這種現象稱為「中和（중화）」。

1 單韻尾的連音 | 홑받침의 연음

當終音（收尾音）的後方連接以母音開頭的虛辭音節時，終音轉變成該音節的初聲來發音，此種現象稱為連音。

- 국어 → 구+ㄱ+어 → [구거] 國語
- 발음 → 바+ㄹ+음 → [바름] 發音
- 집이 → 지+ㅂ+이 → [지비] 家
- 낮에 → 나+ㅈ+에 → [나제] 在白天
- 단어 → 다+ㄴ+어 → [다너] 單字
- 음악 → 으+ㅁ+악 → [으막] 音樂
- 옷이 → 오+ㅅ+이 → [오시] 衣服
- 꽃이 → 꼬+ㅊ+이 → [꼬치] 花

 1_ 不發生連音的終音

① 終音「ㅇ」不適用連音法則。

- 영어 → [영어] 英語
- 강아지 → [강아지] 狗
- 고양이 → [고양이] 貓

② 終音「ㅎ」在母音音節前方會脫落，因此不發生連音。

- 좋아요 → [조아요] 是好的
- 넣어요 → [너어요] 放入

 2_「ㅎ」在「ㄴ、ㄹ、ㅁ、ㅇ」後方時的發音

「ㅎ」出現在詞語開頭時是按照本來的音價發音，但若出現在母音與母音之間或是終音「ㄴ、ㄹ、ㅁ、ㅇ」之後，音的強度將會減弱，發音時若不多加以注意，很容易就會出現「ㅎ」脫落不發音的狀況，這種狀況被稱為「ㅎ」的弱音化。雖然韓國人本身也有很多不發「ㅎ」的音，但標準發音法並不承認弱音化現象所造成的連音及脫落。

標準發音	非標準發音	標準發音	非標準發音
[고향] 故鄉	[고양]	[전화] 電話	[전와] → [저놔]
[은행] 銀行	[은앵] → [으냉]	[영화] 電影	[영와]
[임학] 森林學	[임악] → [이막]	[공해] 公害	[공애]

但在「실학、철학、팔힘」等「ㄹ」與「ㅎ」結合的情況下，「ㅎ」與「ㄹ」會發生連音，以含有「ㅎ」的音來發音。

실학[시락] 實學　　　철학[처락] 哲學

팔힘[파림] 臂力

雙韻尾在連接母音開頭的音節時，左側的子音會留下，右側的子音則發生連音成為下一個音節的初聲。這種連音化現象將使得雙韻尾的左右兩個子音變得都可以發音。

읽어 → 일+ㄱ+어 → [일거] 讀　　앉아 → 안+ㅈ+아 → [안자] 坐

짧아 → 짤+ㅂ+아 → [짤바] 短的　흙이 → 흘+ㄱ+이 → [흘기] 土

參考 連音時必須特別注意的終音

① 終音「ㄴㅎ」與「ㄹㅎ」中右側的子音「ㅎ」在母音音節前方脫落，剩下左側的子音「ㄴ」與「ㄹ」發生連音成為下一個音節的初聲。

많아요 → 만+ㅎ+아요 → [마나요]　　是多的

끓어요 → 끌+ㅎ+어요 → [끄러요]　　沸騰

② 雙末音（쌍받침）「ㄲ」與「ㅆ」看起來像是由兩個字母構成，但其實是一個複合子母，可直接進行連音。

밖에 → 바+ㄲ+에 → [바께] 在外面

있어요 → 이+ㅆ+어요 → [이써요] 有

23.3 絕音法則 | 절음법칙

絕音法則適用於複合或是單字與單字的結合，當前一個單字末端的末音後方出現以母音「ㅏ、ㅓ、ㅗ、ㅜ、ㅟ」以及部分以母音「ㅣ」開頭的單字時，前一個末音並不直接連音，而是先發生絕音現象，在變化成其代表音之後進行連音。

밭 아래　→ 받+아래　→ [바다래] 田地底下

맛 없다　→ 맏+업따　→ [마덥따] 難吃的

몇 월　　→ 면+월　　→ [며뒬] 幾月

겉옷　　→ 걷+온　　→ [거돈] 外衣／外套

- 헛웃음 → 헏+우슴 → [허두슴] 假笑
- 꽃 위 → 꼳+위 → [꼬뒤] 花的上面
- 늪 앞 → 늡+압 → [느밥] 沼澤的前面
- 첫인상 → 첟+인상 → [처딘상] 第一印象
- 맛있다 → 맏+있따 → [마딛따] 好吃的
- 멋있다 → 먿+읻따 → [머딛따] 美好的
- 몇 인분 → 멷+인분 → [며딘분] 幾人份

참고 1_「맛있다、멋있다」在絕音化之後應該發音成「마딛따、머딛따」，但習慣上經常發音成「마싣따、머싣따」，因此「마싣따、머싣따」的發音也被承認為標準發音。

참고 2_ 否定副詞「못」與母音開頭的後續單字結合時，「못」的終音「ㅅ」也必須變成代表音「ㄷ」來連音。

- 못 와요 → 몯+와요 → [모돠요] 無法來
- 못 움직이다 → 몯+움지기다 → [모둠지기다] 無法動
- 못 외우다 → 몯+외우다 → [모되우다] 無法背起來
- 못 없애다 → 몯+업쌔다 → [모딥쌔다] 無法消除
- 못 어울리다 → 몯+어울리다 → [모더울리다] 無法調合

23.4 子音同化 | 자음동화

子音同化是指相鄰的兩個子音中的一方受到另一方的子音影響，變化成與之相似又或是相同子音的現象。子音同化是韓語中發生率極高的代表性音韻現象，種類包括鼻音化、柔音化等等。

1 鼻音化 | 비음화

非鼻音的「ㄱ、ㄲ、ㅋ；ㄷ、ㅌ；ㄹ；ㅂ、ㅍ；ㅅ、ㅈ、ㅊ」等出現在鼻音「ㄴ、ㅁ」前方時，前者在鼻音的影響下變成以「ㄴ、ㅁ、ㅇ」等鼻音來發音，此種現象稱為鼻音化。

❶ 鼻音化1

子音「ㄱ、ㄷ、ㅂ」出現在鼻音「ㄴ、ㅁ」前方時，變化成鼻音「ㅇ、ㄴ、ㅁ」來發音。

① ㄱ（ㅋ,ㄲ）+ ㅁ → ㅇ + ㅁ	한국말 식물	→ [한궁말] 韓語（韓國말） → [싱물] 植物
② ㄱ（ㅋ,ㄲ）+ ㄴ → ㅇ + ㄴ	작년 학년	→ [장년] 去年（昨年） → [항년] 年級（學年）
③ ㄷ（ㅌ,ㅅ,ㅈ,ㅊ）+ ㅁ → ㄴ + ㅁ	맏며느리 낱말 꽃무늬 옷맵시	→ [만며느리] 大媳婦 → [난말] 單字 → [꼰무늬] 花紋 → [온맵씨] 服裝
④ ㄷ（ㅌ,ㅅ,ㅆ,ㅈ,ㅊ）+ ㄴ → ㄴ + ㄴ	믿는다 끝나다 꽃나무 벗는다	→ [민는다] 相信 → [끈나다] 結束 → [꼰나무] 花木 → [번는다] 脫下
⑤ ㅂ（ㅍ）+ ㄴ → ㅁ + ㄴ	잡념 십년 앞니 앞날	→ [잠념] 雜念 → [심년] 十年 → [암니] 門牙 → [암날] 將來
⑥ ㅂ（ㅍ）+ ㅁ → ㅁ + ㅁ	입문 업무 앞문	→ [임문] 入門 → [엄무] 業務 → [암문] 前門

❷ 鼻音化2

鼻音「ㅁ、ㅇ」出現在「ㄹ」前方時，「ㄹ」變化成鼻音「ㄴ」來發音。

① ㅁ + ㄹ → ㅁ + ㄴ	심리 → [심니] 心理 음력 → [음녁] 陰曆
② ㅇ + ㄹ → ㅇ + ㄴ	종류 → [종뉴] 種類 정류장 → [정뉴장] 停靠站（停留場）

❸鼻音化3

「ㄹ」出現在子音「ㄱ、ㅂ」後方時，發音變成「ㄴ」，在變化後的「ㄴ」影響下，「ㄱ、ㅂ」的發音會變成鼻音「ㅇ、ㅁ」。

① ㄱ+ㄹ→ㄱ+ㄴ →ㅇ+ㄴ	국력→[궁녁] 國力　독립→[동닙] 獨立 식량→[싱냥] 糧食
② ㅂ+ㄹ→ㅂ+ㄴ →ㅁ+ㄴ	법률→[범뉼] 法律　급료→[금뇨] 薪水（給料） 협력→[혐녁] 合作（協力）

2 柔音化 | 유음화

鼻音「ㄴ」出現在調音位置相同的柔音「ㄹ」前方或是後方時，變化成柔音「ㄹ」來發音，這種現象稱為柔音化。

① ㄴ+ㄹ → ㄹ+ㄹ	편리→[펄리] 便利　인류→[일류] 人類 진리→[질리] 真理　논리→[놀리] 理論（論理） 연락→[열락] 聯絡　권리→[궐리] 權利 관련→[괄련] 關連　원래→[월래] 原來
② ㄹ+ㄴ → ㄹ+ㄹ	일년→[일련] 一年　오늘날→[오늘랄] 今天 설날→[설랄] 元旦　십칠년→[십칠련] 十七年 팔년→[팔련] 八年　잘나다→[잘라다] 善於

23.5 口蓋音化 | 구개음화

子音「ㄷ、ㅌ」出現在母音「ㅣ」前方時，「ㄷ、ㅌ」變化成顎音「ㅈ、ㅊ」來發音。

① ㄷ+이 → 지	맏이→[마지]長子　해돋이→[해도지]日出 굳이→[구지] 非要　곧이→[고지]照單全收
② ㅌ+이 → 치	같이→[가치] 一起　끝이→[끄치] 結尾 밭이→[바치]田地　붙이다→[부지다]貼 밑이→[미치] 下面　바깥이→[바까치] 外面

③（ㄷ+ㅎ）+이 → 티 → 치	닫히다 → 다티다 → [다치다] 關閉
	묻히다 → 무티다 → [무치다] 被掩埋
	걷히다 → 거티다 → [거치다]（霧）散去

23.6 **硬音化** | 경음화

一般而言出現在終音「ㄱ、ㄷ、ㅂ」以及終音「ㄴ、ㄹ、ㅁ、ㅇ」後方的「ㄱ、ㄷ、ㅂ、ㅅ、ㅈ」會變化成硬音「ㄲ、ㄸ、ㅃ、ㅆ、ㅉ」來發音，此種現象稱為硬音化。但在同樣的組合下有時會出現不必硬音化的例外狀況，學習者在背誦時必須注意每個例子的發音。

1 硬音化।

出現在終音「ㄱ、ㄷ、ㅂ」後方的「ㄱ、ㄷ、ㅂ、ㅅ、ㅈ」在硬音化之後發音成「ㄲ、ㄸ、ㅃ、ㅆ、ㅉ」。

① ㄱ+ㄱ → ㄱ+ㄲ	학교→[학꾜] 學校	약국→[약꾹] 藥局
② ㄱ+ㄷ → ㄱ+ㄸ	식당→[식땅] 餐廳（食堂）	복도→[복또] 走廊（走道）
③ ㄱ+ㅂ → ㄱ+ㅃ	학비→[학삐] 學費	국밥→[국빱] 泡飯
④ ㄱ+ㅅ → ㄱ+ㅆ	학생→[학쌩] 學生	약속→[약쏙] 約定（約束）
⑤ ㄱ+ㅈ → ㄱ+ㅉ	맥주→[맥쭈] 啤酒（麥酒）	걱정→[걱쩡] 擔心
⑥ ㄷ+ㄱ → ㄷ+ㄲ	듣기→[듣끼] 聽取	묻고→[묻꼬] 詢問、埋
⑦ ㄷ+ㄷ → ㄷ+ㄸ	듣다→[듣따] 聽	걷다→[걷따] 走
⑧ ㅂ,ㅍ+ㄱ → ㅂ+ㄲ	입국→[입꾹] 入境（入國）	잡곡→[잡꼭] 雜糧（雜穀）
⑨ ㅂ,ㅍ+ㄷ → ㅂ+ㄸ	잡담→[잡땀] 閒聊（雜談）	앞뒤→[압뛰] 前後
⑩ ㅂ,ㅍ+ㅂ → ㅂ+ㅃ	잡비→[잡삐] 雜費	십분→[십뿐] 十分
⑪ ㅂ,ㅍ+ㅅ → ㅂ+ㅆ	접시→[접씨] 盤子	엽서→[엽써] 明信片（葉書）
⑫ ㅂ+ㅈ → ㅂ+ㅉ	잡지→[잡찌] 雜誌	갑자기→[갑짜기] 突然

2 硬音化2

終音「ㄴ、ㄹ、ㅁ、ㅇ」出現在「ㄱ、ㄷ、ㅂ、ㅅ、ㅈ」前方時，會發生硬音化，發音變成「ㄲ、ㄸ、ㅃ、ㅆ、ㅉ」。

① ㄴ+ㄱ→ㄴ+ㄲ	안과 → [안꽈] 眼科	인기 → [인끼] 受歡迎 (人氣)
② ㄴ+ㄷ→ㄴ+ㄸ	신다 → [신따] 穿	문득 → [문뜩] 忽然
③ ㄴ+ㅂ→ㄴ+ㅃ	문법 → [문뻡] 文法	산불 → [산뿔] 山林火災 (火山)
④ ㄴ+ㅅ→ㄴ+ㅆ	산새 → [산쌔] 山鳥	손수건 → [손쑤건] 手帕 (손手巾)
⑤ ㄴ+ㅈ→ㄴ+ㅉ	한자 → [한짜] 漢字	단점 → [단쩜] 缺點 (短點)
⑥ ㄹ+ㄱ→ㄹ+ㄲ	갈길 → [갈낄] 所走的路	발가락 → [발까락] 腳趾
⑦ ㄹ+ㄷ→ㄹ+ㄸ	발달 → [발딸] 發達	활동 → [활똥] 活動
⑧ ㄹ+ㅂ→ㄹ+ㅃ	달밤 → [달빰] 月夜	이불보 → [이불뽀] 被套
⑨ ㄹ+ㅅ→ㄹ+ㅆ	실수 → [실쑤] 失誤 (失手)	결석 → [결썩] 缺席
⑩ ㄹ+ㅈ→ㄹ+ㅉ	글자 → [글짜] 文字	발전 → [발쩐] 發展
⑪ ㅁ+ㄱ→ㅁ+ㄲ	엄격 → [엄껵] 嚴格	밤길 → [밤낄] 夜路
⑫ ㅁ+ㄷ→ㅁ+ㄸ	젊다 → [점따] 年輕的	좀도둑 → [좀또둑] 小偷
⑬ ㅁ+ㅂ→ㅁ+ㅃ	봄볕 → [봄뼡] 春光	밤비 → [밤삐] 夜雨
⑭ ㅁ+ㅅ→ㅁ+ㅆ	점수 → [점쑤] 分數 (點數)	꿈 속 → [꿈쏙] 夢中
⑮ ㅁ+ㅈ→ㅁ+ㅉ	밤중 → [밤쭝] 夜裡	염증 → [염쯩] 厭煩 (厭症)
⑯ ㅇ+ㄱ→ㅇ+ㄲ	평가 → [평까] 評價	성격 → [성껵] 個性 (性格)
⑰ ㅇ+ㄷ→ㅇ+ㄸ	용돈 → [용똔] 零用錢	초승달 → [초승딸] 新月
⑲ ㅇ+ㅂ→ㅇ+ㅃ	등불 → [등뿔] 燈火	강바람 → [강빠람] 江風
⑲ ㅇ+ㅅ→ㅇ+ㅆ	가능성 → [가능썽] 可能性 종소리 → [종쏘리] 鐘聲	
⑳ ㅇ+ㅈ→ㅇ+ㅉ	빵집 → [빵찝] 麵包店	장점 → [장쩜] 優點 (長點)

出現在終音「ㄴ、ㄹ、ㅁ、ㅇ」後方的「ㄱ、ㄷ、ㅂ、ㅅ、ㅈ」並非一定會硬音化成為「ㄲ、ㄸ、ㅃ、ㅆ、ㅉ」，學習者必須個別記下不發生硬音化的例子。

- 친구 → [친구] 朋友（親舊）
- 간장 → [간장] 醬油
- 팔다리 → [팔다리] 手腳
- 감기 → [감기] 感冒（感氣）
- 담배 → [담배] 香菸
- 공부 → [공부] 讀書（工夫）
- 준비 → [준비] 準備
- 얼굴 → [얼굴] 臉
- 딸자식 → [딸자식] 女兒
- 침대 → [침대] 床（寢臺）
- 공기 → [공기] 空氣
- 경제 → [경제] 經濟

3 硬音化3

出現在語尾「-(으)ㄹ」後方的「ㄱ、ㄷ、ㅂ、ㅅ、ㅈ」會發生硬音化，發音變成「ㄲ、ㄸ、ㅃ、ㅆ、ㅉ」。

-(으) ㄹ+ㄱ, ㄷ, ㅂ, ㅅ, ㅈ
→ -(으) ㄹ+ㄲ, ㄸ, ㅃ, ㅆ, ㅉ

쓸 거예요 → [쓸꺼예요] 會寫的

갈 데가 → [갈떼가] 去的地方

갈 수 있어요 → [갈쑤이써요] 能去

살 방 → [살빵] 住的房間

먹을 것 → [머글껃] 吃的東西

마실 줄 → [마실쭐] 喝

4 硬音化4

兩個名詞組成複合名詞時，後方名詞的初聲「ㄱ、ㄷ、ㅂ、ㅅ、ㅈ」須硬音化來發音。

- 바닷가 → [바닫까] 海邊
- 다섯 시 → [다섣 씨] 五點
- 손짓 → [손찓] 手勢
- 오랫동안 → [오랟똥안] 長期
- 햇살 → [핻쌀] 陽光
- 숫자 → [숟짜] 數字
- 아랫사람 → [아랟싸람] 晚輩
- 후춧가루 → [후춛까루] 胡椒粉

23.7.1 省略 | 축약

兩個音韻重合成一個音韻，或是兩個音節縮減成一個音節的現象稱為省略，省略可以分成子音省略以及母音省略兩種。

1 子音省略（激音化）| 자음축약 (격음화)

子音省略是指當「ㅎ」的前方或後方出現平音「ㄱ、ㄷ、ㅂ、ㅈ」時，「ㅎ」與「ㄱ、ㄷ、ㅂ、ㅈ」重合，變成以「ㅋ、ㅌ、ㅍ、ㅊ」發音。當「ㅅ、ㅈ、ㅊ、ㅌ」被放在終音的位置而必須發音成代表音「ㄷ」時，若後方出現「ㅎ」的話同樣必須發音成「ㅌ」。

① ㄱ+ㅎ→ㅋ	국화→[구콰] 菊花 축하→[추카] 祝賀	북한→[부칸] 北韓 역할→[여칼] 角色（役割）
② ㅎ+ㄱ→ㅋ	놓고→[노코] 放置 낳고→[나코] 生產 빨갛고→[빨가코] 紅色的	좋고→[조코] 好的
③ ㄷ(ㅅ,ㅊ)+ㅎ→ㅌ	맏형→[마텽] 長兄 몇호→[며토] 幾號	몇해→[며태] 幾年
④ ㅎ+ㄷ→ㅌ	좋다→[조타] 好的 싫다→[실타] 討厭的	많다→[만타] 多的
⑤ ㅂ+ㅎ→ㅍ	입학→[이팍] 入學 급히→[그피] 趕緊 합하다→[하파다] 符合	급행→[그팽] 快走（急行）
⑥ ㅈ+ㅎ→ㅊ	맞히다→[마치다] 命中 잊혀지다→[이처지다] 被遺忘	
⑦ ㅎ+ㅈ→ㅊ	그렇지→[그러치] 對吧 좋지요→[조치요] 好啊 많지요→[만치요] 是多的	

兩個母音縮短成一個母音來發音的現象稱為母音省略。

前方的母音		後方的母音		省略
ㅗ		ㅏ		ㅘ
ㅜ	+	ㅓ	➡	ㅝ
ㅣ		ㅣ		ㅕ

類別	前方的母音＋後方的母音		省略	
① ㅗ＋ㅏ → ㅘ	오다	오＋았다	왔다	來了
	보다	보＋아	봐	看
	고다	고＋아서	과서	燉煮
	쏘다	쏘＋아도	쏴서	射擊
② ㅜ＋ㅓ → ㅝ	주다	주＋었다	줬다	給了
	배우다	배우＋어	배워	學習
	싸우다	싸우＋어서	싸워서	戰鬥
	추다	추＋어도	춰도	就算跳舞
③ ㅣ＋ㅣ → ㅕ	마시다	마시＋었다	마셨다	喝了
	이기다	이기＋어	이겨	贏
	고치다	고치＋어서	고쳐서	修理
	기다리다	기다리＋어도	기다려도	就算等
	가르치다	가르치＋어요	가르쳐요	教導

>> 請參考p.366的「母音的省略與脱落一覽」。

 在「보아」的「보」、「추어」的「추」這類與子音結合構成音節的情況下，是否發生母音省略是可以選擇的，因此會出現「보아」或「봐」、「추어」或「춰」這類的不同說法。但若是像「오다」的「오아」這類單純由母音構成的音節，則一定要省略成「와」這樣的形式才行。

▸ 보다 看 → 보＋아요 → 　보아요（○），봐요（○）

▸ 추다 跳舞 → 추＋아요 → 　추어요（○），춰요（○）

▸ 오다 來 → 오＋아요 → 　오아요（✕），와요（○）

23.7.2 脱落 | 탈락

相鄰的兩個音韻之中有一個消失不見的現象稱為脱落，脱落可分為子音脱落與母音脱落兩種。

① **子音脱落** | 자음탈락

❶以「ㄹ」結尾的語幹後方連接「－ㄴ、ㄹ、ㅂ、ㅅ」開頭的語幹時，「ㄹ」會發生脱落。
>> 請參考p.191的「ㄹ脱落」。

	살+ㄴ	살+는 → 사+는 → 사는	住的
살다	살+ㅂ	살+ㅂ니다 → 사+ㅂ니다 → 삽니다	住
	살+ㄹ	살+ㄹ 때 → 사+ㄹ 때 → 살 때	住時
	살+ㅅ	살+시다 → 사+시다 → 사시다	住

❷「ㅅ」的後方連接「－아、－어、－으」開頭的語尾時，終音「ㅅ」脱落。
>> 請參考p.182的「ㅅ不規則變化」。

낫다	낫 +아	낫+아서 → 나+아서 → 나아서	治癒
짓다	짓 +어	짓+었다 → 지+었다 → 지었다	建造了
붓다	붓 +으	붓+으면 → 부+으면 → 부으면	灌注的話

❸用言語幹末音「ㅎ」後方連接母音開頭的語尾或連接詞時，在文字的標記上仍然保留「ㅎ」，但讀音脱落。

標記	音

▸ 좋아요 → 좋+아요 → [조아요] 是好的
▸ 넣어요 → 넣+어요 → [너어요] 放入
▸ 놓으면 → 놓+으면 → [노으면] 放置的話
▸ 많아요 → 많+아요 → [만+아요] → [마나요] 是多的
▸ 끓어요 → 끓+어요 → [끌+어요] → [끄러요] 沸騰

② 母音脫落 | 모음탈락

連續的兩個母音中有一個脫落的現象稱為母音脫落。

前方的母音		後方的母音		脫落
ㅏ		ㅏ		ㅏ
ㅓ	+	ㅓ	➡	ㅓ
ㅡ		ㅓ		ㅓ

類別	前方的母音＋後方的母音		省略	
① ㅏ＋ㅏ → ㅏ	가다	가＋아서	가서	去
	만나다	만나＋아도	만나도	就算見面
	싸다	싸＋았다	쌌다	便宜、包裝
② ㅓ＋ㅓ → ㅓ	건너다	건너＋어서	건너서	越過
	서다	서＋었다	섰다	站了
	펴다	펴＋었다	폈다	展開了
③ ㅡ＋ㅓ → ㅓ	크다	크＋어요 → ㅋ＋어요	커요	大的
	쓰다	쓰＋었다 → ㅆ＋었다	썼다	寫了
	기쁘다	기쁘＋어서 → 기뻐＋어서	기뻐서	高興

>> 請參考p.366的「母音的省略與脫落一覽」。／請參考p.193的「으脫落」

 以「ㅐ、ㅔ」結尾的語幹後方連接「－어」開頭的語尾時，語尾的母音「ㅓ」脫落。在這種情況下，標記時可以使用「ㅓ」脫落前的型態，也可以使用「ㅓ」脫落後的型態。

▷ 보내다 → 보내＋어 (○)　　보내 (○) 送
　　　　　　 보내＋었다 (○)　　보냈다 (○) 送了
▷ 베다　 → 베＋었다 (○)　　벴다 (○) 割了

>> 請參考p.366的「母音的省略與脫落一覽」。

23.8 添加「ㄴ」| ㄴ (니은) 첨가

複合語及衍生語的前一個單字、或是接頭辭是以子音結尾，並且後方的單字或接尾辭的第一個音節是「이、야、여、요、유」的情況下，添加「ㄴ」的音而以「니、냐、녀、뇨、뉴」來發音。

▷ 밤+이슬 → [밤니슬] 夜露　　　▷ 무슨+약 → [무슨냑] 什麼藥

▷ 부산+역 → [부산녁] 釜山車站 (驛)　▷ 무슨+요일 → [무슨뇨일] 星期幾

▷ 한+여름 → [한녀름] 盛夏　　　▷ 식용+유 → [시콩뉴] 食用油

▷ 색+연필 → [색+년필] → [생년필] 有色鉛筆

▷ 첫+여름 → [천+녀름] → [천녀름] 初夏

>> 但在與母音開頭的助詞、語尾或接尾辭結合時，需按照本來的音價以連音的方式來發音。

▷ 그럼+요 → 〔그러묘〕 正是這樣沒錯。

▷ 그렇군+요 → 〔그러쿠뇨〕 是這樣呢。

 1_ 添加在終音「ㄹ」後方的「ㄴ」音須發音成「ㄹ」。

▷ 볼+일　　　 → 볼+닐　　 → [볼릴] 得辦的事

▷ 서울+역　　 → 서울+녁　 → [서울력] 首爾車站

▷ 할+일　　　 → 할+닐　　 → [할릴] 要做的事

▷ 열+여섯　　 → 열+녀섣　 → [열려섣] 十六

參考 2_ 否定副詞「못」與「이、야、여、요、유」開頭的接續詞結合時也添加「ㄴ」，且「못」的終音「ㅅ」的代表音「ㄷ」會鼻音化成為「ㄴ」。

▷ 못 이기다　　 → 몯+이기다　 → 몯+니기다　 → [몬니기다] 贏不了

▷ 못 읽어요　　 → 몯+읽어요　 → 몯+닐거요　 → [몬닐거요] 不能讀

▷ 못 일어나다　 → 몯+일어나다　 → 몯+니러나다

→ [몬니러나다] 起不來

>> 但在這種情況下也可不添加「ㄴ」，改以「못」的代表音「몯」連音成「모디기다」、「모딜거요」、「모디러나다」來發音。

韓語的母音根據音的特性可分成陽性母音（양성모음）與陰性母音（음성모음）兩種。

陽性母音 （又稱陽母音）	語感較開朗、小／輕 ㅏ, ㅗ, ㅑ, ㅛ, ㅘ, ㅚ, ㅐ
陰性母音 （又稱陰母音）	語感較陰沉、大／重 ㅓ, ㅜ, ㅕ, ㅠ, ㅔ, ㅝ, ㅟ, ㅞ

在形成用言的語尾變化形以及形成擬聲語及擬態語的時候，陽性母音通常與陽性母音結合，陰性母音則通常與陰性母音結合，此種現象稱為母音調和。

語尾變化	ㅏ、ㅗ＋아	앉＋아서（坐），높＋아서（高的）
	ㅏ、ㅗ以外＋어	먹＋어라（給我吃），믿＋어서（相信）， 굽＋어（彎曲）
擬聲語	졸졸／줄줄（潺潺、嘩嘩） 종알종알／중얼중얼（咕嚕咕嚕）	
擬態語	깡충깡충／껑충껑충（蹦蹦跳跳） 활활／훨훨（熊熊、翩翩），팔랑팔랑／펄렁펄렁（輕飄飄）	

但是母音調和的規則並非絕對，此規則在現代韓語中正逐漸消失。

- 보내다 → 보내＋어서 　　　　　　送
- 갔다 → 갔＋어요 　　　　　　　　去了
- 아름답다 → 아름다＋워서 　　　　美麗的
- 깡충깡충 　　　　　　　　　　　　蹦蹦跳跳

　　用言的母音語幹與「－아、－어」開頭的語尾結合時會發生「－아、－어」脫落或是省略的現象，學習者可以嘗試以較快的速度連續發出語幹的母音與語尾的母音，如此會比較容易抓住省略與脫落的訣竅。

>> 請參考p.361的「母音省略」、p.363的「母音脫落」。

語幹母音	語尾母音	省略&脫落	原型	用言語幹＋아／어／여＋요 用言語幹＋았／었／였＋다
아	－아	아+아 → 아 아+았 → 았	가다　去 사다　買	가+아+다 → 가요 사+았+다 → 샀다
오		오+아 → 와 오+았 → 왔	오다　來 보다　看	오+아+다 → 와요 보+았+다 → 봤다
어	－어	어+어 → 어 어+었 → 었	서다　站 건너다　越過	서+어+다 → 서요 건너+었+다 → 건넜다
우		우+어 → 워 우+었 → 웠	배우다　學 바꾸다　改變 나누다　分開	배우+어+요 → 배워요 바꾸+었+다 → 바꿨다 나누+었+다 → 나눴다
이		이+어 → 여 이+었 → 였	마시다　喝 기다리다　等 가르치다　教	마시+어+요 → 마셔요 기다리+었+다 → 기다렸다 가르치+었+다 → 가르쳤다
애		애+어 → 애 애+었 → 앴	보내다　送 끝내다　結束	보내+어+요 → 보내요 끝내+었+다 → 끝냈다
에		에+어 → 에 에+었 → 엤	세다　數 메다　堵住	세+어+요 → 세요 메+었+다 → 멨다
으		으+어 → 어 으+었 → 었	쓰다　寫 크다　大的	쓰+어+요 → 써요 크+었+다 → 컸다
하	－여	하+여 → 해 하+였 → 했	일하다　工作 공부하다　讀書	일하+여+요 → 일해요 공부하+였+다 → 공부했다

韓語的標準發音法 韓國文教部告示第88-2號（1988.1.19）

第1章　總則

第1項　**標準發音法原則上依從實際之發音，並兼顧（韓）國語之傳統性與合理性而訂定之。**

第2章　子音與母音

第2項　**標準語的子音包括以下19個。**

ㄱ、ㄲ、ㄴ、ㄷ、ㄸ、ㄹ、ㅁ、ㅂ、ㅃ、ㅅ、ㅆ、ㅇ、ㅈ、ㅉ、ㅊ、ㅋ、ㅌ、ㅍ、ㅎ

第3項　**標準語的母音包括以下21個。**

ㅏ、ㅐ、ㅑ、ㅒ、ㅓ、ㅔ、ㅕ、ㅖ、ㅗ、ㅘ、ㅙ、ㅚ、ㅛ、ㅜ、ㅝ、ㅞ、ㅟ、ㅠ、ㅡ、ㅢ、ㅣ

第4項　**「ㅏ、ㅐ、ㅓ、ㅔ、ㅗ、ㅚ、ㅜ、ㅟ、ㅣ」為單母音之發音。**

補充　「ㅚ、ㅟ」可發音成複母音。

第5項　**「ㅑ、ㅒ、ㅕ、ㅖ、ㅘ、ㅙ、ㅛ、ㅝ、ㅞ、ㅠ、ㅢ」為複母音之發音。**

但是 1.出現在用言變化形的「져、쪄、쳐」發音成「저、쩌、처」。

가지어 → 가져[가저]　　찌어 → 쪄[쩌]　　다치어 → 다쳐[다처]

但是 2.「예、례」以外的「ㅖ」也可發音成「ㅔ」。

계집〔계:집／게:집〕　　　　　계시다「계:시다／게:시다」
시계「시계／시게」時計（時鐘）　연계「연계／연게」（聯繫）
메별「메별／메별」（訣別）　　　개폐「개폐／개페」（開閉）
혜택「혜:택／헤:택」惠澤（恩惠）　지혜「지혜／지헤」（智慧）

但是 3.初聲若是子音則音節中的「ㅢ」會發音成「ㅣ」。

늴리리[닐리리]　　닁큼[닝큼]　　무늬[무니]　　떠어쓰기[띠어쓰기]
씌어[씨어]　　　　틔어[티어]　　희어[히어]　　희떱다[히떱다]
희망[히망]　　　　유희[유히]

但是4.單字第一個音節以外的「의」亦可發音成「ㅣ」，助詞「의」亦可發音成「ㅔ」。

주의[주의/주이]　협의[혀비/혀비]　우리의[우리의/우리에]
강의의[강:의의/강:이에]

第6項　母音的發音分為長音與短音，原則上長音只出現在單字的第一個音節。

(1) 눈보라[눈:보라]　말씨[말:씨]　밤나무[밤:나무]　많다[만:타]
멀리[멀:리]　벌리다[벌:리다]

(2) 첫눈[천눈]　참말[참말]　쌍동밤[쌍동밤]　수많이[수:마니]
눈멀다[눈멀다]　떠벌리다[떠벌리다]

但若是複合語，則容許在第二個音節之後出現明顯的長音。

반신반의[반:신 바:늬／반:신 바:니]　재삼재사[재:삼 재:사]

補充　用言的單音節語幹與語尾「－아／어」結合並省略成一個音節時也是發長音。

보아 → 봐「봐:」　기어 → 겨「겨:」　되어 → 돼「돼:」
두어 → 둬「둬:」　하여 → 해「해:」

但是「오아 → 와、지어 → 져、찌어 → 쪄、치이　쳐」等不發成長音。

第7項　含有長音的音節在下列情況下發成短音。

1.單音節之用言語幹與母音開頭的語尾結合時。

감다[감:따] － 감으니[가므니]　밟다[밥:따] － 밟으면[발브면]
신다[신:따] － 신어[시너]　알다[알:다] － 알아[아라]

但以下的情況例外。

끌다[끌:다] － 끌어[끄:러]　떫다[떨:따] － 떫은[떨:븐]
벌다[벌:다] － 벌어[버:러]　썰다[썰:다] － 썰어[써:러]
없다[업:따] － 없으니[업:쓰니]

2.用言語幹與表示被動、使役的接腰詞結合時。

감다[감:따] － 감기다[감기다]　꼬다[꼬:다] － 꼬이다[꼬이다]
밟다[밥:따] － 밟히다[발피다]

但以下的情況例外。

끌리다[끌:리다]　벌리다[벌:리다]　없애다[업:쌔다]

補充　以下的複合語無論原本的長度如何都發成短音。

밀－물　썰－물　쏜－살－같이　작은－아버지

第8項 **終音只有「ㄱ、ㄴ、ㄷ、ㄹ、ㅁ、ㅂ、ㅇ」這7個子音可以發音。**

第9項 **終音「ㄲ、ㅋ」、「ㅅ、ㅆ、ㅈ、ㅊ、ㅌ」以及「ㅍ」出現在語終及子音前方時，分別發音成代表音「ㄱ、ㄷ、ㅂ」。**

닦다[닥따]	키읔[키윽]	키읔과[키윽꽈]	옷[옫]
웃다[욷:따]	있다[읻따]	젖[젇]	빚다[빋따]
꽃[꼳]	쫓다[쫃따]	솥[솓]	뱉다[밷:따]
앞[압]	덮다[덥따]		

第10項 **雙韻尾「ㄳ」、「ㄵ」、「ㄼ、ㄽ、ㄾ」以及「ㅄ」出現在語末及子音前方時，分別發音成「ㄱ、ㄴ、ㄹ、ㅂ」。**

넋[넉]	넋과[넉꽈]	앉다[안따]	여덟[여덜]
넓다[널따]	외곬[외골]	핥다[할따]	값[갑]
없다[업:따]			

但是「ㄼ－」在子音前方發音成「ㅂ」，「ㄼ－」在下列的情況下發音成「ㄴ」。

(1) 밟다[밥:따] 밟소[밥:쏘] 밟지[밥:찌] 밟는[밥:는 → 밤:는]
　　밟게[밥:께] 밟고[밥:꼬]

(2) 넓－죽하다[넙쭈카다] 넓－둥글다[넙뚱글다]

第11項 **雙韻尾「ㄺ、ㄻ、ㄿ」出現在語末及子音前方時，分別發音成「ㄱ、ㅁ、ㅂ」。**

닭[닥]	흙과[흑꽈]	맑다[막따]	늙지[늑찌]
삶[삼:]	젊다[점:따]	읊고[읍꼬]	읊다[읍따]

但是用言語幹的終音「ㄺ」在「ㄱ」前方須發音成「ㄹ」。

맑게[말께] 묽고[물꼬] 읽거나[일꺼나]

第12項 **終音「ㅎ」的發音方式如下。**

1.「ㅎ（ㄶ、ㅀ）」的後方連接「ㄱ、ㄷ、ㅈ」時，配合後方音節的初聲發音成「ㅋ、ㅌ、ㅊ」。

놓고[노코] 좋던[조:턴] 쌓지[싸치] 많고[만:코]
않던[안턴] 닳지[달치]

補充1 **終音「ㄱ（ㄺ）、ㄷ、ㅂ（ㄼ）、ㅈ（ㄵ）」與後方音節的初聲「ㅎ」結合時，兩個音同樣會結合並發音成「ㅋ、ㅌ、ㅍ、ㅊ」。**

각하[가카]　먹히다[머키다]　밝히다[발키다]　맏형[마텽]

좁히다[조피다]　넓히다[널피다]　꽂히다[꼬치다]　앉히다[안치다]

補充2　依規定發音成「ㄷ」的「ㅅ、ㅈ、ㅊ、ㅌ」亦須遵守上述規則。

옷 한 벌[오탄벌]　낫 한때[나탄때]　꽃 한 송이[꼬탄송이]

숱하다[수타다]

2.「ㅎ（ㄶ、ㅀ）」的後方連接「ㅅ」時，「ㅅ」發音成「ㅆ」。

닿소[다쏘]　많소[만:쏘]　싫소[실쏘]

3.「ㅎ」的後方連接「ㄴ」時發音成「ㄴ」。

놓는[논는]　쌓네[싼네]

補充　「ㄶ、ㅀ」的後方連接「ㄴ」時「ㅎ」不發音。

않네[안네]　않는[안는]　뚫네[뚤네 → 뚤레]　뚫는[뚤는 → 뚤른]

>> 關於「뚫네〔뚤네 → 뚤레〕、뚫는〔뚤는 → 뚤른〕」請參考第20項。

4.「ㅎ（ㄶ、ㅀ）」的後方連接母音開頭的語尾及接腰詞時，「ㅎ」不發音。

낳은[나은]　놓아[노아]　쌓이다[싸이다]　많아[마:나]

않은[아는]　닳아[다라]　싫어도[시러도]

第13項　單韻尾（홑받침、쌍받침）與母音開頭的助詞、語尾以及接腰詞結合時，依照原本的音價移至後方音節的初聲發音。

깎아[까까]　옷이[오시]　있어[이써]　낮이[나지]

꽃아[꼬자]　꽃을[꼬츨]　쫓아[쪼차]　밭에[바테]

앞으로[아프로]　덮이다[더피다]

第14項　雙韻尾（겹받침）與母音開頭的助詞、語尾以及接腰詞結合時，只有後一個音移至後方音節的初聲發音。（此時的「ㅅ」會發成硬音）

넋이[넉씨]　앉아[안자]　닭을[달글]　젊어[절머]

곬이[골씨]　핥아[할타]　읊어[을퍼]　값을[갑쓸]　없어[업:써]

第15項　終音後方連接母音「ㅏ、ㅓ、ㅜ、ㅟ」等實質型態素時，變化成代表音之後移至後方音節的初聲發音。

밭 아래[바다래]　늪 앞[느밥]　젖어미[저더미]　맛없다[마덥다]

겉옷[거돋]　헛웃음[허두슴]　꽃 위[꼬뒤]

但是「맛있다、맛있다」也可以發音成「마싣따」。

補充　若是雙韻尾則只有其中一個音移至後方發音。

넋 없다[너겁따]　닭 앞에[다가페]　값어치[가버치]　값있는[가빈는]

第16項　韓語字母名稱的終音發生連音，但「ㄷ、ㅈ、ㅊ、ㅋ、ㅌ、ㅍ、ㅎ」較為特別，是按照下列的方式發音。

디귿이[디그시]　디귿을[디그슬]　디귿에[디그세]

지읒이[지으시]　지읒을[지으슬]　지읒에[지으세]

치읓이[치으시]　치읓을[치으슬]　치읓에[치으세]

키읔이[키으기]　키읔을[키으글]　키읔에[키으게]

티읕이[티으시]　티읕을[티으슬]　티읕에[티으세]

피읖이[피으비]　피읖을[피으블]　피읖에[피으베]

히읗이[히으시]　히읗을[히으슬]　히읗에[히으세]

第5章　音的同化

第17項　終音「ㄷ、ㅌ(ㄾ)」與助詞及接腰詞的母音「ㅣ」結合時，變化成「ㅈ、ㅊ」並移至後方音節的初聲發音。

곧이듣다[고지듣따]　굳이[구지]　미닫이[미다지]

땀받이[땀바지]　밭이[바치]　벼훑이[벼훌치]

補充　「ㄷ」與接尾語「히」連接而成「티」時發音成「치」。

굳히다[구치다]　닫히다[다치다]　묻히다[무치다]

第18項　終音「ㄱ(ㄲ、ㅋ、ㄳ、ㄺ)、ㄷ(ㅅ、ㅆ、ㅈ、ㅊ、ㅌ、ㅎ)、ㅂ(ㅍ、ㄼ、ㄿ、ㅄ)」在「ㄴ、ㅁ」前方發音成「ㅇ、ㄴ、ㅁ」。

먹는[멍는]　국물[궁물]　깎는[깡는]　키읔만[키응만]

몫몫이[몽목씨]　긁는[긍는]　흙만[흥만]　닫는[단는]

짓는[진:는]　옷맵시[온맵씨]　있는[인는]　맞는[만는]

젖멍울[전멍울]　쫓는[쫀는]　꽃망울[꼰망울]　붙는[분는]

놓는[논는]　잡는[잠는]　밥물[밤물]　앞마당[암마당]

밟는[밤:는]　읊는[음는]　없는[엄:는]　값매다[감매다]

補充　將兩個單字視為一體來發音時也適用這個規則。

책 넣는다[챙년는다]　흙 말리다[흥말리다]　옷 맞추다[온마추다]

밥 먹는다[밤멍는다]　값 매기다[감매기다]

第19項　連接在終音「ㅁ、ㅇ」後方的「ㄹ」發音成「ㄴ」。

담력[담:녁]　침략[침냑]　강릉[강능]　항로[항:노]

대통령[대:통녕]

補充　連接在終音「ㄱ、ㅂ」後方的「ㄹ」也發音成「ㄴ」。

막론[막논 → 망논]　백리[백니 → 뱅니]　협력[협녁 → 혐녁]

십리[십니 → 심니]

第20項　「ㄴ」出現在「ㄹ」前後時發音成「ㄹ」。

(1)　난로[날:로]　신라[실라]　천리[철리]　광한루[광:할루]

　　　대관령[대:괄령]

(2)　칼날[칼랄]　물난리[물랄리]　줄넘기[줄럼끼]　할는지[할른지]

補充　初聲「ㄴ」連接在「ㅀ、ㄾ」後方時也是依照這個規則。

닳는[달른]　뚫는[뚤른]　핥네[할레]

但是下列單字的「ㄹ」須發音成「ㄴ」。

의견란[의:견난]　임진란[임:진난]　생산량[생산냥]

결단력[결딴녁]　공권력[공꿘녁]　동원령[동:원녕]

상견례[상견녜]　횡단로[횡단노]　이원론[이:원논]

입원료[이붠뇨]　구근류[구근뉴]

第21項　除了上面舉出的例子之外，不允許其他單字出現子音同化現象。

감기[감:기]（✕[강:기]）　옷감[온깜]（✕[옥깜]）

있고[읻꼬]（✕[익꼬]）　꽃길[꼳낄]（✕[꼭낄]）

젖먹이[전머기]（✕[점머기]）　문법[문뻡]（✕[뭄뻡]）

꽃밭[꼳빧]（✕[꼽빧]）

第22項　下列用言的語尾原則上發音成「어」，但也可以發音成「여」。

피어[피어／피여]　되어[되어／되여]

補充　「이오、아니오」也適用本規則，可發音成「이요、아니요」。

第6章　硬音化

第23項　出現在終音「ㄱ（ㄲ、ㅋ、ㄳ、ㄹ）、ㄷ（ㅅ、ㅆ、ㅈ、ㅊ、ㅌ）、ㅂ（ㅍ、ㄼ、ㄿ、ㅄ）」後方的「ㄱ、ㄷ、ㅂ、ㅅ、ㅈ」發成硬音。

국밥[국빱]　깎다[깍따]　넋받이[넉빠지]　삯돈[삭똔]

닭장[닥짱]　칡범[칙뻠]　뻗대다[뻗때다]　옷고름[옫꼬름]

있던[읻떤]　꽂고[꼳꼬]　꽃다발[꼳따발]　낯설다[낟썰다]

밭갈이[받까리]　솥전[손쩐]　곱돌[곱똘]　덮개[덥깨]

옆집[엽찝]　넓죽하다[넙쭈카다]　읊조리다[읍쪼리다]　값지다[갑찌
다]

第24項　**出現在語幹之終音「ㄴ（ㄵ）、ㅁ（ㄻ）」後方的語尾，其初聲
「ㄱ、ㄷ、ㅅ、ㅈ」發成硬音。**

신고[신:꼬]　껴안다[껴안따]　앉고[안꼬]　얹다[언따]

삼고[삼:꼬]　더듬지[더듬찌]　닮고[담:꼬]　젊지[점:찌]

但是表示被動、使役的接腰詞「ㅡ기ㅡ」不發硬音。

안기다　감기다　굶기다　옮기다

第25項　**出現在語幹之終音「ㄼ、ㄾ」後方的語尾，其初聲「ㄱ、ㄷ、
ㅅ、ㅈ」發成硬音。**

넓게[널께]　핥다[할따]　훑소[훌쏘]　떫지[떨:찌]

第26項　**漢字語的終音「ㄹ」後方連接「ㄷ、ㅅ、ㅈ」時，後者發成硬
音。**

갈등[갈뜽]　발동[발똥]　절도[절또]　말살[말쌀]

불소[불쏘]（弗素）　일시[일씨]　갈증[갈쯩]　물질[물찔]

발전[발쩐]　몰상식[몰쌍식]　불세출[불쎄출]

但是由相同漢字重疊而成的單字不發硬音。

허허실실[허허실실]（虛虛實實）　절절하다[절절하다]切切（殷切-）

第27項　**出現在冠形詞（連體型）「ㅡ（으）ㄹ」後方的「ㄱ、ㄷ、ㅂ、
ㅅ、ㅈ」發成硬音。**

할 것을[할꺼슬]　갈 데가[갈떼가]　할 바를[할빠를]

할 수는[할쑤는]　할 적에[할쩌게]　갈 곳[갈꼳]

할 도리[할또리]　만날 사람[만날싸람]

但是說話時若有特別隔開則發成平音。

補充　**以「ㅡ（으）ㄹ」開頭的語尾也適用這個規則。**

할걸[할껄]　할밖에[할빠께]　할세라[할쎄라]

할수록[할쑤록] 할지라도[할찌라도] 할지언정[할찌언정]
할진대[할찐대]

第28項　就算標記上沒有中間‘ㅅ’「사이시옷」，當一個複合語在意思上應該含有具備冠形格（連體格）功能的「사이시옷」（中間‘ㅅ’）時，後方單字的初聲「ㄱ、ㄷ、ㅂ、ㅅ、ㅈ」須發成硬音。

문―고리[문꼬리] 눈―동자[눈똥자] 신―바람[신빠람] 산―새[산쌔]
손―재주[손째주] 길―가[길까] 물―동이[물똥이] 발―바닥[발빠닥]
굴―속[굴:쏙] 술―잔[술짠] 바람―결[바람껼] 그믐―달[그믐딸]
아침―밥[아침빱] 잠―자리[잠짜리] 강―가[강까] 초승―달[초승딸]
등―불[등뿔] 창―살[창쌀] 강―줄기[강쭐기]

第7章　音韻的添加

第29項　當複合語及衍生語的前一個單字或接頭辭是以子音結尾，且後一個單字或接尾辭的第一個音節是「이、야、여、요、유」時，添加「ㄴ」音並發音成「니、냐、녀、뇨、뉴」。

솜―이불[솜:니불] 홑―이불[혼니불] 막―일[망닐]
삯―일[상닐] 맨―입[맨닙] 꽃―잎[꼰닙]
내복―약[내:봉냑] 색―연필[생년필] 직행―열차[지캥녈차]
늑막―염[능망념] 콩―엿[콩녇] 담―요[담:뇨]
눈―요기[눈뇨기] 영업―용[영엄농] 식용―유[시공뉴]
국민―윤리[궁민뉼리] 밤―윷[밤:뉻]

但是以下的單字除了添加「ㄴ」音來發音之外，也可以按照原本的標示發音。

이죽―이죽[이중니죽／이주기죽] 야금―야금[야금냐금／야그먀금]
검열[검:녈／거:멸] 욜랑―욜랑[욜랑놀랑／욜랑욜랑]
금융[금늉／그뮹]

補充1　**添加在終音「ㄹ」後方的「ㄴ」音發音成「ㄹ」。**

들―일[들릴] 솔―잎[솔립] 설―익다[설릭따]
물―약[물략] 불―여우[불려우] 서울―역[서울력]
물―엿[물렫] 휘발―유[휘발류] 유들―유들[유들류들]

補充2 將兩個單字視為一體來發音時也適用這個規則。

　　但是下列的單字不需添加「ㄴ（ㄹ）」音來發音。

　　한 일[한닐]　옷 입다[온닙따]　서른여섯[서른녀섣]

　　3연대[삼년대]　먹은 엿[머근녇]

　　할 일[할릴]　잘 입다[잘립따]　스물여섯[스물려섣]

　　1연대[일련대]　먹을 엿[머글렫]

　　6•25[유기오]　3•1절[사밀쩔]　송별ー연[송:벼련]　등용ー문[등용문]

第30項　含有中間‘ㅅ’「사이시옷」的單字按照以下規則發音。

　　1.以「ㄱ、ㄷ、ㅂ、ㅅ、ㅈ」開頭的單字前方出現「사이시옷」時，原
　　　則上只有這些子音發成硬音，但也可以將「사이시옷」發音成「ㄷ」。

　　냇가[내:까／낻:까]　샛길[새:낄／샏:낄]　빨랫돌[빨래똘／빨랟똘]

　　콧등[코뜽／콛뜽]　깃발[기빨／긷빨]　대팻밥[대:패빱／대:팯빱]

　　햇살[해쌀／핻쌀]　뱃속[배쏙／밷쏙]　뱃전[배쩐／밷쩐]

　　고갯짓[고개찓／고갣찓]

　　2.「사이시옷」後方連接「ㄴ、ㅁ」時，發音成「ㄴ」。

　　콧날[콛날 → 콘날]　아랫니[아랟니 → 아랜니]

　　툇마루[퇻:마루 → 퇸:마루]　뱃머리[밷머리 → 밴머리]

　　3.「사이시옷」後方連接「이」時，發音成「ㄴㄴ」。

　　베갯잇[베갣닏 → 베갠닏]　깻잎[깯닙 → 깬닙]

　　나뭇잎[나묻닙 → 나문닙]　도리깻열[도리깯녈 → 도리깬녈]

　　뒷윷[뒫:눋 → 뒨:눋]

>> 「사이시옷」：純韓語與純韓語，或者是純韓語與漢字語結合而成的複合語之中，前
一個單字以有聲音結尾，且後一個單字以無聲音開頭的複合語，其後方的平音可能發生硬
音化，這種現象被稱為「사이시옷」現象。此時被標示成前方母音之終音的「ㅅ」稱為「
사이시옷」。

어제（昨天）＋밤（晚上）→ 어제ㅅ밤＝어젯밤〔어제빰／어젣빰〕昨晚

①「사이시옷」現象沒有一定的規則性，在相同條件下有可能不會發生。

②純由漢字語結合而成的單字不會添加「사이시옷」，但以下六個單字例外，依照慣例須添
加「사이시옷」。

곳간（庫ㅅ空間）	〔고깐〕	倉庫	찻간（車ㅅ空間）	〔차깐〕	車廂
숫자（數ㅅ字）	〔수짜〕	數字	셋방（租ㅅ房）	〔세빵〕	租房
툇간（退ㅅ空間）	퇴깐	置物間			

　　韓語對文法術語的稱呼一般是使用漢字語，但也有一部分的術語是使用純韓語來稱呼，以下列出的是比較常用的純韓語文法術語。

純韓語術語	中譯		
이름씨	名詞	가지	接詞
대이름씨	代名詞	풀이씨	用言
그림씨	形容詞	뒷가지	接尾辭
움직씨	動詞	앞가지	接頭詞
셈씨	數詞	말머리	話頭
토씨	助詞	뿌리	語根
어찌씨	副詞	줄기	語幹
매김씨	冠形詞	씨끝	語尾
느낌씨	感嘆詞	안맺음씨끝	先行語尾
가리킴대이름씨	指示代名詞	씨끝바꿈	語尾變化
사람대이름씨	人稱代名詞	끝바꿈	變化
매인이름씨	依存名詞	벗어난끝바꿈	不規則變化
두루이름씨	普通名詞	벗어난풀이씨	不規則用言
홀이름씨	純韓語名詞	높임법	敬語法
남움직씨	及物動詞（他動詞）	말대접법	待遇法
제움직씨	不及物動詞(自動詞)	때매김	時態
잡음씨	指定詞	따옴월	引用句
겹토씨	複合助詞	바로따옴	直接引用
자리토씨	格助詞	건너따옴	間接引用
차례셈씨	序數詞	고름소리	媒介母音
첫째가리킴	第一人稱	닿소리	子音
둘째가리킴	第二人稱	홀소리	母音
셋째가리킴	第三人稱	겹홀소리	複母音
임자말	主語	첫소리	初聲
풀이말	敘述語	가운뎃소리	中聲
부림말	目的語	끝소리	終音
기움말	補語	예사소리	平音
꾸밈말	修飾語	거센소리	激音
매김말	冠形語	된소리	濃音（硬音）
어찌말	副詞語	울림소리	有聲音
이음말	接續語	안울림소리	無聲音
임자씨	體語	밝은소리	陽性母音
		어두운소리	陰性母音

索引 國語索引

索引 韓國語索引

ㄱ

任意搭配《我的第一本韓語》系列，
你還可以這樣學

搭配有聲書・從視覺了解打開聽說學習領域

史上最強韓語文法＋我的第一本韓語發音

當你善用《文法》本書後，你的韓語文法能力在生活筆談上已經不成問題！這時候你可以再搭配《我的第一本韓語發音》，於《發音》一書中有趣的學習設計中，邊玩邊學到最正確的發音。將你已經熟稔的文法琅琅上口的唸讀出來。

史上最強韓語文法＋我的第一本韓語課本

當你善用《文法》本書後，你就可以搭配《我的第一本韓語課本》，循序漸進的了解韓語的基本表達。並將一些原來了解到的生活基本應答，進行真槍實彈的溝通、並了解到韓國的生活文化，維持學習動力。

史上最強韓語文法＋我的第一本韓語會話

會話雖是口語的進行，但也是由一個個文法聚砂成塔般的形成的。所以你可以開始感受到《文法》一書中所學到的許多文法，在《我的第一本韓語會話》中開始以發音聲音實踐。跟著《會話》一書踩進韓國，並在形形色色的諸場景開口講韓語。各種場合豐富的對話內容及延伸學習到的韓國文化，讓你受用不盡。

搭配有聲書《我的第一本韓語》系列，讓你樂於學韓語，有趣又沒煩惱！！

讀者資料/ 請親自詳細填寫，以便使您的資料完整登錄

◉ 姓　名/ _____

◉ 電　話/_____

◉ 地　址/ □□□□□_____

◉ E-Mail/_____

請沿虛線剪下

請沿虛線剪下

國家圖書館出版品預行編目資料

史上最強韓語文法／李昌圭 著；黃種德 譯.
--初版.--【新北市中和區】:國際學村, 2011.11
面；　公分

ISBN 978-986-6077-09-8 （平裝）

1. 韓語　2. 語法

803.26　　　　　　　　　　100010009

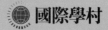

史上最強韓語文法

作者	李昌圭
譯者	黃種德
審定	楊人從
出版者	國際學村出版社
	台灣廣廈有聲圖書有限公司
發行人／社長	江媛珍
地址	235新北市中和區中山路二段359巷7號2樓
電話	886-2-2225-5777
傳真	886-2-2225-8052
電子信箱	TaiwanMansion@booknews.com.tw
總編輯	伍峻宏
執行編輯	王文強
韓文編輯	施伽妏
美術編輯	許芳莉
製版／印刷／裝訂	東豪／弨聖／紘億／明和
代理印務及圖書總經銷	知遠文化事業有限公司
地址	222新北市深坑區北深路三段155巷25號5樓
訂書電話	886-2-2664-8800
訂書傳真	886-2-2664-8801
港澳地區經銷	和平圖書有限公司
地址	香港柴灣嘉業街12號百樂門大廈17樓
電話	852-2804-6687
傳真	852-2804-6409
出版日期	2011年11月
	2024年8月20刷
郵撥帳號	18788328
郵撥戶名	台灣廣廈有聲圖書有限公司

（購書300元以內需外加30元郵資，滿300元（含）以上免郵資）